Jenny Ann
Fatum

Jenny Ann

Fatum

Das Erwachen

Verlag: BoD · Books on Demand GmbH, In de Tarpen 42, 22848 Norderstedt, bod@bod.de

Druck: Libri Plureos GmbH, Friedensallee 273, 22763 Hamburg

ISBN: 978-3-7693-9929-5

KAPITEL 1

Das Erwachen

„Achte auf deine Gedanken, sie werden zu Worten. Achte auf deine Worte, sie werden zu Handlungen. Achte auf deine Handlungen, sie werden zu Gewohnheiten. Achte auf deine Gewohnheiten, sie werden zu Charaktereigenschaften. Achte auf deinen Charakter, er wird dein Schicksal." Ein Zitat von Johann Wolfgang von Goethe. Haben wir wirklich die Macht auf all diese Eigenschaften zu achten? Und wenn wir dies hätten, würde unser Schicksal sich zum Guten wenden?

Wie jeden Morgen werde ich von Mama geweckt. Es nervt einfach wie oft Sie vor meiner Tür morgens steht und wiederholt mich daran erinnert, dass ich mich für die Schule fertig machen muss. „Janie! Beeil dich! Du verpasst sonst den Bus." Und hier haben wir die vierte Erinnerung. „Ja, Mama! Und nein, ich Frühstücke schon seit ein paar Tagen nichts mehr!" Wieso versteht sie nicht, dass ich so früh einfach keinen Hunger habe? „Janie, Frühstücke bitte noch etwas. Und wenn es nur ein halbes Brötchen ist. Dein Magen braucht etwas sonst wird es dir schlecht." „Boah, Mama! Ich hab doch eben gesagt, dass ich morgens nichts mehr esse. Bitte lass mich mal in Ruhe. Ich will mich fertig machen, sonst verpasse ich wirklich den Bus." „OK, aber dann hol dir bitte etwas aus der Cafeteria. Ich lege dir das Geld auf den Küchentisch." Sie schaut kurz durch die Tür und schenkt mir einen strengen Blick. „Danke!" Ich hab meine Mama über alles lieb, aber morgens brauche ich einfach meine Ruhe.

Ich suche mir immer abends etwas zum Anziehen für den nächsten Tag aus, aber jeden Morgen entscheide ich mich doch wieder um. Ich weiß es, aber dennoch wiederhole ich diesen Vorgang immer wieder. Es ist zur Gewohnheit geworden. Ah, diese Kopfschmerzen schon wieder. Seit einiger Zeit habe ich Kopfschmerzen. Ein stechender Schmerz der mir durch den ganzen Kopf fährt. Meine Augen pochen, dann immer eine kleine Weile. Ob es daran liegt, dass ich immer mal nachts wach werde? Naja, das vergeht schon wieder. So, mein Outfit für heute hab ich. Nachdem ich mir die Zähne geputzt habe und mir das Gesicht gewaschen habe, kann ich mich auf meine Haare konzentrieren. Irgendwie mag ich meine Haare, dann auch wieder nicht. Ich habe lange, dunkelbraune Haare, die leicht lockig sind. Durch die Locken sind sie manchmal schwer zu bändigen. Heute mache ich mir einfach einen Bad-Hair-Day Dutt. Schnell und einfach. Ich schminke mich nicht viel. Mir gefällt mein Gesicht und ich bin auch zu faul für das ganze Drumherum. Mir reicht es die Augen zu schminken. Meine Mama sagt immer: „Die Augen spiegeln die Seele." Irgendwie gefällt mir dieser Gedanke. Ich liebe meine Augen. Ein helles Braun mit ein paar grüne Punkte, wenn man genau hinschaut. Meine Lippen haben eine schöne natürliche Farbe. Rosarot und schön voll. Knutschlippen, sagt meine beste Freundin. Meine Haut ist nicht perfekt. Ab und an bekomme ich mal einen Pickel. Im Sommer sprießen immer meine Sommersprossen. Aktuell ist das ja angesagt. Mama ist das komplette Gegenteil von mir. Sie hat schöne kurze blondbraune Haare und hellblaue Augen. In der Sonne sehen ihre Augen sogar manchmal grün aus. Sie hat ein super hübsches Gesicht. Unsere Figuren ähneln sich ebenfalls nicht. Sie ist etwas kräftig aber mit schönen Kurven. Ich hingegen bin sehr schmal. Dennoch fühle ich mich manchmal dick. Ich zeige nicht gern viel Haut. Das ist mir einfach unangenehm. Jeans und Shirts, das ist mein Look. Ich hasse es, Kleider zu tragen. Röcke sind auch absolut nicht mein Fall. Man kann sich darin nicht bequem setzen. Im Sommer muss ich mich immer erst daran gewöhnen kurze Sachen anzuhaben. Ich fühle mich anfangs immer ein wenig zu freizügig oder etwas dick. Aber nach ein paar Tagen gewöhnt man sich daran. Ich weiß, dass ich nicht dick bin. Aber ich kann einfach nichts gegen dieses Gefühl tun. Oje, jetzt muss ich mich aber beeilen. Ich jogge in die Küche um meine Schultasche zu holen. „Hoppi galoppi, ich kann dich heute nicht zur Schule fahren." Das hört sich echt schlimm an wenn sie `hoppi galoppi´ sagt. Ich verdrehe die Augen und gehe zur Tür. „Ich schaff das. Hab dich lieb!"

Viele hassen es mit dem Bus zu fahren. Ich hingegen fahre gerne mit dem Bus. Es ist zwar immer voll, aber viel besser als mit der Bahn zu fahren. In der Bahn sieht man, meiner Meinung nach, einfach zu viele seltsame Gestalten. Ich konnte sogar einmal beobachten, wie ein betrunkener Obdachloser so mir nichts dir nichts in den Mülleimer pinkelte. Im Bus passiert so etwas nicht. Ich muss zugeben, dass sich einmal ein Grundschüler im Bus übergeben hat. Das hat ziemlich gestunken. Aber immer noch besser als betrunkene Obdachlose. Obwohl die mir auch irgendwie leidtun. Im Bus treffe ich gleich morgens meine beste Freundin Lina. Sie ist morgens immer gut gelaunt und steckt jeden mit Ihrer guten Laune an. Wir wohnen im gleichen Dorf. Ilbenstadt ist nicht groß, aber sehr idyllisch. Lina steigt an der Bushaltestelle Richtung Kaichen ein, ich jedoch am anderen Ortsende. „Janie! Hierher! Ich hab dir den Platz freigehalten." Da sitzt sie. Sie sieht immer top gestylt aus. Sie trägt wieder ein super schönes gelbes Kleid. Ihre lange schwarzen Haare hat sie heute in einem ordentlichen Zopf. An den Seiten ist ein Teil Ihrer Haare geflochten. Sie hat eine super schöne braune Hautfarbe. Im Sommer wird sie sogar noch dunkler. Ich beneide sie. Ich bin über das ganze Jahr blass. Genau wie Mama. Sie hat an der Stirn ein Muttermal, der sie aber einzigartig ausschauen lässt. Oh Mann, manchmal wünschte ich mir genauso hübsch zu sein wie Lina. Sie weiß genau wie man sich schminkt. Wie schafft sie das so früh am Morgen? Ich hab absolut keine Lust nur deswegen früher aufzustehen. So hässlich bin ich auch wieder nicht, dass ich das so dringend nötig habe. Ich beneide sie aber doch manchmal. „Jane, ich muss ein ernstes Wörtchen mit dir reden." Oje, wenn sie mich bei meinem Namen nennt, muss es ernst sein. „Wieso, hast du mir nicht gesagt, dass Luca auf dich steht?" Wie nervig. Ich will das nicht. „Weil, es mich nicht interessiert. Ich mag ihn, aber nicht so." „Weiß er das denn? Du solltest mit ihm reden." Sie schaut mit Ihren beinahe schwarzen Augen tief in meinen Augen. „Ja, mal schauen. Ich versuche ihm eigentlich aus dem Weg zu gehen." „Als Liebesexpertin…" „Du hattest noch nie einen Freund." Sie ignoriert mich natürlich. „Als Liebesexpertin, sage ich dir, dass er dich dadurch umso mehr will. Jungs muss man zappeln lassen. Die werden dann richtig verrückt nach dir." Ich muss lachen. Sie bringt mich immer zu lachen. „Wir sind sechzehn. Ich bald sogar siebzehn. Ich will noch kein Freund. Ich will den Abschluss erstmal hinter mir haben. Das ganze lernen nervt langsam. Mama ist zwar recht locker, aber ich will gut abschneiden."

7

„Nerd." Sie lächelt mich an. „Jane Lux. Hübsche Nerdin aus Leidenschaft, die die Jungs verrückt macht. Wäre doch eine coole Fernseh-Show." „Halt die Klappe" „Ich würde es mir anschauen. Hehehe." Ich kann nicht anders und muss selbst laut lachen.

Man merkt dass der Abschluss immer näher rückt. Die Lehrer wollen uns zwar gut vorbereiten, haben aber auch langsam keine Lust mehr. Einige geben sich überhaupt keine Mühe mehr und lassen uns die Stunde tun und lassen was wir wollen. Natürlich „lernen" wir für die Abschlussprüfungen. Manchmal ärgert mich diese Einstellung mancher Lehrer. Genau diese Lehrer nennen uns nämlich dann faul. Egal. Bald haben wir all das hinter uns. Lina und ich haben uns im Schulhof ein schattiges Plätzchen ausgesucht. Eigentlich wollten wir uns in Mathe abfragen. Wir sind in Mathe nicht gerade die Besten. Da es dafür aber viel zu warm ist, genießen wir das Wetter und planen, was wir nach der Schule machen wollen. „Uh, Janie. Da kommt dein Verehrer." „Mist! Komm wir hauen schnell ab." Lina lacht. „Zu spät. Er hat schon gesehen, dass du ihn gesehen hast." Na toll! Jetzt ist der Tag gekommen, an dem ich einen guten Freund verliere. Luca ist eigentlich ganz lieb. Er erinnert an einen Teddybären oder einen Bruder. „Was hast du eigentlich gegen ihn? Ich bin davon überzeugt, dass er seine Freundin auf Händen tragen würde. Er wäre bestimmt der perfekte erste Freund. Er sieht doch auch süß aus." Ihr Ernst? „Dann nimm du ihn doch. Er ist ein Freund. Ich will ihn nicht als fester Freund. Das ist mir zu anstrengend." Sie verdreht die Augen. „Tja, ich würde ihn mir sichern. Aber dein Luca hat nur Augen für dich." Mit einem Lächeln steht sie auf und geht.

Genau in diesen Moment steht Luca schon vor mir. Er ist groß und für mein Geschmack zu dünn. Blonde Haare und grüne Augen. Er trägt immer ein Lächeln und ist wirklich ein sehr guter Freund. Er ist lieb und unterstützt einen. Er hört sich jedes Problem an und hat immer einen guten Tipp. Wenn mir etwas Geld für mein Essen fehlt, gibt er mir das was noch fehlt und verlangt es nie zurück. Er sagt immer: „Mein Paps sagt immer: Bei Geld hört die Freundschaft auf. Ich verleihe kein Geld. Wenn, dann schenke ich dir das Geld. Ansonsten würde ich es dir gar nicht anbieten." Er ist einfach eine gute Seele. Natürlich gebe ich ihm dann auch mal was aus. Das wäre mir sonst viel zu unangenehm. Auch heute ist er schlicht angezogen. Chucks, dazu eine Jeans und ein T-Shirt mit einer Palme darauf. Ich glaube, die meisten Shirt Motiven für Jungs haben eine Palme. Irgendwie langweilig. Palmen, Städtenamen, Totenköpfe und Frauen. Es wird mal Zeit für interessantere Motiven für Jungs. „Hey Janie. Können wir kurz reden?" Oh, nein. „Nee. Ich wollte gerade los und für die Abschlussprüfung lernen. Wir können ja später schreiben." Und tschüss. „Gehst du mir aus dem Weg?" Mist. Er hat es bemerkt. Naja, ich kann nicht ewig davonrennen. „Hör mal. Du gehörst zu meinen besten Freunden und das will ich nicht verlieren." „Und?" Er lässt nicht locker. „Ich hab gehört, dass du mehr willst. Aber das würde alles kaputt machen. Und allein, dass wir darüber reden, macht es wahrscheinlich schon kompliziert." Er lacht! Warum lacht er? „Janie ich hab dich als Freundin lieb. Aber ich bin nicht in dich verliebt." Wie peinlich. Warum höre ich bloß auf Lina. Wenn ich die erwische. Oh ich könnte platzen und gleichzeitig im Boden versinken. „Wieso fragst du mich nicht direkt?" Er hat ja Recht, aber mir war das total unangenehm. Ich zucke einfach mit den Schultern. Das ist echt peinlich. „Ich wollte mit dir über Lina sprechen. Aber jedes Mal wenn ich mit dir reden wollte, warst du plötzlich verschwunden. Auf meine Nachrichten hab ich immer nur Emojis bekommen." Wieso wohl? „Ja, jetzt weißt du ja warum. Oh Mann." Kann ich nicht einfach unsichtbar werden? „Wie kommst du bloß auf diese Idee?" Ob er mir das glaubt? „Lina." „Aha. Naja. Was ich dich fragen wollte. Meinst du Lina würde mit mir ausgehen, wenn ich sie fragen würde?" Autsch! Das hätte ich nicht erwartet. Ich kann es aber verstehen. Sie ist hübsch und hat Humor. „Wow! Ähm, ich denke schon. Frag sie. Aber ich sag dir gleich. Sie denkt, du hättest nur Augen für mich." Nun muss ich grinsen. Es ist ein schöner Gedanke, wenn meine zwei besten Freunde ein Pärchen werden. Der Liebevolle und die Verrückte. „Ha, dass bekomme ich schon hin. Ich werde sie noch heute fragen. Sag ihr aber nichts." Er ist ziemlich selbstsicher. „Versprochen. Ah..." Wieder dieser stechende Schmerz. Dieses Mal wird es mir etwas schwindelig. „Alles Okay? Setz dich. Soll ich einen Lehrer holen?" „Nein, ich hab nur Kopfschmerzen." Das nervt langsam. Ich glaub ich muss das mal checken lassen. „Glaub mir Jane, es könnte sein, dass du eine Brille brauchst. Du kannst ja wie ich Kontaktlinsen tragen. Ist im ersten Moment unangenehm aber man gewöhnt sich schnell daran." „Ja, ich werde mal zum Augenarzt gehen. Vielleicht brauche ich nur mehr Schlaf. Ich sag Lina für heute ab. Das wäre deine Chance." Ich grinse ihn breit an. „Ja, mal schauen." Auch er schenkt mir sein breitestes Grinsen. „Sicher, dass ich keinen Lehrer holen soll? Du bist blasser als sonst." Er schaut mich besorgt an. „Nein, ich fahre mit dem nächsten Bus nach Hause. Alles gut. Ich schreib Lina gleich. Geh und such sie schon mal." Ich zwinkere ihm zu. Dabei spüre ich den pochenden Schmerz in meinen Augen umso mehr. „Okay, ich versuch dann mal mein Glück." Wir verabschieden uns. Ich bleib noch eine kleine Weile sitzen bevor ich Lina eine Nachricht schicke und nach Hause fahre. Dieses Mal war es etwas heftiger als sonst.

Wir haben schon sechszehn Uhr. Die Kopfschmerzen haben schnell nachgelassen. Vielleicht sollte ich doch wieder Frühstücken. „Janie! Ich hab was vom Thailänder mitgebracht." Gott sei Dank. Ich verhungere. Außer eine kleine Tüte Chips, hatte ich noch gar nichts gegessen. „Was hast du für mich?" Sie grinst mich glücklich an. „Thai-Suppe und gebratene Nudeln und als Nachtisch die heißbegehrten gebackene Bananen." Mama kennt mich einfach viel zu gut. Sie lächelt mich selbstzufrieden an. Ich hole das Geschirr und decke den Tisch. Währenddessen hat sich Mama in gemütlichere Klamotten gezwängt. „Wie war dein Tag?" Sie fragt mich das jeden Tag mit aufrichtigem Interesse. Ich kann ihr alles erzählen. Dennoch gibt es Dinge über die ich nicht mit ihr sprechen will. Zum Beispiel Thema Jungs. Sie macht zwar ihre Witze und ich weiß ich kann auch ernst mit ihr darüber sprechen. Aber das ist einfach irgendwie peinlich. Sie Arbeitet jeden Tag sechs bis acht Stunden im Büro. Aber sie kommt selten schlecht gelaunt nach Hause. Von der Arbeit erzählt Sie auch nicht viel. Ich glaube sie ist einfach froh, wenn Sie Feierabend hat. „Wie immer. Die Lehrer haben kein Bock mehr. Wie war es auf der Arbeit." „Auch wie immer. Der Boss hat einfach kein Bock mehr." Sie grinst mich an. „Du, Mama. Kannst du einen Termin beim Augenarzt für mich machen?" „Janie, du bist doch alt genug, das selbst zu machen. Warum brauchst du einen Termin? Siehst du nicht mehr so gut?" Och nö. Beim Arzt anzurufen und Termine vereinbaren zu müssen mag ich nicht. Das ist so unangenehm. „Nee, ich hab seit längerem immer mal Kopfschmerzen. Die Kommen und Gehen. Aber der Schmerz wird immer schlimmer." Jetzt sieht sie besorgt aus. Dieser Blick gefällt mir nicht. Sie sieht einen eigentlich immer liebevoll und mitfühlend an. Man fühlt sich immer willkommen und geborgen. Außer wenn ich mein Zimmer aufräumen soll. Ja, da wird sie streng und kann auch anders. Der Besorgte Blick kommt nur sehr selten vor. Darum macht mir das Angst. „Wie oft kommt es vor und wie stark ist der Schmerz?" Sie kann mir doch dabei gar nicht helfen. „Du bist doch kein Arzt", sage ich genervt. „Jane, ich hasse es mich zu wiederholen." Wird sie wütend? „Also fast jeden Tag. Morgens beim Aufstehen. Manchmal auch nachts. Heute das erste Mal in der Schule und mir wurde auch etwas schwindelig." Nun wirkt Sie nachdenklich. „War jemand bei dir?" Sie macht sich wohl Sorgen, dass ich irgendwann umkippe. „Luca." „Was hat er gesehen?" Was soll denn diese dumme Frage? „Hä. Was soll er gesehen haben? Er hat nur gefragt, ob er einen Lehrer holen soll." Sie schaut mich nun ernst an. „Vielleicht solltest du die restliche Woche zu Hause bleiben. Sollte es schlimmer werden, sagst du es mir bitte." „Und was ist mit dem Termin? Luca meinte, dass ich vielleicht eine Brille brauche. Bei ihm war das auch so." Hört sie mir überhaupt zu? „Warten wir erstmal ab. Aber du sagst es mir, wenn es schlimmer wird." Sie schaut mich mit einen durchdringenden Blick an. „Ja, mach ich." Genervt verdrehe ich dabei die Augen.

Ich liege in meinem Bett. Mir brummt der Schädel von der ganzen Lernerei. Bin ich froh, wenn ich all das endlich hinter mir habe. Ich hab mich dafür entschieden weiter zur Schule zu gehen. Viele wissen bereits was sie mal werden wollen. Ich hingegen habe noch keinen Plan. Ich habe noch nichts gefunden, das mich in geringster Weise interessieren könnte. Wir waren mit unserer Klasse mal auf einer Berufsmesse. Dort wird einem wirklich alles schmackhaft gemacht. Es werden viele Werbegeschenke verteilt. Schlüsselanhänger, Flaschenöffner, Kulis, Kühlschrankmagnete und viele weitere kleine Sachen. Die Jungs aus meiner Klasse fanden das ja mega geil. Man konnte sogar einen Bogen ausfüllen, der einem verraten soll, welcher Beruf zu einem passen könnte. Bei mir war es Altenpflegerin. Schon allein der Gedanke eine Bettpfanne ausleeren zu müssen gibt mir Gänsehaut. Ich habe großen Respekt vor den Menschen, die sich um die älteren Menschen kümmern. Meiner Meinung nach wird dieser Beruf nicht genügend gewürdigt. Für mich ist es einfach nichts. Wie geht man damit um, wenn einer dort stirbt? Was, wenn man mit demjenigen eine Freundschaft begonnen hat? Es macht mich traurig, daran zu denken einen geliebten Menschen zu verlieren. Luca ist sehr stolz auf sein Ergebnis. Er wäre anscheinend ein guter Polizeibeamter. Aber auch hier fehlt einfach der Respekt vor Beamte. Die ständigen Negativ-Nachrichten über Beamte im Allgemeinen oder Beamte die angegriffen werden. Auf dieser Welt ist einfach zu viel Gewalt und Kriminalität. Mich würde es eher interessieren, was Menschen dazu bewegt. Angst, Wut, Freude. All diese Gefühle und das Wieso. Hey, vielleicht sollte ich Psychologin werden. Das wäre doch interessant. Ich glaube ich werde mir morgen hierzu ein paar Informationen raussuchen. Linas Test ergab Groß- und Außenhandelskauffrau. Auch Sie ist sehr stolz darauf. Sie möchte sowieso mal im Büro arbeiten. Ich glaube auch, dass das sehr gut zu ihr passt.

Irgendwie macht die Zukunft mir ein wenig Angst. Man weiß einfach nicht, was auf einem zukommt. Unser Lehrer Herr Schmidt sagt immer, wir sollen diese Zeit genießen. Irgendwann vermissen wir die Zeit in der Schule und die Ferien. Ich weiß ja nicht. Der Gedanke selbst Geld zu verdienen und seine eigene Wohnung zu haben, ist eigentlich ganz cool. Vielleicht teile ich mir eine Wohnung irgendwann mit dem richtigen Partner. Einer, der nicht so kindisch ist. Lina versteht nicht, dass der ganze Teenie-Beziehungs-Stress nichts für mich ist. Ich warte einfach. Wie es sich wohl anfühlt so richtig verliebt zu sein? Manchmal, aber auch nur manchmal, hätte ich doch gerne einen Freund. Ich kann nicht erklären wieso. Manchmal ist der Wunsch einfach da. Ob Mama sich auch manchmal so fühlt? Ich hab sie einmal nach meinem Vater gefragt. Sie fing damals an zu weinen. Ich war noch sehr jung. Aber dieser Ausdruck in Ihren Augen, lässt mich nicht vergessen, wie verletzt sie war. Seitdem habe ich nicht mehr nach ihm gefragt. Sie hatte aber meines Wissens nie einen festen Freund. Ob das gesund ist? Wurde sie so sehr Verletzt, dass sie sich nie mehr verlieben kann? Oder liegt es an mir? Glaubt sie ich würde niemanden akzeptieren? Mama und ein Mann. Hm. Ehrlich gesagt, kann ich mir das auch nicht vorstellen. Wir sind eigentlich ein gutes Team. Wer wohl mein Vater ist? Lebt er noch oder ist er gestorben? Wie sieht er aus? Was für ein Mensch war er? Neugierig bin ich schon. Ob wir dieselben Augen haben? Dieselbe Haarfarbe? Für was hatte er sich interessiert? Wie haben sich meine Eltern kennengelernt? Hat er uns vielleicht verlassen? Ich habe einmal Mamas Schrank durchsucht, aber ich konnte nicht einmal ein Foto von ihm finden. Als hätte er nie existiert. Will ich wirklich wissen, was damals passiert ist? Der verletzte Ausdruck in Mamas Gesicht damals verunsichert mich stark. Vielleicht wird sie es mir irgendwann erzählen. Am besten suche ich mir schon meine Klamotten für morgen aus und lege mich schlafen. Hoffentlich gehen die Kopfschmerzen weg. Was will ich morgen anziehen? Das grüne T-Shirt oder das rote? Ich glaube Rot passt. Ich nehme heute mal eine Schmerztablette und lege mich hin. Es tut gut die Augen zu schließen.

Wo bin ich? Wieso sieht alles so verschwommen aus? „Lass mich." Wer ist da? Sie hört sich so weit entfernt an. „Janie, dass wird lustig. Versprochen. Ich brauch außerdem deine Unterstützung." Hä, das bin doch ich mit Lina! Ich träume wohl. „Ich will aber nicht mitgehen. Das wird total unangenehm. Es ist euer Date. Da hab ich nichts zu suchen." „Dann frage ich, ob noch jemand Lust hat mitzukommen." Anscheinend versuche ich mich aus irgendeine Sache zu drücken. Lina lässt natürlich nicht locker. Das ist typisch Lina. „Das würde Luca nicht passen." Ich bin anscheinend ziemlich genervt. „Vorschlag. Du passt aus der Ferne auf mich auf. Ich bezahle dir auch das Ticket. Du sitzt einfach ein paar Reihen hinter uns. Sollte ich dich brauchen, gebe ich dir ein Zeichen und du rufst mich an. Wie ein kleiner Schutzengel. Bitte sei mein Schutzengel." Lina scheint nervös zu sein. So kenne ich sie gar nicht. Sonst ist sie immer so selbstbewusst. Ich schaue sie nachdenklich an. „Na gut. Aber dafür gibst du mir das nächste Mal einen Hamburger aus." „Yes! Abgemacht!" Lina hüpft auf und ab. Gut, dass sie dieses Mal eine Hose statt ein Kleid anhat. Es betont noch mehr ihre perfekte Figur. Die lockere, farbenfrohe Sommerbluse rundet ihr Outfit ab. Ich hab eine dreiviertel Jeans und ein rotes T-Shirt mit einem V-Ausschnitt an. „Jane, du müsstest eigentlich viel dicker sein." Sagte sie plötzlich grimmig. „Wieso?" Ich schaue sie überrascht an. „Ich kenne niemanden, der so viel Junkfood isst wie du. Manch anderer wäre deswegen eifersüchtig." Nun grinst sie mich wieder an. Mit einem breiten Lächeln antworte ich: „Gute Gene." In diesem Moment remple ich versehentlich irgendeinen Fremden an. „Pass doch auf wo du hinläufst", mault er mich an. „Du hättest genauso aufpassen können", mault Lina zurück. Ich schiebe sie zur Seite. „Entschuldigung. Ich hatte nicht aufgepasst." Offensichtlich gebe ich nach, um einen Streit aus dem Weg zu gehen. „Das sollte dir auch leidtun. Und du pass lieber auf wie du mit mir redest. Zeig ein wenig Respekt." Lina will zum nächsten Angriff ansetzen. Bevor das jedoch passiert, packe ich ihren Arm und ziehe Sie weiter. Ich erkenne nun wo wir sind. Wir sind ein paar Häuser von der letzten Haltestelle entfernt. Anscheinend sind wir auf den Weg nach Hause. Lina steigt immer mit mir aus, damit wir noch ein wenig quatschen können. Ich wohne in der Mühlgasse. Lina jedoch wohnt in der Schulstraße. Ich laufe immer mit ihr bis zum Metzger hoch und dann den kleinen Weg wieder zurück. Je nach Laune und Wetter gehen wir manchmal auch einen anderen Weg. „Was denkt der Idiot sich? Der hat sie doch nicht mehr alle. Der ist doch voll in dich reingerannt. Check mal deine Taschen, am Ende hat er dir noch was geklaut." Vor Schreck durchsuche ich all meine Taschen. Ich sehe ziemlich erleichtert aus. Anscheinend wurde nichts gestohlen. Lina ist immer noch ziemlich aufgebracht. „Sag mal. Wieso entschuldigst du dich noch bei so einem Vollpfosten?" Ich verdrehe die Augen. „Lina, mit solchen Typen diskutiert man nicht. Der hätte uns garantiert eine geknallt. Darauf kann ich dankend verzichten. Außerdem, sagt man doch der Klügere gibt nach?" Oje, ich höre mich ja wirklich wie ein Nerd an. Aber so wie der Kerl aussah und auch drauf war, war das die beste Entscheidung. Sie sieht unzufrieden aus. Ich hasse es sie so zu sehen. Ich versuche, dann immer sie mit einem Witz aufzumuntern. Ich sehe wie ich grinse. Anscheinend habe ich wieder einen guten Witz parat. „Lina, ich hab letztens versucht bei Familie Brötchen anzurufen." „Was?" Sie ist sichtlich verwirrt. „Es war leider belegt." „Der war ja sowas von schlecht", sagte sie, muss aber dabei grinsen. „Sei um zwanzig Uhr im Kino. Halte dich aber bedeckt. Ich schicke dir die Reservierungsnummer für dein Ticket." „Ja, ja, ja. Ich sehe dich dann später." Wir verabschieden uns wie immer vor dem alten Metzgerhaus. Es ist schon lustig uns zuzusehen. Wir könnten wirklich eine TV-Serie drehen. Der typische Teenie Alltag. Lina läuft seelenruhig nach Hause. Sie trägt wieder Ihre Bluetooth Kopfhörer. Ob Sie das neuste von Ava Max hört? Sie macht wirklich gute Musik. Sie geht immer durch die kleine Gasse neben dem Metzgergebäude. So kommt sie schneller nach Hause. Oh nein! Der Typ von vorhin nähert sich. Ich sehe mich nicht mehr. Sein Blick ist auf sie fixiert. „Lina!" Sie hört mich nicht. Wieso hört sich meine Stimme so komisch an? Er wird immer schneller und ist ihr bereits gefährlich nahe. „Lina, hinter dir! Renn!" Ich bekomme Panik. Diese blöden Kopfhörer. Wieso kann ich mich nicht bewegen? Ich versuche sie zu erreichen. Aber irgendwie funktioniert das nicht. Es ist als sei ich versteinert. Warum verfolgt er Sie? Wieso ist keiner in der Nähe. „Lina!" Er hat sie. Oh nein. Meine Kopfhaut kribbelt. Er drückt sie gegen die Wand. Ihr Gesichtsausdruck ist schockierend. Ihre Augen weit aufgerissen. Keiner kann sie hören, weil er ihren Mund mit der Hand bedeckt. Sie kratzt ihn. Er flucht und beginnt sie zu schlagen. „Lina! Nein!"

„Jane, wach auf!" Ein stechender Schmerz an der Wange lies mich aufschrecken. Mama steht vor mir. „Mama?" Alles ist noch ein wenig verschwommen. Mein Kopf schmerzt wieder. Das Stechen wird von Mal zu Mal immer schlimmer. Es dauert eine Weile, bis ich aufnahmefähig bin. Ich merke wie feucht meine Wangen sind. Habe ich geweint? Was war das? Hatte ich geträumt? Es kam mir so echt vor. Ich spüre die Angst immer noch in meinen Knochen. Die Tränen laufen weiter. Ich kann nicht anders. Ich glaube ich stehe unter Schock. Die Kopfschmerzen machen es auch nicht besser. Was macht Mama hier? Sie hält mich fest in Ihren Armen. So sitzen wir eine gefühlte Ewigkeit. Es war einfach schrecklich. So etwas darf nicht passieren. Wieso träume ich so ein Mist? Die Angst schwindet und ich realisiere langsam wo ich bin. In meinem Zimmer. Mein Schreibtisch mit meinem Chaos darauf in der einen Ecke des Zimmers. Mein kleiner Fernseher gegenüber von meinem Bett. Ich hatte vor es bald an der Wand zu befestigen. Meine Wände sind schlicht weiß aber mit schönen Wand-Tattoos verziert. Über meinem Bett habe ich mein XXL Korkrahmen mit all meinen Bildern von Mama, mir und meinen Freunden. Ich liege immer noch weinend in Mamas Armen. So langsam beruhige ich mich. „Mama, was ist los?" Ich bin immer noch verwirrt. „Du hast geschrien. Ich konnte dich nicht wecken. Ich musste dich Ohrfeigen. Es tut mir so leid." Nun ist sie diejenige mit Tränen in den Augen. „Ich hatte einen schlimmen Albtraum." Sie schaut mich voller Angst an. „Was hast du gesehen?" Sie scheint selbst noch verschlafen zu sein. Sie meinte natürlich geträumt. Ihr sitzt der Schock wahrscheinlich auch noch in den Knochen. „Ich hab nur von Lina und mir geträumt. Zum Schluss wurde sie von einem Fremden angegriffen." Meine Kopfhaut beginnt bei der Erinnerung daran wieder an zu kribbeln. Bah! Ein ekliges Gefühl. „Es war nur ein Traum. Vielleicht…" Alles wird schwarz! Wieder sieht alles verschwommen aus. Ich bin in einem dunklen Raum. Es ist kalt. Ich fühle regelrecht wie die Kälte auf meiner Haut ruht. Ich höre wie ein Mann meinen Namen ruft. „Jane! Konzentriere dich." Ich sehe nichts. Wo ist er? „Jane! Suche nach mir!" Wer ist das? Wen soll ich suchen. „Du darfst ihr

15

nicht glauben!" Die Stimme schreit mich an. Aber ich kann niemanden erkennen. Es ist alles einfach zu dunkel. Plötzlich wird es hell. Ich bin wieder in meinem Zimmer. Ich sehe Mama und mich. Ich liege in Ihren Armen. Sie weint bitterlich. „Mama, wieso weinst du?" Wie auch in meinem Traum kann man mich wieder nicht hören. Dieses Mal kann ich mich aber frei bewegen. Sie flüstert mir etwas ins Ohr. Ich kann es nicht verstehen. Ich komme näher. Es tut weh sie so weinen zu sehen. Aber was ich jetzt sehe lässt mich erstarren. Ich liege in Ihren Armen. Komplett regungslos. Mein Mund leicht geöffnet. Doch das was mich erstarren lässt sind meine Augen. Weit aufgerissen und total blank. Sie sind komplett weiß. Bin ich... tot? Ich fühle nur noch wie sich alles um mich herum zu versinken scheint. Ich will noch nicht sterben. Was passiert hier? Was passiert mit mir? Bevor alles ins nichts verschwindet richtet sich mein toter Blick auf mich und ich flüstert mir zu: „Erwache!"

KAPITEL 2

Die Vorsehung

Es sind nun vier Tage vergangen. Seit meiner Panikattacke hatte ich keine Kopfschmerzen mehr. Mama ist seitdem komplett komisch. Ich habe das Gefühl, dass sie mir aus dem Weg geht. Sie arbeitet länger und wenn sie mal pünktlich nach Hause kommt, weicht sie dieses Thema aus. Sie meinte, ich hätte eine Panikattacke aufgrund des Drucks in der Schule. Ich mache mir viel zu viele Gedanken über die Abschlussprüfung. Ich versuchte, ihr zu erklären, dass ich gut vorbereitet bin und mir darum keine Sorgen mache. Sie winkte dies nur ab und meinte, dass mein Unterbewusstsein viel damit zu tun hat. Tatsächlich habe ich das bei Doktor Google recherchiert. Man glaubt gar nicht, wie viele Theorien und Foren es zu diesem Thema gibt. Ich muss zugeben, dass ich hier ein wenig überfordert war. Ich habe das alles nicht ganz verstanden. Aber angeblich soll meditieren helfen. Seit Tagen nehme ich mir vor, das mal zu versuchen. Aber ich habe nicht wirklich Lust darauf. Ich hab mir mal auf YouTube eine begleitete Meditation zur Entspannung und innere Ruhe angeschaut. Ich bin einfach zu ungeduldig dafür. Vielleicht ist das mein Problem? Bin ich vielleicht doch zu unruhig? Ich komme mir aber auch ein bisschen doof vor. Es ist zwar nichts schlimmes, aber es fühlt sich komisch an.

Ich war über das Wochenende komplett zu Hause, um mich auszuruhen. Mama nahm mir das Handy ab. Sie meinte das würde mir gut tun. Es hat sich mehr wie eine Strafe als Fürsorge angefühlt. Wir haben lautstark deswegen diskutiert. Aber was soll ich tun? Am Ende hat sie ihren Willen bekommen. Heute kann ich endlich wieder zur Schule und meine Freunde treffen. Heute entscheide ich mich mal für die Klamotten, die ich am Vorabend rausgelegt hatte. Meine gemütliche dreiviertel Jeans und ein rotes T-Shirt. Warte… Nein. Das ist Zufall. Meine Kopfhaut beginnt zu kribbeln. Nicht schon wieder. Ich trage heute lieber mein grünes T-Shirt.

Es klopft an meiner Tür. „Jane, bist du wach?" Oh, seit wann bleibt Mama morgens so ruhig. Sonst geht es viel chaotischer bei uns zu. „Ja, ich bin auch schon fertig. Ich komm gleich und frühstücke noch eine Kleinigkeit." Die Tür öffnet sich. Da steht sie nun. Ein ernstes Gesicht und leichte Augenringe. Es sieht aus, als sei sie erschöpft. „Ich geh jetzt zur Arbeit. Ich hab aber eine Bitte." Ich nicke nur. Ihr Verhalten macht mir seit Tagen Sorgen. Sie hat das komplette Wochenende durchgearbeitet. Das musste Sie vorher nie. „Wenn du heute zur Schule gehst, darfst du niemanden erzählen, was passiert ist." Ich schaue sie fragend an. „Ich bin alleinerziehend. Ich will nicht, dass das Geschwätz hier im Dorf die Runde macht, ich würde mich nicht richtig um dich kümmern." Jetzt ergibt alles Sinn. „Deswegen bist du so komisch drauf!" Sie schaut mich fragend an. „Mama mir geht es gut. Ich habe keine Kopfschmerzen mehr. Du bist doch immer für mich da und sorgst dich um mich. Du musst nicht länger arbeiten um mehr zu verdienen. Uns geht es doch gut. Ich hatte schon das Gefühl, du würdest mir aus den Weg gehen. Ich kann auch einen Nebenjob suchen, falls…" „Jane, wir haben keine Geldsorgen. Wir haben im Büro einfach viel zu tun. Sprich einfach mit niemanden über den Vorfall. Auch nicht mit Lina." Schon wieder. Sie unterbricht mich und geht mir wieder aus den Weg. Ihr Blick wird nun sanfter. „Es ist lieb von dir, dass du dir Gedanken machst. Es ist nur im Büro ein wenig stressig. Pass auf dich auf. Melde dich bei mir, wenn es dir nicht gut geht. Ich hab dich lieb." Das ist das erste Mal seit Tagen, dass sie mir das gesagt hat. Es ist einfach nur schön zu hören. „Ich hab dich auch lieb." Sie lächelt mich an und verlässt mein Zimmer. Wieso darf ich Lina nichts erzählen? Ist ja nicht so, als würde Sie es jedem hier im Dorf erzählen. Sie ist ja nicht das Niddataler Blättchen. Sie wird mich sowieso ausquetschen. Oh Mann, das wird ein anstrengender Tag. Mein Handy! Mist! Mama hat es mir nicht wiedergegeben. Naja, ich werde es heute nochmal schaffen. Nach ein paar Tagen gewöhnt man sich ein wenig daran. Zugegeben, ganz ohne Technik war ich nicht. Über mein Tablet hab ich Lina eine Nachricht geschickt, dass Mama mein Handy hat. Aber das hat sie offensichtlich nicht gelesen. Sie prüft selten Ihre Mails. Ein Versuch war es aber Wert. Was soll ich ihr bloß sagen? Grippe? Nein. Hätte ich die Grippe, würde mir heute noch die Nase laufen. Bauchweh? Aber wieso hätte Mama mir mein Handy abnehmen sollen? Das wird schwer. Ich hasse es zu lügen. Ich bin nämlich keine gute Lügnerin. Ich werde immer nervös und versuche schnell das Thema zu wechseln.

Wie immer warte ich auf den Bus. Die Sonne auf meiner Haut tut so gut. Ich schließe meine Augen, um den Augenblick zu genießen. Plötzlich durchschießt mich eine große Wut. Ich kann nicht erklären wieso. Aber ich könnte platzen vor Wut. Ich öffne die Augen. Der Bus bleibt direkt vor mir stehen. Die Wut ist nun wie verflogen. Ich verstehe meinen Körper nicht mehr. Ist das noch die Pubertät? Also darauf kann ich dankend verzichten. Vielleicht sollte ich mal wirklich zum Arzt. Mama ist zwar dagegen, aber ich fühle mich nur noch unwohl und unsicher. Vielleicht wird es Zeit mal zum Frauenarzt zu gehen. Vielleicht sind es meine Hormone. Vielleicht Hormonstörungen? Eindeutig zu viele Vielleicht. Egal jetzt. Ich steige ein und warte bereits darauf meinen Namen zu hören. Aber dieses Mal höre ich nichts. Ich suche Lina in der Menge. Da sitzt sie mit einer wütenden Miene. Oje! Ich gehe zu ihr. „Kann ich mich setzen?" Frage ich vorsichtig. „Weiß nicht. Kannst du?" Sie faucht mich regelrecht an. „Lina, ich verstehe warum du sauer bist. Aber…" „Aber du hast dich dazu entschieden mich zu ignorieren. Ich hätte sterben können und du hättest es nie erfahren." Bei dem Gedanken daran kribbelt wieder meine Kopfhaut. „Ich hab mir große Sorgen gemacht. Ich habe dir tausende Nachrichten geschickt, von dir kam nicht mal eine Antwort. Du hast dir nicht mal die Mühe gemacht auch nur eine Nachricht zu lesen." Ich reibe mir erschöpft die Augen. Plötzlich durchschießt mich wieder diese Wut. „Weißt du was Lina? Hol mal Luft. Lies mal lieber deine Mails bevor du andere so angehst." Es schoss nur so aus mir heraus. „Ich hätte sterben können und du hättest es nie erfahren, weil du deine Mails nie checkst!" Ich wurde laut. Ich öffne meine Augen und sehe, wie ein paar jüngere Schüler uns anschauen und tuscheln. Lina schaut mich nur überrascht an. Es herrscht kurz stille. Die plötzliche Wut ist wieder schnell verflogen. Das kann gefährlich werden. Ich muss das in den Griff bekommen. „Jane?" Lina schaut mich nicht an, aber ihre Stimme ist wieder sanfter. „Ja?" Mein Ton ist noch etwas rau. „Welche Musik hören Kaninchen gerne?" Echt jetzt? Sie wendet meine Taktik an. Ich kann nicht anders als jetzt schon zu grinsen. Ich zucke mit den Achseln. „Hip-Hopp." Mein Grinsen wird breiter. „Der war flach. Du weißt das, ja?" Nun zuckt sie grinsend die Achseln. „Ich kann das nicht so gut wie du." Ohne Vorwarnung umarmt sie mich. Natürlich erwidere ich ihre Umarmung. Um ehrlich zu sein tut es gut umarmt zu werden. Der Bus hält und ich steige mit einem Gefühl der Erleichterung aus. So ist das zwischen uns. Wir können uns einfach nicht böse sein. Ah, die Sonne tut echt gut. Ich drehe mich um und erstarre vor Schock. Sie trägt eine figurbetonte Hose und eine farbenfrohe Sommerbluse. Das kann nicht sein. Wie kann Sie genau das anhaben? Meine Kopfhaut beginnt wieder zu kribbeln. „Jane, ist alles OK?" Sie schaut mich besorgt an. „Dein Outfit..." Prompt unterbricht sie mich. „Gefällt es dir? Ich wollte mal eine Sommerbluse tragen. Ich hab die im Schaufenster gesehen und wusste, diese Bluse wurde nur für mich gemacht." Sie ist total aufgeregt und freut sich über ihre Bluse. „Was denkst du? Glaubst du Luca fällt es auf? Ich weiß, dass ich sonst immer nur Kleider im Sommer trage aber ich wollte einfach mal was Neues ausprobieren." Ich versuche wieder einen klaren Kopf zu bekommen. „Ja, diese Bluse steht dir. Du siehst super aus." Ich lächle sie an. OK, ich habe mich ja für ein anderes T-Shirt entschieden. Ich übertreibe einfach nur. Ich darf mich nicht so in diese Sache reinsteigern.

„Hey, warum wurdest du von der Außenwelt isoliert." Jetzt gewinnt Linas Neugier. Muss das jetzt mitten im Unterricht sein? „Läuse." Das kam wie aus der Kanone geschossen. „WAS!!! Oh mein Gott!" Einige aus unserer Klasse heben ihre Köpfe, um zu sehen was los ist. „Nein, das war ein Scherz." Ich versuche sie zu beruhigen. „Jane willst du uns an eurem Gespräch teilhaben lassen?" Na toll. „Es tut mir Leid. Ich bin still." Frau Koller kann manchmal echt nervig sein. Sie ist zwar eine gute Klassenlehrerin aber sie übertreibt es gerne auch mal. Sie ist schon beinahe im Rentenalter. Sie hatte uns oft erzählt wie es zu ihrer Zeit in der Schule war. Da herrschte noch Zucht und Ordnung. Wieso muss man sich von Erwachsenen immer anhören wie streng die früheren Zeiten waren? Dann wiederum erzählt man uns wie schön die Kindheit war und das alles früher besser war. Ich werde als Erwachsene nicht erzählen, wie die alten Zeiten waren. Das interessiert uns doch gar nicht. Gut, manchmal sind ein paar lustige Geschichten dabei gewesen, die dann doch interessant waren. Aber im Prinzip will man uns damit sagen, dass wir es leicht hätten. Von wegen. „Gut, weil du dich ja so gerne unterhältst, kannst du uns ja einen Vorschlag für die Abschlussfahrt geben." Stimmt die Abschlussfahrt. Unsere Klasse ist echt spät dran. Das liegt an all unsere Chaoten und weil wir uns einfach nicht entscheiden können. Aber so wie ich nun mal bin, hab ich meine Hausaufgaben gemacht. „Also ich wäre für Venedig. Wir könnten zur Festa del Redentore." Ja, ich habe mir meine Gedanken hierzu gemacht. Unzählige Filme spielten in Venedig. Mein Lieblingsfilm von Angelina Jolie und Johnny Depp spielt ebenfalls in Venedig. Jedes Mal war ich von dieser Stadt verzaubert. Nur zu gern möchte ich mal dort hinreisen. „Jane, kannst du uns erklären was das für ein Fest sein soll?" OK, das ist jetzt meine Chance. „Es ist ein Erlöserfest. Die Feier soll an die Befreiung der längsten Pestwelle erinnern. Natürlich gibt es ein Konzert und auch ein Feuerwerk. Wichtig ist aber der geschichtliche Hintergrund. Die Feier sollte hier aber nicht im Vordergrund stehen. Venedig erfüllt all unsere Wünsche. Es liegt in Europa, es gibt gutes Essen, wir lernen viel über ihre Geschichte, es hat viele Sehenswürdigkeiten und gehört zu einer der berühmtesten Städte auf dieser Welt. Wir könnten mal mit einer Gondel fahren. Vielleicht könnten Sie Ihren Mann mitbringen als weitere Aufsichtsperson. Wir sind alle beinahe Volljährig und manche von uns auch vernünftig." Einige unserer Klassenchaoten beginnen zu kichern. „Wir könnten uns in unserer freien Zeit in Gruppen bewegen. So hätten Sie und Ihr Mann auch Zeit für eine romantische Gondelfahrt." Ich wippe mit meinen Augenbrauen auf und ab und lächle sie dabei an. Ich weiß, dass ich die Klasse für mich gewonnen habe, als ich das Fest erwähnt habe. Ich muss nur Frau Koller davon überzeugen. Ich bin überzeugt, dass ich das kann. Ich habe einen genauen Plan dafür erstellt. Dieser liegt leider noch auf meinem Schreibtisch. „Das hört sich interessant an. Ich weiß aber, dass die meisten, wenn nicht sogar jeder von euch gerne Halligalli machen wollen. Das Fest hört sich gut an, kann aber auch stark in die Hose gehen. Das ist eine große Verantwortung." Frau Koller scheint interessiert zu sein aber noch nicht überzeugt. „Frau Koller, ich habe meine Hausaufgaben hierfür gemacht. Ich habe mir Angebote eingeholt für Bungalows auf einer Ferienanlage. Ein Reiseveranstalter fährt uns an drei von acht Tagen nach Venedig. Wir werden uns auch andere Städte mit diesem Reiseveranstalter anschauen können.

Zum Beispiel werden wir Rom uns an zwei Tagen anschauen und kennenlernen können. Hierzu habe ich vom Reiseveranstalter alternativ zwei weitere Ortschaften angeboten bekommen. In einem Bungalow können bis zu vier Personen übernachten. Wir sind eine Klasse mit fünfzehn Personen. Mit Ihnen und Ihren Mann wären wir siebzehn. Das macht fünf Bungalows. Die Ferienanlage hat viel zu bieten, falls wir mal eine Städtereise aussetzen wollen. Ich habe eine komplette Mappe mit allen Informationen und Angeboten und auch einen Plan der Gruppenaufstellung zu Hause auf meinem Schreibtisch liegen. Ich kann alles scannen und Ihnen per Mail schicken, wenn Sie möchten. Es ist auch für jeden bezahlbar." Ich bin sowas von stolz. Ich konnte ihr zwar nicht alles zu hundert Prozent wiedergeben, so wie ich es geplant hatte, aber ich bin davon überzeugt, dass das reicht. Frau Koller überlegt. Sie sieht wie ein altes Hausmütterchen aus. Klein, rund, kurze weißgraue Haare, schmale Lippen und durch Ihre dicken Wangen kleine braune Augen. Man sollte meinen, dass sie eine herzliche Person ist. Aber sie ist ziemlich streng. „OK, schick mir alles per Mail zu. Ich muss sagen, du hast dich gut informiert. Manch andere können sich davon eine Scheibe abschneiden. Nach eurem Abschluss plant keiner für euch eine Reise. Ihr müsst selbstständiger werden." Ich kann nicht anders, als breit zu grinsen. Lina verdreht grinsend die Augen. „Freu dich nicht zu früh. Wir machen erst eine Abstimmung. Ist einer von euch gegen Venedig und hat einen anderen Vorschlag?" Ich bin so aufgeregt. Keiner meldet sich. Yes! Ich freue mich so sehr darauf. Endlich komme ich nach Venedig. Anscheinend bin ich nicht die Einzige, die sich darauf freut. Die Klasse ist voll und ganz dabei. „Ok, dann müssen wir bis Freitag alles geklärt haben. In zwei Wochen soll die Abschlussfahrt stattfinden. Bitte erinnert eure Eltern, dass diesen Mittwoch der Elternabend stattfinden wird."

Der Tag vergeht wie im Flug. Ich bin extrem gut gelaunt. Nichts kann meine Laune zerstören. Lina hab ich einfach erklärt, dass ich schwere Migräne hatte und Mama mir deswegen mein Handy abgenommen hat. Sie glaubt mir das ohne weitere Fragen zu stellen. Ich verstehe immer noch nicht, warum ich Lina nichts davon erzählen darf. Der Schultag vergeht wie im Flug. Wir warten noch auf den Bus, um nach Hause zu fahren. „Janie, ich muss dir was erzählen." Sie wirkt… schüchtern? „Klar, was ist?" Sie braucht eine Weile. Anscheinend sucht sie die richtigen

Worte. „Luca will mit mir heute Abend ins Kino. Ich hatte versucht dich zu erreichen. Aber du bist ja nicht rangegangen. Deswegen war ich erst so sauer auf dich. Ich weiß nicht was ich tun soll. Was ist, wenn es ein totaler Reinfall wird? Was soll ich anziehen? Ich brauche deine Hilfe." „Ein Date? Wie soll ich dir da helfen? Es ist egal was du anziehen wirst. Dir steht alles. Versuch es doch mal mit einem Kartoffelsack und einem Hüftgürtel." Ich stupse sie neckisch mit meiner Schulter an. „Ich meine es Ernst Janie. Ich flippe total aus. Komm bitte mit." Meine Kopfhaut beginnt wieder zu kribbeln. Das kann doch nicht wahr sein. Werde ich verrückt? OK, es war ja absehbar, dass Luca mit ihr ausgehen will. Die meisten wählen einen Kinoabend. Und Lina hatte bisher keine Dates. Natürlich ist sie nervös und fragt mich. Der Bus hält nun vor uns. Wir steigen ein. Ich bin noch total in meine Gedanken versunken bis ich bemerke, dass Lina noch auf eine Antwort wartet. „Glaubst du Luca hätte nichts dagegen? Es soll doch wahrscheinlich ein Date sein." Sollte sich alles wiederholen muss ich einfach anders reagieren. „Ja, du hast wahrscheinlich Recht. Aber was soll ich bloß tun?" Sie ist total nervös. Ich freue mich, dass Luca mit Lina ausgehen wird. Sie passen ganz gut zusammen. „Ich mach dir einen Vorschlag. Ich bin heute dein Schutzengel. Ich halte mich im Hintergrund. Sollte es nicht gut laufen, gibst du mir ein Signal und ich ruf dich an." Lina schaut mich überrascht an. „Ich hätte damit gerechnet dich überreden zu müssen. Das ist eine super Idee. Darauf hätte ich auch kommen können." Naja in meinem Traum war es ja ihre Idee. Also warum nicht? Wir sind endlich in Ilbenstadt angekommen. „Also ich reserviere dir ein Ticket und schicke dir dann die Reservierungsnummer. Am besten bleibst du ein paar Reihen hinter uns." Sie ist offensichtlich erleichtert und scheint nicht mehr so nervös zu sein. „Klar, du schuldest mir dafür nur einen Burger." Sagte ich automatisch. Ohne dabei nachgedacht zu haben, was ich als nächstes sagen soll. „Jane, du müsstest eigentlich viel dicker sein." Sagte sie plötzlich grimmig. Ich schaue sie überrascht an. „Ich kenne niemanden, der so viel Junkfood isst wie du. Manch anderer wäre deswegen eifersüchtig." Nun grinst sie mich wieder an. Ich kann dieses Grinsen nicht erwidern. Da kommt er. Im Traum konnte ich sein Gesicht nicht wirklich erkennen. Aber jetzt wo ich ihn sehe, fühle ich wie die Panik steigt. Er wirkt jung. Trägt eine lockere Jeans und ein zu großes T-Shirt. Obwohl es so heiß ist, trägt er eine Kappe. Er kommt immer näher. Er hat schwarzes Haar und einen ungepflegten drei Tage Bart. Er sieht wütend aus. Ich gehe zur Seite, damit wir nicht zusammenstoßen. Als er vorbeiging bemerkte ich einen kurzen Blick von ihm. Er hatte tiefe Augenringe. Plötzlich wird es mir schwindelig. Instinktiv halte ich mich an Linas Arm fest. „Jane? Was ist los?" „Mir ist schwindelig." Um mich herum wird es dunkel. Nein das darf nicht passieren. Nicht jetzt. Nicht hier. Ich kneife meine Augen zusammen. Es blitzen Bilder vor mir auf. Ich halte nun mir die Augen zu. Wieder sehe ich, wie ich mich von Lina verabschiede. Plötzlich stehe ich in einer Gasse. Es ist die Gasse neben dem alten Metzger. In dieser Richtung befindet sich der Kindergarten. Ich sehe wie der Mann mit blutverschmierten Händen über einem Mädchen steht. Es ist Lina. Ich bekomme Panik und beginne zu weinen. „Janie, alles gut. Ich bin bei dir. Soll ich den Rettungsdienst anrufen?" Um Gottes Willen. Dann rastet Mama total aus. „Nein, lass mich einfach nicht alleine." Wir bleiben eine Weile sitzen. Ich habe das Gefühl, dass wir beobachtet werden. Der Schwindel lässt langsam nach. Ich bekomme aber das ungute Gefühl nicht los. „Kommst du mit mir nach Hause? Wir gehen dann zusammen zu dir und bereiten dich auf dein Date vor." Sie schaut mich argwöhnisch an. „Ich glaube, du solltest vielleicht doch zu Hause bleiben." „Nein, es geht schon." Sie ist offensichtlich nicht überzeugt. „Es war nur eine kleine Migräne." Sie zieht ungläubig die Augenbrauen hoch. „Aha. Ist klar. Eine kleine Migräne. Nee, danke. Du bleibst schön zu Hause. Ich schicke dir ein Emoji und du kannst mich von zu Hause aus retten." Sie schaut mich streng an. „OK, aber ich will jetzt nicht alleine sein." Ich bete zu Gott, dass sie mit zu mir kommt. Das kann alles kein Zufall sein. „Natürlich lasse ich dich nicht alleine. Wir müssen noch besprechen, was ich anziehe. Ich tendiere zum Kartoffelsack Outfit." Sie grinst mich an. Ich fühle mich nun erleichtert.

Zu Hause angekommen, beginne ich uns ein paar Sandwiches zu machen. „Janie, eben kippst du mir fast um und jetzt machst du uns essen. Also du bist ja auch nicht mehr ganz dicht." Sie stemmt ihre Hände in Ihre Hüften. „Ja, es ist aber alles wieder gut." „Mal schauen was Tienchen dazu sagt." Oh nein, sie darf es Mama nicht erzählen. „Tu das bitte nicht. Sie macht sich seitdem große Sorgen. Ihr geht es im Moment auch nicht so gut. Versprich mir, dass du ihr nichts sagst. Am Ende kann ich nicht dein Schutzengel sein, weil mir mein Handy fehlt. Sie muss es mir nämlich immer noch zurückgeben." Das hat gezündet. Sie hebt ihre Hände als

Zeichen der Kapitulation. Wir besprechen, dass Sie ihren Lieblings Jumpsuit anzieht. Wir sind auch viele `Was wäre wenn´ Szenarien durchgegangen. Wir müssten für alles vorbereitet sein. Wir hören wie die Haustür sich öffnet. Mama kommt die Tür rein. Sie bleibt vor uns stehen und schaut uns überrascht an. „Hallo Tienchen! Wie geht es dir?" Ich hasse es wenn Lina `Tienchen´ sagt. Ihr Name ist Valentina und nicht Tienchen. Die meisten nennen Sie Tina, so wie die meisten mich Janie nennen. Aber Tienchen ist echt kitschig. Mama grinst sie an. „Gut, danke. Ich wusste gar nicht, dass du heute vorbeikommst. Sonst hätte ich von unterwegs etwas zum Essen mitgebracht." Lina winkt ab. „Ach, alles gut. Wir haben uns für ein wichtiges Date vorbereitet." Mama zieht ihre Augenbrauen hoch und starrt mich an. „Nee, ich nicht. Lina hat heute mit Luca ein Date. Ich bin sowas wie ein Schutzengel und rette Sie, falls es ungemütlich wird." Aus irgendeinem Grund scheint sie immer noch überrascht zu sein. „Du gehst mit?" Was hat sie denn wieder? „Nein, ich bleib heute zu Hause. Sie schickt mir eine Nachricht und ich rufe Sie dann an." Sie nickt und zieht nun ihre Jacke aus. „Tienchen, ich muss jetzt los. Das nächste Mal plaudern wir länger. Tschüssi!" Lina gibt mir eine dicke Umarmung. Sie gibt auch Mama eine kurze Umarmung. Und weg ist sie. „Ist alles OK?" Sie schaut mich überrascht an. „Janie, weißt du was ein Déjà-vu ist?" Lina ist doch öfters hier. Klar denkt sie das schon einmal erlebt zu haben. „Ja, man glaubt etwas wiederholt zu erleben, dabei täuscht das. Aber Lina wohnt doch schon fast hier." Ich lache, aber Mama bleibt ernst. Sie kann unmöglich wissen, was heute passiert ist. „Das meine ich nicht. Hattest du heute ein Déjà-Vu?" Woher weiß sie das? Das alles verwirrt mich. „Mama was ist los? Du bist seit Tagen komisch und kommst jetzt mit so einer Frage." Sie atmet tief ein. Sie ist sichtlich gestresst. „Sollte dir etwas bekannt vorkommen, sollte man in der Regel alles gleich tun. Es ist nicht gut etwas zu verändern." Soll das ein Witz sein? Hätte ich Lina sterben lassen sollen? Wie kann sie eigentlich das alles wissen? Solange Sie mir nichts sagt, sehe ich nicht ein ihr zu erzählen was ich gesehen habe. „Das Schicksal kann manchmal grausam sein. Aber die Nachfolgen können manchmal noch viel schlimmer sein. Manchmal ist das was wir träumen eine Art Vorhersehung." Ich glaube jetzt hat sie alle Schrauben locker. „Aha, also bin ich jetzt eine Hellseherin? Mama was stimmt nicht mit dir? Komm klar und lass mich in Ruhe." Ich bin sowas von wütend.

Statt auf mich zu schimpfen sehe ich wie ihr Tränen in die Augen schießen. Mist, jetzt bereue ich meine Worte. Ich kann nicht anders als sie in die Arme zu nehmen. „Ich hab das nicht so gemeint." Wieso fühle ich mich für die Situation verantwortlich? Eigentlich müsste sie mich in ihre Armen nehmen. Mir geht es nicht gut. Ich bin verwirrt und weiß nicht, was mit meinem Körper passiert. Sie erwidert meine Umarmung. Ohne zu sprechen bleiben wir eine Weile in dieser Haltung. Auch wenn ich sie halte tut es mir gut.

Wieder ist ein Tag geschafft. Lina schickte mir ein schnarch Emoji und ein Kuss Smiley. Ihre Art zu sagen „Guten Nacht. Hab dich lieb". Ich tat ihr gleich. Anscheinend lief alles gut. Sie kann es wahrscheinlich kaum erwarten mir alles zu erzählen. Meine Augenlieder werden schwerer. Einen Blick auf der Uhr bestätigt mir, dass es Zeit wird schlafen zu gehen. Ich bin viel zu faul mich umzuziehen. Ich ziehe meine Hose, Socken und BH aus. Das T-Shirt kann ich morgen mit der restlichen Wäsche in den Wäschekorb legen. Es dauert nicht lange und ich spüre, wie leicht alles um mich herum wird.

Ich bin in einem Kaufhaus. Es ist sehr überfüllt. Zuerst sehe ich alles verschwommen, doch mit der Zeit haben sich meine Augen an das grelle Licht gewöhnt. Es ist weihnachtlich dekoriert. Ich sehe viele Gesichter mit den verschiedensten Emotionen. Als könnte ich die Emotionen hören. Einige hassen den ganzen Trubel in der Weihnachtszeit. Ja, einige hassen sogar Weihnachten, denn es sei nichts weiter als Geldmacherei. Die Mehrheit jedoch liebt diese Jahreszeit. Ich spüre Sorge, Fürsorge, Liebe und Freude. Es ist sehr interessant, wie Kleinkinder sich fühlen. Es geht so schnell. Irgendwie alles auf einmal. Ich kann nicht anders als zu lachen. „Janie, warte!" Huch, Mama? Ich drehe mich um und sehe sie. Sie sieht aber viel schmaler und jünger aus. Sie rennt zu einem kleinen Mädchen. Bin ich das? Jetzt bemerke ich, dass alles in den Schaufenstern nicht der aktuellsten Mode entspricht. Mein kleines Ich giggelt. Ich bin ja richtig süß. Ich bin aber noch sehr wackelig auf den Beinen. Ich muss so um die eins oder zwei Jahre sein. Ich gehe näher ran. Ich trage eine kleine pinke Winterjacke mit einem Glitzer Regenbogen am Rücken. Kleine Pinke Stiefelchen und eine Jeans. Mama hat meine kleine Schlupfmütze in der Hand und will es mir anscheinend anziehen. Ich renne davon. Ich trage zwei kleine süße Zöpfe und ein paar bunte Haarspangen. Ich weiß, wie ich als Kleinkind aussah. Wir haben ja ein paar Bilder im Wohnzimmer und im Flur hängen. Aber mich selbst als Kleinkind zu erleben ist etwas anderes. „Schatz? Wollten wir nicht noch in den anderen Laden? Oder schaffen wir das zeitlich nicht mehr?" Ich drehe mich um und sehe einen großen Mann vor mir stehen. Er ist schmal aber nicht dünn. Er hat kräftige Schultern. Ich muss richtig nach oben schauen. Er ist bestimmt fast zwei Meter groß. Dunkles Haar, einen drei Tage Bart. Seine Augen sind grün. Nein, braun. Oder doch grün? Beinahe wie meine Augen. „Janie muss gleich ins Bett. Das wird alles zu spät." Er lächelt mein kleines Ich an. „Alles klar, aber lass uns unterwegs etwas essen. Janie-Jane auf was hast du Lust?" Ich beginne auf und ab zu hüpfen. „Burger!" Hehehe, das hat sich bis heute nicht geändert. „Nein du brauchst was richtiges Janie." Mama bleibt streng. Ja, das ist typisch Mama. Hier und da gibt es mal Junkfood, aber sie achtet immer darauf, dass ich mich überwiegend gesund ernähre. Klein-Janie beginnt zu schmollen und schaut den großen Mann an. „Papa, Burger." Papa? Was? Meine Kopfhaut beginnt zu kribbeln. Ich drehe mich schnell um, aber ich sehe nur noch eine verschwommene Gestalt. Nein! Das darf nicht sein. Ich will ihn nochmal sehen. Ist das wirklich mein Vater? Wie kann das sein? Ist das eine alte Erinnerung? Lebt er noch oder träume ich nur? Ich versuche näher an die Verschwommene Gestalt zu kommen. Ich werde hektisch und beginne schwer zu atmen. Ich kann ihn nicht erreichen. Ich kneife meine Augen zusammen, um ihn besser erkennen zu können. Keine Chance. Warum jetzt? Ich drehe mich wieder und sehe mein kleines Ich vor mir stehen. Ich erstarre vor Schreck. Sie hat tote weiße Augen. „Du musst keine Angst haben. Es ist wie malen. Denke an etwas Schönes." Kann sie mich sehen? Das ist wirklich ein Traum. Mein Blick konzentriert sich auf die kleine Janie. Sie hält meine Hand. Alles um uns herum beginnt zu versinken. Plötzlich ist alles schwarz. Meine Augen fühlen sich schwer an. Ich kann sie nicht öffnen. Ich bin erschöpft und müde. Ich sollte versuchen wieder einzuschlafen. „Hast du nach mir gefragt?" Wer ist da. Woher kommt diese Stimme. „Du weißt, du darfst ihr nichts glauben. Sie lügt." Wer lügt? Ich will antworten, aber ich schaffe es nicht. Wurde ich betäubt? Ich kann mich nicht bewegen. Ich höre wie jemand zu mir kommt. „Du bist nun älter geworden. Aber sie kann uns nicht ewig auseinander halten." Die Stimme kommt mir nicht bekannt vor. Es ist eine männliche Stimme. Ich kann nicht sagen ob jung oder alt. Aber ich traue dieser Stimme nicht. Obwohl er eine ruhige Stimme hat, fühlt sich seine Stimme kalt an. „Du musst mich finden. Nur zu zweit können wir alles in Ordnung bringen." Was ist passiert? Habe ich etwas Schlimmes angerichtet? Ich habe nichts Schlimmes getan. Was müsste ich in Ordnung bringen? Was ist passiert? Plötzlich sehe ich in der Dunkelheit hell leuchtende Augen. Das eine braun und das andere grün. „Nur du hast die Macht alles zu sehen. Suche und finde mich." Die Stimme entfernt sich. Es ist nun wieder still.

Ich öffne meine Augen. Ich fühle mich noch stark benommen, versuche aber meine Gedanken zu ordnen. Okay. Irgendeine Frau darf ich nicht vertrauen, weil sie mich anlügt. Ich muss einen Mann finden, den ich nicht kenne. Der Grund dafür ist, dass ich irgendetwas in Ordnung bringen muss. Und nur ich kann alles sehen? Um ehrlich zu sein. Ich verstehe es nicht. Ich kann nicht einmal genau sagen, was ich gerade fühle. Das ist nicht alles. War dieser Mann in meinem Traum wirklich mein Vater? Ich kann mich leider nicht an alle Einzelheiten erinnern. Ich hätte ihn gerne noch einmal gesehen. Es ist echt ärgerlich. Ich atme tief ein und aus. Es ist alles so kompliziert. Ich bin doch blöd. Mein Körper spinnt rum und ich träume von vergangene Tagen und fremde gruselige Stimmen. Gut, dass das nicht echt ist. In einem Horrorfilm wäre ich von einen Dämonen besessen oder ähnliches. Ich schüttle meinen Kopf und schaue auf meinem Wecker. Wir haben gerade mal vier Uhr sechsunddreißig. Boah, wieso werde ich so früh wach? Ich hätte locker noch eineinhalb Stunden schlafen können. Ich drehe mich um und schließe wieder meine Augen. Ich höre wie ein paar Autos vor meinem Fenster vorbeifahren. Ich höre über mir ein paar dumpfe Schritte. Das alte Haus in dem wir wohnen, wurde damals in ein Mehrfamilienhaus umgebaut. Die Wohnung ist für Mama und mich groß genug. Uns fehlt es an nichts. Mama hat von uns beiden das kleinste Zimmer. Es war ihre Entscheidung, die ich dankend akzeptiert habe. Ich sehe sie kaum noch. Sie arbeitet viel zu hart. Sollte ich ihr erzählen, was ich geträumt habe? Sie ist in letzter Zeit einfach komisch. Vielleicht sollte ich Sie mal im Büro besuchen. Mir fällt gerade ein, dass ich gar nicht weiß wo genau sie arbeitet. Hat Sie das mal erwähnt? Ich frage sie einfach unauffällig. Ich spüre wie alles um mich herum leichter wird. Ich schwebe förmlich davon. Es fühlt sich gut an. Leicht und unbeschwert.

Es ist hell und warm. Vor mir steht eine ältere Dame. Sie lächelt mich herzlich an und winkt mir zu. Ich schaue mich um. Ich stehe in einem Wald. Aber nicht in einem Null-Acht-Fünfzehn Wald. Es sieht exotisch aus. Überall wo ich hinsehe, sehe ich bunte und leuchtende Pflanzen. Einige von Ihnen glitzern. Ich scheine einen entspannten Traum zu haben. Ich schaue wieder zur älteren Dame. Sie winkt mir wieder zu und signalisiert mir, dass ich zu ihr kommen soll. Ich frage mich, was sie von mir will. Ich gehe zögerlich zu ihr. Je näher ich komme, umso wohler fühle ich mich. Irgendwas an ihr beruhigt mich. Sie gibt mir das Gefühl geborgen zu sein. Nun stehe ich vor ihr. Sie schenkt mir ein sanftes Lächeln. Sie ist schmal und hat langes graues Haar. Sie trägt ihr Haar offen. Es ist ein wenig wellig aber es schmeichelt Ihre leichten Kurven. Ich hätte auch gerne solch langes Haar. Meine reichen mir bis zum Schulterblatt aber Ihre Haare reichen beinahe bis zur Hüfte. Das könnte noch einige Jahre bei mir dauern. Sie beugt sich nach vorne und nimmt meine Hand in ihrer. Die Berührung fühlt sich echt und angenehm an. „Du musst keine Angst haben. Es ist wie malen. Denk an etwas Schönes." Sie sagt genau das Gleiche wie Klein-Janie. Was meint sie damit? Ich schaue ihr tief in die Augen. Braune Augen mit ein paar grüne Punkte. Bin ich das etwa? Wie kann das sein? Meine Kopfhaut kribbelt, aber ich verspüre keine Angst. Sie lächelt mich an. Ohne zu wissen wie und wie aus dem Nichts sprechen wir nun synchron. „Der Collector wird kommen. Der Collector wird nicht ruhen. Nur das Orakel kann ihn aufhalten. Nur das Orakel weiß was zu tun ist. Nur sie hat die Macht alles zu sehen. Nur sie sieht die wahre Wahrheit." Was war das? Sie schenkt mir ein weiteres Lächeln bevor sie sich umdreht und geht. Ich habe so viele Fragen, weiß aber nicht wo ich anfangen soll. Ich weiß aber auch, dass ich von ihr keine Antworten erhalten werde. Ich schaue ihr nach bis sie nicht mehr zu sehen ist. So viele Hinweise und doch, hinterlassen diese Hinweise nichts als Fragen. Ich will mir einreden, dass das Träume sind aber es fühlt sich nicht danach an. Ich kann nicht leugnen, dass man mir etwas mitteilen will, aber ich verstehe es noch nicht.

KAPITEL 3

Die Organisation

Ich öffne meine Augen und sehe Mama vor mir sitzen. Sie schaut mich ernst an. „Wir müssen reden." Es ist zu früh. Bevor ich etwas sagen kann, hebt sie eine Hand und signalisiert mir, dass ich still sein soll. „Ich habe gehört, was du gesagt hast." „Das war doch nur ein Traum." Sie lächelt ungläubig. „Nein, denn das, meine liebe Jane, war eine Vorsehung. Es ist soweit, dir alles zu erklären." Wie bitte? Ich träume doch noch. „Okay. Also wenn du später nach Hause kommst reden wir." „Nein wir reden jetzt. Die Schule fällt für dich heute aus." Sie ist sehr ernst und bestimmend. Dabei bleibt sie sehr ruhig. Das macht mir ein wenig Angst. Hat mein Gefühl mich doch nicht getäuscht? Steckt mehr dahinter. Gerade als ich Mama etwas fragen will, klingelt ihr Handy. Sie schaut darauf und nimmt ab. „Ja? Vor ungefähr einer halben Stunde. Okay. Muss das heute sein? Sofort? Daran kann man nichts ändern. Wer hat das gesehen? Wann? Wir sehen uns gleich." Sie atmet tief ein und aus. Sie sieht müde aus. „War das deine Arbeit?" Sie nickt. Es war das erste Mal, dass ich sie dabei beobachtet habe. Sie hört sich beinahe wie eine Polizeibeamtin an. „Was genau machst du im Büro?" Sie schüttelt den Kopf. „Das erkläre ich dir heute Abend. Mach dich für die Schule fertig." Hä? Kann sie sich mal entscheiden? Mir wird von ihren Stimmungsschwankungen ganz schwindelig. Sie steht auf und geht zur Tür. Sie bleibt kurz stehen und dreht sich um. „Mach dir keine Sorgen. Denk heute an etwas Schönes. Wir reden heute Abend. Ich hab dich lieb." Sie grinst mich an und geht. Ihre Worte erinnern mich wieder an den Traum von Klein-Janie und der alten Janie. Oder Vorsehung, wie Mama es nennt. Ich soll an etwas Schönes denken. Ich reibe mir genervt und erschöpft die Augen. Ich war bereit ihr all meine Fragen zu stellen und jetzt darf ich bis heute Abend warten. Sollte ich Lina davon erzählen oder das erstmal für mich behalten? Ich sollte warten, bis ich mit Mama über alles gesprochen habe. Was meinte Sie mit Vorsehung? Und wer zur Hölle ist der Collector und das Orakel? Ich muss wohl warten. Das ist so frustrierend.

Ich sitze im Bus und überlege, was das alles bedeuten könnte, während Lina sich meine Mappe für die Abschlussfahrt anschaut. Die Mail mit allen Infos hatte ich Frau Koller gestern Abend noch geschickt. Aber ich geh lieber auf Nummer sicher und bringe ihr meine Unterlagen. Noch nie in meinem Leben war ich so verwirrt. Bin ich eine Hellseherin? Habe ich Linas Leben gerettet? „Janie hörst du mir eigentlich zu?" Ich kann mich nur schwer konzentrieren. Meine Gedanken wirbeln förmlich in meinem Kopf herum. „Nein, sorry! Ich bin noch total müde." Sie schaut mich ernst an. Zum Glück hält der Bus gerade an. Wir steigen aus und ich bin froh kurz meine Gedanken weiter ordnen zu können. Plötzlich spüre ich wie mich jemand von hinten umarmt. Wer ist das? Lina steht vor mir und schaut mich ebenfalls überrascht an. Ich drehe mich um und sehe einen fremden Typen vor mir stehen. Er ist geschätzt zwei oder drei Jahre älter als ich. Er ist größer als ich, gut gebaut. Er hat haselnussbraune Haare und dunkelblaue Augen. Ich kann nicht anders, als ihn anzustarren. Er grinst mich breit an. „Tina meinte, ich könne dich heute entführen. Du hast erwähnt, dass die Prüfungen nächste Woche sind. So wie ich dich kenne bist du doch gut vorbereitet. Lass uns heute etwas zusammen unternehmen. Tina meinte, dass du vorher noch etwas aus ihrem Büro abholen musst." Wie bitte? Ich kenne diesen Typen doch gar nicht. Wie kann er all das behaupten? Bevor ich etwas sagen kann, steht Lina plötzlich neben mir. „Hi, wer bist du? Janie hat noch nie etwas von dir erzählt." Er schaut sie überrascht an. „Aha! Schämst du dich?" Er schaut mich vorwurfsvoll an. Ich bin sprachlos und zucke nur mit den Schultern. „Ich bin ihr Freund!" WAS! „Nie im Leben!" Danke Lina. Sie kennt mich in und auswendig. „Doch, seit fast zwei Monaten. Du bist Lina? Sie hat mir so viel von dir erzählt. Wie läuft es mit Luca? Oh, oder sollte ich das nicht wissen?" Lina stemmt ihre Hände in ihre Hüften. „Jane, wie kannst du mir so etwas verheimlichen? Ich dachte wir sind beste Freundinnen. Ich erzähle dir immer alles!" Sie schimpft mit mir. Wie kann sie solch eine Lüge nur glauben? „Lina ich…" „Schatz, sie weiß doch, dass das Thema

Liebe nie deins war. Wir wissen doch, dass du damit nicht offen umgehst. Sei ihr bitte nicht böse." Er lächelt sie charmant an. „Woher kennt ihr euch? Wann seid ihr zusammengekommen? Wie ist das passiert? Janie, du musst mir alles erzählen." Das kann doch nicht wahr sein. „Ich..." „Ach, Schatz ich muss dir dringend noch etwas erzählen. Lina wir können dich gerne später abholen. Dann können wir doch zu viert mit Luca essen gehen." Er unterbricht mich wieder. Ich hasse es unterbrochen zu werden. Er steht plötzlich neben mir und ich spüre wie er meine Hand feste drückt. Was soll das alles? Lina freut sich und strahlt über beide Ohren. „Ich kann doch nicht einfach die Schule schwänzen!" Er schaut mich mit großen Augen an. „Natürlich nicht. Tina hat dich für heute abgemeldet." Er schaut mich nun mit einem durchdringenden Blick an. Okay, ich spiele mit. Ich nicke. „Bis später. Ich schreib dir später."

Wir verabschieden uns von Lina und gehen ein paar Schritte weiter. Als sie außer Hörweite war entreiße ich diesem Kerl meine Hand. „Sag mal geht's noch? Mein Freund? Wer bist du und was willst du von mir?" Er lächelt mich an. Zugegeben er sieht gut aus und hat ein süßes Lächeln. Aber ich bin ja wohl schon verwirrt genug. „Du hast wahrscheinlich noch mehr Fragen. Die stellst du lieber deiner Mutter. Ich begleite dich zu ihrem Büro." Also arbeitet er für Mama. „Ich will vorher mit ihr telefonieren." Er zuckt mit den Schultern und holt sein Handy raus. Er hat eine Nummer gewählt und wartet nun darauf, dass einer abnimmt. „Hi Tina, deine Tochter will mit dir reden. Sie scheint nicht mit fremden Männern gehen zu wollen." Er sagte das mit einem Lachen. Ich werfe ihm einen bösen Blick zu bevor ich ihm das Handy abnehme. „Mama, was soll das?" Ich höre wie sie am andere Ende erschöpft tief ein und aus atmet. „Ben bringt dich zu mir. Du weißt doch gar nicht wo ich arbeite. So ist es auch sicherer. Ich erkläre dir dann alles. Hab dich lieb." Bevor ich irgendwas noch sagen konnte, hat sie einfach aufgelegt. Er heißt also Ben. Mal schauen, ob er nun die Wahrheit sagt. Ich gebe ihm wieder sein Handy. „Okay ich folge dir. Aber ich hab ein paar Fragen, die du mir beantworten musst. „Kein Problem. Ich kann das beschleunigen. Ich bin ein Seeker und arbeite für die Organisation. Mein Name ist Ben Solis. Ich bin Neunzehn Jahre alt. Meine Ausbildung habe ich letztes Jahr abgeschlossen. Ach, und ich bin Sternzeichen Krebs." Er zwinkert mir zu. „Schön, danke." „Du scheinst mich nicht zu mögen. Als dein Freund verletzt mich das sehr."

Macht er das mit Absicht? „Vielleicht liegt es daran, dass du behauptest mein Freund zu sein." Er nimmt meine Hand und schaut mir tief in die Augen. „Ich sagte doch, ich kann das beschleunigen." Ich ziehe meine Hand weg und höre wie er lacht. Er ist unmöglich. Ich gehe mit schnellen Schritten zur Bushaltestelle. „Äh, willst du mit dem Bus fahren? Ich hab nämlich vor selbst zu fahren." Ich verdrehe die Augen und folge ihm. Wir laufen an viele Lehrer vorbei. Das ist irgendwie unangenehm. Es fühlt sich an, als würde ich schwänzen und es den Lehrern unter der Nase reiben. Da fällt mir ein, Lina hat noch meine Mappe. Egal, sie wird es bestimmt für mich abgeben. Wir bleiben vor einem Auto stehen. „Das ist das Goldstück." Stolz reibt er sein Auto. Eigentlich dürfte man es nicht Auto nennen. Es sieht wie ein einziger Schrotthaufen aus. Der Lack blättert ab und es hat hier und da ein paar Rostflecken. Ich hebe ungläubig meine Augenbrauen. „Das ist doch eine Todesmaschine. Nie im Leben, hast du hierfür den TÜV-Stempel bekommen." Er fasst sich ans Herz. „Wie kannst du es Wagen? Sherly ist eine Lady. Sie hat Gefühle." Ich verdrehe die Augen und steige ein. Im Auto selbst sieht es sehr gepflegt aus. Das überrascht mich. „Was ist? Hast wieder etwas zu meckern?" Ich hebe die Hände. „Nee. Außen Pfui, innen Hui. Ich bin nur überrascht." Er grinst breit und lässt sein Motor aufheulen. Ich schnalle mich am besten an. Mit Autos kenne ich mich nicht aus, da er aber stolz auf diese Rostlaube ist, muss es wohl was Besonderes sein.

Er sagte er sei ein Seeker und arbeitet für die Organisation. Was soll das für eine Organisation sein und was ist ein Seeker? „Du bist so ruhig. Ich dachte du wirst mir Löcher in den Bauch fragen." Wenn er wüsste. „Du kannst mir gerne Fragen stellen. Ich bleibe auch ernst." Ich muss ihn einfach fragen. „Was ist ein Seeker?" Er grinst. „Seeker suchen Visions und Sins. Wir erhalten unsere Informationen von interne Visions. Aber die wichtigsten Informationen erhalten wir von den Watcher." Wow, eine Antwort die nur noch mehr Fragen aufwirft. „Beschleunige es." Er runzelt die Stirn. „Du beschleunigst die Dinge ja so gerne. Also gib mir einen Crash-Kurs. Erklär mir all die Bezeichnungen." Er nickt und überlegt kurz. „Visions sehen Zukunft, Vergangenheit oder Charakter. Sins sind sowas wie die Bösen, die wir ausfindig machen müssen und aufhalten müssen. Watcher sind unsere Informationsquellen." Ach so. „Bin ich ein

Vision?" Er zuckt mit den Schultern. „Keine Ahnung. Also eigentlich sehen die internen Z-Visions, also die die in die Zukunft sehen können, wenn ein weiterer Vision erwacht. Da diese Informationen zu ungenau sind erhalten alle Seeker und Watcher die Meldung Ausschau zu halten. Die örtlichen Watcher sammeln dann die nötigen Infos und geben diese an uns Seeker weiter. Die Seeker spüren die gesuchte Person auf und bringen diese zur Organisation. Dich hat niemand gesehen, glaube ich. Deine Mutter meinte nur ich solle dich abholen. Ich hab mir dann ein paar Infos von dir eingeholt." Das ist informativ gewesen. „Was ist mit den Sins?" „Also Sins sind Menschen mit Visions-Fähigkeiten, die aber das Schicksal ändern wollen. Das oberste Gesetz erlaubt es nicht, das Schicksal zu ändern. Das könnte schlimme Folgen haben. Ich hab zwar keine Ahnung wie schlimm aber wenn es das oberste Gesetz ist, muss es schon arg schlimm sein." Oje, bin ich ein Sin? Will Mama mich deswegen sehen? „Was macht ihr mit Sins?" Er wirft mir einen flüchtigen ernsten Blick zu. Ich bin mir jetzt sicher, dass ich Ärger bekomme. „Es ist ähnlich wie bei der Polizei. Wir suchen die Sins und verhaften sie." Er ist jetzt still und lächelt auch nicht mehr. „Wohin werden sie gebracht?" Er konzentriert sich auf die Straße und ist weiterhin still. Hat er mich nicht gehört? Wir halten vor einer roten Ampel. „Jane, Sins werden nicht nur verhaftet. Man nimmt Ihnen Ihre Fähigkeit indem man Ihr Augenlicht nimmt. So heißt es. Also, angeblich. Ist nicht meine Abteilung." Oh mein Gott. Das ist nicht wahr. Ich werde Blind und weggesperrt. „Sie werden anschließend auf einer Insel gebracht. Jeglicher Kontakt zur Außenwelt wird untersagt." Das war's. Ich werde einsam und allein sterben. Wir fahren schon seit einer ganzen Weile. Ich musste erst mal meinen Schock verdauen. „Ihr Seeker fahrt einfach los und verhaftet die kriminellen und holt die gesuchten zu euch?" Er grinst nun wieder. „Es kommt drauf an. Wenn es ein leichter Job ist, dann ja. Wenn es Zeit braucht, nähern wir uns vorsichtig der gesuchten Person. Das kann manchmal Tage oder Wochen dauern. Besonders dann, wenn es sich um einen neuen Vision handelt." Das muss doch anstrengend sein. Er merkt, dass ich wieder still bin. „Die Visionen können uns nicht das genaue Datum oder die genaue Zeit nennen, wann jemand erwacht." Das macht Sinn. Irgendwie ist das alles noch so surreal. Ich schließe ein wenig die Augen. Das ist mir alles zu viel.

„Hey, Dornröschen! Wach auf. Wir sind da." Wir befinden uns nun auf einem Privatgrundstück. Es ist ein großes Anwesen. Ich hatte ein Hochhaus in der Großstadt erwartet. Ich hatte immer gedacht, dass Mama in Frankfurt irgendwo arbeitet. Stattdessen stehe ich vor einem großen Gebäude wie in einem Fantasy-Action-Film. Gleich kommt einer mit einem Rollstuhl rausgefahren und will mir eine neue Welt vorstellen. Wir halten vor der Haustür. „Ben, muss ich alleine reingehen?" Er schaut mich fragend an. „Hast du Angst? Ich wollte dir keine Angst machen. Dir passiert nichts." Woher will er das denn bitte wissen? Ich bin ein Sin. Ich wusste, dass Lina etwas Schlimmes passieren wird und hab es bewusst verhindert. Er nimmt meine Hand und platziert es zwischen seinen Händen. „Ich lasse dich nicht allein. Was wäre ich bloß für ein Freund." Ich lächle ihn beunruhigt an. Hauptsache ich muss nicht alleine reingehen. Aber ist es nicht sein Job mich zu verhaften? Klar muss er mit mir zusammen reingehen. Ich bin so dumm. Wir gehen durch die große Eingangstür und stehen in der Eingangshalle. Die Wände sind sehr hoch. Es ist sehr hell hier. Die Wände werden mit einem interessanten Muster verziert. Es sieht aus wie eine goldene Blumenranke, die sich in einer bestimmten Richtung richtet. Der Boden besteht aus Marmor. Rechts und links befinden sich Gänge mit weiteren Türen. Gegenüber der Eingangstür befindet sich eine große Treppe ebenfalls aus Marmor, die zur nächsten Etage führt. Mittendrin steht ein kleiner Schreibtisch. Darauf befinden sich große Berge voller Papiere. Dahinter hört man fleißiges Tippen. Wir nähern uns den Schreibtisch. Dahinter sitzt eine kleine, runde Frau. Ihre Haare sind hochgesteckt. Aber nicht so locker wie ich das mache. Sie hat ihre Haare zu einem strengen Dutt gebunden. Sie hat Rot gefärbtes Haar und trägt eine große goldene Butterfly Brille. Ben räuspert sich. Sie schaut nach oben und schaut uns an. Sie hat einen strengen Blick. In ihrem Gesicht sieht man viele tiefe Falten. Die eine oder Andere Falte könnte Geschichten aus vergangenen Tagen erzählen. Sie sieht aus, als könne sie locker in Rente gehen. Sie richtet ihr Blick auf mich. „Sin oder Vision." Ich weiß nicht was ich antworten soll. „Weder noch. Das ist Jane Lux. Tina hatte mich gebeten sie herzubringen." Plötzlich wird ihr Blick ganz weich und sie lächelt mich an. „Schätzelein, wie konnte mir das entgehen. Ich hoffe Ben ging dir nicht arg auf die Nerven. Der Lümmel hat keine Manieren." Er schaut sie künstlich empört an. „Gittchen, wie kannst du nur so etwas sagen?"

Sie schaut ihn wieder streng an, aber man kann ein leichtes Grinsen entdecken. „Immer noch Gitta mein Junge." Er grinst sie herzlich an. „Ich weiß doch, dass ich dein Goldjunge bin." Er zwinkert ihr zu. Er scheint ein Kasper zu sein. Damit kann ich umgehen. Solange er nicht weiterhin behauptet mein Freund zu sein. Gitta beginnt zu lachen. „Du weißt ja wo Tinas Büro ist. Ach, quatsch. Ihr müsst zum Büro des Direktors. Sag mir Bescheid, falls du irgendetwas benötigst Liebchen. Ich schicke Ben um es zu besorgen." Sie zwinkert mir zu. „Gerne." Nun muss auch ich grinsen. Diese lockere Atmosphäre entspannt mich etwas. Ben nimmt meinen Arm und führt mich zur Treppe. Die Optik hier oben hat sich nicht geändert. Es scheint jedoch als würde die goldene Blumenranke lebendig sein. Irgendwie faszinierend. Wir laufen in den linken Gang. Der Gang ist sehr lang. Unten machte dies gar nicht den Anschein. Dort befindet sich eine weitere Treppe, die noch zwei weitere Etagen nach oben führt. Ben geht voran. Auch er scheint einen schlichten Stil zu bevorzugen. Er trägt normale Jeans und ein einfaches T-Shirt. Und, natürlich ist eine Palme darauf abgebildet. Oben angekommen muss ich ein wenig Luft schnappen. Er hat nämlich einen schnellen Gang. „Na außer Puste?" Ich verdrehe die Augen. Vor uns ist eine große Tür. Hier oben gibt es anscheinen nur ein Zimmer. Rechts hinter mir sehe ich einen Aufzug. Ich werfe Ben einen 'Ist das dein Ernst' Blick zu. Er zuckt mit den Schultern. „Laufen ist sportlicher." Er zwinkert mir zu und klopft an die Tür. Eine männliche Stimme bittet uns herein.

Ich stehe in einer Art Bibliothek. Man sieht keine Wand. Nur Regale, voll mit Büchern. Mitten im Raum stehen eine große Couch, ein Sessel und ein Couchtisch. Es gibt eine Wand mit einem großen Fenster. Es ist aber nicht typisch geformt. Es hat die Form eines Kreises. Es geht fast bis zur Decke. Auf der Couch sitzt Mama und auf dem Sessel ein mir unbekannter Mann. „Jane, herzlich willkommen. Ich hoffe dir geht es gut." Der Mann steht nun auf, um mich zu begrüßen. Er hat einen festen Händedruck. Er ist groß und stattlich gebaut. Er hat dunkles Haar aber an den Seiten blitzen ein paar graue Haare. Er trägt eine Brille zu seinem rundlichen Gesicht. Er macht einen herzlichen Eindruck. Sein Blick ist sanft und einladend. Er hat sehr helle braune Augen. Sie gehen beinahe ins Gelbe. Ich erwidere seine Begrüßung und schaue direkt zu Mama. „Du hast wahrscheinlich viele Fragen. Wir werden sie dir gerne beantworten. Setz dich bitte." Ich setze mich. Der Herr nickt Ben zu. Ben kehrt um und verlässt uns. Na toll. Ich dachte er lässt mich nicht allein. „Bekomme ich Ärger?" Ich kann nicht anders als direkt zu fragen. Der mir noch unbekannte Mann setzt sich in den Sessel. „Nein, nein. Wieso solltest du Ärger bekommen?" Er grinst mir zu. Ich schaue rüber zu Mama. Sie scheint besorgt zu sein. „Bin ich kein Sin?" Er scheint überrascht zu sein und zieht die Augenbrauen hoch. „Um Gottes Willen, nein. Wie kommst du denn darauf und woher weißt du was ein Sin ist?" Ich zucke mit den Schultern. „Ben kann nichts dafür. Ich habe ihn während der Fahrt mit meinen Fragen genervt." Ich will nicht, dass Ben wegen mir Ärger bekommt. Er beginnt zu lachen. „Beginnen wir doch erst einmal uns gegenseitig vorzustellen." Er setzt sich aufrecht und streicht sein Hemd glatt. Er sieht gepflegt aus und scheint es gewohnt zu sein im Anzug zu sein. „Mein Name ist Dominic Custos. Ich bin der Direktor dieser Organisation. Ich werde dir nach und nach jeden vorstellen und dir gerne eine Führung durch unsere Organisation geben. Aber zuerst beantworten wir all deine Fragen. Im Gegenzug beantwortest du uns ein paar Fragen." Ich nicke. „Janie, ich habe Herrn Custos bereits ein paar Dinge erzählt. Wir denken es ist an der Zeit, dich in allem einzuweihen." Ich bin ein wenig überfordert, versuche dennoch mich auf meine Fragen zu konzentrieren.

Okay dann wollen wir mal beginnen. „Diese Organisation… wie genau muss ich mir all das vorstellen? Ist das hier eine Sekte oder bin ich in einem billigen Film gelandet? Denn Ben hat mir irgendwas von Leuten mit Fähigkeiten erzählt." Mama grinst, doch Herr Custos beginnt laut zu lachen. „Nein, nein. Wir sind eine Art Behörde im Hintergrund. Uns gibt es auf der ganzen Welt. Die Regierungen arbeiten mit uns. Selten wird es gefährlich. Es ist so ähnlich wie Polizeiarbeit." Er steht auf und geht zu seinem Schreibtisch. „Ja, es gibt Menschen mit gewissen Fähigkeiten. Aber sicher nicht wie im Film. Wir nennen diese Menschen Visions. Hierbei handelt es sich um drei spezielle Fähigkeiten. Vergangenheit, Zukunft und Charakter. Visions können dies sehen. Aber ein Vision kann nur eines der drei Dinge sehen. Zum Beispiel kann ein Vergangenheits-Vision nicht in die Zukunft sehen. Ein Zukunfts-Vision kann den Charakter eines Menschen nicht offenlegen und so weiter. Man besitzt nur eine Fähigkeit." Das ist interessant. Er nimmt einen Ordner und kommt wieder zu uns rüber. „Wie erkennt man welche dieser drei Fähigkeiten ein Vision besitzt? Ein Vision könnte lügen." Er setzt sich wieder in seinem Sessel. „Unsere interne Zukunft-Visions sehen es, wenn ein neuer Vision erwacht. Die Seeker werden von unseren Mitarbeiter umgehend mit allen Informationen benachrichtigt. Meist sind es nur Bruchstücke an Informationen. Zum Beispiel hat unser Vision nur ein bestimmtes Gebäude, einen Geruch, Ortschaft oder Jahreszeit gesehen. Jede noch so kleine Information ist für unsere Seeker wichtig. Die Seeker haben die Aufgabe diese Hinweise nachzugehen. Sie sammeln dabei weitere Informationen zu der gesuchten Person. Sobald die Seeker wissen wer die gesuchte Person ist, muss er diese Person bis zur Erwachung im Hintergrund begleiten. Natürlich muss er unentdeckt bleiben. Sobald der neue Vision erwacht, tritt der Seeker in Vordergrund und holt den Vision zu uns. Hier lernen die Visions mit ihren Fähigkeiten umzugehen. Wenn man will, kann man für uns arbeiten oder danach normal weiterleben." Das beantwortet nicht meine Frage. „Aber vor allem erkennt man an den Augen welche Fähigkeit ein Vision besitzt. Die Augen leuchten blau für die Vergangenheit, gelb für die Zukunft und rot für den Charakter." Aha, er hat nur weit ausgeholt um es zu erklären. Das hört sich aber alles zu einfach an. Da muss noch mehr dahinter sein. Er schaut mich erwartungsvoll an. Als würde er auf eine spezielle Frage warten. „Was ist mit den anderen Visions, den Watcher und den Sins?" Ich will alles wissen. Das ist meine Chance. Er faltet die Hände zusammen und lehnt sich zurück. „Vergangenheits-Visions sind wichtig für Verhandlungen oder wenn ein Vision kriminell geworden ist. Die kriminelle Visions bezeichnen wir als Sins. Charakter-Visions sind sehr selten. Ich persönlich kenne nur eine Handvoll. Diese Fähigkeit scheint immer in einer anderen Form aufzutreten. Einige sehen den Charakter, einige fühlen den Charakter und es gibt auch welche die berichteten Farben eines Charakters zu sehen. Die Farben umgeben die betroffene Person. Charakter-Visions haben eine hohe Position in der Organisation, da diese Fähigkeit sehr selten ist. Ein Watcher ist die Informationsquelle für einen Seeker aber auch für die Organisation selbst. Wenn ein Verbrechen gemeldet wird, muss der Watcher beobachten um welche Art von Verbrechen es sich handelt. Wir haben in jeder Region eins bis zwei Watcher. Diese behalten ihre Regionen im Blick. Sollte etwas Auffälliges passieren, dass noch nicht von einem Zukunfts-Vision gemeldet wurde, wird die Organisation benachrichtigt." Er legt eine Pause ein und atmet tief ein und aus. „Kommen wir zu den Sins. Es gibt eine oberste

Regel. Das Schicksal eines Menschen oder mehrere Menschen darf nicht geändert werden. Wenn dies geschieht, müssen wir mit dem schlimmsten rechnen. Jede noch so kleine Änderung kann eine schlimme Auswirkung für die Zukunft haben. Kann, muss aber nicht sein. Sollte ein Schicksal geändert worden sein, muss die Auswirkung von unseren Visions geprüft werden. Sollte das Ergebnis negativ ausfallen, müssen wir alles wieder in Ordnung bringen. Der Sin wird natürlich fair verhört und verurteilt." Jetzt bin ich mal gespannt. „Welche Strafe erhält ein Sin?" Er zögert kurz. „Es kommt darauf an um welches Verbrechen es sich handelt. Mord, Missbrauch der Fähigkeit, Eingriff in bestimmten Ereignissen und so weiter. Aber die allerschlimmste Strafe ist die Isolation." Ich will es genau wissen. „Wie muss ich mir die Isolation vorstellen?" Herr Custos nimmt seine Brille ab und beginnt diese zu putzen. „Die Sins werden von der Außenwelt isoliert. Sie werden auf eine bestimmte Insel transportiert. Dort lehrt man Sie kleine Arbeiten und die Blindenschrift." Aha, jetzt kommen wir der Sache doch näher. „Wieso Blindenschrift?" Ich kenne die Antwort, muss aber von ihm hören. „Ihnen wird mit einer bestimmten Methode das Augenlicht genommen. Schwerwiegende Verbrechen dürfen sich nicht wiederholen."

Er setzt seine Brille wieder auf. „Ich glaube wir haben die meisten deiner Fragen beantwortet. Jetzt habe ich noch ein paar Fragen." Wie? Das war alles? Oh nein, ich gehe nicht bevor ich alles weiß. „Ich habe aber noch so viele Fragen. Ich muss wissen wieso das alles passiert." Er schenkt mir ein herzliches Lächeln. „Da sind wir schon zu dritt." Er schaut Mama kurz an. Nun dreht sie sich zu mir. „Jane, in letzter Zeit passieren dir unerklärliche Dinge. Du besitzt gewisse Fähigkeiten. Wir helfen dir diese zu kontrollieren." Also bin ich doch ein Vision. „Bin ich ein Sin?" Mama schüttelt den Kopf. „Nein, dir war nicht bewusst, was du getan hast. Ich habe bereits alles geklärt." Ich atme erleichtert durch. Dann hab ich wohl das Schlimmste hinter mir. „Wir haben dir ein Ordner mit allen wichtigen Informationen erstellt. Du kannst es dir gerne vorher anschauen oder gehst diese mit deine Trainer durch." Was hat sie gesagt? Trainer? „Wie meinst du das? Gehe ich nun hier zur Schule oder so etwas in der Art?" Sie grinst. „Nein, siehe es als eine Art Ausbildung. Sobald du alles kontrollieren kannst, wird sich alles ändern." Hoffentlich. Es ist wirklich ein unangenehmes Gefühl bisher gewesen. Auch diese ganze Verwirrung.

Sie schaut mich nun ernst an. „Janie Schatz, bitte erzähl uns was du gesehen hast. Ich überlege. „Wir waren in einem Kaufhaus. Es muss in der Weihnachtszeit gewesen sein. Papa war auch da." Ich spüre wie sie sich versteift. Tränen schießen in ihre Augen. Herr Custos schaut besorgt zu ihr rüber. „Mama…" Sie nimmt meine Hand. „Es ist Okay. Rede weiter." „Klein-Janie hat mit mir gesprochen. Dann war alles dunkel. Ein Mann hat mit mir gesprochen, aber ich weiß nicht wer das war." Herr Custos setzt sich nun auf. „Wie hat er ausgesehen? Was genau wollte er von dir?" Dieser Mann scheint ihn sehr zu interessieren. Habe ich einen Sin gesehen? „Wieso? Ist er ein Sin?" Er schüttelt den Kopf. „Das wissen wir nicht. Wie schon erklärt ist jede noch so kleine Information wichtig für uns." Ich versuche mich zu erinnern. „Also gesehen habe ich ihn nicht. Es war einfach alles schwarz. Er wollte aber, dass ich ihn suche um etwas in Ordnung zu bringen. Ich soll irgendeine Frau nicht trauen." Mama schüttelt den Kopf. „Was soll ich mit ihm in Ordnung bringen?" Herr Custos zuckt mit den Schultern. Anscheinend weiß das keiner so genau. „Schatz, ich hab gehört wie du etwas von einem Collector gesagt hast." Stimmt. „Ja, ich war in einem Wald und ich glaube ich habe mich als alte Dame gesehen. Aber ich kann nicht mehr genau sagen, was ich gesagt habe." Mama nimmt meine Hände in ihrer. „Versuch dich zu konzentrieren. Und befolge meine Anweisungen. Vertraust du mir?" Ich nicke. „Schließe die Augen und atme tief ein und aus." Genau das mache ich. „Hab keine Angst. Denk an etwas Schönes. Es ist ganz einfach." Wieder fast die gleichen Worte wie von meinen beiden Janies. Ich denke an Klein-Janie wie sie giggelt und unbeschwert von Mama wegrennt. An das angenehme Gefühl der Geborgenheit bei Alt-Janie. Ich sehe sie wieder vor mir. Ich erinnere mich an die Worte. Wieder kommt es über mich. „Der Collector wird kommen. Der Collector wird nicht ruhen. Nur das Orakel kann ihn aufhalten. Nur das Orakel weiß was zu tun ist. Nur sie hat die Macht alles zu sehen. Nur sie sieht die wahre Wahrheit." Meine Kopfhaut beginnt wieder zu kribbeln.

Ich öffne die Augen und sehe die besorgten Blicke von Herrn Custos und Mama. „Valentina bitte informieren Sie die Watcher und die Seeker. Wir müssen wachsam sein. Ich hatte gehofft, dass das nicht sobald passieren wird." Er steht auf und verlässt das Zimmer. Mama steht nun auch auf. „Janie, melde dich bitte unten bei Gitta. Sie soll jemanden rufen lassen, der dir das Anwesen zeigen wird. Wir werden eine Zeit lang hier über-nachten. Später fahren wir nach Hause und packen ein paar Sachen." Das geht gerade alles ein wenig zu schnell. „Was ist mit den Abschlussprü-fungen, du musst morgen zum Elternabend und was ist mit der Ab-schlussfahrt." Sie schaut mich einen kurzen Augenblick an. Als würde sie überlegen was sie sagen soll. „Die Prüfungen wirst du schreiben. Zum Elternabend werde ich nicht erscheinen und die Abschlussfahrt fällt lei-der für dich aus." Das kann nicht wahr sein. „Ist das dein Ernst? Mama es geht nach Venedig. Ich wollte da schon immer mal hin. Das kannst du mir nicht antun." „Janie, es ist zu…" „Du kannst nicht einfach entschei-den, dass ich nicht gehen darf. Das ist unfair. Du weißt wie wichtig das für mich ist." „Aber es ist doch…" „Ich hab alles vorbereitet. Mir steht es zu, mitfahren zu dürfen. Du ruinierst alles!" „Janie, verdammt nochmal! Es reicht. Es ist zu gefährlich. Nein heißt nein." Sie stürmt aus dem Zim-mer und lässt mich sprachlos und enttäuscht stehen. Einfach so steht alles auf dem Kopf. Und wieder habe ich so viele Fragen. Aber in erster Linie bin ich wütend und enttäuscht. Das war nicht das letzte Wort. Ich werde sie noch davon überzeugen. Scheiß auf die Vorsehung und all den Kram.

Wutentbrannt stampfe ich die Stufen runter. Gitta ist wieder ganz in ihrer Arbeit vertieft. Ich räuspere mich. Sie schaut auf. „Kann ich dir helfen Kleines." Ich verschränke die Arme zusammen. „Irgendjemand soll mich hier rumführen." Sie steht nun auf. Sie ist wirklich klein. „Ich rufe Ben für dich. Aber lass mir dir einen Rat geben Schätzelein. Egal wie wütend du bist. Der Ton macht die Musik. Lass deine Wut nicht an andere aus." Oh, ich hatte nicht gemerkt, dass ich mich im Ton vergriffen habe. „Entschul-digung." Sie geht um ihren Schreibtisch und reibt meinen Armen. „Denke immer daran. Es kommen auch wieder bessere Zeiten." Ich nicke ihr zu. Sie watschelt nun wieder zu ihrem Stuhl und ruft Ben an. „Ben unser Zu-ckerstück muss herumgeführt werden, komm bitte nochmal vorbei." Sie legt auf. „Mein Name ist Jane. Sie können mich gerne Janie nennen." Sie hebt die Augenbrauen. „Na, na, wen Siezt du denn hier. Ich bin die gute alte Gitta. Du darfst mich gerne duzen. Stört es dich wenn ich dir Spitz-namen gebe?" Ich überlege kurz. Eigentlich nicht. Sie meint es schließlich nicht böse. Ich schüttle den Kopf. „Na, siehst du Mausi. Und jetzt versuch mal wieder zu lächeln." Ich grinse ihr zu. Sie scheint wirklich eine gute Seele zu sein.

Ich höre wie jemand sich von hinten anschleichen will und drehe mich um. Ehe ich mich umsehen kann werde ich umarmt. „Ups, ich wollte dich eigentlich wieder überraschen. Anscheinend wolltest du aber von mir direkt umarmt werden." Er zwinkert mir grinsend wieder zu. Ich verdrehe die Augen. „Du weißt, dass du nicht mein Freund bist." Er legt ein Arm um mich und grinst Gitta zu. „Noch nicht!" Das hätte er gerne, oder scherzt er wieder nur rum? Er nervt. Irgendwie. „Was willst du zuerst sehen?" Ich zucke mit der Schulter. „Keine Ahnung. Ich hab irgendwie von nichts eine Ahnung." Er beugt sich ein wenig vor. „Was ist dir denn über die Leber gelaufen?" Ich hab jetzt keine Lust zu reden und verdrehe wieder die Augen. „Weißt du, statt ständig die Augen zu verdrehen, kannst du mir sagen was dich so nervt. Gehen wir erstmal raus und gehen ein wenig spazieren. Das Grundstück ist ziemlich groß. Währenddessen kannst du mir alles erzählen." Ich schaue nun hoch zu ihm. Vielleicht tut es gut ihm alles zu erzählen. Vielleicht kann er mir sagen, warum Herr Custos und Mama plötzlich losgestürmt sind. „Alles klar. Ich erzähl dir alles." Er hakt mein Arm in seinem Arm ein. „Zu Mittag bestellen wir uns einen Burger", verspricht er mir mit einem Grinsen. Wenigstens gibt es was Leckeres zu essen. „Was ist mit Lina? Wollten wir nicht mit ihr und Luca essen?" Er schaut mich überrascht an. „Also willst du doch ein Doppeldate?" „Was? Nein! Aber Lina wird mich ausquetschen wollen." Er lacht kurz auf. „Das klären wir noch. Schreib ihr erstmal, dass etwas Wichtiges dazwischen gekommen ist und du ihr morgen alles erklären wirst." Er hat wohl die Anweisung erhalten das Grundstück mit mir nicht zu verlassen. „Daran kann man wohl nichts ändern. Ich schreib ihr jetzt am besten." Ich halte mich kurz und verspreche ihr mich heute Abend zu melden.

KAPITEL 4

Gerüchte

Das Anwesen ist wirklich sehr groß. Ben hat nicht gelogen. Während wir spazieren, habe ich ihm alles erzählt. Ich hab mich ein wenig kurz gefasst. Ich hätte hier und da ein paar nervige Bemerkungen erwartet. Aber Ben hörte mir aufmerksam zu. Ich glaube ich hab ihn vielleicht falsch eingeschätzt. Eine kurze Weile schweigen wir. Ich wüsste gerne, was er darüber denkt. „Also…" Ich schaue auf und sehe seinen ernsten Blick. „Wenn ich das richtig verstehe, hast du deine eigene Vergangenheit gesehen?" Ich zucke mit den Schultern. „Ich kann mich daran nicht erinnern. Mein Vater war da, aber ich kenne ihn nicht. Ich hab auch zu spät realisiert, dass der Mann mein Vater ist. Ich hätte gern gewusst, ob ich vom Aussehen her mehr nach ihm komme. „Verstehe." Er verschränkt die Arme. „Dein kleines Ich hatte dich direkt angesprochen und dann hast du dein zukünftiges Ich gesehen. Wobei du dir nicht sicher bist, ob du das auch warst. Die Oma Janie hat ebenfalls mit dir gesprochen." Ich verziehe das Gesicht. Er hebt die Augenbrauen. „Was?" „Oma Janie hört sich irgendwie fies an." Er lächelt mich sanft an und verdreht die Augen. „Vergangenheit und Zukunft." Er legt sein Kinn zwischen Daumen und Zeigefinger ab und überlegt. „Ja, und dann noch dieser Typ, der will dass ich ihn finde." Er schaut mich überrascht an. Ich zucke wieder mit den Schultern. „Keine Ahnung", sage ich und hebe kapitulierend meine Hände. Wir bleiben vor einer Halle stehen. „Du scheinst ein Vision zu sein. Aber ich hab noch nie einen kennengelernt, der Vergangenheit und Zukunft zugleich sehen kann. Fehlt eigentlich nur noch, dass du den Charakter eines Menschen offenlegen kannst. Dann wärst du das Orakel.

Aber du bist dir ja nicht sicher, ob das dein zukünftiges Ich war." Er schüttelt grinsend den Kopf. „Was ist ein Orakel? Wie viele gibt es davon?" Er hat nun wieder mein Interesse geweckt.

Ben hatte mich zu einer großen Halle geführt, die von außen beinahe wie ein kleines Stadion aussieht. Die Tür zur Halle öffnet sich plötzlich. Ein großer Typ kommt uns entgegen. Er schaut grimmig und unzufrieden. Er erhaschte einen Blick und nickte Ben nur zu. Im Vorbeigehen konnte ich erkennen, dass er total verschwitzt war. „Wer ist das?" Ich konnte hören, wie die Schritte von dem Typ plötzlich verstummten. „Hey, frag mich doch direkt." Wow! Er scheint echt schlecht gelaunt zu sein. „Entschuldigung." Er kommt näher. „Wieso entschuldigst du dich? Bist du ein Vision oder ein Guardian?" Was soll denn diese Frage? Von Guardians hat mir noch keiner etwas erzählt. „Schüchtern oder zu fein um mir zu antworten?" Oha. Er hat das mit so einer ruhigen aber eiskalten Stimme gesagt. Ich spüre wie Ben sich schon nach vorne lehnt, um etwas zu sagen. Aber ich bin schneller. „Ich bin Jane. Ich glaube ich bin ein Vision." Er schnauft. Das sollte wohl ein Lachen sein. „Du glaubst? Ich habe noch nie gehört, dass man vielleicht ein Vision ist." Er schaut mich verächtlich an. Ich spüre eine Hitze aufsteigen und werde wütend. „Was ist dein Problem? Wer denkst du wer du bist?" Er hebt überrascht die Augenbrauen. „Woah, nur mit der Ruhe. Wer wird denn hier gleich zickig?" „Ich bin sicher nicht zickig. Ich lass mich nur nicht gerne dumm anmachen." Er grinst. „Mein Name ist Nox. Ich bin ein zukünftiger Guardian für das Orakel. Ich bin der Beste Guardian hier und wenn ich jemand anmache, dann wird das sicher nicht dumm sein." Er zwinkert mir nun zu. Er hat verschwitzte schwarze Haare. Seine Augen sind beinahe schwarz. Ich kann die Farbe gar nicht definieren. Er hat eine perfekte starke Körperhaltung. Er ist sogar größer als Ben. Er sieht auch älter aus. Er scheint ziemlich eingebildet zu sein. „Weißt du, ich hab für einen hormongesteuerten Möchtegern wie du es bist keinen Nerv. Tu uns allen einen Gefallen und geh duschen. Du riechst." Sein grinsen wird breiter. Seine Zähne glänzen regelrecht. Ich kann nicht erklären wieso, aber sein dümmliches Grinsen macht mich rasend. Ich verschränke verärgert die Arme. „Naja, unsicher und nicht schlagfertig. Scheinst aber eine aufbrausende kleine Perle zu sein." Wie bitte? Eine Perle? Also den Ausdruck hab ich bisher von niemanden gehört. Ich will gerade wieder ausholen, doch Ben stellt sich dazwischen. „Hey Nox, lass sie in Ruhe. Sie hatte einen echt harten Tag." Nanu. Ben ist total ernst und nett. Vielleicht ist er nur gegenüber Frauen lustig drauf. Nox gibt Ben einen vernichtenden Blick. „Wieso ist sie mit dir unterwegs? Bist wohl noch für die Krümel zuständig." Ich weiß nicht wieso, aber ich fühle mich als hätte mir jemand eine reingehauen. Ich fühle mich plötzlich total niedergeschlagen. Nox geht, ohne weitere Worte.

Mir schießen Tränen in den Augen. Ich schaue hoch zu Ben und bemerke, dass auch er niedergeschlagen ist. Er schaut mich nun an. „Sag mal, hat er dich so sehr geärgert, dass du vor Wut heulen musst?" Er grinst mich an. „Nein, ich war erst unerklärlich wütend und plötzlich total niedergeschlagen. Ich verstehe meinen eigenen Körper nicht mehr. So bin ich eigentlich gar nicht. Ich versuche eigentlich Konflikte zu vermeiden." Ben sieht wieder nachdenklich aus. „Weißt du es gehen ein paar Gerüchte um." Ich schaue ihn fragend an. „Vor langer Zeit ist der Orakel gestorben. Die Wiedergeburt wurde immer noch nicht ausfindig gemacht. Ich konnte gestern jedoch ein Gespräch mithören, in der es heißt, dass das Orakel gefunden wurde." Okay, was soll ich jetzt mit der Information? „Schön. Aber ich weiß immer noch nicht was die Orakel können." Er verzieht das Gesicht. „Nicht die Orakel. Das Orakel. Ich erkläre es dir. Setz dich." Wir setzen uns auf die Stufen vor der Halle. „Das Orakel ist das höchste Glied in der Organisation. Er oder sie kann Vergangenheit und Zukunft sehen. Sie können auch den Charakter einer Person erkennen. Das Orakel kann auch noch mehr. Aber so wirklich wurde es nie dokumentiert, welche weitere Fähigkeit ein Orakel besitzt. Einige behaupten, dass seien nur Märchen." Er macht eine kurze Pause. „Wenn das Orakel stirbt, wird er oder sie in kürzester Zeit wiedergeboren." Er schaut mich an. „Welche Farben haben deine Augen?" Hä? „Gerüchte zu Folge hat das Orakel weiße Augen. Du konntest eben fühlen, was ich gefühlt habe. Du siehst Vergangenheit und Zukunft. Aber es heißt, dass das Orakel nie seine eigene Vergangenheit oder Zukunft sehen kann. Du allerdings hast dein kleines und älteres Ich sehen können. Bist du das Orakel?" Das steigt mir gerade wieder alles über den Kopf. „Ich weiß es nicht. Der Direktor und auch Mama haben mir nichts von alldem erzählt. Ich weiß auch nicht welche Augenfarbe ich habe." Ich weiß es, aber ich will es nicht sagen. Es macht mir Angst. Wenn ich an die Nacht zurückdenke, wie Mama mich weinend in ihren Armen hielt und ich wie tot einfach in ihren Armen hing. Bekomme ich wieder Gänsehaut. Ben schüttelt seinen Kopf. „Wärst du das Orakel wäre Nox sicher beauftragt gewesen dich herzubringen." „Wieso der denn?" Er presst die Lippen zusammen. „Er hat außergewöhnliche Fähigkeiten. Ein Zukunfts-Vision hatte ihn schon im Kindesalter als den zukünftigen Guardian des Orakels gesehen. Seitdem lebt er hier und trainiert jeden Tag." Schon wieder Guardian. Ja gut. Es erklärt sich von selbst, was ein Guardian ist und tut. Ich höre wie Ben plötzlich lacht. „Deine Fragen und die Verwirrung stapeln sich wahrscheinlich." Ich zucke mit den Schultern. Ich hab allmählich keine Lust mehr etwas zu sagen. Statt Antworten kommen nur noch mehr Fragen. Ben hat schon Recht. „Komm, ich zeig dir die Trainingshalle und dann gehen wir einen Burger essen." Ich atme laut ein und aus. „Das hört sich doch mal gut an."

Wir gehen durch die Doppeltür. Ich bin total fasziniert. Man sieht viele verschiedene Stationen. Es sieht irgendwie militärisch und dennoch traditionell aus. „Mona!" Ben winkt einem Mädchen zu. Sie winkt zurück und kommt auf uns zu. Sie ist Bildhübsch. Sie hat kurze blonde Haare mit einem einzigen Pinken Strähnchen. Stahlblaue große Augen. Sie hat eine perfekte Figur und sehr lange Beine. Als sie vor uns stehen bleibt bemerke ich ihre muskellöse Armen. Sie ist sehr dünn und Ihre Wangenknochen definieren Ihr Gesicht. „Hi, ich bin Mona." Sie gibt mir unerwartet eine kurze Umarmung. „Entschuldige, ich bin leicht verschwitzt. Ben willst du mir die Kleine nicht vorstellen?" Ich bin nicht klein! „Ich bin Jane. Freut mich dich kennenzulernen." „Oh mein Gott. Du bist so süß. Wir werden die besten Freundinnen." Ich denke nicht. Ihr Lächeln ist total fake. Ihr kann man sicher nicht trauen. „Mona, wo ist Herr Fortis." Sie klatscht in die Hände. „Haben wir einen neuen Guardian?" Er schüttelt mit dem Kopf. „Nein, ich mache mit Janie eine Rundführung." Sie setzt wieder dieses falsche Grinsen auf. „Ach so. Er ist unten in der Schießanlage." Es gibt ein Untergeschoss? „Super, vielen Dank." Sie tätschelt sein Arm. „Kein Ding. Ich kann dir bei deinem Training gerne behilflich sein." Was ein Flittchen. „Ach und pass auf Janechen auf. Nicht, dass sie sich an die Waffen unten verletzt." Ich werde wieder wütend. „Glaub mir, wer sich mit Nox anlegen kann, kann auch mit Waffen umgehen." Sie hebt überrascht die Augenbrauen. „Ach, du hast Nox kennengelernt?" Ben lacht. „Oh ja, und er hat mal mehr als nur drei Wörter gesprochen." Sie verschränkt die Arme. „Na, da scheint unsere kleine Jane eine starke Persönlichkeit zu haben." Jetzt reicht es. „So klein bin ich nicht. Wir sind wahrscheinlich im selben Alter." Sie grinst wieder. „Ich bin achtzehn. Und du?" Gut, sie ist etwas älter. So groß ist der Unterschied aber nicht. „Ich bin sechszehn!" Ihr Grinsen wird breiter. „Ach, entschuldige. Ich dachte du bist zwölf. Du siehst sehr jung aus." Was für eine Schnepfe. Sie dreht sich kichernd um und geht. Ich spüre Bens Arm um meine Schulter. „Hör nicht auf sie. Sie kann nicht mit Konkurrenz umgehen. Sie ist wie eine Katze." Er hat Konkurrenz gesagt. Also sehe ich doch nicht wie ein Kind aus. „Also sehe ich nicht wie zwölf aus?" Ich will es hören. Er lacht. „Sicher nicht. Ich würde mich nie an eine Zwölfjährige ranschmeißen." Er zwinkert mir zu. „Du bist unmöglich." Ich bin glücklich das zu hören, aber das sage ich ihm nicht. Stattdessen gebe ich ihm einen Klaps auf seinen Arm. Er grinst mich breit an.

Wir gehen durch die Halle zu einem Fahrstuhl. Ich hätte nicht erwartet, dass sich unter uns noch eine Schießanlage befindet. Das ist bestimmt wie in den alten Filmen mit den Papier-Männchen, die man als Zielscheibe verwendet. Alle in einer Reihe schießen stumpf auf eine Zielscheibe. Manche finden ja sowas aufregend. Ich kann das aber nicht nachvollziehen. Unten angekommen, muss ich wieder feststellen, wie falsch ich lag. Meine Erwartungen und Vorstellungen waren total untertrieben. Auch hier gibt es wieder verschiedene Stationen. Ein Schießstand mit festen Zielen, ein Stand mit beweglichen und in der Rest der Halle befindet sich eine halbe Stadt. Ich bin beeindruckt. Wir nähern uns an eine kleine Hütte in der Nähe des Aufzugs. „Gude Harry, hast du den Sascha gesehen?" Ein älterer dicker Herr mit einem buschigen Schnauzer schaut hoch zu uns. „Ach Ben, du bist es. Klar hab ich ihn gesehen. Willst du sonst noch etwas wissen?" Er lacht ihn an und zwinkert mir zu. „Ich will ihn natürlich sprechen. Kannst du ihn bitte rufen?" Er nimmt einen Hörer und durch die Lautsprecher hören wir ihn wie er nach Sascha Fortis zur Empfangshütte bittet. Er legt den Hörer nieder und wendet sich zu mir. „Hallo, ich bin der Harry. Der Harry, weil es nur einen mit diesem Namen hier gibt. Wer bist du?" Er scheint ein lustiger Typ zu sein. „Ich bin Janie." „Hey, was soll das? Bei jedem stellst du dich als Jane vor und Harry darf direkt Janie sagen." Das hab ich gar nicht bemerkt. Harry beginnt zu lachen. „Junge, das ist mein Charme." Ich muss lachen. Auch Ben lacht.

„Harry, hast du einen neuen Witz auf Lager? Ihm gehen nämlich nie die Witze aus." Harry überlegt. „Was macht ein Mathematiker im Garten?" Wir zucken mit der Schulter. „Wurzeln ziehen." Er lacht ganz laut. Sein Lachen ist ansteckend. Wenn er lacht hat er richtige Teddybären-Wangen. Dahinter verschwinden seine kleinen braunen Knopfaugen.

„Hey Ben, hast du nach mir gerufen?" Ein gutaussehender Mann im mittleren Alter steht vor uns. Er trägt einen breiten Iro. An den Seiten sind seine Haare komplett wegrasiert. Er hat fesselnde graue Augen und lange Wimpern. Recht untypisch für einen Mann. Ich hätte auch gerne so lange Wimpern. Er könnte von der Statur her der nächste Terminator sein. Er hat eine starke Ausstrahlung. Ben begrüßt ihn mit einem brüderlichen Handschlag. „Ich mache mit Janie eine Rundführung und stelle ihr ein paar Leute vor." Er schaut mich nun freundlich an. „Hallo ich bin Sascha Fortis. Ich bin der Verantwortliche für die Guardians. Ich Lehre und trainiere sie. Ein wilder rauer Haufen, aber es sind gute Leute." Ich reiche ihm meine Hand. „Freut mich sehr. Ich bin Jane Lux." Ich höre wie jemand hinter mir laut niest. Es ist Harry. Im Chor wünschen wir ihm Gesundheit. Er steht von seinem Stuhl auf und bedankt sich. „Sag mal, bist du die Tochter von Tina?" Harry kennt meine Mama. Ich nicke. „Dann bist du hier goldrichtig. Das freut mich aber dich kennenzulernen. Tina ist eine meiner liebsten Kolleginnen." Harry grinst mich herzlich an. Ich erwidere sein Grinsen. Ich drehe mich wieder zu Herr Fortis um. „Deine Mutter hat schon viel von dir erzählt. Wenn du mal trainieren willst, bist du jederzeit willkommen." Soso, also erzählt Mama hier irgendwelche Geschichten über mich. Ich hoffe, es ist nichts Peinliches. Ich frage erst gar nicht. Herr Fortis wendet sich zu Ben. „Hast du schon die neusten Anweisungen erhalten?" Ben schaut ihn fragend an. „Dann wirst du die heute Abend erhalten. Alle Seeker sollen demnächst ein paar Trainingsstunden nehmen. Ich bin im Moment damit beschäftigt einen Plan auszuarbeiten." Ben ist total überrascht. „Wieso das denn?" Herr Fortis schaut ihn ernst an. „Hast du das Gerücht noch nicht gehört?" Ben atmet auf. „Dass das Orakel angeblich gefunden wurde? Da bin ich mir noch nicht sicher. Macht aber kein Sinn, dass wir Trainingsstunden nehmen sollen." Herr Fortis schüttelt seinen Kopf. „Nee, da hast du was komplett anderes gehört. Der Collector lebt angeblich doch noch. Es heißt, er wird bald wieder zuschlagen. Macht natürlich Sinn. Das Orakel zeigt sein Gesicht und der Collector erscheint plötzlich wieder." Wer ist der Collector? Am besten Frage ich Ben, wenn wir alleine sind. „Das ist nicht dein Ernst? Das wäre echt übel." *Die Stimmung hat sich nun komplett geändert.* Es muss wirklich schlimm sein. Ben schaut mich mit einer ernsten Miene an.

Wir haben uns verabschiedet und verlassen die Trainingsanlage. Draußen bleibt Ben plötzlich stehen. „Janie?" Er hört sich wieder so ernst an. „Ja?" „Du kannst jederzeit mit mir reden und wenn du Hilfe brauchst, bin ich dein Mann." Was ist denn plötzlich los? Seit Herr Fortis den Collector erwähnt hat, ist Ben komisch drauf. Wer ist dieser Kerl? „Das hoffe ich doch. Du erzählst ja jedem, dass du mein Freund wärst. Gehen wir jetzt was essen? Ich hab einen Bärenhunger." Er schenkt mir ein kleines Lächeln. „Klar. Zur Kantine oder in dein Zimmer?" Ich hab bereits ein Zimmer hier? Ich schaue ihn überrascht an. Er hebt seine Hände. „Schon gut. Ich bin brav. Gehen wir zur Kantine." Er lotst mich durch einen kleinen Garten. Es sieht so aus, als würde man hier einiges selbst anbauen. Tomaten, Erdbeeren und Gurken oder sind das Zucchinos? „Sag mal, baut ihr hier alles selbst an?" Er lacht laut auf. „Nee, das ist nur so ein Hobby von ein paar Leuten hier. Aber es schmeckt sehr gut. Jeder hat so sein eigener Bereich. Aber wir teilen hier alles." Das hört sich gut an. Ob es hier auch Himbeeren gibt? „Gibt es auch Himbeeren?" „Klar. Die Äpfel- und Kirschbäume hab ich gepflanzt. Aber ich ernte nichts davon. Das kann jeder, der was davon will selbst machen. Ich dachte mir nur, dass das am meisten gegessen wird. Vielleicht macht mir jemand mal einen leckeren Apfelkuchen." Er zwinkert mir zu. „Vielleicht du?" Sein Grinsen wird breiter. „Erst, wenn du mir Himbeeren erntest." Nun zwinkere ich ihm zu. Er hebt die Augenbrauen und beginnt laut zu lachen. Meine Laune steigert sich von Minute zu Minute. Ich glaub Ben und ich können gute Freunde werden.

Das Anwesen ist wirklich unfassbar groß. Wir befinden uns nun am Seiteneingang. Ben hält mir die Tür auf. Wir sind nun in eine Art Foyer. Hier herrscht reger Verkehr. Es erinnert doch eher mehr an eine Art Lounge. Recht gemütlich. Auf der linken Seite stehen ein paar Sitzgruppen. Rechts ein Snack-Automat und auch ein Getränke-Automat. Die Fließen sind Anthrazit und die Wände schlicht weiß tapeziert. Es hängen ein paar Gemälde an den Wänden, die zum Ambiente passen. Ein lila Teppich führt vom Eingang zur nächsten doppelflügeligen Tür weiter vorne. Obwohl mich keiner anstarrt, fühle ich mich beobachtet. Ben gibt mir ein Zeichen, dass ich ihm folgen soll. Hinter der doppelflügeligen Tür befindet sich die Kantine. Es ist unfassbar groß. Es erinnert mich ein wenig an die High-School-Filme. Wir gehen durch den Raum zur Theke. Die Theke jedoch erinnert an typische Fastfood-Ketten. Schon eilt eine Dame und nimmt unsere Bestellung auf. Ben bestellt uns zwei Doppel-Cheeseburger. Ich bin extrem hungrig. Erst jetzt bemerke ich wie mein Magen knurrt. Ich kann das Gefühl nicht abschütteln beobachtet zu werden. Vielleicht werde ich paranoid. Während Ben auf die Bestellung wartet, suche ich nach einem Tisch. Tatsächlich hab ich ein Tisch am Fenster gefunden. Ich setze mich und warte auf Ben. Von hier aus kann ich die Gärten und die Obstbäume sehen. Es ist eigentlich schön hier. Gerade als ich meine Gedanken schweifen lasse, kommt Ben mit unserem Essen. „Hau rein und lass es dir schmecken." Ich nehme einen großen Bissen. Ben beginnt laut zu lachen. Mit vollem Mund kann ich nicht sprechen, daher werfe ich ihm einen fragenden Blick zu. „Die meisten Mädchen trauen sich nicht normal zu essen. Sie nehmen kleine Bissen oder haben sogar Angst um ihre Figur." Ich nehme nun ein Schluck von meiner Cola. „Und? Ich gehöre nicht zu diese Mädchen. Ich esse was ich will und wie ich will. Solange ich nicht mit offenen Mund esse, muss ich mich dafür nicht schämen." Ich versteh nicht, warum jeder denkt alle Mädchen sind gleich. Ich hasse Schubladendenken. „Nein, du sollst dich auch nicht schämen. Ich finde es super. Endlich mal ein Mädchen, die sich nicht verstellt und versucht jeden zu gefallen. Sei stolz drauf." Er lächelt mir zu. Lachend nehme ich noch einen Bissen. Wieder überfliegt mich das Gefühl beobachtet zu werden. Ich drehe mich rum und schaue mich kauend kurz um. Und genau in diesem Moment treffen sich unsere Blicke. Es ist Nox. Lächelt er etwa? Er schüttelt den Kopf und steht auf. Er räumt seine Sachen weg und geht. Was hat der für ein Problem? Ich esse meinen Burger schnell auf, denn ich will Ben noch ein wenig ausfragen. „Du, Ben?" Er hebt seinen Blick. „Wer ist dieser Collector?" Sein Blick wird ernst. „Das wirst du noch erfahren. Herr Custos oder dein Trainer, vielleicht sogar deine Mom werden es dir erklären." Was soll das denn jetzt? Er gibt mir den ganzen Tag über alles und jeden Informationen und hier macht er Halt? Nicht mit mir. „Ben, du hast mir bis jetzt sehr geholfen. Dank dir blicke ich ein wenig durch. Ich will nicht von den anderen hören wer er ist. Am Ende stehe ich doch wieder mit mehr Fragen da. Bitte." Er schüttelt den Kopf. „Aber wieso?" Er atmet angestrengt tief ein und aus. „Ich sagte doch. Ich bin der Falsche dafür." Sein Blick und sein Ton werden ernster. „Ich will doch nur wissen, was hier los ist. Alles steht plötzlich Kopf." „Und? Ich hab keine Lust über diesen Idioten zu sprechen." Wieso wird er denn jetzt so wütend? „Ich will aber…" „Es ist mir egal was du willst." Wow, das war ein wenig zu laut. Diesmal schauen uns wirklich ein paar Leute an. Peinlich. Warum ist er denn jetzt so wütend? Er steht auf und geht. Er lässt mich hier ganz allein. Ich gehe ihn bestimmt nicht hinterher. Ich hab schließlich nichts Falsches getan. Sobald er durch die Tür ist, stehe ich auf und räume mein Geschirr weg. Ich verlasse so schnell es geht die Kantine. Klar, nur ein paar Leute haben das mitbekommen, aber das war schon peinlich genug. Ich kam mir vor wie ein Kind, dass ausgeschimpft wurde.

In der Lounge sehe ich Nox. Er sitzt auf einem Stuhl und spielt mit seinem Handy. Ich versuche unbemerkt an ihn vorbeizulaufen. „Na? Hast du deinen Freund beleidigt?" Mist. Er hat mich doch bemerkt. Ich drehe mich in seine Richtung. „Er ist nicht mein Freund. Wir sind noch nicht mal richtig befreundet." Er steht auf. „Naja, dafür dass ihr nicht mal richtige Freunde seid, ist er ziemlich wütend rausgestürmt. Hast ihm wohl einen Korb gegeben." Er grinst selbstzufrieden. „Nein. Ich wollte nur wissen wer dieser Collector ist." Nox schaut mich überrascht an. „Weißt du wie du wieder zum Empfang kommst?" Ich schüttle den Kopf. „Komm, ich begleite dich dorthin. Ich kann dir sagen, wer dieser Collector ist." Falls er versucht mich zu locken, hat er das geschafft. Ich nicke ihm zu. Er steht grinsend auf. Wir machen uns gemeinsam auf den Weg. „Ich kann dir nur das erzählen, was ich weiß, dass ist aber nicht viel." Ich zucke mit den Schultern. Das ist besser als nichts. „Okay. Also, man sagt, dass der Collector hinter dem Orakel her ist. Er ist davon überzeugt, dass das Orakel mehr kann als das was wir wissen. Es heißt er will diese Macht." Alles klar. Das hört sich an wie in einem billigen Film. „Toll. Er entführt das Orakel erforscht ihn und will ihn seinen Willen aufzwingen. Wenn das Orakel nicht tut was er sagt, wird er sterben. Aber dann hat der Collector nichts davon. Bescheuert." Ich muss zugeben, dass das enttäuschend ist. Nox lacht. „Du weißt nicht warum er Collector heißt?" Ich überlege. „Er sammelt Anhänger mit bestimmten Fähigkeiten. Vielleicht sogar Ex-Mitarbeiter der Organisation." Er nickt und grinst. „Joar, hört sich logisch an. Er soll angeblich Anhänger haben. Jedoch ohne irgendwelche Vision-Fähigkeiten. Diese könnte man ja leicht aufspüren. Es heißt er macht jagt auf bestimmte Visions und nimmt ihnen Ihre Augen. Durch eine bestimmte Methode kann er eine gewisse Zeitlang deren Fähigkeit nutzen. Angeblich." Das ist eklig. Das hab ich eindeutig nicht erwartet. „Dann kannst du dir jetzt auch vorstellen, warum er Jagd nach dem Orakel macht." Das hört sich aber immer noch wie in einem billigen Film an. „Aber es muss doch einen genauen Grund geben, warum er das macht. Man kann doch nicht einfach irgendwann morgens aufstehen und beschließen, Augen zu klauen." Nox nickt. „Du hast Recht. Das hab ich mich auch schon gefragt. Aber egal wen ich gefragt habe, ich habe immer nur oberflächige Antworten erhalten." Das ist frustrierend. „Boah! Sowas nervt. Wie kannst du nur so ruhig bleiben. Ich würde alles und jeden befragen, bis ich es zu hundert Prozent weiß." Er lacht. „Das gefällt mir. Ich hab jeden gefragt und immer dieselbe Antwort erhalten. Vielleicht hast du mehr Glück und kannst mir dann mehr erzählen." Mir fällt auf, dass ich mich mit Nox eigentlich gut unterhalten kann. Das hätte ich nicht erwartet. „Ich hab dich falsch eingeschätzt." Hä? Wie meint er das? Ich schaue ihn fragend an. „Ich dachte du wärst ein weiteres Girly-Girl." Ich muss lachen. „Was ist denn ein Girly-Girl?" Er grinst. „Die Mädchen, die sich verstellen. Die auf schicki-micky machen. Die meisten versuchen mit mir zusammen zu kommen. Du nicht. Deswegen, dachte ich Ben wäre dein Freund." Und wieder das typische Schubladendenken. „Nee, das hätte er vielleicht gerne. Ich will mich einfach nicht verstellen. Ich sehe keinen Sinn darin." Jetzt muss ich wieder an Ben denken und wie wütend er war. „Was ist?" Nox hatte bemerkt, dass ich an Ben denken musste. „Ich verstehe nicht warum Ben so wütend wurde." Nox schlägt seine Hände hinter seinem Kopf. „Ach, das konntest du nicht wissen." Oh nein, hatte ich was Falsches gesagt? „Was genau konnte ich nicht wissen?" Er schaut mich mit einem mitfühlenden Blick an. „Du muss dich nicht schuldig fühlen. Wie gesagt. Du konntest es nicht wissen. Seine Mutter war ein Guardian. Der Collector erwischte Sie. Er selbst war eigentlich noch ein Baby. Sie war angeblich mit dem letzten Orakel befreundet. Das ist der Grund warum er unbedingt Seeker werden wollte. Er will das nächste Orakel finden und beschützen. Allerdings ist das aber meine Aufgabe." Er zwinkert mir zu. „Trotzdem hab ich jetzt ein schlechtes Gewissen." „Musst du nicht. Er kriegt sich wieder ein." Trotzdem. Ich werde mich bei ihm entschuldigen. „Nox, wie ist der letzte Orakel gestorben?" Er bleibt stehen. „Durch den Collector. Sein Guardian war nicht stark genug. Das wird mir nicht passieren." Was? Aber dann hat der Collector doch was er wollte. Er schaut mich an. „Nochmal. Er kann angeblich nur eine gewisse Zeit die Fähigkeit nutzen. Oder versucht es irgendwie. Er ist untergetaucht. Er hat eine Methode entwickelt nicht gefunden zu werden. Es heißt, er würde in der Dunkelheit auf die nächste Gelegenheit warten." Es macht alles keinen Sinn. „Was hat er denn mit der Fähigkeit gemacht?" Nox zuckt mit den Schultern. „Das weiß ich auch nicht. Irgendwie weiß das keiner. Angeblich. Ich weiß nur, dass viele Visions durch ihn gestorben sind." Wir sind nun angekommen. Wir bleiben vor der Tür stehen. „Angeblich hat man das Orakel gefunden. Ich weiß nicht wann ich eingesetzt werde, aber hier ist meine Nummer. Ich gehe davon aus, dass du noch viele hier befragen wirst. Solltest du erfolgreicher sein als ich, kannst du mir Bescheid geben." Sein Blick wird wieder ernst. „Ich werde das Orakel beschützen. Ich werde nicht wie mein Vorgänger versagen." Er ist regelrecht besessen, der Beste zu sein. „Ich hab gehört, dass du bereits seit deiner Kindheit hier lebst und trainierst. Ist das nicht anstrengend?" Er schaut mich überrascht an. „Die meisten denken ich bin eingebildet oder beneiden mich. Du bist die erste die mir diese Frage stellt." Ich zucke mit den Schultern. „Ich stelle mir einfach deine Situation vor und stelle fest, dass das für mich zu anstrengend wäre. Die Erwartungen der anderen, deine eigene Erwartungen und bereits als Kind eine große Verantwortung zu bekommen. Wie geht es dir damit?" Mich überkommt plötzlich eine tiefe Traurigkeit. Nox kommt näher und legt seine Hand auf meine Wange und wischt eine Träne weg. Dann tritt er plötzlich wieder zurück. „Tut mir leid." Das kam unerwartet. Ich verstehe sowieso meine Gefühle nicht. Aber warum entschuldigt er sich? Er schaut mich sanft an. „Gehen wir rein."

Wir gehen durch die Tür. Da steht auch schon Mama und spricht mit Gitta. Als sie uns bemerkten, werden sie plötzlich leise. „Dir geht's also genauso wie mir." Flüstert Nox mir zu. Werden die Menschen um ihn herum genauso leise und mysteriös. Das ist zum Verrückt werden. Mama schaut uns überrascht an. „Wo ist Ben?" Was für eine nette Begrüßung. „Janie hat ihn verscheucht." Er sagt das ohne eine Miene zu verziehen. Mama schaut mich überrascht an. Ich zucke nur mit den Schultern. „Das ist doch super, dann kennen die zwei Hübschen sich bereits." Gitta klatscht freudig in die Hände. „Gitta. Nicht jetzt." Wieso schimpft Mama mit Gitta? Gitta entschuldigt sich und setzt sich wieder. Sie tut mir leid. Mama ist in letzter Zeit echt anders. „Wieso ist Noah bei dir?" Ich schaue Nox fragend an. „Ach Nox ist dein Spitzname?" Er grinst. „Nein, mein Nachname. Die meisten nennen mich Nox. Deine Mom gehört zu den wenigen, die das nicht tun." Er zuckt mit den Schultern. „Vielleicht kann sie mich nicht leiden", flüstert er mir zu. Ich muss grinsen. Mama schaut uns verärgert an. „Mama, Nox hat mir den Weg zurück gezeigt. Ich war mit Ben in der Kantine. Ich hab ihn versehentlich wütend gemacht und er ist gegangen. Alles ist Okay." Mama ist sichtlich angespannt. Ich versuche sie einfach nur zu beruhigen. „Ich habe deine Sachen bereits gepackt und hergebracht. Du bleibst die Rest der Woche hier. Deine Abschlussprüfungen kannst du nächste Woche machen. Aber mit Begleitung." Sie hat sich anscheinend viele Sorgen gemacht. Nachdem was ich über den Collector gehört habe, kann ich es verstehen. „Ist es wegen dem Collector?" Ich kann sehen wie Gitta plötzlich über Ihren Berg von Papierarbeit hochschaut. „Jane, nicht jetzt. Ich erkläre dir alles später. Ich zeige dir dein Zimmer." Mein Zimmer? Lässt sie mich hier alleine? „Und du?" „Ich muss noch einiges erledigen. Ich werde für ein paar Tage unterwegs sein. Dir wird ein Guardian zugeteilt." Sie blickt kurz Nox an. Es muss wirklich ernst sein. „Ich reise erst Morgen ab. Ich schlafe heute Abend auch in deinem Zimmer. Dann kann ich dir alles erklären." Ich bemerke wie Nox sich von meiner Seite entfernt. „Na, meine Arbeit ist getan. Ich geh dann mal weiter trainieren." Er winkt uns zu. „Wir sehen uns. Pass auf dich auf." Mit diesen Worten geht er durch die Tür.

Mama führt mich raus. „Ich dachte mein Zimmer sei hier?" Sie schüttelt den Kopf. "Ben hat dir noch nicht alles gezeigt." Wir gehen den Weg zurück Richtung Kantine. „Wie hast du Ben verärgert? Er ist eigentlich immer fröhlich und lustig drauf." Mich überkommen wieder die Schuldgefühle. „Ich wollte was über den Collector wissen." Sie nickt. „Das ist schwer für ihn." Das weiß ich jetzt auch. „Nox hat mir bereits alles erzählt. Ich wollte Ben nicht verletzen. Er war ja eigentlich lieb zu mir." Mama nimmt zärtlich meinen Arm und hakt sich ein. „Du wusstest es nicht. Entschuldige dich einfach. Er versteht das schon. Er kann manchmal ein kleiner Hitzkopf sein." Allein das von Mama zu hören beruhigt mich schon. Es ist schön mit Mama hier durch das Grundstück zu gehen. Die letzten Tage waren einfach anstrengend. Auf der anderen Seite der Kantine befindet sich ein Haus. Es ist nicht so groß wie das Anwesen. Es ist schmal geht aber in die Höhe. Es kann fast als Hochhaus durchgehen. Es sieht von außen nicht wirklich modern aus. Beinahe wie die Häuser in unserem Dorf. Alt und rustikal. Mama grinst. „Nicht alle leben hier. Die Zimmer werden eigentlich eher für die verwendet, die nur auf die Durchreise sind. Nur ein kleiner Teil lebt hier. Ben und Nox, die du schon kennengelernt hast zum Beispiel." Mama kann meine Gedanken lesen. „Wer noch?" Sie überlegt. „Einige Trainer leben hier und Gitta." Viel ist das nicht. „Ich hätte erwartet, dass beinahe die ganze Organisation hier lebt." Mama lacht. „Nein, jeder führt sein eigenes Leben. Es ist ja keine Sekte. Nur ein Beruf." Bei Mama hört sich das alles so normal an. Wir betreten das Haus. Wir stehen in einem Flur. Es sieht wie ein normales Familienhaus von Innen aus. Rechts befindet sich eine dunkle Holztreppe Treppe, die zum nächsten Stockwerk führt. Es ist sehr einladend und warm hier. Mama führt mich direkt zur Treppe. „Wo ist unser Zimmer?" „Im zweiten Stockwerk." Wir gehen die Treppe hoch. Gleich links von uns befindet sich eine weitere Treppe. Im zweiten Stock angekommen stelle ich fest, dass es sich nicht wie in einer Herberge oder in einem Hotel anfühlt. Es ist hier wirklich heimisch. Ob das an die Einrichtung liegt? Oder fühle ich wieder die Gefühle eines anderen? Irgendwie bin ich auf das Zimmer schon gespannt. Wir stehen nun in einem großen Flur. Links, vor mir und rechts sind jeweils zwei Türen. Nur an einer Tür ist ein Schild mit meinem Namen. „Hab ich das Stockwerk für mich alleine?" Mama schüttelt den Kopf. „Ein Watcher übernachtet heute hier." Ach so, stimmt. Die Zimmer werden ja auch für die Reisende genutzt. Mama öffnet die Tür und ich stelle fest, dass es nicht nur ein Zimmer ist, wie ich es erst erwartet hatte. Ich hab hier einen kleinen Wohnbereich mit einer Couch und einem kleinen Flachbildfernseher. Rechts an der Wand ist ein Schreibtisch mit einem Laptop und einen kleinen Drucker. Vorne sind zwei weitere Türen. Ich schaue mir alles genau an. In der linken Tür befindet sich ein kleines Schlafzimmer mit einem Highboard und einen schmalen Kleiderschrank. Dafür jedoch hab ich ein großes Doppelbett. In der rechten Tür befindet sich ein kleines Badezimmer. Klein aber fein. Toilette, Waschbecken und eine Dusche. Die Fliesen auf dem Boden sind dunkelbraun und an den

Wänden weiß. Ich hab hier eine kleine Wohnung. Die Bezeichnung Zimmer war eindeutig untertrieben. Ich gehe zurück in den Wohnbereich und entdecke auch schon meine Koffer in der Ecke. Mama hat sich auf die Couch gesetzt und reibt sich die Augen. Es wird nun Zeit mit ihr über alles zu sprechen. Ich hoffe, es bleiben keine weiteren Fragen mehr offen.

KAPITEL 5

Der Collector

„Setz dich", fordert sie mich auf. Ich bin gespannt, wie wir nun genau anfangen werden. „Wie gefällt es dir hier?" Oh Mann, will sie jetzt doch vielleicht ausweichen? „Gut. Es ist sehr groß. Ich muss mich erst daran gewöhnen. Die Gärten gefallen mir sehr gut. Es ist sehr ruhig. Die Kantine ist riesig. Aber am meisten hat mich das Trainingsgelände überrascht." Mama grinst. Als ich das erste Mal hier war, war ich ein wenig überfordert. Aber mit der Zeit gewöhnt man sich daran." Es wird warm. Vielleicht finde ich doch heute Abend ein paar Antworten. „Wie lange arbeitest du hier schon?" Fangen wir klein an. „Ich hatte hier sozusagen meine Lehre gemacht. Dein Opa war ein Z-Vision." Wow. Mama hat Opa das erste Mal überhaupt erwähnt. Wir reden nie über unsere Familie. Das Z in Z-Vision steht für Zukunft. Das weiß ich ja jetzt. Ich sage nichts. Ich lasse sie erstmal reden. „Hier arbeiten nur diejenigen die Visions in ihrer Familie haben oder hatten. Außerhalb des Grundstücks reden wir nie über die Organisation. Die Welt würde mit diesem Wissen nicht umgehen können. Deswegen arbeiten wir im Hintergrund mit der Regierung." Das erklärt, warum Mama nie von der Arbeit gesprochen hat. „Ich wusste, damals schon, dass meine Kinder mal hier arbeiten würden. Ich hätte mir nach der Geburt nie träumen lassen, dass meine Tochter Kräfte besitzen wird." Ist sie enttäuscht oder glücklich darüber? Ich kann es nicht genau sagen. „Dein Opa wäre begeistert gewesen. Er war immer fröhlich. Die komplette Organisation wusste ihn zu schätzen. Er gehörte zu den wichtigsten Visions, da er seine Kräfte perfekt beherrschte. Wenn er sich stark auf eine Person konzentrierte, konnte er dessen Zukunft sehen. Natürlich nur Bruchstücke." Sie reibt sich wieder die Augen. „Früher dachte ich es sei eine Schande nicht in seine Fußstapfen treten zu können. Ich besitze nämlich keine Kräfte. Aber nach ein paar Jahren habe ich es dann als Segen angesehen." Also doch enttäuscht. „Man trägt eine große Verantwortung als Vision. Egal welche Art von Fähigkeit man besitzt. Einige Visions konnten mit so viel Verantwortung nicht umgehen und entschieden sich für ein normales Leben. Natürlich nachdem sie gelernt haben ihre Fähigkeiten zu kontrollieren." Ich glaube heute werde ich alles erfahren. Ich hab ein gutes Gefühl. „Einigen wenigen wird diese Entscheidung verwehrt." „Wie Nox?" Sie schaut mich an. „Ja, genau wie Noah." Das sagte sie mit einer kalten Stimme. „Was genau machst du hier in dieser Organisation?" Hoffentlich erzählt sie mir mehr. „Ich bin einer der Bindeglieder zwischen der Organisation und der Regierung." Was? Ich bin geschockt. Ich dachte immer Mama hätte einen normalen Null-Acht-Fünfzehn Bürojob. Stattdessen arbeitet sie mit hohen Tieren zusammen. Unfassbar. Irgendwie bin ich richtig stolz auf sie. „Das ist der Hammer. Ich dachte immer du hättest einen langweiligen Bürojob. Dann bist du genau wie Opa ein hohes Tier." Sie grinst. „Glaub mir. Keiner wird je an deinen Opa rankommen. Er war sehr beliebt." Ich wüsste gerne wie er aussah. „Gibt es hier irgendwo Fotos von ihm?" Sie grinst wieder. „Ja, Greta wird dir alles zeigen können. Ein Bild von deinem Opa befindet sich nämlich im Trainingszimmer." Wer ist denn Greta? Ich schaue sie fragend an. Sie atmet tief ein. „Janie, du besitzt große Fähigkeiten. Du musst lernen damit umzugehen. Du wirst sozusagen Unterricht nehmen müssen. Das wird nicht wie in der Schule sein. Ich kann das nicht genau beschreiben. Dafür haben wir aber die Trainer. Greta Mayer ist für die Z-Visions zuständig, Herr Joris Smit für die V-Visions und Aurora Kester für die C-Visions. Der Trainer für die Seeker ist Tom Vide und Sascha Fortis für die Guardians. Den hast du wahrscheinlich bereits kennengelernt." Ich nicke. Also bin ich ein Z-Vision. Aber wie konnte ich dann mein kleines Ich sehen. Ich bemerke wie Mama mich beobachtet. „Hast du keine Fragen?" Sie scheint wirklich bereit zu sein mir alles zu erzählen. „Bin ich ein Z-Vision?" Sie neigt Ihren Kopf etwas zur Seite. Anscheinend überlegt sie, wie sie mir das am besten erklären kann. „Sozusagen. Du besitzt eigentlich alle Fähigkeiten. Wahrscheinlich sogar noch viel mehr. Du musst nur lernen damit umzugehen." Sie ist ziemlich ruhig und beobachtet mich wieder. Wie kann das sein, dass ich alle Fähigkeiten besitze?

Ich dachte das kann nur das Orakel. Da dämmert es mir plötzlich. Ich? Nein! Ich will das nicht. Ich meine, ich hatte es schon irgendwie geahnt. Aber muss das sein? „Hast du Angst?" Was soll denn jetzt diese blöde Frage? Ich bin fast siebzehn und irgendein Psycho, der sich Collector nennt will mich umbringen. „Ja, irgendwie schon." Sie lehnt sich zurück und verschränkt die Arme. „Gut. Dann verstehst du wie ernst die Situation ist." Ich nicke. „Du kannst mich alles Fragen. Bevor ich gehe, will ich dir all deine Fragen beantworten. Ich weiß, dass die letzten Tage verwirrend und anstrengend waren."

Ich muss diese Chance unbedingt nutzen. Aber ich weiß nicht was ich zuerst fragen soll. Ich fühle mich im Moment etwas unter Druck gesetzt. Sie sitzt ganz ruhig vor mir und wartet auf meine Fragen. Okay. Step by step. „Woher weißt du, dass ich ein Orakel bin?" Sie nickt aufmerksam. „Nun ja, du weißt bereits über die Augenfarben Bescheid, sobald die Fähigkeiten verwendet werden oder auftreten?" Ich nicke. „Du weißt welche Augenfarben ein Orakel hat?" Ich nicke wieder. „Weiß wie der Tod. Die reinste Horrorfarbe." Mama beginnt zu kichern. „Ja, das hatte ich damals auch gedacht. Es sieht erschreckend aus. Aber es ist nichts Schlimmes." Sie muss nicht fragen. Sie weiß, dass ich mich selbst mit diesen Horroraugen gesehen habe. „Wann wusstest du, dass ich ein Orakel bin?" Ihr Blick wird nun traurig. „Du warst noch sehr jung. Wir waren einkaufen. Du bist stehen geblieben und hattest plötzlich diese weißen Augen. Du hast deine Hand ausgestreckt und irgendetwas gestammelt. Heute weiß ich nun was es war." Ich war noch so jung. Ich verstehe nur nicht warum meine Kräfte erst jetzt zum Vorschein treten. „Warum jetzt?" Ich weiß nicht wie ich meine Frage formulieren soll. Aber durch Mamas Gesichtsausdruck kann ich erkennen, dass sie es verstanden hat. „Die Kräfte erwachen meistens im Teenager Alter. Manchmal auch erst im Alter eines jungen Erwachsenen. Es ist selten, dass die Kräfte im Kindesalter erwachen. Das ist bisher nur deinem Großvater passiert." Also liegt es in der Familie. Ob ich genauso begabt werde wie Opa? „Janie, du darfst dich nie unter Druck setzen oder dich mit deinem Großvater vergleichen." Ich schaue sie fragend an. „Er war die absolute Ausnahme. Er musste sehr früh lernen seine Fähigkeiten zu kontrollieren. Nur deswegen war er im späteren Alter so gut darin." Das verstehe ich. „Aber warum hat sich meine Fähigkeit nur einmal im Kindesalter gezeigt? Hätte ich nicht, dann auch schon lernen müssen damit umzugehen?" Sie nimmt nun ihr Kinn zwischen Daumen und Zeigefinger und reibt es sich. Das macht sie immer, wenn sie versucht etwas Schweres zu erklären. „Ja und nein. Orakel sind sehr kompliziert. Bis heute weiß man nur wenig über das volle Ausmaß Ihrer Fähigkeiten. Wir waren damit beschäftigt dich zu schützen. Da du danach keine weiteren Visionen oder ähnliche Symptome hattest, haben wir beschlossen zu warten. „Wer ist wir?" Das muss ich wissen. „Die Organisation und ich." In meiner Vision war mein Vater dabei. Jetzt kann ich vielleicht etwas über ihn herausfinden. „Mein Vater war in meiner Vision bei uns. Was ist mit ihm passiert?" Ihr schossen Tränen in die Augen, aber sie blieb gefasst. „Er ist gestorben." Ich bin nicht geschockt und auch nicht überrascht. Natürlich hatte ich schon gehofft, dass er noch lebt. Aber die Realität sieht doch immer etwas anders aus. „Du bist nicht überrascht?" Ich schüttle den Kopf. „Ich hab es mir schon gedacht. Weil du immer sehr emotional reagiert hattest. Wie ist er gestorben?" Sie senkt ihren Kopf und schaut mich nicht mehr an. „Das weiß ich nicht. Ich war nicht bei ihm. Ich bekam nur die Nachricht." Ich habe das Gefühl, dass sie mir nicht die volle Wahrheit sagt. Ihr Ton ändert sich, wenn sie lügt und sie kann mir dann nicht in die Augen schauen. Vielleicht schaut sie mich nicht an, weil es zu schmerzhaft ist. „Wie war er so?" Ihre Hände ballen sich zu einer Faust. Ich rechne es ihr hoch an, dass sie sich dieses Mal so zusammenreist. „Er liebte uns. Er war humorvoll. Einfühlsam. Überzeugend und sehr Ehrgeizig. Ein richtiger Dickkopf." Die Antwort war zwar kurz und knapp aber es bedeutet mir viel. „Wie sah er aus?" Er war groß. Dunkles Haar." Sie schaut hoch und schaut mir tief in die Augen. Ich sehe wir ihr die Tränen runterlaufen. „Du hast seine Augen." Ich weiß, dass das nicht alles war. Aber ich will sie nicht weiter quälen. Ich rutsche zu ihr näher ran und nehme sie in die Arme. „Danke, Mama." So bleiben wir eine kurze Weile.

Sie löst sich von meiner Umarmung und grinst mich gefasst an. „Hast du noch Fragen?" Millionen. Aber ich glaube, dass diese Fragen erst mit der Zeit beantwortet werden können. „Ja, aber es sind zu viele und ich weiß nicht wo ich anfangen soll." Sie steht auf und stellt sich hinter der Couch und stützt sich mit den Händen ab. „Wie ich dich kenne, brennst du darauf mehr über den Collector zu erfahren." Sie kennt mich viel zu gut. Ich lächle sie unschuldig an. „Hab ich mir gedacht. Du erhältst alle Details, nach deinem Training. Aber es schadet nicht ein bisschen Klatsch und Tratsch loszuwerden. Du musst es aber für dich behalten." Ich bin nervös und gespannt zugleich. „Was weißt du?" Sie will also wissen, was ich heute schon erfahren hab. Ich überlege. „Nox. Äh. Noah hat mir alles erzählt. Aber er ist davon überzeugt, dass da noch mehr ist. Ich muss ihm zustimmen. Das war alles viel zu oberflächig." Sie grinst wieder. „Wie immer sehr scharfsinnig. Das ist gut." Sie richtet sich auf und beginnt auf und ab zu laufen. „Er erforscht nicht nur die Fähigkeiten des Orakels, er will sich die Fähigkeiten aneignen. Laut Gerüchten. Keiner weiß wie. Er selbst wahrscheinlich auch nicht." Okay der Typ ist mir zwar unheimlich aber das haut mich nicht von den Socken. Mama schaut mich fragend an. „Ja, das hab ich mir schon gedacht. Aber ich frage mich warum er das macht." Sie zieht die Augenbrauen hoch. Anscheinend hat sie das nicht erwartet. „Naja, er will die Macht für sich." Da sind wir wieder. Wie in einem billigen Film. „Schön und gut. Aber Mama sei mal ehrlich. Du stehst doch nicht irgendwann morgens auf und entscheidest einfach mal so, dass du die Macht haben willst. Nicht mal ich will das." Wieder schaut sie mich überrascht an. Ich gebe ihr einen enttäuschten Blick. „Ich vergesse manchmal wie schlau und einfühlsam du bist. Du hast recht." Oh yeah, jetzt wird es interessant. „Dem Collector ist in Vergangenheit etwas sehr schreckliches passiert. Er konnte sich nie davon erholen. Es heißt er will die Vergangenheit ungeschehen machen. Aber es gab bisher kein Orakel, der die Zeit manipulieren konnte." Nun schaue ich sie ungläubig an. „Vergangenheit ändern? Mama, das hast du dir doch eben ausgedacht." Sie hebt ihre Hände. „So hab ich das gehört." Das kann ich nicht glauben. Ich schüttle den Kopf. „Und was soll ihn so schlimmes passiert sein?" Sie schaut mich an und ich erkenne wie stark sie überlegt, wie sie mir das sagen soll. Sie reibt wieder mit ihrem Daumen und Zeigefinger ihr Kinn. Ich erkenne einen leichten Schmerz in ihrem Blick. Doch plötzlich wird ihre Miene eiskalt. „Sein Sohn starb." Oha, damit hätte ich nicht gerechnet. „Wie ist das passiert?" Sie setzt sich wieder. Schaut mich aber nicht an. „Sein Sohn war noch ein Baby. Es war ein Unfall. Die Organisation wusste, dass es passieren würde. Der Collector und seine Frau wurden noch vor der Geburt informiert. Man hat ihnen jedoch nicht gesagt wann und wie." Das ist schrecklich. Wie kann man denn bitte zulassen, dass ein Baby stirbt? „Janie, du darfst die Organisation deswegen nicht hassen. Wir dürfen das Schicksal nicht ändern. Ich hatte dir bereits erklärt, dass das schwere Folgen haben könnte." Dennoch. Wir reden hier von einem Baby. „Was ist mit seiner Frau passiert?" Sie senkt ihren Kopf. „Sie hatte es verdrängt. Als es passierte versank sie in einer tiefen Depression. Die Organisation unterstützte sie. Es ging ihr nach und nach besser. Die Zwillingstochter brauchte sie schließlich. Aber solch eine Wunde heilt nie." Oha, Zwillinge? Ihre Stimme zitterte leicht. Kein Wunder. Sowas will man sich nicht vorstellen. „Was ist mit der Frau und mit der Tochter passiert?" Sie überlegt wieder. „Das weiß keiner. Sie sind untergetaucht. Keiner weiß wo sie sind." Für einen Augenblick weiß ich nicht was ich sagen soll. Es ist immer noch zu oberflächig. „Weitere Details kennt man nicht? Gibt es denn niemand, der vorher mit ihnen befreundet war?" Sie schüttelt den Kopf. „Ich persönlich glaube einfach er hasst die Visions und die Organisation. Ich habe nicht das Gefühl, dass er die Macht will. Ich glaube er will all dem ein Ende setzen." Ich schaue sie fragend an. „Man kann die Vergangenheit nicht ändern. Egal wie sehr man es will. Jeder von uns erleidet irgendwann einen schmerzhaften Verlust. Wir müssen aber stark bleiben und an die Zukunft denken." Sie muss bestimmt an Papa denken. Aber sie scheint überzeugt davon zu sein, dass der Collector nicht die Macht will, sondern die Fähigkeiten und die Organisation ausrotten will. Das macht tatsächlich mehr Sinn. „Hast du die Familie gekannt?" „Nein." Huch. Die Antwort kam wie aus der Kanone geschossen. Ich glaube sie kannte die Familie. Will es aber nicht sagen. Vielleicht ist auch diese Erinnerung viel zu schmerzhaft. „Seine Frau hat sich von ihm getrennt? Oder kann es sein, dass sie sich mit dem Collector versteckt?" Vielleicht kann man die Frau oder die Tochter ausfindig machen. Und wieder schüttelt sie ihren Kopf. „Es heißt, dass die Frau erst viel später erfuhr, dass ihr Mann der Collector war. Als man herausfand, dass seine Tochter ebenfalls Fähigkeiten besitzen wird, zeigte er ihr sein wahres Gesicht. Ich glaube kaum, dass eine Mutter ihr Kind nicht beschützen würde. Ich glaube sie hat ihn verlassen. Das hätte ich auch getan. Die Liebe zu seinem Kind ist größer als alles andere auf dieser Welt." Sie nimmt meine Hand. Jetzt bin ich davon überzeugt, dass sie die Familie kannte. Sie hat sich verraten. Auch ich würde Lina schützen, weil sie meine beste Freundin ist. Aber warum verschweigt sie das? „Woher wussten sie, dass die Tochter Fähigkeiten besitzt? Ich dachte Opa sei der einzige gewesen?" Und wieder überlegt sie wie sie mir das am besten erklärt. „Das Ganze ist sehr kompliziert. Ich hab gehört, dass ein Z-Vision es vorausgesehen hat." Nun muss ich kurz überlegen. „Mama lass es mich zusammenfassen. Ich muss das verstehen. Also. Der Collector und seine Frau bekamen Zwillinge. Der Sohn starb und die Tochter lebt wahrscheinlich heute noch. Vor Trauer begann der Collector Visions zu entführen und deren Augen zu nehmen oder sich irgendwie ihrer Fähigkeiten mächtig zu werden. Angeblich. Gerüchte zufolge hat er aber auch ein paar Visions als Anhänger. Er sucht immer aktiv nach dem Orakel und nimmt auch dessen Augen um zu erforschen, welche Fähigkeiten das Orakel besitzt. Sein Ziel ist es entweder die Macht des Orakels zu erlangen oder die Ausrottung der Visions und der Organisation. Ich nehme an, dass er mit dem Tod seines Sohnes, mit den Entführungen begonnen hatte. Die Frau hat davon nichts mitbekommen, bis es hieß, dass die Tochter ein Vision sein wird. Ich nehme mal an er wollte sie dann auch umbringen. Die eigene Tochter. Die Mutter will ihr Kind schützen und verschwindet. Und bei alldem konnte kein Z-Vision voraussehen was passiert? Das ursprüngliche Orakel ebenfalls nicht? Mama sei mir nicht böse, aber das alles ist doch reiner Mist." Sie schaut mich überrascht an. „Wie meinst du das?" Ich muss überlegen, wie ich es ihr am besten erkläre. „Ich verstehe, dass er einen schlimmen Verlust erlitten hat. Das könnte durchaus ein Motiv sein. Aber ich verstehe nicht, warum er die Augen entnehmen muss. Wie zum Teufel will er das sehen, was die Visions gesehen haben? Auch wenn er ein Forscher wäre oder auch Forscher als Anhänger hätte, kann ich mir nicht vorstellen, dass sowas möglich ist. Dass er all das ein Ende setzen will kann ich mir eher vorstellen. ABER. Und dass ist etwas was ich absolut nicht verstehe. Er verliert seinen Sohn, ist aber bereit seine einzige Tochter umzubringen? Nur weil sie ein Vision wird? So groß kann der Hass doch nicht sein? Wenn sein Hass so groß ist, wieso hat er dann angeblich Visions als Anhänger? Das macht alles nicht wirklich Sinn." Mama zuckt mit den Schultern. „Das sind alles Gerüchte. Vielleicht wirst du mit der Zeit die Wahrheit herausfinden." Plötzlich kommt mir eine Idee. „Was ist wenn er nicht die Augen entfernt, um dessen Fähigkeiten erforschen zu können?" Nun schaut sie mich fragend an. „Was ist wenn er dasselbe macht wie die Organisation? Er nimmt die Visions ihr Augenlicht, damit er nicht entdeckt werden kann. Vielleicht hat er vor der Organisation Angst." Ich sehe schon Mamas Frage wieso er

Angst haben sollte. „Er hat vielleicht Angst, dass die Organisation durch die internen Visions, die von ihm gefangenen Visions finden könnten. Dadurch könnte man ihn finden." Sie nickt. „Janie, du bist wirklich nicht auf den Kopf gefallen. Du sprichst wie ein Detektiv." Sie grinst mir zu. Ich will den Collector unbedingt verstehen können. „Wenn er aber so vorgeht, muss er doch mal für die Organisation gearbeitet haben?" Sie schaut mich erschrocken an. Hab ich vielleicht ein großes Geheimnis gelüftet? Ich sehe wie nervös sie wird. „Mama, kennt man denn seinen richtigen Namen?" „Nein." Dieses Mal hat sie selbst gemerkt, dass sie zu schnell geantwortet hat. Jetzt hab ich wohl ein neues Geheimnis gelüftet. „Das ist bei all den Gerüchten, Geschichten und Ereignissen untergegangen. Keiner kann ihn finden. Er ist für jeden Vision unsichtbar. Nur der letzte Orakel konnte ihn finden. Und du weißt ja wie das ausging. Ich bin überzeugt, dass er gefunden werden wollte." Sie ist fest davon überzeugt. Es hört sich aber auch wie eine Warnung an. Naja, ganz falsch ist die Theorie nicht. Er will auch jetzt wieder gefunden werden. Ich konnte nur seine Augen sehen. Aber ich soll irgendeine Frau nicht trauen. Meint er damit Mama? Wusste er, dass sie mir alles erzählen wird? Oder beinahe alles. Ich werde das Gefühl nicht los, dass Sie mir noch etwas verheimlicht.

Ich will nicht mehr über den Collector reden. Ich versuche ein paar andere Leute aus der Organisation zu befragen. Ich will mehr über meinen Vorgänger erfahren. „War mein Vorgänger eine Frau oder ein Mann?" Sie schaut mich verwirrt an. Sie hätte wahrscheinlich gedacht, dass ich sie weiter über den Collector befragen werde. „Ein Mann. Ist das wichtig?" Nein eigentlich nicht. Es wäre aber vielleicht gut zu wissen, welche Fehler er gemacht hat. Dann kann ich darauf achten, dass ich nicht dieselben Fehler mache. Ich schüttle den Kopf. „Hatte er seine Fähigkeiten im Griff?" Ich hoffe ich habe genügend Zeit meine zu kontrollieren. „Ja. Er war leider ein wenig zu… motiviert." Sie scheint ihn nicht gemocht zu haben. Sie verzieht immer das Gesicht, wenn sie jemanden nicht leiden kann. Außerdem hat sie vor „motiviert" eine kleine Pause gemacht. „Wie war er denn so?" Sie beginnt mit dem Fuß zu wackeln. Das macht sie immer, wenn sie sich aufregt. Diesen Typ konnte sie also wirklich nicht leiden. „Er war sehr überheblich. Er dachte ein Orakel zu sein wäre wie Gott zu sein. Jeder sollte seiner Meinung sein. Er hatte immer Recht und was andere dachten war ihm total egal. Also eigentlich ziemlich selbstverliebt." Ja, das war deutlich genug. Ihr Ton war ziemlich zornig. „Die Organisation hat das toleriert?" Sie zuckt die Schulter. „Das Orakel ist tatsächlich in der Organisation ein hohes Tier. Aber man sollte sich so etwas nicht über den Kopf wachsen lassen. Man sollte immer an die Menschen denken, die einem nahestehen. Jede Entscheidung hat seine Folgen. Ob gut oder schlecht. Du darfst nicht nur an dich denken." Irgendetwas ist vorgefallen. Sonst würde sie sich nicht so aufregen. „Was ist mit ihm passiert?" Sie schnallt die Zunge. „Er war wie gesagt zu sehr motiviert. Er wusste wo der Collector zu finden war. Er entschied Hals über Kopf sofort abzureisen, um den Collector festzunehmen. Der Collector jedoch, hatte ihn erwartet. Keiner weiß genau was geschah. Aber er und sein Guardian kamen dabei um." Stimmt. Ein Orakel bekommt einen Guardian zugeteilt. „Der Guardian konnte ihn nicht schützen?" Das kann ich mir kaum vorstellen. Das Trainingsgelände sah richtig militärisch aus. Die müssen doch top ausgebildet sein. Sie schaut mich traurig an. „Leider nicht. Melissa wollte eine Taktik ausarbeiten und Unterstützung mitnehmen, doch das Orakel hatte keine Geduld." Sein Guardian war also eine Frau. „Du hast sie bei Namen genannt. Kanntest du sie gut?" Mama nickt ganz traurig. Das tut mir leid. Sie hat in Vergangenheit so viel Leid erfahren. „Konnte Opa das Orakel denn nicht vom Gegenteil überzeugen? Ich dachte er war hochangesehen." Sie atmet wieder tief ein. „Das hätte er wahrscheinlich. Er war zu der Zeit aber nicht mehr am Leben." Oh, das wusste ich nicht. „Das tut mir Leid. Wie ist er gestorben?" Ich hoffe, dass er nicht wegen des Collectors gestorben ist. „Er war schwer krank. Er starb ein Jahr vor deiner Geburt. Er konnte mich zum Glück noch zum Altar führen." Sie lächelt glücklich.

„Sag mal, warst du mit Melissa eng befreundet?" Sie nickt. „Ja, sie war sogar meine Trauzeugin. Durch sie habe ich auch deinen Vater kennengelernt." Jetzt bin ich erst recht neugierig. Sie merkt, dass ich mehr hören will. „Ich hab hier damals mit meiner Lehre begonnen. Ich hab mich schnell mit Lissy angefreundet. Mit ihr war ich oft am Schießstand." Was? Mama mit einer Waffe? Das kann ich mir gar nicht vorstellen. Sie bemerkte meinen überraschten Gesichtsausdruck. Hat es aber ignoriert. „Dein Vater war ebenfalls ein Guardian. Lissy hat mich mit ihm verkuppelt." Wow, jetzt weiß ich endlich wie meine Eltern sich kennengelernt haben. „Am Tag der Geburt ihres Kindes hat sie mich direkt gefragt, ob ich die Patentante sein will. Natürlich hab ich zugesagt." Das wusste ich gar nicht. „Du hast ein Patenkind? Habt ihr noch kontakt?" Sie grinst mich breit an. „Natürlich. Ich gab ihr ein Versprechen. Ich hab ihn unter meine Fittiche genommen und aus ihm ist ein guter junger Mann geworden. Du kennst ihn bereits." Ich soll ihn kennen? „Ein junger Mann?" Ihr grinsen wird breiter. „Klar. Es ist Ben." Ach du Scheiße. Deswegen hat er mich abgeholt und wusste über mich Bescheid. Und ich dachte, dass wäre so gewesen weil er ein Seeker ist. „Ich lass dich doch nicht von einer X-beliebigen Person abholen. Ben hat mein vollstes Vertrauen." Das verstehe ich. Aber er ist ein Seeker. „Stimmt es, dass er den nächsten Orakel… also mich beschützen will?" Sie schaut mich fragend an. „Wie kommst du denn darauf." Sie kann ruhig wissen, dass darüber Gerüchte rumgehen. „Nox hat es mir erzählt. Es ist ein Gerücht in der Organisation. Ich glaube, dass nicht alle wissen, dass Ben seine Mutter der Guardian vom letzten Orakel war. Es heißt, sie war angeblich mit dem Orakel befreundet." Sie lacht laut auf. „Das war sie sicher nicht. Die meiste Zeit haben wir über ihn gelästert und uns lustig über ihn gemacht. Wir konnten ihn wirklich nicht ausstehen. Sie nahm aber ihre Aufgabe sehr ernst. Und zahlte das leider mit ihrem Leben. Wieso hat Noah mit dir darüber gesprochen? Ich dachte er wäre eher für sich und nicht gesprächig. Er scheint ja auch ziemlich selbstverliebt zu sein. Laut Gerüchten." Oha, sie kann Nox nicht leiden. „Ich hab gefragt. Er ist nicht selbstverliebt. Er trägt eine große Verantwortung seit Kindesalter und nimmt das sehr ernst. Aus irgendeinem Grund setzt er sich selbst stark unter Druck. Es ist unvorstellbar wie er sich all die Jahre gefühlt haben muss." Sie schaut mich überrascht an. „Naja, Ben hat mir auch einiges erzählt. Ich hab Nox deswegen aber auch angesprochen." Sie schaut mich ein wenig streng an. „Verteidigst du sein Verhalten?" Wie kommt sie denn darauf. „Nein, ich hab eher Mitleid. Ich glaube ich konnte heute die Gefühle von Lina, Ben und Nox fühlen. Sie zieht überrascht die Augenbrauen hoch. „Nun ja, es ist bekannt, dass das Orakel mehrere Fähigkeiten besitzt. Es ist aber immer unterschiedlich. Soweit ich das beurteilen konnte besitzt du die Fähigkeiten eines V und Z-Visions. Anscheinend hast du auch die Fähigkeiten eines C-Visions."

Dann besitze ich wirklich alle Fähigkeiten. Da fällt mir ein. „Sag mal Mama, kann man auch die Gefühle anderer manipulieren?" Sie überlegt. „Wie genau meinst du das?" Wie soll ich ihr das erklären, ohne dass sie das falsch versteht. „Sagen wir mal du würdest aus irgendeinem Grund Panik bekommen. Kann ich dich durch Manipulation deiner Gefühle beruhigen?" Sie überlegt wieder. „Ich weiß es ehrlich gesagt nicht. Ich habe darüber bisher noch nichts gelesen. Ist dir denn so etwas schon passiert?" Es wäre eigentlich cool so eine Fähigkeit zu besitzen. Ich muss daran denken, wie wohl ich mich bei meinem alten Ich gefühlt habe. „Nein, wäre aber interessant." Sie schaut mich wieder streng an. „Was denn?" Sie schüttelt ihren Kopf. „Ich hab dir doch eben von deinem Vorgänger erzählt. Lass dir das nicht über den Kopf wachsen. Verwende deine Fähigkeiten mit bedacht und vergiss die Menschen in deiner Umgebung nicht. Überlege am besten dreimal bevor du etwas entscheidest." Ich verstehe ja, was sie meint. Ich glaube aber, dass ich das gut im Griff haben werde. „Mama, hab ich jemals Ärger gemacht? Besser gesagt, hab ich mich jemals mit irgendjemanden angelegt? Du hast mir beigebracht, dass der Klügere nachgibt. Ich gehe Stress aus dem Weg." Sie nickt. „Aber wieso dann diese Frage?" Oje, glaubt sie etwa, dass ich nichts Gutes im Schilde führe? „Ich dachte mir nur, dass man vielleicht den Collector dementsprechend manipulieren könnte. Es muss doch irgendwie einen Weg geben das alles zu beenden? Denn um ehrlich zu sein, stört es mich schon, dass mich irgend so ein komischer Typ umbringen will." Sie grinst plötzlich. Was gibt es denn da bitte zu grinsen? „Glaub mir. Er ist sehr willensstark. Ich glaube manchmal, dass man ihn deswegen nicht finden kann." Ah, ich kann das Gefühl nicht abschütteln, dass sie mehr weiß. Ich erzähle ihr nicht dass ich glaube, dass Alt-Janie meine Gefühle manipuliert hat. Ich bin mir aber auch nicht wirklich sicher.

„Wo musst du eigentlich hinfahren?" Sie schaut wieder auf. Anscheinend war sie für einen Augenblick geistig abwesend. Ich wiederhole meine Frage. „Du hast gesagt, dass du für ein paar Tage verreisen musst. Wohin?" Ihr Blick wird wieder Ernst. „Ich bin das Bindeglied zwischen der Organisation und der Regierung. Ich fliege mit zwei weiteren Guardians zu meinem Kontakt der Regierung." Toll. Das hab ich mir schon selbst gedacht. Ich will wissen, wo das ist. „Okay und wohin fliegst du genau?" Sie schüttelt wieder ihren Kopf. Soll das ihre Antwort sein? „Darf ich das nicht wissen?" Sie nickt. Anscheinend hat sie kein Bock mehr zu reden. „Nur weil du unsichtbar für Visions bist, heißt das nicht, dass die Menschen um dich herum das auch sind. Ich bekomme die Informationen wo das genau sein wird kurzfristig. So ist das nicht vorhersehbar. Glaubt man. Der Collector ist sehr gefährlich. Nicht nur für die Organisation. Daher wird die Regierung uns unterstützen. „Ist das nicht zu gefährlich?" Sie nimmt wieder meine Hand. „Du musst keine Angst haben. Mir wird nichts passieren. Schließlich habe ich zwei gut ausgebildete Guardians bei mir." Ich hab einfach kein gutes Gefühl. Besonders nicht, seit ich all das über den Collector erfahren habe. „Kann ich mitkommen?" Ich will nicht, dass sie ohne mich geht. „Nein. Du musst dich um deine Fähigkeiten kümmern. Nächste Woche hast du auch noch deine Abschlussprüfung." Oh Mann. Sie hat Recht. Irgendwie erscheinen die Schule und alles andere plötzlich so unwichtig. Ich wusste ja vorher nicht, was ich nach dem Abschluss machen will, aber das hätte ich mir nicht gewünscht. „Janie?" Mama reist mich aus meine Gedanken. Ich schaue sie an und bemerke wie ernst ihr Blick wieder wird. „Du musst mir etwas versprechen." Nein sicher nicht. „Nein." Sie runzelt ihre Stirn. „Komm mir nicht mit „Versprich mir etwas falls mir was passiert". Da spiel ich nicht mit." Sie kichert. Sie hört sich immer wie ein kleines Schulmädchen an, wenn sie kichert. „Nein, keine letzten Versprechen. Du sollst nur nichts Lina erzählen." Ach so. Jetzt komm ich mir doof vor. Ich verhalte mich vielleicht gerade wie eine kleine Dramaqueen. Vielleicht hab ich im Moment einfach zu viel Angst. „Die Informationen, die du heute und auch zukünftig über die Organisation erhältst, darf das Anwesen nie verlassen. Wie bereits erwähnt, kann die Menschheit damit nicht umgehen." Das befürchte ich auch. Am Ende gibt es noch mehr Psychos auf der Welt, die es auf mich abgesehen haben. „Lina würde mir sowieso nichts davon glauben. Ich weiß nicht mal, wie ich ihr das mit Ben erklären soll. Er hat sich als mein Freund vorgestellt. Du kannst dir ja vorstellen wie Lina gleich abgegangen ist." Mama muss laut lachen. „Das ist typisch Ben. Ich kann ihn mir gut als Schwiegersohn vorstellen." Sie zwinkert mir zu. „Wow. Jetzt weiß ich, dass er etwas von deinem Humor hat. Nein, danke." Sie lacht wieder. „Dann sag einfach er sei dein Cousin und ärgert dich gerne. Du wirst dir schon was Gutes einfallen lassen. Weit hergeholt ist das ja nicht. Schließlich gehört er zur Familie." Ich gib ihr meinen `Dein Ernst´ Blick. „Schön, dass ich diesen Familienmitglied schon so lange kenne." Sie lächelt mich entschuldigend an. Ich kann ihr ja nicht böse sein. Sie hatte schließlich gute Gründe. „Ich überleg mir später, was ich ihr schreibe. Ich muss noch überlegen wie ich mich bei Ben noch entschuldigen kann." Ich verdrehe genervt die Augen. Ich hasse Drama.

„Ach bevor ich es vergesse. Wir haben dir einen internen E-Mail-Account erstellt. Darin findest du alle Infos und deinen Terminkalender. Bitte schau es dir heute noch an. Morgen beginnst du mit deinem Training." Stimmt, das hatte Mama bereits erwähnt. „Ich habe dir auch einen persönlichen Wecker organisiert." Hä, wie meint sie das denn? „Was soll das denn heißen?" Sie lacht. „Lass dich überraschen. Ach, und hier wird auf jeden Fall gefrühstückt. Gitta macht immer das Frühstück für Ben und Nox. Nun auch für dich. Ein Nein lässt sie nicht gelten." Ha, das kann ich mir vorstellen. Sie ist zwar klein und nett, kann aber wahrscheinlich auch anders. Ich hatte schon einen kleinen Vorgeschmack heute. „Nein, ich hab nicht vor mich mit ihr anzulegen. Ich glaub diese Frau kann ziemlich gefährlich werden." Mama muss wieder laut lachen. „Wenn du wüsstest. Der letzte Orakel hat das auch zu spüren bekommen." Oh, das glaube ich. Aber diese Story will ich lieber persönlich von Gitta hören. Ich kann immer noch das Gefühl nicht abschütteln, dass sie den Collector kennt. Es lässt mich einfach nicht in Ruhe. Ich kann nicht anders als nochmal zu fragen. „Mama, ich muss dich was wichtiges einfach nochmal Fragen. Das lässt mir sonst keine Ruhe." Sie merkt wie ernst es mir ist und nickt. „Kanntest du den Collector wirklich nicht oder willst du ihn nicht mehr kennen?" Sie schüttelt wieder ihren Kopf. Na toll. Das kann das Eine oder das Andere bedeuten. Sie merkt, dass ich damit unzufrieden bin und nicht locker lassen werde. „Nein, diesen Mann kenne ihn nicht. Du musst dir darüber keine Sorgen machen." Ich fühle einen kleinen Schmerz in meiner Brust. Und Angst. Das sind Mamas Gefühle. Hat sie mich angelogen? Aber wieso? Was macht ihr denn solch eine Angst? Egal was es ist. Ich werde es herausfinden. Ich lasse sie aber erstmal mit meinen Fragen in Ruhe. Schließlich habe ich heute wirklich viel erfahren und muss das erstmal alles verdauen.

KAPITEL 6

Der erste Morgen

Der Abend war echt verrückt. Nie hätte ich erwartet so viel zu erfahren. Es war aber auch irgendwie schön so offen mit Mama zu reden. Wir haben schon lange nicht mehr so viel geredet. Auch wenn ich weiß, dass sie mich bei einer Sache angelogen hat, hat es mir trotzdem viel bedeutet. Es war das erste Mal, dass ich was von meinem Großvater und Vater gehört habe. Ein großer Schocker für mich war, dass Ben Mamas Patenkind ist. Er gehört also zur Familie. Erst recht ein Grund, dass ich mich bei ihm entschuldigen muss. Aber es gibt noch irgendetwas, das Mama vor mir verheimlicht. Bevor ich ins Bett gehe, muss ich mir meinen E-Mail Account und den Terminkalender anschauen. Mama hat mich mindestens noch fünfmal daran erinnert. Den Laptop nehme ich mit in meinem Zimmer. Mama will auf der Couch schlafen. Es ist eine kleine gemütliche Schlafcouch. Hatte ich nicht erwartet. Aber in unserem Fall praktisch. Sie muss morgen früh aufstehen. Ich will sie nicht länger wach halten. Ich ziehe mir ein XXL-Shirt zum Schlafen an und lege mich auf das Bett. Es ist echt gemütlich. Ich komme mir vor wie in einem Fünfsterne Hotel. Ich klappe meinen Laptop auf und schalte es an. Siehe da, ich werde nach einem Passwort gefragt. Oh Mann. Ich will nicht mehr aufstehen. Will aber auch Mama nicht mehr nerven. Ich habe aber wohl keine andere Wahl. Ich stehe mühselig auf und öffne die Schlafzimmertür. Ich sehe, wie Mama telefoniert. Sie hat mich nicht bemerkt, also bleib ich erstmal in der Tür stehen und bin ganz leise. „Ich sagte nein. Du wartest bis ich dir eine weitere Mission zuteile. Solange bleibst du hier und behältst Janie im Auge." Spricht sie mit Ben? Sie verabschiedet sich und legt auf. Sie schaut zu mir rüber. Sie schenkt mir einen müden Blick. „War das Ben?"

Sie nickt. „Er will unbedingt mit. Aber ich brauche keinen Seeker." Ich nicke und gehe nicht weiter darauf ein. „Mama ich benötige das Passwort für meinen Laptop." Sie legt sich hin. „Das klebt auf der unteren Seite von deinem Laptop. Am besten änderst du es, damit kein anderer Zugang zu deinem Laptop hat." Da hat sie Recht. „Ja, mache ich. Gute Nacht. Hab dich lieb." „Ich dich auch mein Schatz." Ich gehe zurück in meinem Zimmer. Wieso will Ben meine Mama unbedingt begleiten? Ist er denn jetzt so böse auf mich, dass er hier unbedingt weg will? Oder will er unbedingt ein Guardian sein? Wenn das so ist, wieso hat er sich nicht als Guardian ausbilden lassen? Vielleicht erzählt er es mir selbst, wenn er meine Entschuldigung annimmt. Am besten stelle ich ihn dann erstmal keine Fragen mehr. So, jetzt hab ich es mir wieder gemütlich gemacht. Ich schaue auf die Unterseite des Laptops und tatsächlich ist dort ein Aufkleber mit dem Passwort. Ich tippe nun das Passwort N1c0 ein. Keine Ahnung ob das eine bestimmte Bedeutung hat. Aber da ich mir nichts Kompliziertes merken will ändere ich es in n1C0 ab. Als Hintergrundbild lacht mich Mama mit einer etwas jüngeren Version von mir an. Das ist ein schönes Bild. Ich kann mich sogar an diesen Tag erinnern. An diesen Tag habe ich meinen City-Roller bekommen. Ich war so glücklich. Es hatte kleine rote Reifen. Anschließend waren wir Eis essen. Ich öffne nun den Button zu meinem E-Mail Account und finde gleich zwei Nachrichten. Ich öffne die erste Nachricht mit dem Betreff `Willkommen´.

Hallo Janie, ich möchte die Gelegenheit nutzen und dich in der Organisation willkommen heißen. Es wird vielleicht eine Weile dauern, bis du dich eingelebt hast. Sei dir aber sicher, dass wir dich unterstützen und dir so gut es geht helfen werden. Du wirst bereits morgen deinen ersten Tag in der Organisation haben. Dein Guardian wurde heute über alles Wichtige benachrichtigt. Er wird dir ab morgen jeden Tag zur Seite stehen und dich schützen. Solltest du weitere Fragen haben, kannst du dich gerne an mich und die Mitarbeiter der Organisation wenden. Wir freuen uns dich näher kennenlernen zu dürfen. Hochachtungsvoll Herr Dominic Custos. PS: Es ist besser, ein einziges kleines Licht anzuzünden, als die Dunkelheit zu verfluchen. (Zitat: Konfuzius)

Okay, es ist schön, dass er mir persönlich geschrieben hat. Ab Morgen gebe ich also bereits meine Freiheit auf. Wie lange das wohl so geht? Wird er für immer an meiner Seite sein oder nur bis der Collector gefangen wird? Wie soll man denn so ein privates Leben führen? Das wird bestimmt ziemlich kompliziert und nervig. Mit dem Zitat wollte der Direktor mir bestimmt etwas Positives sagen. Damit ich nicht so pessimistisch an die Sache gehe. Ich lass mich einfach mal treiben. Mal schauen wo das alles hinführt. Ich schaue mir mal die nächste Mail an. Sie ist von Gitta.

Hallo Liebes, es freut mich so sehr dich endlich kennenzulernen. Wenn du mal Fragen hast, kannst du jederzeit vorbeikommen, anrufen oder schreiben. Ich war so frei und habe dir deinen Terminkalender bereits erstellt und auf deinem Laptop gespeichert. Mithilfe von Ben hab ich dir auch ein paar neue moderne Dinge installiert. Du kannst also Musik und auch Filme darauf schauen. Du wirst wahrscheinlich erstmal keine Zeit dafür finden. Wir sehen uns morgen früh. Bitte sag mir morgen Bescheid, was du gerne zum Frühstück isst. Jeder bekommt immer Mal das was er sich wünscht. Viele liebe Grüße Gitta

Wow, sie ist sowas wie die Mutti oder Omi in dieser Organisation. Sie macht sich wahrscheinlich viel zu viel Arbeit. Das muss doch auch anstrengend sein. Ich hoffe ihr wird das hier gedankt. Ich muss darauf achten, sie immer gut zu behandeln. Sie scheint wirklich eine gute Seele zu sein. Ich öffne den Terminkalender. Und es ist mit vielen bunten Farben übersäht. Oje, mich erwartet viel Arbeit. Aber das Gute ist, dass ich morgen anscheinend ein wenig ausschlafen darf. Mein Training beginnt morgen um zehn Uhr. Hier Steht Z-Training. Also steht das für die Z-Visions. Oha, das geht zwei Stunden. Danach ist Pause eingetragen. Dann steht hier Krafttraining für eine Stunde und danach steht hier, dass ich eine Einführung habe. Keine Ahnung in was genau. Das steht hier nicht geschrieben. Ich muss Gitta gleich morgen mal fragen. Ich bin erledigt. Ich sehe sie hat mir meine Musik-App installiert. Ich melde mich an und hole meine Kopfhörer. Ich starte meine Playlist, um mich zu entspannen. Die meisten Lieder sind von Ava Max. Zu dem Song „So am I" lege ich mich zurück und spüre wie ich in den Schlaf falle.

Es ist dunkel. Pechschwarz. Leise, kaum hörbar, höre ich wie jemand spricht. Ich versuche mich zu bewegen, aber ich kann nicht. Ich versuche mich zu konzentrieren, um verstehen zu können wer dort spricht. Ich verstehe nur Bruchstücke. „Jetzt ist die Zeit… Familie… kein Weg zurück… überzeuge… Wahrheit." Es ist wieder die Stimme des Mannes. Plötzlich ist es leise. Totenstille. „Sie hat dir nicht die Wahrheit erzählt. Wieso nicht?" Vor Schreck zucke ich im Bett zusammen. Ich schwitze und Atme heftig. Im Ohr höre ich Ava Max und ihr Song „Freaking me" out. Wie passend. Er war plötzlich direkt neben mir. Ich konnte ihn nicht sehen aber hören. Was will er von mir? Na gut, was soll`s. Es ist doch egal ob Mama ihn kannte oder nicht. Das ändert doch nichts an der Tatsache, dass er ein Psycho ist. Schließlich hat nicht sie seine Familie zerstört. O-der? Nein. Sie ist kein Vision. Der Collector will mich nur verwirren. Das wird er nicht schaffen. Ich muss mehr über ihn erfahren. Es ist bereits Vier Uhr am frühen Morgen. Ich bin hellwach. Mama wird wahrscheinlich gleich aufstehen müssen. Ich will sie nicht wecken. Ich nehme mein Handy und versuche mich mit einem Spiel abzulenken. Oh nein. Ich hab Lina total vergessen. Das wird ein Drama. Ich sehe ihren Namen auf meinem Display. Sie hatte versucht mich zu erreichen. Drei Nachrichten. Oh, eine Mail hat sie auch geschickt. Ich lese erst mal die drei Nachrichten auf meinem Handy.

22:09 Uhr – Hey, hast du jetzt Zeit? Ich will mehr über euch wissen. 22:43 Uhr – Hast du wieder Ärger bekommen? 23:29 – Haaallooo. Ich hasse es wenn du nicht reagierst. Wurdest du von deinem süßen Freund gekidnappt?

Jep, sie ist garantiert sauer. Bei alldem Trubel hab ich sie einfach vergessen. Das kann ich ihr so aber nicht sagen. Dann rastet sie total aus. Kein Guardian der Welt kann mich davor beschützen. Ich schau mir lieber noch die Mail von ihr an bevor ich ihr etwas schreibe.

Hey Janie, ich hatte versucht dich zu erreichen. Ich versuche es jetzt mal per Mail. Nicht, dass wir uns wieder gegenseitig dumm anmachen. Sollte ich aber bis morgen nichts von dir oder Tienchien hören, werde ich die Polizei anrufen. Ihr seid nicht zu Hause und ich erreiche dich und deine Mom nicht. So langsam mache ich mir Sorgen.

Ach du Scheiße! Das muss ich verhindern. Eigentlich muss ich auch ein wenig darüber lachen. Ich hab tatsächlich die beste Freundin der Welt. Schade, dass ich ihr von alldem nichts erzählen darf. Ich muss ihr schreiben. Am besten über mein Handy.

Hey Lina! Sorry, dass ich mich erst jetzt melde. Es ist viel passiert. Ben ist nicht mein Freund. Ich hab das erste Mal ein Familienmitglied kennengelernt. Er ist Mamas Patenkind. Hab auch was von meinem Vater und von meinem Opa erfahren. Das war alles ein bissel viel und total crazy. Ich freue mich solch eine gute Freundin wie dich zu haben. Ich muss keine Angst haben mal entführt zu werden. ;-) Wir werden eine Weile hier bleiben. Ich bin rechtzeitig zu den Prüfungen wieder da. Dann kann ich dir mehr erzählen. Ich hoffe dir geht es gut. Hdgdl

Naja, ich muss ihr ja nicht alles, alles erzählen. Gewisse Details kann und muss ich verschweigen. Ich bin schließlich keine gute Lügnerin. Lina würde das bemerken. Aber es stimmt, dass ich gestern viel über meine Familie erfahren habe. Es kommt mir immer noch so surreal vor. Und jetzt wieder ein Traum.... Nein, eine Vision. Ich sehe ihn. Den Collector. Mir schien es aber, als wäre es dieses Mal nicht geplant gewesen. Ich hörte, wie er mit jemanden gesprochen hatte. Vielleicht mit sich selbst? Aber er bemerkte mich. Wie macht er das? Hat er selbst irgendwelche Fähigkeiten? Fähigkeiten, die vielleicht noch nicht bekannt sind? Ich muss mehr über ihn erfahren. Ich muss ihn mehr verstehen können. Es muss einfach mehr geben. Ich merke wie schwer meine Augenlider wieder werden. Ach, für einen kleinen Augenblick kann ich mich nochmal aufs Ohr hauen. Mama wird mich bestimmt wecken.

Es klopft an meiner Tür. Total verschlafen sehe ich, wie Mama in meinem Zimmer hinein linst. „Janie, ich geh jetzt." Ich springe auf, um Mama im Arm zu nehmen. Ich spüre wie sie innerlich ein wenig lacht. „Ich komme doch bald wieder. In ungefähr sechs Tagen." Das ist mir egal. Ich weiß nun wie gefährlich unsere Lage ist. „Schreib mir bitte sobald du angekommen bist. Versprich es." Sie schaut mir sanft in meinen Augen. „Natürlich. Mach dir keine Sorgen. Konzentriere dich auf deinen vollen Terminkalender. Ich drücke dir für nächste Woche die Daumen." Hä, für was denn? Sie muss über meine Verwirrung lachen. „Deine Abschlussprüfungen." Stimmt! Ich bin so verschlafen, dass ich total verpeilt bin. „Danke. Ich gebe mein bestes." Ich drücke sie nochmal ganz fest. „Schlaf noch ein wenig. Dein Tag wird anstrengend werden." Ich nicke ihr zu. Wir verabschieden uns. Ich gehe zurück ins Bett und schau auf meinem Handy nach der Uhrzeit. Wir haben Fünf Uhr sechsunddreißig. Oha, ich hab noch viel Zeit. Jetzt bin ich aber endgültig hellwach. Am besten packe ich meine Koffer aus und gehe duschen.

Während ich meine Koffer auspacke überkommt mich ein Gefühl der Selbstständigkeit. Es fühlt sich irgendwie an, als wäre ich in meine erste eigene Wohnung gezogen. Ein ungewohntes, aber dennoch irgendwie tolles Gefühl. Was soll ich heute bloß anziehen? Naja, ich habe heute auch Krafttraining. Und ich weiß ja nicht, wie das Z-Training verlaufen wird. Ach, was soll's. Ich entscheide mich für Sportbekleidung. Eine kurze enge Jogginghose und ein luftiges Sport-Top. Es ist sowieso Sommer und heiß draußen. Bevor ich mich umziehe, muss ich aber dringend duschen. Ich war gestern viel zu müde dafür. Oh, ich glaub Mama hat vergessen mir ein paar Hygieneartikel einzupacken. Egal, dann heißt es duschen ohne Haare. Ich kann mir heute ja einen Zopf flechten. Im Badezimmer befindet sich ein Fenster mit Milchglas. Das Fenster ist direkt hinter der Toilette. Wenn man im Winter das Fenster gekippt lässt, friert man sich bestimmt regelrecht den Hintern ab. In der Dusche bemerke ich ein Bodyduschgel und Haarshampoo. Mama hat es doch nicht vergessen. Ich schaue mir das Schränkchen in der Ecke des Zimmers an. Hier liegen ein paar Handtücher und auch ein paar Damenartikel. Sehr gut. Das hätte ich ungern mit meinem Guardian im Schlepptau gekauft. Egal, meine Haare wasche ich mir trotzdem heute Abend erst.

Unter der Dusche genieße ich das heiße Wasser. Als würden sich die ganze Anspannung, meine Sorgen und all die Fragen runterspülen lassen. Plötzlich verspüre ich eine kaum aushaltbare glückliche Anspannung. Aus irgendeinem Grund bin ich überaus glücklich und belustigt. Ob das etwas mit meinen C-Vision Fähigkeiten zu tun hat? Oje, kann ich denn die Gefühle von jeden in diesem Haus spüren? Wenn ja, bis welche Reichweite? Ich glaube, das muss ich am schnellsten beherrschen. Frisch geduscht und angezogen verlasse ich total hibbelig vor Freude das Badezimmer. „GUTEN MORGEN!" Ich bekomme beinahe einen Herzinfarkt. Vor mir steht Gitta mit einer kleinen Tröte. Mama! Sie hat das bestimmt organisiert. Ich kann aber nicht anders als laut zu lachen. Vielleicht liegt es an Gittas Gefühle, die ich gespürt habe. Aber auch so, hätte ich laut lachen müssen. Es ist einfach urkomisch. „Guten Morgen Gitta. Das ist mal eine Überraschung." Auch Gitta musste mit mir laut lachen. „Gell?

Deine Mama hatte mich drum gebeten dich zu wecken. Ich hab mir was einfallen lassen, da ihr Teenies immer etwas länger braucht." Sie zwinkert mir zu. Ich muss wieder lachen. Da kennt sie mich nicht richtig. „Ach ich brauch nie lange." Sie nickt mir glücklich zu. Ich schaue auf die große Wanduhr im Wohnbereich und sehe, dass wir gerade mal kurz vor sieben Uhr haben. Ich schaue sie fragend an. „Was? Du musst ordentlich frühstücken. Wir frühstücken hier immer gemeinsam. Außer die Trainer. Die frühstücken schon früher. Aber das ist die oberste Regel." Ach so. Dann wird das wahrscheinlich nie was mit ausschlafen. "Am Wochenende stehen wir auch so früh auf?" Sie grinst. „Am Wochenende müsst ihr euer Frühstück selbst machen. Meine Wochenenden verbringe ich außerhalb der Organisation." Ich verspüre eine wohltuende Wärme und Schmetterlinge im Bauch. Ich werde plötzlich rot. „Gitta, bist du verliebt?" Sie schaut mich überrascht an. Oh, das hätte ich vielleicht nicht fragen sollen. "Entschuldigung. Ich bin mir nicht sicher, aber ich glaube, ich habe eben deine Gefühle gefühlt. Ich kann es nicht kontrollieren. Entschuldigung." Gitta lacht. „Ja, aber das bleibt unter uns." Oh so fühlt es sich also an. Es ist irgendwie unbeschreiblich schön. Ich nicke ihr grinsend zu. „So, dann gehen wir mal runter frühstücken. Ach bevor ich es vergesse. Vor deinem ersten Training wird dir dein Guardian vorgestellt. Ab diesem Zeitpunkt bleibt er immer an deiner Seite." Jep, ich kenne ihn bereits. Mal schauen, ob er sich darüber freuen wird oder eher enttäuscht sein wird. Er hätte sich bestimmt einen starken Mann gewünscht, der sich zu verteidigen weiß.

Wir gehen die Treppe runter. Im Erdgeschoss sehe ich die Eingangstür. Nach einem kurzen, rechten Schlenker stehe ich wieder im Flur. Am Tag sieht es immer noch warm und einladend aus. Alte Dielen, weiße Wände mit vielen Bildern. Wir gehen weiter geradeaus zur nächsten Tür. Hier ist das Esszimmer. Der Tisch ist groß und rund. Das gefällt mir. Ich hatte einen rechteckigen langgezogenen Esstisch erwartet. Es ist noch keiner da. „Wo sind die anderen?" Sie dreht sich zu mir um. „Ach, das hab ich dir gar nicht gesagt. Gefrühstückt wird immer um acht Uhr. Ich hab dich nur ein bisschen früher wecken wollen, weil ich noch eine Liste mit Dingen die du gerne isst erstellen will. Und wenn wir noch Zeit haben, kannst du mich alles fragen was du willst." Das hört sich doch vielversprechend an. Dann müssen wir diese Liste schnell erstellen. Wir setzen uns und sie zückt Zettel und Stift. „Dann fang mal an, Liebes." Oh Mann! Jetzt muss ich doch überlegen. Wenn man gefragt wird, fällt es einem dann immer schwer. „Naja, ich esse am liebsten Eier mit Speck. Der Speck muss schön kross sein. Cornflakes, Toast mit Nutella und manchmal ein bisschen Obst." Sie schaut hoch. „Eher Müsli oder das ungesunde Zeug?" Ich muss wieder grinsen. „Ich liebe die Schoko-Cornflakes." Sie schüttelt ihren Kopf. „Das ist aber nicht gesund. Welches Obst isst du denn morgens gerne." Ich zucke mit den Schultern. Sie schaut mich plötzlich streng an. Oje, ich will sie nicht verärgern. „Naja, ich würde sagen das Standardobst." Sie atmet angestrengt tief ein. „Schätzelein, du musst schon konkreter sein. Sonst musst du das essen, was ich auftische." Das glaube ich ihr sogar. „Okay, okay. Erdbeeren, Äpfel, Bananen, Trauben und Melonen. Ach und Himbeeren. Die liebe ich." Sie scheint zufrieden zu sein. „Bist du gegen irgendetwas allergisch?" Ich schüttle meinen Kopf. Was das angeht, habe ich wohl Glück gehabt. „Gibt es irgendetwas, das du gar nicht isst?" Oh, da gibt es regelrecht ein ganzes Buch. Ich denke aber, dass ich nicht unbedingt alles davon nennen muss. „Oh ja. Ich hasse Pilze, Stachelbeeren, Oliven, Rosenkohl, rote Beete und… naja eigentlich fast alle Gemüsesorten. Ich esse aber Salat, Paprika und Tomaten." Sie scheint ein wenig entsetzt zu sein. „Du meine Güte! Alles Gute isst du nicht? Ich glaub ich muss dir mal abends etwas Leckeres kochen. Versprich mir, dass du es dann wenigstens mal probierst." Ach wir essen auch abends zusammen. „Ja, versprochen. Ist das für dich nicht zu viel Arbeit Frühstück und Abendessen für uns alle vorzubereiten?" Sie lacht. „Nein, meine Liebe. Außerdem essen wir abends nicht zusammen. Ich würde dir etwas davon in deinem Zimmer stellen." Sie ist zu gut für diese Welt. Ich stehe auf und umarme sie. Sie ist überrascht. Lässt es aber zu. „Danke, das ist lieb von dir." Sie streichelt meine Arme. „Ach, für dich mach ich das gerne, meine Liebe." Ich schaue auf die Uhr wir haben noch knapp zwanzig Minuten Zeit. „Gitta, in meinem Terminplaner steht, dass ich heute eine Einführung habe. In was genau?" Sie steht auf. „Dir wird alles über die Organisation und Ihrer Entstehung erzählt." Ich kann es kaum erwarten. Ich glaube darauf freue ich mich am meisten. Ich bekomme mehr Antworten. Ich glaube der heutige Tag wird produktiv. Gitta geht zur Tür. „Wo willst du hin?" Sie dreht sich um. „Na, das Frühstück machen." Stimmt. Oje, ich hoffe ich hab sie nicht aufgehalten. „Kann ich dir helfen?" Sie grinst mich dankbar an. „Gerne. Du kannst schon den Tisch decken. Mit dir sind wir heute zu viert. Das Besteck findest du im Schrank links von der Wand." Sie verlässt das Zimmer. Gesagt getan. Ich öffne den Schrank und hole Teller und Besteck für vier Personen raus. Ich hole auch Gläser und Tassen raus. Irgendwie hatte ich es mir nobel vorgestellt, aber es hat hier alles ein warmes und familiäres Ambiente.

„Gittchen, was gibt es heute leckeres..." Ich schrecke zusammen und lasse beinahe eine Tasse fallen. Hinter mir steht Ben, der durch die Tür reingestürmt kam. Er starrt mich an. „Guten Morgen, Ben." Er nickt mir zu und setzt sich. Er ist noch sauer. Ich setze mich zu ihm. „Ben, es tut mir Leid. Ich bin zu weit gegangen." Er schaut mich an und lächelt mich plötzlich an. „Ach, du kannst nichts dafür, dass du so neugierig bist." Ich sage ihm am besten nicht, dass ich alles weiß. Ich bin nur froh, dass er mir nicht mehr böse ist. „Sag mal, wieso deckst du den Tisch?" Typisch Jungs. „Ich wollte Gitta ein wenig helfen. Sie macht sich schließlich große Mühe für uns." Ben winkt es ab. „Nee, nee. Unsere Gittchen macht das gerne für uns." Ich verdrehe die Augen. "Sag mal, warum bist du eigentlich so neugierig und musst alles Wissen?" Die Frage kam plötzlich. Ich zucke mit den Schultern. „Keine Ahnung. Ich versetze mich gerne in die Situation der anderen. So kann ich eher nachvollziehen, wieso die Menschen sich für einen bestimmten Weg entschieden haben." Er überlegt kurz und hebt seinen Zeigefinger. „Oder, hast du einfach alles gerne unter Kontrolle?" Jetzt wo er es sagt. Wer nicht? „Das ist eine gute Frage Doktor Solis." Er lacht. Auch ich muss lachen. „Wenn ich mich für irgendwas interessiere, will ich einfach alles darüber erfahren. Oder wenn ich ein bestimmtes Ziel habe, sorge ich dafür, dass ich es auch erreiche. Vielleicht bin ich einfach nur Ehrgeizig." Ich kann nicht anders, als breit zu grinsen. Es macht Spaß mit ihm zu reden. Es tut gut. „Oder, du bist schlicht und einfach ein Nerd. Aber ein hübscher Nerd." "Lass sie in Ruhe Ben. Sie ist nicht interessiert. Dafür ist es außerdem viel zu früh." Nox setzt sich neben mir. Er kam plötzlich aus dem Nichts. „Guten Morgen." Ich grüße ihn mit einem Lächeln. „Guten Morgen." Er schaut mich zwar nicht an, aber immerhin hat er mich gegrüßt. „Pass auf Janie. Wenn man mit ihm morgens spricht beißt er." „Du mich auch Solis." Wenn ich die beiden so betrachte bemerke ich eine Art Rivalität. Gott sei Dank kommt Gitta durch die Tür. In der Hand hat sie eine XXL-Pfanne mit Rührei darin. „Lasst noch die Finger davon. Ich bringe noch den Speck und das Brot."

Im Augenwinkel sehe ich wie Nox etwas lächelt. Ich kann nicht anders als ihn fragend anzuschauen. „Ich esse das am liebsten." Ben lehnt sich ein wenig nach vorn. „Vielleicht, weil der Herr heute sein Orakel kennenlernt." Das hörte sich ein wenig verbittert an. Beide wissen anscheinend nicht, dass ich das Orakel bin. Sollte ich etwas sagen? „Janie Liebes, ich war mir nicht sicher ob Rühr- oder Spiegelei." Die Jungs schauen mich überrascht an. „Nein, das ist perfekt so." Ich schaue die beiden Jungs an. „Ich esse das morgens ebenfalls am liebsten." Dabei zucke ich mit den Schultern. Nox beginnt leise zu lachen. Nun schaut Gitta ihn überrascht an. „Ich glaube ich hab dich das erste Mal überhaupt lachen gehört, mein Lieber. Na, so darf der Morgen doch gerne beginnen. Dann haut mal rein." Während die Jungs sich die Rühreier auftischen, wende ich mich den Speck zu. Der Speck ist perfekt auf den Punkt knusprig. Ich hab mir eine ordentliche Ladung auf meinem Teller gepackt. Dazu einen ordentlichen Löffel Rührei. Plötzlich ist es still. Ich schaue auf und bemerke wie man mich beobachtet. „Alter, das schaffst du doch nicht alles. Du frisst ja mehr als ein Mann." Was will Ben mir damit sagen? „Ich kann es mir erlauben, und es schmeckt." Gitta beginnt laut zu lachen. Auch Nox lächelt wieder. Ich muss auch mit vollem Mund breit grinsen und esse weiter.

Ich bin dermaßen vollgefressen. Aber es war herrlich lecker. Gitta ist sichtlich zufrieden. Es blieb nichts übrig. Gitta steht auf und will abräumen. „Kann ich dir helfen?" Ich will nicht, dass sie das alles alleine machen muss. „Nein, Schätzchen. Lerne Noah erstmal besser kennen, bevor es losgeht." Sie verlässt das Zimmer und merkt nicht mal was sie eben getan hat. Beide schauen mich fragend an. „Janie, wieso will Gitta, dass du Nox besser kennenlernst?" Ich merke wie auch Nox mich mit Blicken durchbohrt. „Naja, seit gestern weiß ich nun, dass ich ein Orakel bin." Nox steht direkt auf. Ich wende mich ihm zu. „Janie, ich werde dich mit meinem Leben beschützen. Egal wie du dich zukünftig entscheiden wirst und welchen Weg du beschreiten wirst, ich werde immer an deiner Seite sein." Wow, warum ist er plötzlich so förmlich. Ben ist plötzlich still. „Nox, hör auf." Er schaut mich überrascht an. „Ich will, dass wir weiterhin normal miteinander umgehen. Das war eben ein bisschen zu steif und strange. Ich vertraue dir und freue mich auf die Zusammenarbeit. Ich muss aber selbst erst noch verstehen was hier passiert." Ben steht auf und verlässt ohne ein Wort zu sagen das Zimmer. Soll ich ihm hinterher?

„Wieso ist er denn jetzt so?" Nox verdreht die Augen. „Ich glaube er wäre gern dein Guardian." Das wird lustig in Zukunft. Oh, wie ich Drama hasse. „Ich hasse Drama." Ohne zu überlegen, habe ich das plötzlich laut gesagt. „Ich auch. Der kriegt sich wieder ein." Ich hoffe es. Ich schaue auf die Uhr. „Willst du dich noch umziehen?" Hä? Wieso soll ich mich denn umziehen? „Ich habe ja nichts dagegen, aber meistens ist doch der erste Eindruck wichtig." Sehe ich so schlimm aus? „Das sind meine Trainings-klamotten. Ich muss doch zum Training." Er schüttelt seinen Kopf. „Das ist nicht die Art von Training, wie du es dir vorstellst. Es ist eine Art men-tales Training. Und bei den Guardians bekommst du ein bestimmten Trainingsoutfit von der Organisation gestellt." Toll, dass mir das wenigs-tens einer mitteilt. Er bemerkt anscheinend, dass ich deswegen ein wenig genervt bin. „Komm wir gehen in deine Wohnung und dann kannst du dich umziehen. Ich nicke. Wir stehen auf und gehen hoch zu mir. „Janie, ich hab eine Bitte." Ich signalisiere ihm weiterzusprechen indem ich ni-cke. „Egal wo wir sind, auch hier in der Organisation, lass mich immer zuerst durch die Tür gehen. So, kann ich die Umgebung für dich absi-chern." Ich habe nichts dagegen und nicke erneut. Es ist zwar übertrie-ben, aber ich glaube er ist einfach aufgeregt. Ich gebe ihm die Schlüssel. Er öffnet die Türen und geht vorsichtig durch die Zimmer. Für mein Ge-schmack, übertreibt er wirklich, vor allem weil ich hier doch am sichers-ten bin. Aber ich kann ihn irgendwie auch verstehen. Er signalisiert mir, dass alles okay ist. Wird das jetzt immer so sein? Es fühlt sich irgendwie komisch an. Ich gehe in mein Schlafzimmer, um mich umzuziehen. Es ist heute heißer als die letzten Tage. Ich ziehe eine knielange weiße Jeans an und eine dunkelgrüne luftige ärmellose Bluse. Was mach ich denn jetzt mit meinen Haaren. Ach, hätte ich sie mir bloß gewaschen. Ich kämme sie durch und flechte sie ordentlich zu einem Zopf. An den Seiten lasse ich eins-zwei Strähnchen hängen. Ich schleiche mich in das Badezimmer. Was mache ich mit meinem Gesicht? Hat Mama meine Schminktasche eingepackt? Ich schaue noch einmal in das kleine Schränkchen und ent-decke es. Gott sei Dank. Ich nehme etwas Cherry Lippenbalsam, so sind meine Lippen nicht zu blass. Mit etwas Kajal und Wimperntusche schminke ich die Augen. So stechen sie etwas hervor. Etwas Rouge, dann sehe ich nicht so blass aus. Okay, jetzt bin ich zufrieden. Ich komme aus dem Badezimmer. Nox starrt mich an. „Was? Sehe ich so schlimm aus?" Er schüttelt seinen Kopf. „Nein, aber mit Schminke siehst du irgendwie älter aus." Wow, was ein Kompliment. „Äh, danke?" Er verdreht die Augen. „So war das nicht gemeint. Du siehst gut aus." Ich grinse zufrieden. „Lass uns gehen. Ich zeige dir wo das Trainingszimmer von Frau Mayer ist.

Wir verlassen das Haus. Nox ist ein sehr ruhiger uns stiller Typ. Ich wüsste gern was er denkt. „Nox? Bist du enttäuscht?" Er schaut mich fragend an. „Naja, du hättest wahrscheinlich jemand starkes und erfahrenes erwartet." „Nein, das passt schon." Ich presse unzufrieden meine Lippen zusammen. Er bleibt stehen. „Janie, wenn dir etwas nicht in den Kram passt, musst du mir das sagen. Ich kann keine Gedanken lesen. Wir müssen uns vertrauen können." Das sagt der Richtige. Ich soll mich ihm gegenüber öffnen und ich bekomme dafür nur kurze, knackige Antworten. Gestern haben wir uns eigentlich gut unterhalten. „Okay, dann musst du aber auch offener sein." Ich sehe seinen fragenden Blick. „Ich möchte einfach, dass wir uns alles sagen können. Ich will gerne wissen, was du denkst. Deine Meinung ist mir wichtig. Ich will nicht so rücksichtslos wie der letzte Orakel sein." Er grinst und nickt. Ich schaue ihn mit einen tadelnden Blick an. „Schon gut. Ich werde mehr mit dir reden. Ich verstehe was du meinst. Und ich bin froh, dass du das Orakel bist." Ich glaube ihm das. Trotzdem will ich mehr wissen. „Wieso?" Er atmet tief ein. „Du bist wirklich Ehrgeizig. Du bist einfühlsam. Nur wenige verstehen meine Situation. Du bist die Erste, die den Nagel auf den Kopf getroffen hat. Es hat gut getan. Außerdem scheinst du sehr direkt zu sein. Das gefällt mir. Du verstellst dich nicht für andere." Mir wird es warm ums Herz. Ich werde rot. Er bemerkt es zum Glück nicht. Es freut mich, dass er sich anscheinend wohl in meiner Umgebung fühlt. Vielleicht können wir gute Freunde werden. „Wo genau geht es denn hin?" Beim Vorbeigehen der Gärten sehe ich wie er die Kirschbäume anschielt. Wenn ich es richtig einschätze, kann man bald welche pflücken. „Wir gehen ins Hauptgebäude. Dort im ersten Stock befindet sich das Trainingszimmer." Stimmt, dass Gebäude ist riesig.

Wir gehen durch die große Eingangstür und hören Ben wie er lautstark mit Gitta spricht. Wir bleiben stehen. „Ich will es sofort wissen." Was genau will er wissen? „Junge, ich weiß es nicht. Achte auf deinen Ton." Er dreht sich wütend um und sieht uns dort stehen. Er stürmt in unsere Richtung. Warum ist er so wütend? Im Vorbeigehen rempelt er Nox an und verschwindet durch die Eingangstür. Ich gehe zu Gitta. „Ist alles okay?" Sie nickt. „Ach, der kleine Hitzkopf kriegt sich wieder ein." Passiert das öfters? Irgendwie bekomme ich immer dieselbe Antwort. Wenn das so ist, ist er ziemlich anstrengend. „Er ist nicht immer so. Er fühlt sich wahrscheinlich nur hintergangen. Deine Mutter hatte ihn davon nichts erzählt." Wie bitte? „Also wenn einer wütend sein müsste, dann ich. Mein Leben wurde auf den Kopf gestellt. Man hatte mir bis vor kurzem verschwiegen, dass ich ein Orakel bin. Ich hatte von alldem keine Ahnung." Sie stimmt mir nickend zu. „Das solltest du ihm vielleicht das nächste Mal sagen. Vielleicht sieht er dann ein, dass er überreagiert", sagt Nox leicht genervt von der Situation. Wieder schaut Gitta Nox überrascht an. „Mir gefällt es, dass du mehr sprichst. Wir hätten dich schon viel früher zu uns holen sollen." Gitta zwinkert mir zu. Ich muss grinsen. Nox tippt mich an. „Wir müssen weiter, sonst kommst du zu spät." Wir verabschieden uns von Gitta und gehen die Treppe hoch. Im ersten Stock am Ende des linken Gangs bleibt Nox vor der Tür plötzlich stehen. „Kommst du nicht mit rein?" „Nein, du musst dich konzentrieren. Alles was im Trainingszimmer der Visions geschieht bleibt zwischen Vision und Trainer." Was ein Blödsinn. „Nicht mit mir. Wenn du hier draußen stehst, mache ich mir nur Gedanken und hab ein schlechtes Gewissen. So kann ich mich nicht konzentrieren. Außerdem musst du alles wissen, was ich weiß. Nur so können wir uns vertrauen und uns gegenseitig beschützen." Er zieht eine Augenbraue hoch. „Du meinst damit ich dich beschützen kann." Ich tippe mit einem Finger auf seine Brust. „Nein, ich will auch dich und alle anderen beschützen können." Er lächelt mich an. „Okay, dann musst du das Frau Mayer aber erklären." Ich grinse ihn triumphierend an.

KAPITEL 7

Die erste Z-Stunde

Keine Ahnung was ich erwartet habe. Irgendwie etwas sportliches oder therapeutisches. Vielleicht auch etwas Hochmodernes. Irgendwelche Geräte, die mir auf den Kopf gesetzt werden. Stattdessen befinde ich mich in einem gemütlichen Zimmer. Rechts von mir ist ein Kamin. Davor stehen ein kleiner ovaler Glastisch und eine gemütliche Sitzgruppe davor. Links von mir sind ein kleines Bücherregal und ein paar Bilder an der Wand. Geradeaus von uns ist ein großes Fenster. Von hier aus kann man das Dach der Kantine sehen. Frau Mayer ist noch nicht da. Ich nehme mir die Zeit und schaue mich genau um. Der Boden ist mit einem königsblauen Teppich verlegt. Die Wände sind weiß mit goldenem Design. Es sieht recht edel hier aus. Mich interessieren die Bilder am meisten. Laut Mama soll eins von Opa hier hängen. Sie hat viele kleine Bilder hier hängen. Viele davon sind Gruppenfotos. Ein Foto sticht etwas heraus. Hier steht eine schlanke gutaussehende junge Dame neben einem älteren Herrn. Sie hat lange, leicht gewellte, hellbraune Haare. Sie trägt eine Bluse und einen Rock. Sie strahlt richtig. Ist das Frau Mayer? Man sieht sie auch auf allen anderen Fotos. Das muss sie wohl sein. Der ältere Herr scheint sehr groß zu sein. Er hat eine Glatze und trägt eine typische Altherren-Hose mit Hosenträger. Dazu ein anständiges Hemd. Er strahlt eine gewisse Dominanz aus. Aber nicht in der schlechten Weise. In seinen Augen erkennt man, dass er ein sanftmütiger und netter Mann sein muss. Ob das mein Opa ist? Mama meinte ja, dass er hochangesehen war. Ich drehe mich um und sehe Nox am Fenster stehen. Er sieht nachdenklich aus. Ich wüsste jetzt gerne was er denkt oder wenigstens wie er sich fühlt. Schade, dass ich das noch nicht kontrollieren kann. Vielleicht, wenn ich mich auf ihn konzentriere, klappt es. Ich fixiere meinen Blick auf ihn. Ich spüre nichts. So leicht gebe ich nicht auf. Plötzlich bekomme ich stechende Kopfschmerzen. Ich kann nichts mehr sehen, so sehr tut es weh.

Ich spüre, wie der Boden unter meinen Füßen schwindet. Was passiert? Hab ich es falsch gemacht? Ich spüre, dass ich im Gras liege. Ich versuche die Augen zu öffnen, aber die Sonne blendet mich noch ein wenig. Als ich mich an die Helligkeit gewöhnt habe, schaue ich mich um. Ich liege im Garten vom Anwesen. Ich sehe Nox etwas weiter weg stehen. Ich stehe auf und gehe zu ihm. Ich sehe noch jemanden. Es ist Ben. Sie schauen sich verärgert an. „Du bringst sie in Gefahr, das kann ich nicht zulassen." Was meint Nox damit? „Schwachsinn. Komm mir nicht mit deinem Guardian Scheiß. Ich kenne deine Absichten. Ich lasse es nicht zu, dass sie wieder jemanden verliert." Wen soll ich denn verlieren? Meint er Mama? Nein! Das darf nicht sein! Mein Herz pocht. „Sie wird niemanden verlieren. Wir dürfen nicht Hals über Kopf in eine gefährliche Situation springen. Du weißt, dass wir erst eine Strategie planen müssen. Ich werde sie nicht in Gefahr bringen." Nox sieht richtig wütend aus. „Bis dahin kann es zu spät sein. Du weißt nicht wie das ist, jemanden zu verlieren" Ben wird lauter. Nox packt ihn. „Gerade du musst doch wissen, wie wichtig es ist, eine Strategie zu planen. Auf deine Weise ist schließlich deine Mutter gestorben." Nox schreit ihn an. Selbst ich bin geschockt. Ben reißt sich los und gibt Nox einen Kinnhaken. „Dann werde ich mich selbst darum kümmern." Mit diesen Worten rennt Ben davon. Wieso sind die Jungs so aufgebracht. Wer genau ist in Gefahr. Und wann wird das sein? Hat Nox vielleicht eine Uhr an? Vielleicht kann ich das Datum sehen. Doch bevor ich an sein Handgelenk komme wird wieder alles dunkel. Es wird plötzlich kalt. Ich stehe wieder im Dunkeln. Wird wieder der Collector zu mir sprechen? Vielleicht sollte ich zuerst etwas sagen. „Was willst du wirklich?" Ich höre ein Lachen. „Hast du keine Angst vor mir?" Und wie, aber meine Neugier ist größer. „Ich will dich verstehen. Ich will verstehen, wieso du das alles tust." Wieder lacht er. „Niemand wird es je verstehen. Aber du bist anders. Wir gehören zusammen und zusammen können wir alles ändern." Okay, er hört sich ein wenig gruselig an. „Willst du mich nicht töten?" Ich sehe eine verschwommene Silhouette vor mir stehen. Ein Schatten. Mehr kann ich nicht erkennen. „Wieso sollte ich dich töten wollen? Ich sagte doch wir gehören zusammen. Du bist das Licht. Ich der

Schatten. Nur zusammen können wir großes erreichen." Das ist gut. Er spricht mit mir. Ich verstehe zwar nicht wie genau das möglich ist, aber es ist auf jeden Fall ein großer Schritt. „Wieso kann ich dich nicht sehen?" Und wieder höre ich ihn leise lachen. „Das ist doch nur fair. Schließlich kann ich dich auch nicht sehen. Wir können das aber ändern." Igitt. Er hört sich an wie ein perverser aus dem Internet. „Dazu bin ich noch nicht bereit. Aber was genau willst du erreichen? Wie soll ich dir helfen?" Es ist still. Seine Silhouette verschwindet. Habe ich ihn verscheucht. „Alles zu seiner Zeit." Und mit diesen Worten spüre ich, wie der Boden unter meinen Füßen wieder schwindet.

Ich öffne meine Augen und sehe Nox über mir. Aus Schreck richte ich mich abrupt auf. Dabei stoßen unsere Köpfe aneinander. Autsch. Das tut weh. Das nenne ich mal eine ordentliche Kopfnuss. Ich schaue zu Nox rüber. Er reibt sich seinen Kopf, schaut mich jedoch weiterhin besorgt an. „Sorry, ich hab mich erschreckt." Er schüttelt seinen Kopf. „Hattest du eine schlimme Vision?" Anscheinend tut sein Kopf nicht so sehr weh wie meiner. „Nein, ich hab nur nicht erwartet, dass dein Gesicht so nah ist." Er grinst. Oh, ich liege gar nicht auf den Boden. Nox bemerkt meine überraschte Reaktion. „Ich hab dich vorsichtig zur Couch getragen." Er sagte das mit einer sehr ruhigen Stimme. Er kann tatsächlich auch anders. „Das ist auch gut so. Keiner kann dir sagen wie ein Vision reagiert. Manche lassen sich während ihrer Visionen nicht stören, andere wiederum erleiden einen Schock. Da du ein Orakel bist, müssen wir besonders vorsichtig sein." Ich habe gar nicht bemerkt, dass noch jemand im Raum ist. Ich glaube die Dame zu meiner rechten ist Frau Mayer. Sie sitzt ruhig im Sessel mit Block und Stift. Sie trägt ein schönes geblümtes grünes Kleid. Sie sieht ein wenig älter aus als Mama. Sie trägt ihr Haar offen. In ihren langen hellbraunen Haaren kann ich einzelne kleine graue Härchen erkennen. Ihre Augenfarbe ist ebenfalls hellbraun. Sie strahlen regelrecht. Sie lächelt mich sanft an. Ich weiß gerade nicht was ich sagen soll. Ihre langen Beine hat sie übereinandergeschlagen und beginnt mit ihren Fuß zu wippen. Sie trägt sogar hohe Pfennigabsätze. Sie achtet auf jeden Fall auf ihr Aussehen. Sie bemerkt, dass ich im Moment sprachlos bin und bricht das Schweigen. „Ich bin Greta Mayer. Ich trainiere mit dir deine Z-Vision Fähigkeiten zu kontrollieren. Ich hoffe es ist okay, wenn wir uns duzen. Sonst fühle ich mich so alt." Sie zwinkert mir zu. Ich nicke. „Gut. Noah sollte eigentlich nicht hier drin sein, aber er berichtete mir, dass es dein ausdrücklicher Wunsch ist, dass er dich auch im Training begleitet. Ich will dich nur darüber informieren, dass es manchmal zu sehr persönlichen Visionen kommen kann. Ich bin zur Geheimhaltung verpflichtet. Noah jedoch nicht. Eine dritte Person im Raum wird in der Regel nicht erlaubt. Du, als Orakel, hast jedoch das Recht dazu. Also, bist du wirklich damit einverstanden?" Wie persönlich können die Visionen werden? Ich schaue zu Nox. Ich darf darüber frei entscheiden. „Mir wäre es lieber, wenn Nox im Zimmer bleibt. Mir ist es wichtig, dass wir uns vertrauen können. Jede noch so kleine Information über den Collector ist nicht nur für mich, sondern auch für Nox als mein Guardian wichtig." Sie zieht ihre Augenbrauen hoch und grinst. „Ich hoffe, das ist für Sie kein Problem. Sollte es für Sie unangenehm sein, finden wir bestimmt eine andere Lösung." Sie beugt sich nach vorne und schaut mir in die Augen. „Ganz der Großvater." Sie beginnt zu lachen. Wie meint sie das denn jetzt. „Entschuldige. Ich kannte deinen Opa. Er wusste auch immer genau, was er will. Aber er hat immer auf seine Mitmenschen geachtet. Deine Ansprache hat mich eben sehr an ihn erinnert." Stimmt, Mama meinte ja, dass Frau Mayer mir was über Opa erzählen kann oder wird. „Wie persönlich können die Visionen denn werden? Wie genau haben Sie das denn gemeint?" Sie schaut mich grinsend an. „Naja, jeder Mensch hat seine eigenen Grenzen bezüglich persönliche Informationen. Damit meine ich, dass man selbst seine vertrauteste Person nicht alles erzählen kann oder will." Ja das ist mir klar. Ich will aber wissen wie persönlich die Visionen werden können. Sie bemerkt anscheinend, dass ihre Antwort nicht zufriedenstellend war. „Manche sehen ihren zukünftigen Partner, manche erfahren bisher unentdeckte Geheimnisse und andere wiederum sehen manchmal intensive Erfahrungen." „Was meinen Sie mit intensiv?" Frage ich ohne groß zu überlegen. Ich höre Nox hinter mir lachen. Frau Mayer schüttelt grinsend den Kopf. „Sex." Wie peinlich. Das Thema selbst ist mir nicht peinlich, aber die Tatsache, dass ich es nicht gleich verstanden hab. Ich schaue auf meine Hände. „Jane, hier kommt nun deine erste Verwarnung." Was? Was hab ich denn falsch gemacht. „Ich sagte doch, dass du mich duzen sollst." Sie zwinkert mir zu. Alles klar. Sie scheint locker zu sein. Ich nicke wieder.

„Fangen wir an." Jetzt geht es wohl los. Ich bin gespannt wie das Training wird. Ich konnte mir bisher nicht wirklich etwas darunter vorstellen. Etwas nervös bin ich schon. „Welche Art von Vision hattest du vorhin?" Ich schaue sie fragend an. „Ging es um die Vergangenheit oder Zukunft?" Ah, natürlich. „Wenn es um die Zukunft ging, passt es ja genau hierhin." Sie hat Recht. Ich kann mit ihr alle Details durchgehen. Ich richte mich auf und streiche über meine Haare. Alles sitzt noch. Ich überlege kurz. „Ich habe Nox und Ben gesehen." Ich schaue rüber zu Nox, der am Fenster steht. Er hört mir aufmerksam zu. „Sie haben diskutiert. Irgendjemand sei in Gefahr. Nox will eine Strategie planen aber Ben will sofort handeln." Greta nickt. „Hast du mitbekommen wer in Gefahr ist?" Ich schüttle den Kopf. „Es wurden keine Namen genannt. Sie haben nur davon gesprochen, dass es jemand ist, der mir nahe steht." Mir schießen Tränen in die Augen. Ich versuche sie zurückzuhalten. „Deine Mutter." Mir stockt der Atem. Ich kann nicht anders. Eine Träne kullert über meine Wange. Greta steht auf und setzt sich zu mir. Sie nimmt meine Hand und nimmt mit der freien Hand ihr Handy. Ich sehe wie Sie jemand anwählt. „Überprüfen Sie den Status von Frau Lux. Ihre Tochter hat Gefahr gesehen. Nichts Genaueres. Zeitpunkt unbekannt. Verschärfen Sie wenn möglich die Sicherheitsvorkehrungen." Ich nicke ihr dankend zu. Sie legt nach einer Weile auf. „Deiner Mutter geht es gut. Solltest du irgendwann erkennen können wann das genau sein sollte, kannst du mir das melden. Es kann manchmal sein, dass diese Ereignisse erst Jahre später passieren. Wir passen auf, dass ihr nichts geschieht." Gott sei Dank geht es ihr gut. Ich bin erleichtert. Da fällt mir ein. „Ich dachte, wir dürfen das Schicksal nicht ändern." Sie nickt. „Es ist ziemlich kompliziert. Es kommt natürlich auf den Rang an. Deiner Mutter darf nichts passieren, da sie ein Bindeglied zwischen der Organisation und der Regierung ist. In ihrer Zukunft sehen wir keine Gefahr. Also keine gefährliche Verkettung." „Ich will mich nicht beschweren. Ich bin glücklich, dass es meiner Mutter gut geht. Aber wer genau entscheidet das?" Ohne zu überlegen habe ich diese Frage gestellt. „Deine Familie ist bereits sehr lange in dieser Organisation. Dementsprechend haben mehrere Z-Visions die Zukunft deiner Mutter gesehen. Es gab nie wirklich eine alarmierende Vision, das sie betrifft." Aha, also muss man erst getestet werden? „Was meinst du mit Verkettung?" Ich kann es mir zwar schon denken, aber es schadet nicht es genau erklärt zu bekommen. Sie überschlägt wieder ihre Beine und faltet die

Hände zusammen. „Damit meine ich Ereignisse, die in der Zukunft passieren können und auch Auswirkungen gegenüber andere Menschen. Ein Beispiel. Unser Noah hier entscheidet sich eines Abends in eine Bar zu fahren und betrinkt sich. Natürlich kann und sollte er in solch einer Situation nicht mehr mit dem Auto fahren. Hier gibt es nun die Möglichkeit, dass er nach Hause gefahren wird oder er fährt selbst. Unsere Z-Visions sehen nun voraus, dass er bei dem Versuch selbst zu fahren dich mit dem Auto erfasst und du stirbst dadurch. Dadurch verlieren wir unser Orakel. Das ist ein Schicksal, das wir zu verhindern versuchen. Sollte er bei dem Versuch jedoch allein umkommen und sein Tod hat in der Zukunft keine weiteren schweren Folgen, so ist das ein Schicksal, dass wir nicht verhindern dürfen." Das ist sowas von unfair. „Ich kann erkennen, dass dir das nicht gefällt. Du bist nicht die Erste. Es dauert tatsächlich, bis man es versteht. Ein weiteres Beispiel. Wir verhindern, dass er fährt. Er verfällt in eine schwere Depression und kann die Tätigkeit als Guardian nicht mehr zu hundert Prozent ausführen. Dadurch gerätst du in Gefahr. Weil niemand das erkennen konnte, stirbst du." Die Zukunft ist ungewiss. „Die Zukunft ist ungewiss, Jane." Als würde sie meine Gedanken lesen. „Wir in der Organisation versuchen immer die besten Entscheidungen zu wählen. Und ja, es ist nicht nur eine Person. Der Rat setzt sich zusammen und entscheidet." Ich dachte, der Direktor oder das Orakel entscheidet. Gott sei Dank muss ich das nicht übernehmen. „Wenn deine Ausbildung vorbei ist, gehörst du auch zum Rat. Dann kannst du zukünftig deine Stimme dazu abgeben." Ich schaue sie an. „Ich könnte nie ein Baby sterben lassen." Sie schaut mich schockiert an. „Was hast du gesehen?" Ihre Stimme war voller Angst. „Nichts, ich kenne nur die Geschichte des Collectors. Oder eher gesagt ein Teil davon. Er ist geheimnisvoll. Ich versuche ihn zu verstehen." „Wieso willst du ihn verstehen. Er tut unverzeihliche Dinge. Er muss aufgehalten werden." Ihre Stimme ist ernst. „Bevor er aufgehalten wird, muss man erst verstehen, warum er das alles tut. Er hat ein Kind verloren. Die Zwillingstochter lässt er aber in Stich. Ich verstehe die Wut dahinter. Aber er hat durch seine Tat einfach alles verloren. Die Mutter und die Tochter sind untergetaucht. Keiner kann sie finden. Haben sie sich versteckt und einen Weg gefunden unsichtbar zu bleiben oder haben sie sich doch dem Collector angeschlossen? Oder noch schlimmer. Sie leben beide nicht mehr. Ich habe noch so viele Fragen. Aber er sagt mir nicht wofür er mich braucht." Sie setzt sich abrupt auf. „Du hast mit ihm gesprochen?" Ich nicke. Mist, ich hab mich wohl versprochen. Jetzt muss ich es ihr erklären. „Ich konnte ihn bisher nicht sehen, aber ich konnte vorhin mit ihm sprechen. Er meinte wir gehören zusammen und dass wir zusammen alles ändern könnten. Ich weiß aber nicht was er meint. Alles zu seiner Zeit. Das waren seine letzten Worte." Sie überlegt kurz. „Ist das schon einmal passiert?" Ich nicke. „Es ist aber das erste Mal, dass ich mit ihm gesprochen habe. Sonst hat er zu mir gesprochen. Es ist immer dunkel… und kalt." Sie steht auf und geht zum Fenster. „Das ist bemerkenswert. Faszinierend." Sie ist plötzlich ganz aufgewühlt. „Soweit ich weiß, konnte das letzte Orakel das nicht. Du kannst dich mit anderen Menschen in Verbindung setzen. Ich weiß zwar nicht wie, aber das könnte uns weiterhelfen. Versuche aber dich zurückzuhalten. Die Verbindung zu ihm war bisher unbewusst, aber er weiß nun, dass du diese Fähigkeit hast. Das könnte also auch zu unser Nachteil werden. Er könnte dich an die Nase herumführen. Solltest du dich dort wiederfinden, versuche dich zu konzentrieren und verschwinde von dort. Wir werden das auch üben."

„Greta, wie genau kann ich all das kontrollieren." Sie setzt sich in ihrem Sessel. „Das müssen wir herausfinden. Einige meditieren, andere fallen in eine Art Schlaf. Jeder muss sein Konzentrationspunkt finden. Was hast du getan, als du vorhin die Zukunft gesehen hast." Oh Mann. Muss ich das sagen? Hoffentlich bildet Nox sich darauf nichts ein. „Ich habe mich auf Nox konzentriert." Ich sehe seinen fragenden Blick. „Ich wollte wissen was er fühlt. Ich wollte schauen, ob ich die C-Vision Fähigkeit auf Kommando aufrufen kann." Ich schaue Nox an. Ich kann aber nicht deuten was er denkt. Das ist frustrierend. „Du hast dich also voll und ganz auf ihn konzentriert. Das ist gut. Das ist schon eine große Hilfe. Ich will etwas ausprobieren." Sie steht auf und geht rüber zum Highboard. Als sie wiederkommt stellt sie eine Kerze auf und zündet sie an. „Wir versuchen es mit etwas einfachem. Wenn du nach deinem Großvater kommst, könnte es funktionieren." Hoffentlich hat sie keine zu hohen Erwartungen. „Ich habe bereits gehört, dass Opa ein Wunderkind war. Aber setze nicht allzu große Hoffnung in meine Fähigkeiten. Ich bin zwar flott und fleißig, aber das hier ist etwas ganz anderes." Sie nickt. "Du hast Recht. Aber als Kind hattest auch du bereits eine Vision. Du wurdest nur nicht gefördert. Ich werde dich nicht unter Druck setzen. Aber… und das ist wichtig. Ich werde dich nicht verhätscheln. Du wirst dir Mühe geben.

Und wenn nicht, mache ich dir Beine." Sie hebt dabei einen warnenden Finger. Ich glaube ihr aufs Wort und nicke ihr nur zu. „Gut. Nun lehn dich zurück und konzentriere dich auf die Flamme. Denke an nichts und konzentriere dich." Ich tu wie mir gesagt wurde. Ich konzentriere mich voll und ganz auf die kleine Flamme. Es fühlt sich aber nicht so an, als würde ich davon schweben. Ich beobachte wie die Flamme ihren eigenen Tanz vorführt. Zu einer Musik, die niemand im Raum hören kann. Nach einigen Minuten werde ich einfach nur Müde. Ich kann es nicht zurückhalten und fange an zu gähnen. Ich schaue rüber zu Frau Mayer. „Wie fühlst du dich?" Echt jetzt? Mein Gähner war nicht aussagekräftig genug? „Müde." Sie sieht mich unzufrieden an. „Okay, wenn du merkst, dass sich nichts ändert, musst du mir das sagen. Einschlafen ist ein großes Nogo." Sie lässt mich durch ihren Ton ihre Unzufriedenheit spüren. „Okay, das sollte kein Problem sein." Nox räuspert sich. Frau Mayer schaut ihn streng an. „Hast du was zu sagen oder brauchst du einen Halsbonbon?" Wow, das war ein bisschen zu streng. Im Trainingsmodus scheint sie zu einer anderen Person zu werden. „Frau Mayer, was ist wenn sie sich auf eine Person konzentriert? Gegenstände scheinen nicht zu funktionieren. Ich meine, bei mir hat es funktioniert." Da hat er Recht. Sie nickt. „Jane, konzentriere dich auf die Flamme und denke dabei an eine Person. Egal wer es ist. Stelle dir diese Person einfach vor und konzentriere dich." Es kann ja nicht schaden. Ich konzentriere mich auf die Flamme. An wen soll ich denken. Mama? Nein, ich hab Angst, dass ich etwas Schlimmes sehe. Ich weiß es! Ich stelle mir Frau Mayer vor. Ihre langen braune Haare. Ihre Augen. Ich sehe sie geistig vor mir. Ich konzentriere mich darauf. Und tatsächlich spüre ich wie alles um mich herum dunkel wird. Ich hab es tatsächlich geschafft. Alles um mich herum fühlt sich federleicht an. Als würde ich durch die Luft gleiten. Ich spüre wie meine Füße wieder den Boden berühren und wie sich die Atmosphäre um mich herum verändert. Ich stehe vor einer Kapelle. Die Tür öffnet sich und vor mir steht eine wunderschöne Braut. Es ist Greta. Ihre Haare sind wunderschön mit Haarschmuck zusammengeflochten. Sie trägt ein Jungfrauen Brautkleid. Es betont ihre Figur. Es ist kein schlichtes Kleid. Es funkelt und glitzert an den Seiten. Ihre Schleppe ist gefühlt zwei Meter lang. Der Schleier fällt perfekt über ihre Schulter. Sie ist eine wunderschöne Braut. Sie sieht überglücklich aus. Ich drehe mich und sehe den Bräutigam. Ein großer Mann mit breiten Schultern. Er ist kein sportlicher Mann. Das hätte ich nicht erwartet. Seine Haare sind an den Seiten kurz rasiert. Oben sind sie etwas längere. Er hat sehr helle blonde Haare. Seine Augen sind blau und strahlen vor Liebe. Man erkennt wie sehr er Greta liebt. Ihm schießen die Tränen in seinen Augen. Ich fühle wie glücklich er ist. Ich fühle es wirklich. Sein Herz zerspringt vor Glück. Auch ich bin glücklich. Es ist wirklich ansteckend. Ich fühle wie der Boden unter meinen Füßen wieder davongleitet. Bevor ich diese Vision verlasse, schaue ich mir die wunderschöne Braut nochmal an. Ich öffne langsam meine Augen. Ich fühle mich dieses Mal gut erholt, als hätte ich geträumt. Ich sehe Nox und Greta. Sie schauen mich neugierig an. „Du siehst aber glücklich aus." Nox lächelt mich an. Erst jetzt merke ich das breite Grinsen in meinem Gesicht. „Noah, auf Kommentare dieser Art können wir verzichten. Bitte halte dich im Hintergrund, wenn du hier bist." Mein Grinsen verschwindet. „Warum sind sie so unhöflich gegenüber Nox?" Mein Ton war ungewollt böse. „Er gehört nicht hierher. Es war dein Wunsch. Nur deswegen ist er hier. Er muss sich aber im Hintergrund halten. Du bist ein Orakel, das heißt aber nicht, dass ich nett zu euch beiden sein muss. Ich bin immerhin deine Trainerin. Es ist wichtig, dass du dich auf die Sache konzentrierst." Sie hat Recht. „Das stimmt Greta. Ich kann dich gut leiden, daher bitte ich dich Nox netter zu behandeln. Seine Kommentare sind für mich wichtig. Und ja, ich war glücklich, weil Greta so glücklich sein wird. Sie schaut mich überrascht an. „Ich werde es dir nicht verraten. Ich glaube das bringt sonst Pesch und verdirbt die Überraschung." Ich kann nicht anders und fange wieder an breit zu grinsen. „Lass das, dieses Grinsen ist ansteckend." Auch sie beginnt breit zu grinsen. „Du hast Recht, es verdirbt die Überraschung. Hauptsache es war was Schönes. Und ja, ich werde netter sein." Sie zwinkert mir zu. „Danke, ich weiß das zu schätzen. Es war dieses Mal viel angenehmer. Ich fühle mich erholt und nicht wie erschlagen." Sie sieht sehr zufrieden aus. „Ich werde dies vermerken. In der nächsten Stunde werden wir auf die früheren Symptome eingehen und in die Geschichte der Z-Visions." Ich freue mich bereits jetzt darauf. Was wir sind jetzt schon fertig? „Ich dachte, das Training geht länger?" Sie lächelt mich wieder an. „Das Zeitgefühl verlässt einen in einer Vision. Manche Visionen passieren schnell, einige dauern etwas länger. Das kann man nie genau sagen. Es ist immer unterschiedlich." Ich schaue auf die Uhr, die über die Tür hängt. Sie hat Recht. Schade irgendwie.

KAPITEL 8

Noah Nox

Ich kann mir eindeutig nun ein Bild für das Training der Visions machen. Es ist sehr interessant. Wie wohl die anderen Trainer sind? Streng? Freundlich? Ich lasse mich überraschen. „Lass uns zur Kantine gehen, ich hab Hunger." Ich schaue Nox zufrieden an. „Klar, lass uns gehen." Ich spüre, wie er mich beobachtet. „Was ist los?" Er bleibt stehen. „Wieso hast du nicht gefragt?" Hä, was meint er? Ich schaue ihn fragend an. „Du wolltest wissen, was ich denke oder fühle, bevor du in Ohnmacht gefallen bist." Ach so. Ich will ihn nicht zu nahe treten. So gut kenne ich ihn noch nicht. Lina könnte ich solch eine Frage direkt stellen. Ich weiß, dass sie mir das nicht übel nehmen würde. Nox jedoch, kann ich noch nicht einschätzen. Ich zucke mit den Schultern. Er presst unzufrieden die Lippen zusammen. „Frag das nächste Mal." Er läuft weiter. Ist er mir jetzt böse? Denkt er jetzt ich hätte ihn als Versuchskaninchen missbraucht? So langsam denke ich, dass Jungs viel komplizierter als Mädchen sind.

Wir haben bis zur Kantine kein Wort mehr gewechselt. Ich kann so etwas nicht leiden. Ich will das Schweigen brechen. „Was willst du essen? Ich will einen ausgeben." Ich lächle ihn an. „Ich nehme einen Apfel." Echt jetzt? „Bist du beleidigt, oder willst du mich jetzt nur ärgern?" Er schaut mir direkt in die Augen. „Ja und nein." Wow, was für eine Antwort. Gut, dann soll er seinen Apfel bekommen. „Wie du willst. Dann kannst du mir beim Burger essen zuschauen." Er grinst mich finster an. Irgendwie gruselig. „Tu das. Ich werde dich nicht aufhalten." Oh Mann, ich hasse dieses Verhalten. Er denkt bestimmt wieder er wäre im Recht und der Beste überhaupt. Ich glaube er weiß gar nicht wie das rüberkommt. Oder stößt er mit Absicht jeden von sich? Ich bestelle unser Essen und setze mich zu Nox. Auf den Weg zu ihm bemerke ich wie einige der Leute mich anstarren und tuscheln. Ich senke meinen Kopf. Ich hasse es aufzufallen oder im Mittelpunkt zu stehen. Für Lina wäre das kein Problem. Ich halte mich jedoch gerne im Hintergrund. Nox hat mich keine Sekunde aus den Augen gelassen. Er nimmt sein Job wirklich ernst. Ich serviere seinen Apfel auf einem kleinen Teller. Das mache ich extra so, um ihn zu ärgern. „Voila. Hier ist Ihr Apfel Herr Nox. Lassen Sie es sich schmecken. Guten Appetit." Er lächelt mich düster an. Mir läuft es kalt über den Rücken runter. Ich versuche, ihn zu ignorieren und beiße in meinem leckeren Doppel-Cheeseburger. „Hmmmm, so lecker. Wie schmeckt dein Apfel?" Er nimmt einen großen Bissen und lächelt mir nickend zu. Ich wette, er bereut es. Ich lege meinen Burger beiseite und träufle Mayo und Ketchup über meine Pommes. „Nur Rot/Weiß schmecken die leckeren Pommes. Naaa? Willst du was abhaben?" Vielleicht kann ich ihn locken. Ich verspüre innerliche Freude. Es ist zwar sehr gehässig, aber es macht Spaß. Er lässt sich jedoch nicht beirren und schüttelt seinen Kopf. Nachdem ich nun die Hälfte meines Menüs genüsslich gegessen habe, kann ich es einfach nicht mehr aushalten. „Was ist los? Wieso bist du eingeschnappt?" Sein düsteres Lächeln schwindet. „Hast du meine Gefühle ausspioniert, oder fragst du mich das aufrichtig?" Echt jetzt? Er ist sauer weil ich meine Fähigkeit an ihn ausprobiert habe? Jungs sind ja echt empfindlich. Ich verdrehe die Augen. „Es tut mir Leid, dass du denkst, du wärst mein Versuchskaninchen gewesen. Aber so war es nicht." Sein Blick wird wieder düster. „Du bist so eine Heuchlerin. Sprichst von Vertrauen und dass wir offen miteinander umgehen müssen. Dabei kannst du mir nicht mal eine einfache Frage stellen." Oh, damit hatte ich nicht gerechnet. „Ach so, du hast dich also nicht als Versuchskaninchen gefühlt?" Nun verdreht er die Augen. „Nein, du kannst deine Fähigkeiten immer an mir ausprobieren. Schließlich musst du sie beherrschen können. Aber du hättest mich fragen können." Er hat Recht. Ich wäre auch sauer gewesen. „Du hast Recht. Es tut mir Leid. Das war nicht richtig von mir. Du hattest nur diesen einsamen Ausdruck. Ich hatte mich nicht getraut." Sein Gesichtsausdruck wird endlich wieder sanfter. „Danke. Entschuldigung angenommen." Ich bin froh, dass er nicht mehr eingeschnappt ist. „Wenn du eingeschnappt bist, bist du ein richtiger Arsch. Ich kann dieses Verhalten nicht leiden." Er grinst mich breit an. „Tja, ich bin ein rachsüchtiger Typ." Ich runzle fragend meine Augenbrauen. „Was glaubst du warum ich nur einen Apfel esse?" Ich zucke mit den Schultern. „Als beleidigte Leberwurst hat man nicht viel Hunger?" Er lacht. Ich höre es gern, wenn er lacht. „Nein, unser Training beginnt gleich. Solch ein Menü isst man meistens doppelt." Sein Grinsen wird wieder düster. Was meint er mit doppelt? Oh, jetzt dämmert es mir. Er meint, dass es beim Training wieder hochkommt. Scheiße. „Arsch." Er lacht wieder. „Ich bin hart im Nehmen." Eigentlich kann ich ein großes Menü locker mit Nachtisch verputzen. Aber ich höre doch lieber auf zu essen und täusche vor satt zu sein. „Naaa, willst du den Rest nicht verputzen? Ich wette, das schaffst du locker." Ja, er hat Recht. Wieder. Es schmerzt mich, die Reste wegwerfen zu müssen, aber die Genugtuung gebe ich ihm nicht. „Nein, ich bin satt. Wir hatten schließlich ein üppiges Frühstück." Er nickt grinsend. Ich muss zugeben, irgendwie macht diese kleine Neckerei spaß.

„Wollen wir ein Verdauungsspaziergang machen?" Nox schaut mich überrascht an. „Hast du Angst dich beim Training zu übergeben?" Ja, er ist ein wenig gehässig. Aber auf eine lustige Weise. „Nein, aber es dauert noch bis zu unserem Training und nur sitzen will ich auch nicht." Eigentlich will ich mich tatsächlich nicht übergeben. Er steht auf und nimmt mein Tablet. „Ich kann das selbst wegräumen." Er winkt ab. „Du hast mich ja zum Essen eingeladen." Wow, einen Apfel. Ich lass ihn machen. Wenn es ihn glücklich macht. Wir verlassen die Kantine. Er meinte ja, ich kann ihn alles fragen, also tu ich das jetzt auch. „An was hast du gedacht?" Er schaut mich ausdruckslos an. „Vorhin am Fenster im Trainingszimmer der Z-Visions." Ich bin mir nicht sicher, ob er weiß was ich meinte. „Ja, schon klar. Ich dachte an meine Vergangenheit und meine aktuelle Situation." Wie meint er das? „Du stellst mir ja keine weiteren Fragen." Er kann mich anscheinend jetzt schon gut einschätzen. „Da du mich ja schon so gut kennst, gehe ich davon aus du wirst mir mehr erzählen." Er grinst. „Meine Vergangenheit war nicht immer leicht. Ich lebe seit meiner Kindheit hier und trainiere Tag ein und Tag aus. Wie du schon gestern sagtest, man hat hohe Erwartungen. Ich versuche diese gerecht zu werden." Das ist schon hart. „Was ist mit deinen Eltern? Vermisst du sie nicht?" Er setzt sich unter einem Baum. „Was vermissen, dass man nicht kennt?" Ich schaue ihn überrascht an. „Ich bin ein Waisenkind. Ich kenne meine Eltern nicht und das will ich auch ehrlich gesagt nicht." Das muss hart sein. „Fühlst du dich nicht einsam?" Sein Blick ist gesenkt, so kann ich seinen Gesichtsausdruck nicht sehen. Ich setze mich neben ihm. „Naja, manchmal. Es ist aber gut so. Ich habe nicht das Interesse Freundschaften zu schließen. Mir wurde erklärt, dass ich mein Leben mit dem Orakel teilen werde. Da ist nicht viel Platz für ein Privatleben." Ich verstehe ihn. Aber es macht mich traurig, dass er so denkt. „Aber Bens Mutter hatte doch auch ein Privatleben." Er nickt. „Und was hat es ihr gebracht? Ein trauerndes Kind." Also hat er Angst ein Privatleben zu führen. „Es ist aber auch nicht richtig, die Menschen von dir fernzuhalten. Du musst deswegen keine Angst haben. Ich hatte dir doch gesagt, dass ich auch dich und alle anderen schützen will. Leb dein Leben. Lass dich von mir nicht aufhalten." Er schaut mir tief in die Augen. Wieder kann ich nicht deuten was er denkt. „Das ist aber jetzt keine gute Zeit." Ich verdrehe die Augen. „Das ist mir schon klar." Mit dem Collector im Nacken, ist es tatsächlich schwer ein Privatleben zu führen. Bisher waren meine einzigen Sorgen, wie ich in der Abschlussprüfung abschneiden werde und welchen beruflichen Weg ich gehen werde. Jetzt dreht sich meine Welt nur um die Visions und um den Collector. Es ist echt verrückt. „Versprich mir etwas." Ich stehe auf und stelle mich direkt vor Nox. Er schaut mich unbeeindruckt an. „Wenn der Collector keine Rolle mehr in unserem Leben spielt, musst du endlich dein Leben leben. Finde dein Glück. Jeder Mensch verdient es glücklich zu werden." Er schüttelt grinsend sein Kopf. „Okay, versprochen." Ich grinse triumphierend.

Mein Handy vibriert. Ich schaue nach. Es ist Lina, sie ruft mich an. Ich nehme ihren Anruf entgegen und setze sie auf Lautsprecher. „Janie, kommt deine Mutter wegen der Abschlussfahrt?" Mist. Mein Traum der den Bach untergeht. „Nein, daraus wird nichts." Nox beobachtet mich wieder. „Das ist doch ein schlechter Scherz. Frau Koller hat uns heute bestätigt, dass die Reise nach Venedig stattfinden wird. Das war dein Vorschlag. Keiner hat sich dafür so eingesetzt wie du." Es ärgert mich so schon genug und sie setzt noch einen drauf. „Lina ich weiß das selbst. Es ärgert mich ja auch, aber wir haben hier ein paar familiäre Angelegenheiten, die geklärt werden müssen." Ich sehe wie Nox leicht nickt. „Was für Angelegenheiten? Das war dein Traum. Den kannst du doch nicht einfach hinschmeißen. Wer weiß, ob du diese Gelegenheit je wieder bekommst."

Jetzt übertreibt sie wieder. Mich überkommt wieder die Wut. Ich wäre so gerne dort. „Ich kann es doch nicht ändern. Mama hat nein gesagt. Du kannst es ja versuchen sie umzustimmen. Viel Glück dabei." Ich wollte sie nicht so anfahren. Aber es ist wirklich ärgerlich. „Tienchen ist wirklich eine harte Nuss. Ich hoffe es ist nicht schlimmes in eurer Familie passiert. Bist du nächste Woche wieder da, dann kannst du mir alles erzählen. Ich vermisse dich." Sie merkt natürlich, wie angespannt ich bin. Jetzt tut es mir wieder leid, dass ich sie angeschnauzt hab. Ich grinse. „Ja, ich bin da. Ich vermisse dich Nervensäge auch." Ich höre wie sie lacht. „Sehe ich Ben dann vielleicht wieder?" Nox´ Blick durchbohrt mich plötzlich. „Nein." Sie giggelt wieder. „War wohl nur eine kleine Romanze." Das hätte er wahrscheinlich gerne gehabt. „Nein, er ist doch das Patenkind von Mama. Ist ja ekelhaft. Er ist ja dann sowas wie ein Bruder." Ich höre sie wieder lachen. „Das bist so typisch du. Die verbotenen Früchte sind die süßesten." Ich verdrehe die Augen. „Ich weiß, dass du gerade die Augen verdrehst." Ich kann nicht anders als zu lachen. „Wir sehen uns nächste Woche." „Bye Janie, hdl." Ich höre wie sie auflegt.

Ich setze mich zu Nox. „Sie ähnelt Ben." Ich schaue ihn überrascht an. Wie meint er das? „Sie scheint ein wenig überdreht zu sein. Ist das nicht anstrengend?" Jetzt wo er es sagt. Sie ähneln sich tatsächlich etwas. Aber woher weiß er mit wem ich telefoniert habe? „Deine Freundin ist ziemlich laut am Telefon." Ich muss grinsen. „Manchmal ist sie wirklich etwas anstrengend. Ich kann aber mit ihr über alles reden… Naja abgesehen von der Organisation. Aber sie ist sehr herzlich und offen." Ich muss an all unsere kleinen Abenteuer denken. Die Streiche, die wir als kleine Kinder uns gegenseitig gespielt haben. Wir kennen uns schon so lange. „Sie ist mehr als nur eine Freundin. Sie ist meine Schwester. Ich liebe sie und würde alles für sie tun." Er grinst. „Das hab ich schon gehört. Du hast bereits ihr Schicksal geändert. Gut, dass du vorher noch nichts von den Regeln erfahren hast." Oje, das hat sich aber schnell rumgesprochen. Ich hoffe das kommt nicht schlecht an. „Sag mal wie viele Regeln gibt es?" Er zuckt mit den Schultern. „Frag das lieber einen Vision. Ich bin nur für den Schutz zuständig. Ich kenne nur diese eine wichtige Regel." Tja, wenn ich die lernen muss, muss er das auch. Aber das wird er selbst noch erfahren. „Nox, wie alt bist du?" Ich weiß wie alt Ben ist, aber von Nox weiß ich immer noch kaum etwas. „Ich bin zwanzig geworden." Geworden?

„Wann hattest du Geburtstag?" Das muss ich mir im Kalender eintragen. „Heute." Also am zweiundzwanzigsten Juni. Das muss ich mir erst mal merken. Warte. Was? „Warum hast du nichts gesagt?" Er steht auf. „Das hätte doch nichts geändert." Wenn er wüsste. „Ich werde es mir merken. Zukünftig bekommst du einen Kuchen. Was ist dein Lieblingskuchen?" Er grinst. „Es ist doch Geschenk genug, dass der Orakel sich endlich gezeigt hat." Das ist lieb von ihm gemeint, aber ich schaue ihn warnend an. „Dein Lieblingskuchen." Er hebt die Hände. „Einen saftigen Schokokuchen mich Kirschen." Och, das ist ja einfach. „Das lässt sich machen. Darf ich dich umarmen?" Er schaut mich überrascht an. "Ich will dir gratulieren." Er schüttelt wieder grinsend seinen Kopf und breitet seine Arme aus. „Alles Gute zum Geburtstag, Mister Geheimnisvoll." Ich gehe auf ihn zu und nehme ihm im Arm. Es fühlt sich gut an. Ich versinke in seine Umarmung. Plötzlich bemerke ich, ich versinke tatsächlich.

Ich sitze in Herr Custos Büro. Was tue ich hier? Hat man mich hergebracht oder ist das eine Vision? Ich schaue mich um und zucke vor Schreck zusammen als ich den kleinen Jungen neben mir bemerke. „Hey Kleiner, was machst du hier?" Er reagiert nicht. Also ist es eine Vision. Ist das Nox? Ja, er ist es. Ich erkenne ihn an seine Augen. Er ist ungefähr vier oder fünf Jahre alt. Die Tür öffnet sich. Herr Custos und Herr Fortis kommen herein. „Hallo Noah, ich bin Dominic Custos und er hier ist Herr Sascha Fortis." Sie setzen sich zu Nox. Noah ist weiterhin sehr still. „Nox, du wurdest für eine ganz spezielle Aufgabe auserwählt. Aufgrund dessen möchten wir dich gerne in unserer Organisation aufnehmen. Herr Fortis wird sich zukünftig um dich kümmern." Herr Fortis winkt ihm freundlich zu. Nox jedoch bleibt ganz unberührt. „Wie Herr Custos schon erwähnt hat, möchten wir dich gerne aufnehmen. Wir wissen, wie schwer du es in Vergangenheit hattest. Wir werden wie eine große Familie sein." Nox hebt seinen Blick. „Was ist meine Aufgabe." Herr Custos und Herr Fortis tauschen Blicke aus. „Du wirst ein Guardian. Das ist ein Beschützer. Aber nicht irgendein Beschützer. Du wirst den nächsten Orakel beschützen." Er schaut die Herren fragend an. „Was ist ein Orakel." Für sein Alter ist er sehr ruhig und beherrscht. „Eine Art Superheld, der aber verwundbar ist. Deswegen braucht das Orakel einen Beschützer." Nox scheint zu überlegen. „Okay. Ich mach das. Aber eine Familie brauche ich nicht." Wie kann er so etwas Schreckliches sagen? Was ist passiert, dass er solch eine Antwort gibt? Es wird wieder dunkel. Ich konzentriere mich darauf wieder wach zu werden. Ich öffne meine Augen und finde mich in der Umarmung wieder. Wie lange haben wir uns umarmt?

„Nox?" „Ja?" Er hält mich noch in seiner Umarmung. „Wie lange umarmen wir uns schon?" Ich spüre ein Beben in seiner Brust. Lacht er etwa? „Du hattest eine Vision. Ich soll doch vorsichtig mit dir umgehen. Also hab ich mich nicht gerührt." Wir lösen die Umarmung. „Danke, hoffentlich war dir das nicht unangenehm." Er grinst. Also kann das gar nicht so schlimm gewesen sein. „Ungewohnt, aber nicht unangenehm." Gut. Ich bin erleichtert. Sonst wäre es peinlich gewesen. Da will man einfach nur nett sein, dann passiert sowas. „Was hast du gesehen?" Ich muss es ihm sagen. Wir haben es uns versprochen. „Dich, als kleiner Junge." Er reist seine Augen auf. „Was? Was genau?" Hat er etwa Angst? „Ich hab nur gesehen, wie Herr Custos und Herr Fortis mit dir gesprochen haben. Sogar als kleiner Junge warst du ziemlich gefasst und still." Sein Gesichtsausdruck entspannt sich. „Gut." Wieso reagiert er so. „Warum warst du gerade so geschockt. Und wieso kannst du auf eine Familie verzichten?" Ich bin direkt. Das ist mir bewusst. Er will es aber auch so. Er gibt mir einen strengen Blick. „Meine Familie konnte auf mich verzichten. Also brauche ich keine." Ist das der Grund wieso er so unnahbar bisher war? Er kennt seine Eltern nicht. Er ist verletzt. Das ist eine Wunde die wahrscheinlich unheilbar ist. „Es tut mir Leid. Ich bin nur offen. Sollte ich etwas von deiner Vergangenheit unbewusst sehen, soll ich dir trotzdem Bescheid geben." Er presst die Lippen zusammen. „Ich verzichte." Ich senke meinen Blick. Ich spüre seine Hand auf meiner Schulter. „Ich weiß, dass du es gut meinst. Ich verstehe auch deine Sicht. Aber versuche mich zu verstehen. Ich will nicht wissen wieso meine Erzeuger mich abgegeben haben. Im Heim hatte ich es sehr schwer. Die Organisation war meine Rettung. Herr Fortis ähnelt am meisten einem Vater und Ben einem Bruder. Gitta sogar einer Mutter. Aber ich will keine Familie, weil ich sie nicht brauche. Ich kann nur auf mich zählen; das musste ich früh lernen." Ich kann es nicht wirklich nachvollziehen, aber ich versuche es zu verstehen. Dennoch versetzt der letzte Satz mir einen Stich im Herzen. „Du wirst mit der Zeit lernen müssen, dass du dich auf mich zählen kannst. Ich weiß, dass du mein Guardian bist, aber ich werde mein Bestes geben alle zu beschützen. Du eingeschlossen." Er verdreht die Augen. „Ist es denn nicht genug, dass du die Einzige bist, mit der ich mich unterhalte und mich öffne. Keiner weiß so viel von mir wie du bisher. Wehe du zerstörst meinen Ruf." Daran hab ich noch gar nicht gedacht. Tatsächlich weiß ich jetzt schon einiges über ihn. Dabei haben wir uns erst gestern kennengelernt. Irgendwie, macht mich das Stolz. Sozusagen bin ich sein erster richtiger Kumpel. Ich kann nicht anders und fange an, breit zu grinsen. Bevor er es bemerkt laufe ich in Richtung Trainingshalle.

„Wo willst du denn so grinsend hin?" Mist er hat es bemerkt. „Zum Training. Kommst du Kumpel?" Er lacht. „Ach, deswegen grinst du?" Ich schaue ihn unschuldig an. „Ich freue mich nun mal auf mein Training." „Hah, dann wird dir das Grinsen schnell vergehen. Ich bin nämlich dein Trainingspartner." Oje. Soweit ich hörte trainiert er den ganzen Tag. Er müsste also jetzt fit wie ein Turnschuh sein. Das werde ich nicht überleben. „Na, schon Schiss?" Oh nein, ich werde ihm zeigen wie zäh ich bin. „Die Frage ist, ob du mithalten wirst." Er zeigt wieder sein düsteres Grinsen. So langsam glaube ich, dass er ein kleiner Sadist ist. „Soweit ich weiß, bist du keine große Sportlerin. Keine Angst, ich werde dich nicht zu hart rannehmen." Ich muss mich unbedingt zusammenreißen. „Wann hast du Geburtstag?" Oh, die Frage kam unerwartet. „Ich hab am siebenundzwanzigsten Juli Geburtstag." Er nimmt sein Handy und gibt es ein. „Ich werde es mir merken." Ja klar. Er nicht. Aber sein Handy dafür. Wir laufen weiter. Ich will mehr über seine Kindheit hier erfahren. „Wie war es hier, als du herkamst?" Er zuckt mit den Schultern. „Menschen kommen und gehen. Die Neuen versuchen immer Anschluss zu finden. Ich blocke das immer direkt ab. Mädchen wollen meistens mit mir zusammen sein. Aber daran hab ich kein Interesse." Das kann ich verstehen. „Irgendwie stehen Mädchen auf Arschlöcher." Oha, er sieht sich selbst als Arschloch. „Wie sagt man so schön? Selbsterkenntnis ist der erste Weg zur Besserung." Ich schaue ihn nicht an. Ich höre aber wie er lacht. „Vielleicht. Das kann uns nur die Zukunft sagen. Hey!" Ich drehe mich um. Sein Blick durchbohrt mich. „Willst du es versuchen? Wir haben noch Zeit." Soll das ein Witz sein? Ich sollte jedoch wirklich üben. Aber so kurz vor dem nächsten Training? Ich nicke. Er geht zum nächstgelegenen Busch und setzt sich. „Komm her und setz dich. Versuch dich auf mich zu konzentrieren." Ich setze mich zu ihm. Und wieder durchbohren mich seine beinahe schwarzen Augen. Er hat einen leichten Braunton. Ich konzentriere mich, aber ich fühle nichts. „Das klappt nicht." Ich bin frustriert. Ich dachte, dass es ab jetzt einfacher wird. Das war wohl ein Wunschdenken. Nach dem ersten Training zu denken, dass ich es schon ein wenig beherr- sche ist ziemlich dumm. Ich fühle die Hand von Nox auf meiner Schulter. „Sei nicht zu hart zu dir selbst. Du musst dir Zeit lassen. Lass uns noch ein wenig hier sitzen bleiben und die Sonne genießen." Ich hätte ihn viel zielstrebiger eingeschätzt. Oder will er mir nur den Druck nehmen? „Soll- ten wir nicht zur Halle gehen?" Ich höre nur ein leises Schnaufen. „Wie gesagt, wir haben noch Zeit. Um genau zu sein dreiundzwanzig Minuten. So wie ich Sascha kenne, kommt er sowieso wieder fünf Minuten zu spät. Zu Fuß brauchen wir eh nur drei Minuten." Er hat ja Recht. Ich sehe die Halle von hier aus schon. Wir bleiben eine Weile so sitzen. Ich betrachte die Blätter auf den Bäumen. Der Wind lässt die Blätter ein wenig tanzen. Wie wohl die Zukunft von uns aussieht? Ich kann diesen einsamen Ge- sichtsausdruck von dem kleinen Nox einfach nicht vergessen. Es war der- selbe Ausdruck wie im Trainingszimmer, als er vor dem Fenster stand. Ich spüre plötzlich wie ich sanft davon schwebe.

Es ist Nacht. Ich stehe vor der Halle. Es ist sehr dunkel, aber aus der Halle kommen Geräusche. Ich nähere mich der Tür. Das Geräusch wird lauter. Sind das Schreie? Ich öffne vorsichtig die Tür. Ich hab etwas Angst. Es ist plötzlich ruhig. Ich gehe rein. Das Licht brennt und vor mir steht Nox. Er scheint zu trainieren. Ich nähere mich ihm vorsichtig und leise. Mir ist bewusst, dass er mich nicht hört, aber dennoch kann ich nicht anders. Er scheint schwer zu atmen. Ich bleibe hinter ihm stehen. Plötzlich spannt er seinen ganzen Körper an und lässt einen lauten Schrei. Ich bin schockiert. Warum schreit er denn so? Soll das befreiend sein? Ich will ihn von vorne sehen. Als ich vor ihm stehe stockt mir der Atem. Er ist komplett ver- schwitzt und über seinem Gesicht fließen Tränen. „Wieso bin ich so hilflos? Wieso?" Ihm quält etwas. Es schmerzt mich ihn so zu sehen. „Ich hätte ihr helfen müssen. Es ist meine Schuld." Bin ich gestorben? Wieso sonst sollte er so außer Fassung sein. Ich weiß gerade nicht was ich den- ken oder fühlen sollte. Ich suche nach weiteren Hinweise. Doch ich kann nichts Aussagekräftiges finden. Das ist so frustrierend. Ich werde sterben und kann nicht sagen wann und wie. Vielleicht meint er doch jemand an- ders. Der Boden schwindet wieder. Ich stehe nun in eine Art Sammelum- kleide. Ich sehe Nox an der Wand stehen vor ihm steht Mona. Ich nähere mich wieder vorsichtig. Was sucht er in der Sammelumkleide der Mädchen? Mona ist nur mit einem Handtuch bekleidet und lehnt sich langsam auf seine Brust. „Ich weiß was du willst." Ich rase plötzlich vor Wut. Sollte er nicht auf mich aufpassen? Stattdessen beginnt er ein Techtelmechtel mit dieser Mona. Ich sehe wie er die Handgelenke von Mona packt. Doch im selben Moment wird wieder alles dunkel. Es ist wieder kalt. Ich bleibe ruhig und warte. So langsam weiß ich was mich erwartet, wenn ich mich im kalten Dunkel befinde. „Sie werden es bereuen. Wir werden ihnen zeigen wie falsch sie lagen. Jane ist der Schlüssel. Sie wird bald erkennen, dass wir zusammengehören. Sie wird die Ungerechtigkeit erkennen. Nur sie kann die wahre Bedeutung der Fähigkeit erkennen." Es ist der Collector. Aber mit wem spricht er. „Nein, sie darf die Wahrheit nicht erfahren." Das war nun eine tiefere und ältere Stimme. Dieser Mann hört sich jedoch krank oder verletzt an. Welche Wahrheit? Der Mann beginnt laut zu stöhnen. Foltert der Collector ein Mitglied der Organisation. „Wie kannst du das sagen? Wie lange haben wir auf diesen Moment gewartet?" Nein, es muss ein Komplize sein. Ich achte darauf flach zu atmen. Ich will nicht entdeckt werden. „Wenn du sie auf unserer Seite haben willst, muss sie dasselbe Leid erfahren." Oh nein, was wird hier geplant? „Nimm ihr eine wichtige Person aus ihrem Leben." Ich schnappe nach Luft. Es wird plötzlich ruhig. Ich spüre das Gras unter meiner Hand. Wie von der Tarantel gestochen springe ich auf. „Hey, hey, langsam. Denk an dein Kreislauf." Ich schaue nach unten und sehe Nox dort sitzen. Ich blinzle schnell, da es mir noch schwer fällt die Augen offen zu halten. „Hey mich nicht an. Wir müssen sofort eine Gefahr melden." Nun springt Nox auf. Er packt meine Hand und zieht mich in Richtung Halle. Was wollen wir denn hier? Er schlägt die Eingangstür auf und brüllt durch die ganze Halle. „Sascha! Wir haben einen Notfall!" Alle schauen zu uns rüber. Einige sind sichtlich irritiert. „Er ist unten!" Da ist Ben. Was macht er hier? Wir joggen zum Aufzug und fahren nach unten. Sobald die Türen sich öffnen stürmt er durch. „Harry, ruf Sascha sofort zu uns." Harry sitzt wieder in seinem kleinen Häuschen. Er schaut Nox überrascht an. „Wo brennt's denn?" Ich zwänge mich an Nox vorbei. „Ich hab Gefahr gesehen." Ohne weitere Fragen ruft er nach Herr Fortis. „Sascha Fortis. Sofort an die Info. Code White." Ich schaue ihn fragend an. „Du bist doch ein Orakel. Weißt schon, wegen den Augen und so." Jetzt verstehe ich. „Immer wenn ich etwas gefährliches sehe?" Er nickt. „Hey! Was ist passiert?" Herr Fortis kommt

zu uns gerannt. Das war wirklich schnell. „Janie hat Gefahr gesehen."
Herr Fortis schaut mich schwer atmend an. „Der Collector will mir eine
wichtige Person nehmen. Das kann nur Mama sein. Außerdem hat er einen Komplizen." Herr Fortis zückt sein Handy. Wer hat heutzutage denn
bitte noch so ein altes Klapphandy? „Code White. Wir gehen in seinem
Büro. Gitta, bitte wir haben keine Zeit. Tina ist in Gefahr." Er scheint verzweifelt zu sein. Seine Stimme bebt etwas. Er schaut mich streng an. „Wir
treffen uns mit Herrn Custos. Jetzt." Mit diesen Worten rennt er mit uns
im Schlepptau los.

Wir stehen in Herr Custos Büro. Ich ringe nach Luft. Wir sind den kompletten Weg gerannt. OK, die Hälfte des Weges sind wir wegen mir gejoggt. Die Tür öffnet sich. Herr Custos stürmt herein. Er ist wie bei unserer ersten Begegnung wieder sehr fein gekleidet. „Setzt euch und erzählt
mir was passiert ist." Ich winke ab. „Ich muss stehen." Er nickt und gibt
mir ein Zeichen zu sprechen. „Ich konnte ihn nicht sehen aber belauschen." „Wen?" Boah! Der Direktor scheint doch nicht der Hellste zu sein.
„Von wem spreche ich wohl? Der Collector." Ich bin viel zu aufgeregt.
„Ganz ruhig. Hol tief Luft und erzähl uns alles." Nox versucht mich zu
beruhigen. Ich schaue ihn an und versuche mich zusammenzureißen.
„Ich konnte ihn nicht sehen, aber hören. Ich bin still geblieben, um ihn
auszuspionieren." Mir kommen die Tränen. „Sie wollen mir jemand
wichtiges nehme. Das kann nur Mama sein. Niemand ist mir so wichtig.
Bitte tut etwas." Nox legt seinen Arm um meine Schulter und reibt sie mir
mit seinen Händen. Es ist lieb gemeint, aber ich will das gerade nicht. Ich
löse mich von seinem Griff und gehe auf Herr Custos zu. „Er hat einen
Komplizen. Sie wollen, dass ich mich ihnen anschließe." Herr Custos
dreht sich von mir weg und wählt eine Nummer. „Hallo, Jane hat Gefahr
gesehen. Sie kommen umgehend zurück." Spricht er mit Mama? „Ist das
Mama?" Er ignoriert mich. „Ich weiß, dass die Sicherheitsvorkehrungen
bereits verstärkt wurden." Das ist sie. „Ich will mit ihr reden." Er ignoriert
mich weiterhin. „Wir müssen das vorerst über sichere Kanäle klären.
Nehmen Sie den nächsten Flug. Eine Eskorte wird sie hierher begleiten."
Mich packt eine panische Wut. „Ich will sofort mit ihr sprechen!" Ich kann
nicht anders, als ihn anzubrüllen. Wie kann er mich bloß ignorieren?
„Jane, reis dich zusammen." Herr Fortis meint mir sagen zu wollen, wie
ich mich verhalten soll. Ich gebe ihm einen vernichtenden Blick. Herr

Custos schaut mich nun tadelnd an. „Sofort." Meine Stimme ist zwar jetzt leise aber bebt extrem. Er übergibt mir sein Handy. „Mama, geht es dir gut?" Ich höre im Hintergrund Autos. Mir fließen die Tränen. „Janie, mir geht es gut. Bitte versuche ruhig zu bleiben. Ich bin so schnell wie möglich wieder da. In ein paar Stunden sehen wir uns wieder." Sie hört sich okay an. „Wo bist du? Bleib nicht in der Öffentlichkeit. Bitte Mama, du musst vorsichtig sein." Die Hintergrundgeräusche werden leiser. „Das mache ich. Bleib aber bitte ruhig. Dir wird das leider zukünftig öfters passieren. Du musst dich beherrschen. Du kannst nicht einfach so explodieren." Sie hat ja Recht. Das war unangebracht. „Entschuldige, ich hab Panik bekommen." Ich höre über das Handy, wie eine Tür sich schließt. „Entschuldige dich lieber bei den anderen. Sie werden es aber verstehen." Ich blicke auf und sehe düstere Blicke. „Da bin ich mir nicht sicher." Ich fühle mich plötzlich so klein. „Entschuldige dich einfach. Ich fahre jetzt zum Flughafen. Gib mir kurz Sascha." Ich schaue zu Herr Fortis. Er ist total verschwitzt und auch er schein sehr besorgt zu sein. Naja, mir geht es nicht anders. Bei der Hitze, der Rennerei und meiner Panik. „Mach ich. Pass bitte auf dich auf. Ich hab dich lieb." Ich übergebe das Handy an Herr Fortis. Ich schaue rüber zu Nox. Er sieht nicht so aus als würde er schwitzen. „Okay, das ist das wichtigste." Ich schaue Herr Fortis wieder an. Er scheint erleichtert zu sein. Er lässt mich jedoch nicht aus den Augen. „Dito. Pass auf dich auf." Die Worte hörten sich sehr warm an. Sie scheinen sich gut zu kennen. Er legt auf und gibt Herrn Custos das Handy zurück. Ich bin nun wieder vollkommen ruhig. Zwar außer Atem, aber ruhig. Im Raum ist es plötzlich sehr still und die Blicke ruhen auf mir. „Es tut mir Leid, dass ich laut geworden bin. Ich hab Panik bekommen." Die Blicke werden sanfter. Nur Nox hat seinen typischen ausdruckslosen Blick. „Das macht nichts. Im Eifer des Gefechts wird man manchmal laut." Herr Custos lächelt mir zu. „Am besten verlegen wir die erste Stunde. Wir haben schon zu viel Zeit verloren. Du kannst dir aber schon die Trainingsklamotten abholen." Herr Fortis ist sehr zuvorkommend. „Das kommt nicht in Frage." Nox scheint deswegen verärgert zu sein. „Der Collector verschiebt seine Pläne auch nicht." Wow, er meint es richtig ernst. „Noah hat Recht. Sascha, bitte begleiten Sie die beiden zurück zur Trainingshalle. Wir verkürzen dafür einfach die Einführung. Ich hole sie dann persönlich ab." Herr Fortis nickt ihm zu. Schade, die Einführung interessiert mich mehr als das Krafttraining. „Ich habe gehört, dass Noah den Trainingsplan erstellt hat. Behalten sie die beiden im Auge. Denke dran Noah, du hast eine beeindruckende Ausdauer. Strapaziere Jane nicht zu sehr." Nox schaut mich nun düster an. Nimmt er das so ernst? „Ich werde die beiden im Auge behalten. Sie erhalten heute Abend meinen Bericht." Herr Fortis verabschiedet sich. Wir tun ihm das gleich.

KAPITEL 9

Das Training

Herr Fortis und ich sind den ganzen Weg zur Halle die Vision durchgegangen. Nox jedoch war still. Was ist mit ihm? Ich schaue zu ihm rüber und erwische ihn wieder mit diesem einsamen Blick. Wir sind nun angekommen. „Herr Fortis, kann ich kurz mit Nox alleine sprechen?" Sein Blick wandert von mir zu Nox. „Lasst euch nicht allzu viel Zeit." Er geht voraus. Ich stelle mich direkt vor Nox. „Versprich mir etwas." Er verdreht die Augen. „Schon wieder?" Wieso ist er denn so genervt? „Egal was passiert, du darfst dir nicht die Schuld geben." Er reist seine Augen auf. „Was hast du noch gesehen?" Er ist wieder so ernst. „Ich hab nur gesehen, wie du dich selbst gequält hast. Du meintest, du hättest mir helfen müssen und dass es deine Schuld wäre." Ich kann erkennen, dass er nachdenkt. „Ich kann leider nicht mehr dazu sagen. Aber egal was passiert, es wird meine Entscheidung sein." Er schaut mir tief in die Augen. „Okay, aber nur wenn du mir alles erzählst. Auch zukünftig. Also was noch?" Ich will ihm nicht das von Mona erzählen. Allein der Gedanke daran lässt mich wieder wütend werden. Wieso nur stört mich das so sehr? Er hebt die Augenbrauen und signalisiert mir, dass er auf eine Antwort wartet. „Du hast geweint. Nichts wofür man sich schämen muss." Er streckt seine Hand nach meinem Arm, stoppt aber mitten in der Bewegung. Was hat er? „Lass uns reingehen." Soll einer die Männer verstehen.

Direkt hinter der Tür wartet bereits Ben auf uns. „Ist alles okay? Euer Auftritt war richtig erschreckend." Nox schiebt ihn beiseite. „Das geht dich nichts an." Warum ist er so gemein zu Ben? „Alles ist okay. Ich erzähl dir alles beim Abendessen. Um acht im Esszimmer?" Ben nickt mir grimmig zu. „Los, Sascha wartet vor der Umkleide auf uns." Nox drängt mich regelrecht. Ich winke Ben zum Abschied zu und gehe mit Nox zur Umkleide. Dort wartet Herr Fortis bereits auf uns. „Hi. Also in der Sporttasche sind deine Sportklamotten. Fünf kurze Sporthosen, fünf atmungsaktive Sporttops und ein Satz Turnschuhe. Hier ist dein Schlüssel zu deinem Spint." Wow, ich bin nun vollkommen eingedeckt. Woher kennt er meine Größe? „Tina war so lieb und hat mir deine Größen durchgegeben." Als hätte er meine Gedanken gelesen. Ich schaue zu Nox. Kommt er etwa mit in die Umkleide? „Nox wird hier vor der Tür warten." Kann er etwa wirklich Gedanken lesen? „Herr Fortis, haben Sie Fähigkeiten?" Er schaut mich überrascht an. „Nein, wieso?" Jetzt bereue ich diese doofe Frage. „Naja, Sie haben meine Gedanken regelrecht gelesen." Er lacht. Puh, vielleicht hat er es als Scherz aufgefasst. Ich grinse. „Das wäre schön, solch eine Fähigkeit zu besitzen. Aber nein. Ach, und du kannst mich gerne duzen. Ich kenne Tina schon eine gefühlte Ewigkeit. Es wäre schön, wenn auch wir Freunde werden." So ist das. Er ist dann wohl ein guter Freund von Mama. Soweit ich mich erinnern kann, hat sich Mama nie mit Freunden getroffen oder von Freunden erzählt. Vielleicht hat Mama nur Freunde innerhalb der Organisation. „Okay, aber dann nennen Sie mich Janie." Er nickt. „Schön, wir verstehen uns und sind gute Freunde geworden. Kannst du dich bitte umziehen? Die Zeit rennt." Nox drängt mich wieder. Wieso hat er es so eilig? Ich strecke ihm die Zunge aus und gehe schnell in die Umkleidekabine rein. Ich glaube er hat leicht gegrinst. Kaum bin ich durch die Tür bleibe ich abrupt stehen. Es ist die Sammelumkleide aus meiner Vision. Die, in der Mona sich an Nox rangemacht hat. Ah, ich hasse dieses Bild. Ich kann diese Tussi einfach nicht leiden. Ich gehe zu meinem Spint. Ich habe die Nummer Fünf. Das ist zufällig meine Glückszahl. Aber auch nur weil meine Muttermale am Bauch rechts eine Fünf wie auf einem Würfel bilden. Ich lege meine Sachen rein und ziehe mich um. Ich habe das Gefühl, dass meine Shorts sich zwischen meine Backen vergraben. Ich hätte vielleicht keinen Tanga anziehen sollen. Die Klamotten sind zwar eng aber es fühlt sich an, als hätte ich nichts an. Sie sind sehr leicht. Sie sehen aber stimmig aus. Es hat ein dunkles Carbon-Muster mit schönen dunkelblauen geschwungenen Streifen an den Seiten. Sogar Socken wurden mir eingepackt. Auch die Turnschuhe haben ein Carbon-Muster. Als wären die Schuhe extra für die Guardians designet worden. Es fühlt sich gut an. Ich gehe am besten raus, bevor Nox mich wieder drängt. Ich gehe durch die Tür und fühle mich, als hätte mich der Schlag getroffen. Nox unterhält sich mit Mona. Diese Schlange macht ihm schöne Augen und tätschelt seinen Arm. Wieso lässt er das zu? Ich dachte er hätte kein Interesse an Beziehungen? Was für ein Heuchler. Ich gehe auf sie zu. Nox bemerkt mich und dreht sich in meine Richtung. „Janechen, wie geht es dir? Wie ich hörte bist du das Orakel. Ich hätte nie gedacht, dass die Kleine hier solch eine wichtige Person ist." Sie spricht mit mir und Nox gleichzeitig. „Noah, lass uns trainieren. Du hast selbst gesagt, dass wir keine Zeit haben." Er hebt die Augenbrauen. „Oh, du hast ja so ein Glück, dass du mit Nox trainieren darfst. Ich wette er nimmt seine Trainingspartner hart ran." Sie grinst ihn anzüglich an. Nox jedoch beachtet sie nicht. „Naja, das werden wir noch sehen. Ich bin hart im Nehmen. Lass uns gehen." Ich winke ihr halbherzig zum Abschied. Als wir außer Hörweite waren greife ich nach Nox seinem Arm. „Was wollte sie?" Er zuckt mit den Schultern. „Sie redet zu viel. Sie wollte wissen was passiert ist und wie die Arbeit zwischen uns läuft." War ja klar, dass sie das wissen will. Diese Hexe. „Was hast du geantwortet?" Er schaut mich fragend an. „Nichts, du bist gekommen. Sie wird ihre Antworten bestimmt Ben entlocken." Ekelhaft dieses Verhalten von ihr. „Sag mal, kann es sein, dass du sie nicht leiden kannst?" Ist das so offensichtlich? „Ihr Verhalten ist nicht angebracht. Außerdem spricht sie mit mir als wäre ich ein kleines Kind. Dabei sind wir beinahe gleich alt." Er grinst. „Wie alt bist du denn?" Will er jetzt auch damit anfangen? „Ich werde bald siebzehn." Er schaut mich überrascht an. „Was ist?" Das nervt jetzt schon. „Ich hätte gedacht, du seist ungefähr in meinem Alter. Du wirkst viel reifer." Ich zucke mit den Schultern. „Janechen, verstehe das aber bitte nicht falsch." Boah, ich wusste es. Ich verdrehe die Augen. "Lass es." Er grinst wieder düster. „Sei lieber lieb, sonst organisiere ich Mona als deine Trainingspartnerin." Bloß nicht. „Dann war das meine letzte Stunde hier." Er lacht. „Das, meine Kleine Perle, entscheidest nicht du." Nicht sein ernst. „Ich trete dir gleich in den Hintern." Sein Grinsen wird breiter.

Wir gehen an das andere Ende der Halle. Es erinnert mehr an ein Gelände als an einer Halle. Es ist echt groß. Hier stehen ein paar Trainingsgeräte. Wie in einem Fitness-Center. „Also, eigentlich wollte ich mit dir ein paar

Runden Joggen, um zu sehen wie hoch deine Ausdauer ist. Aber die Aktion von vorhin hat mir bereits einen kleinen Einblick gegeben." Wahrscheinlich hab ich keine gute Figur abgegeben. „Nox, denk daran, dass du sie nicht zu hart rannehmen sollst." Sascha beobachtet uns. Ich glaube er passt auf mich auf. Ich glaube Nox hat wirklich eine sadistische Ader. „Ja, ja. Sie hat selbst gesagt, sie sei hart im Nehmen." Er winkt ab. „Wir fangen heute langsam an und steigern uns von Mal zu Mal." Er führt mich zu eines der Geräte. „Das ist ein sogenanntes Rudergerät. Du wirst genau drei Durchläufe erledigen. Ein Durchlauf besteht aus acht Zügen. Nach dem jedem Durchlauf, darfst du 15 Sekunden Pause machen. Danach sehen wir weiter. Ich setze mich darauf uns sehe wie Nox die Gewichte einstellt. Sieht eigentlich ganz einfach aus. Nox stellt sich direkt neben mich und verschränkt die Arme. Ich schaue ihn an und warte darauf, dass er mir noch etwas zu dieser Übung erklärt. „Willst du eine Einladung oder beginnst du nun endlich?" Oha, er ist also ein strenger Trainingspartner. Ich nehme den Griff und ziehe daran. Dabei presse ich mich mit meinen Beinen weg. Es ist definitiv schwerer als es aussieht. Beim zweiten Mal muss ich vor Anstrengung stöhnen. „Stopp." Was, das war's schon? Ich dachte ich müsste dreimal Acht Züge machen? Er stellt die Gewichte neu ein. „Von vorne." Meint er ganz von vorne? „Von vorne beginnend bei eins oder fortsetzen mit drei." Er schaut mich streng an. „Von vorne. Und achte darauf, dass du die Beine nicht komplett ausstreckst." Was ein Sadist. Ich mache meinen ersten Zug und merke, dass es viel einfacher ist als vorher.

Nachdem ich meine drei Durchläufe gemacht habe, darf ich kurz verschnaufen. „Los zum nächsten Gerät." Er führt mich zu einem niedrigen Stuhl. Davor ist eine große Platte. Was soll das denn für ein Ding sein? „Das ist die Beinpresse. Du setzt dich. Den Abstand stellen wir passend ein. Deine Füße platzierst du gegen diese Platte. Du muss diese Platte mit deinen Beinen von dir wegpressen. Aber und das ist wichtig, pass auf, dass du deine Beine nicht durchstreckst. Sie müssen noch ein wenig angewinkelt bleiben. Ich will nicht, dass du dich verletzt." Hört sich natürlich wieder leichter an als es wahrscheinlich ist. Nox stellt den Abstand ein und auch wieder die Gewichte. Ich hoffe, er hat es nicht wieder zu schwer eingestellt. „Wieder drei Durchläufe mit je acht Zügen?" Er nickt mir zu. Okay, dann wollen wir mal loslegen. Ich darf meine Beine nicht komplett durchstrecken. Also beginne ich Vorsichtig. Es ist tatsächlich leicht. Ich schaue ihn dabei an und grinse ihn stolz an. Auch er grinst, aber es ist wieder dieses düstere Grinsen. „Stopp." Was jetzt? Hätte ich nicht grinsen sollen? Das werde ich bestimmt gleich bereuen. Er stellt tatsächlich die Gewichte ein. „Von Vorne." Mist, dabei war ich schon bei sieben Züge. Ich beginne wieder von vorne und tatsächlich fällt es mir schwerer. War ja klar, dass er mir das nicht gönnt. „Na, immer noch gut gelaunt." Arsch. „Klar, das kann ich den ganzen Tag." Ich gebe ihm sicher nicht die Genugtuung. Sascha beobachtet uns weiterhin.

Endlich habe ich meine drei Durchläufe geschafft. „Weiter." Ist das sein Ernst? „Kann ich eine kurze Pause einlegen?" Er schaut mich an und hebt die Augenbrauen. „Ich dachte, du könntest das den ganzen Tag?" Oh Mann, ich und meine große Klappe. Ich stehe auf und gebe ihm einen vernichtenden Blick. Wir gehen zum nächsten Gerät. Dies ist jedoch klein und sieht aus wie ein A. Oben auf der Spitze ist eine Art Ablage. Ich schaue ihn fragend an. „Das ist der Rückentrainer. Deine Hüfte platzierst du hier oben. Die Füße bleiben unten und das Mittelteil hier muss hinter deine Waden." Ich will mich genauso platzieren aber Nox hält mich noch zurück. Du musst dein Körper anspannen. Halte deine Arme vor deiner Brust überkreuz. Beuge dich nach vorne runter und wieder hoch. Lass dich aber nicht hängen. Es ist wichtig die Körperspannung zu halten." Ich tu wie er sagt. Tatsächlich macht mir das am meisten Spaß. Das zeig ich ihm aber nicht. „Und? Zu einfach?" Pah, das werde ich ihm doch nicht verraten. „Geht schon." Ich mache meine drei Durchläufe und merke bereits, wie meine Beine langsam schwerer werden. Ich schüttle sie aus. „Wir machen jetzt noch was für die Schulter und für die Arme." Er geht mit mir zu einer Kraftstation. Es sieht eher wie ein Foltergerät aus. Ich muss zugeben, dass das Training schon schwieriger ist als gedacht. Auch meine Übungen für die Schulter und die Arme habe ich ohne zu meckern erledigt. Er steht vor mir und stemmt seine Hände auf seine Hüften. „Das war ja doch ganz ordentlich heute." Ich muss zugeben, ich bin stolz auf mich selbst. „So, wir dehnen uns nun zum Schluss noch ein wenig und dann kannst du duschen gehen." Er nickt Sascha zu. Er steht auf und kommt auf uns zu. „Ich muss sagen Nox, das hast du gut gemacht. Ich hatte erwartet, dass du es vielleicht übertreiben würdest. Da hab ich mich wohl geirrt." Er sieht aus wie ein stolzer Vater. „Beim Dehnen muss ich

nicht mehr dabei sein. Falls ihr mich doch noch braucht, bin ich unten."
Ich bin fix und fertig. Wir verabschieden uns von Sascha.

Wir gehen zum nächsten Themengebiet in dieser Halle. Nox holt eine
Matte und setzt sich darauf. Er gibt mir ein Zeichen, dass ich mich zu ihm
setzen soll. Ich setze mich zu ihm. „Stelle deine Füße gegen meine und
halte dich an meinen Handgelenken fest." Ohne zu murren tu ich wie mir
gesagt wurde. Er zieht mich zu ihm bis ich ein Ziehen in den Beinen
spüre. „Ich hätte dich viel unsportlicher eingeschätzt. Aber ich muss zugeben, dass ich angenehm überrascht bin." War das ein Lob? „Danke, ich
gebe mein bestes." Das ist mein ernst. Schließlich will ich wirklich jeden
so gut es geht beschützen. Dazu muss ich meine Fähigkeiten beherrschen
und körperlich fitter werden. „Leg dich. Ich drücke deine Beine zu dir.
Du musst dein Bein nur auf meine Schulter legen. Wir fangen mit deinem
linken Bein an. Auch das zwiebelt wieder. Sein Gesicht kommt dabei immer näher an meins. Mein Herz pocht. Wieso nur? Er nimmt nun mein
rechtes Bein. Und wieder kommt sein Gesicht immer näher. Dabei lässt
er mich nicht aus den Augen. Ich schaue zur Seite. Ich habe einfach das
Gefühl, dass die Luft zu dick wird. „Warum tust du das?" Ich spüre wie
er locker lässt. Als ich aufschaue sehe ich ihn vor mir sitzen. Er schaut
mich emotionslos an. „Was mach ich denn?" Er atmet tief durch. „Du ent-
ziehst dich mir." Hä, das versteh ich nicht. „Wie meinst du das?" Ich sehe
in seinem Gesicht wieder diesen einsamen Ausdruck aufblitzen. „In Herr
Custos Büro, wollte ich dich beruhigen, aber du hast dich von mir gelöst.
Und jetzt beim Dehnen, kannst du mir nicht in die Augen schauen. Warum?" War er deswegen so komisch? „Ich hatte Panik. Manchmal will ich
nicht beruhigt werden. Ich hatte das nicht böse gemeint. Das war nichts
Persönliches." Er nickt. „Und das eben?" Er lässt echt nicht locker. „Ich
weiß nicht. Einfach so." Ich zucke mit den Schultern. „Vertraust du mir?
Oder denkst du ich bin kein würdiger Guardian." Hinter seiner harten
Fassade scheint er einen ziemlich weichen Kern zu haben. Es könnte vielleicht auch Unsicherheit sein. Ich rutsche näher zu ihm. „Ich bin froh, dass
du mein Guardian bist. Wir kennen uns noch nicht lange und dennoch
kennen wir uns schon gut genug. Du bist stark und zielstrebig." Er senkt
seinen Blick. „Aber am wichtigsten ist, dass du mich verstehst und auf
mich eingehst. Ich will, dass wir uns näher kommen." Das war mein
ernst. Ich will nicht nur eine Art berufliches Verhältnis. Ich will dass wir

gute Freunde werden. Er schaut wieder hoch zu mir. „Ich muss zugeben, es macht Spaß mit jemanden zusammen zu trainieren. Ab morgen werde ich dich nicht nur motivieren. Ab morgen trainieren wir tatsächlich gemeinsam." Ich hoffe er wird mich nicht foltern. „Muss ich wieder auf diese Foltergeräte?" Er lacht laut auf. „Ja, auf jeden Fall. Das ist nur zum Aufwärmen." Ach du Scheiße. Ich bin im Arsch. Er muss wieder laut lachen. „War doch nicht so einfach, gell?" Ich muss nun auch lachen. „Ich sagte doch, dass ich hart im Nehmen bin." Er schüttelt lachend den Kopf. „Du darfst es nur nicht übertreiben. Immerhin ist dein Mittagessen nicht hochgekommen." Ich grinse stolz.

„Wann darf ich eigentlich das schießen lernen" Nox schaut mich überrascht an. „Willst du das denn?" Ich nicke. Ich will keine Angst vor Waffen haben. „Gut, aber auch wenn du mit einer Waffe umgehen kannst, wirst du keine mit dir führen." Das will ich auch nicht. Das ist meiner Meinung nach, viel zu gefährlich. „Das hab ich auch nicht vor. Ich will nur damit umgehen können. Nur das Wissen, dass ich das kann genügt mir." Er nickt wieder. „Dann lass uns erst mal runtergehen bevor du duschen gehst. Wir nehmen aber die Treppe." Ich verdrehe die Augen. Ich lasse ihn stehen und laufe zum Aufzug. Ich merke wie er mir folgt und als ich mich umdrehe sehe ich wieder dieses düstere Lächeln. Ich drücke den Knopf für den Aufzug. „Dafür musst du morgen pro Einheit zwei extra Züge machen." Das nehme ich im Kauf. Jetzt hab ich echt kein Bock auf Treppen. Im Infohäuschen sitzt Harry. Er schaut auf und grinst uns herzlich an. „Ich hab schon gehört was passiert ist. Sascha hat es mir bereits erzählt. Wie geht es euch?" Ich mag ihn irgendwie. „Ganz gut. Ich will nur noch lernen mit einer Waffe umzugehen." Er lacht auf. „Das musst du vorher mit Sascha besprechen. Aber reicht es nicht, wenn dein Guardian damit umgehen kann?" Ich will mich nicht voll und ganz auf eine Person verlassen. Ich vertraue ihn, aber es kann nicht schaden. „Doch schon, aber dennoch will ich es lernen. Ich will auch in der Lage sein die Menschen um mich herum zu beschützen, wenn es darauf ankommt." Er nickt verständlich. „Da fällt mir ein ich hab ein Witz für euch." Nox atmet genervt auf. Was hat er denn dagegen? „Womit rechnet ein Mathematiker im Skiurlaub?" Haha, den kenne ich bereits. „Mit Brüchen, ha." Harry lacht laut auf. „Den kanntest du bereits, nicht?" Ich nicke ihm grinsend zu. „Ich hab aber auch einen für dich." Ich sehe wie Nox die Augen verdreht. „Wie nennt man einen Cowboy ohne Pferd?" Er zuckt mit den Schultern. „Einen Sattelschlepper." Harry beginnt laut zu lachen. „Du gefällst mir. Ich rufe schnell Sascha zu uns." Nox wendet sich an Harry. „Alles gut. Ich hab ihm bereits geschrieben, als ihr eure Witze ausgetauscht habt." Also ehrlich, wieso ist er so humorlos? „Du gehst zum Lachen in den Keller." Er verdreht wieder die Augen. Ich höre wie Harry leise lacht. „Ich werde ihn trotzdem ausrufen. Falls er sein Handy nicht gehört hat. Sascha Fortis bitte zur Info." Summend wendet sich Harry seinem kleinen PC.

Sascha kommt zu uns. „Ist was passiert?" Er schaut uns besorgt an. „Nein, Janie will lernen mit einer Waffe umzugehen. Ich wollte fragen, ob ich ihr das beibringen darf." Sascha schaut ihn streng an. „Nein, dass müsst ihr erst mit Tina besprechen. Jane ist noch Minderjährig. Und wenn Tina es erlauben sollte, werde ich es ihr beibringen." Daran hab ich nicht gedacht. Stimmt, ich brauche immer noch die Erlaubnis von Mama. Naja in einem Jahr werde ich das nicht mehr brauchen. Eigentlich ist das Alter nur eine Zahl. Tatsächlich fühle ich mich älter. Vielleicht dachten Ben und Nox deswegen, dass ich älter bin. „Darf ich denn wenigstens einen ersten Einblick haben?" Nun schaut er mich streng an. „Wie gesagt. Tina muss es erst erlauben." Ich glaub er hat mich missverstanden. „Ich glaube Janie meinte, dass sie sich die Schießstände genauer anschauen will." Ich nicke. „Ich muss keine Waffe tragen, aber du kannst mir vielleicht etwas dazu sagen. Wir gehen nur die Theorie durch." Saschas Blick wird wieder sanfter. „Okay, aber du darfst keine Waffe halten." Ich nicke. Er hebt warnend den Finger. „Nicht einmal berühren." Ich hebe unschuldig die Hände.

Wir gehen in eine Art Waffenlager. Das Sortiment hier ist wirklich breit. Ein Waffenfanatiker hätte hier seinen Spaß. Ich gehe weiter in den Raum rein und schaue mir alles genau an. Manche ähneln einer harmlosen Spielzeugwaffe. Es ist unfassbar wie solch ein Gerät funktioniert. Es kann Leben retten aber auch nehmen. Allein der Gedanke, was passieren könnte, wenn all diese Waffen in die falschen Hände gelangen würden. Ich verstehe, dass viele Menschen Angst vor Waffen haben. Ich verspüre es auch. Ich habe großen Respekt davor. Ob der Collector auch mit einer Waffe umgehen kann? Ich muss lernen mit allem umzugehen. Er will mir jemand wichtiges nehmen. Das kann ich nicht zulassen. Ich muss alles geben. „Das kann einen überwältigen. Du behältst recht, wenn du etwas Angst empfindest." Ja, Sascha hat Recht. „Die Angst vergeht, sobald du mit einer Waffe umgehen kannst. Wichtig ist, dass du den Respekt davor nicht verlierst." Die Worte von Nox sind stark. Respekt ist im Leben immer sehr wichtig. Auf einem anderen Tisch sind verschiedene Sorten von Messer aufgereiht. Ich berühre eins und verspüre plötzlich einen stechenden Schmerz im Kopf. „Nox, ich…" Ich falle in Ohnmacht.

Es ist zu hell. Wo bin ich? Ich gewöhne mich langsam an das Licht. Ich sitze auf den Gehweg. Ich sehe mich um und erkenne den Laden des Dorfmetzgers. Ich bin zu Hause? Lina kommt mir entgegen. Sie sieht wieder hübsch aus. Sie trägt ihr Haar offen und ein luftiges Sommerkleid. Dazu schöne Römersandalen. Sie tippt auf ihrem Handy. Es klingelt plötzlich. „Hallo?" Sie spricht bestimmt mit Luca. „Ich freue mich schon so sehr Janie bald wiederzusehen. Sie wird sich bestimmt auf die Überraschung freuen. Es ist viel zu lange her." Das ist so typisch Lina. Es freut mich zu sehen, dass es ihr gut geht. „Ich hätte nie gedacht, dass ich mal einen Verwandten von ihr kennenlerne. Du musst mir dann alles erzählen." Spricht sie etwa mit Ben? Er soll sie bloß in Ruhe lassen. Ich will nicht, dass sie wegen mir in Gefahr gerät. Plötzlich höre ich einen unerträglichen hohen Ton. Ich krümme mich vor Schmerz zusammen. „Du kannst es noch nicht kontrollieren?" Der Collector. „Ich höre dass du im Moment Schmerzen hast. Uns verbindet so viel." Uns verbindet gar nichts. Ich ignoriere ihn. Aber dieser Ton will einfach nicht aufhören. Was ist das? „Sprichst du nicht mehr mit mir? Ich dachte du bist wissensdurstig? Willst du nicht mehr erfahren?" Natürlich will ich das. Aber er auch. Er will mich damit nur locken. Ich schweige weiterhin. „Nein, nein, nein. Nicht du." Er hört sich plötzlich verzweifelt und wütend an. „Du darfst mich nicht ignorieren. Nicht du. Wage es nicht." Er schreit mich an. Mich packt die Angst. „Du hast nicht das Recht dazu. Du weißt noch nicht alles. Bitte zwing mich nicht dazu." Zu was zwingen? Ich will ihm so gerne so viele Fragen stellen. Aber Greta hat Recht. Er könnte mich leicht in die Falle locken. „Sag etwas!" Ich versuche mich zu konzentrieren. Ich will hier weg. Diese Dunkelheit und dieser schmerzhafte Ton behagen mir nicht. Und tatsächlich spüre ich, dass sich etwas geändert hat. Ich öffne vorsichtig die Augen und bemerke, dass ich noch stehe. Ich drehe mich verwirrt um. „Was ist?" Haben Sascha und Nox nichts bemerkt? Wie lange war ich weg? „Ich hatte eine Vision. Habt ihr nichts gemerkt?" Nox eilt zu meiner Seite. „Was hast du gesehen?" Sie haben echt nichts gemerkt. „Ich habe nur gesehen, dass Lina eine Überraschung für mich plant. Anscheinend mit Ben. Ich muss mit ihm darüber sprechen. Ich möchte nicht, dass er Kontakt zu ihr aufnimmt. Es ist so schon gefährlich genug." Sascha atmet auf. „Ich hatte wieder ein mentales Treffen mit dem Collector." Nox scheint wieder verärgert zu sein. „Das passiert ganz schön oft. Du sollst das doch verhindern." Ist das sein Ernst? „Ich mache das nicht mit Absicht. Er sucht die Verbindung zu mir. Ich weiß nicht wie ich das verhindern kann. Es hilft allerdings nicht mich deswegen anzuschnauzen." Er hebt entschuldigend die Hände und fährt dann über seine Haare. „Was hat er gesagt?" Er schaut mich besorgt an. „Ich habe ihn ignoriert und keine Antwort gegeben. Er war sehr verärgert und hat mich angeschrien. Ich hab wirklich Angst bekommen." Nox schaut mir wieder in die Augen. „Du hast dich richtig verhalten." Ich weiß immer noch nicht was der Collector genau meint und was er von mir will. War es wirklich richtig? „Er hat wiederholt, dass ich die Wahrheit noch nicht kenne. Ich muss herausfinden was er damit meint." Sascha dreht sich um und geht zur Tür. „Ihr geht jetzt. Ich werde alles andere mit Tina besprechen." Er schaut mich warnend über seine Schulter an. „Lass es Janie. Du musst ihn nicht verstehen. Wir müssen ihn nur finden und verhindern, dass er jemals wieder einen Menschen verletzt." Kennt er den Collector? Es hat sich auf jeden Fall so angehört. Ich schaue zu Nox und sehe auch seinen überraschten Blick. Ich muss mit Nox über alles reden.

Wir haben uns von Sascha verabschiedet und sind wieder hoch ins Erdgeschoss mit dem Aufzug gefahren. Vor der Sammelumkleide drehe ich mich um. „Nox?" Er schaut mich ernst an und schüttelt den Kopf. „Nicht hier." Ich glaube er denkt dasselbe wie ich. Irgendetwas wird uns verheimlicht. Ich finde heraus was es ist. Ich gehe in die Sammelumkleide und bemerke, dass Nox mich begleitet. „Äh, ich glaube nicht, dass du hierbleiben darfst." Sein Gesichtsausdruck ist mal wieder emotionslos. „Ich schau dir schon nichts ab. Geh erst duschen. Ich stehe dort hinten in der Ecke. Ich sehe dich schon nicht. Sollte etwas sein, rufst du mich." Ist es wegen vorhin? Ich kann schon verstehen, dass er sich Sorgen macht. „Du musst dir keine Sorgen machen." Er atmet tief ein. „Janie, du hattest heute schon ein paar Visionen. Der Collector versucht ständig Kontakt zu dir aufzunehmen. Du hast vorhin meinen Namen gesagt, warst kurz ruhig und drehst dich dann um, um mir zu sagen, dass du eine Vision hattest. Das ist innerhalb einer Minute passiert. Das ist alles noch unwillkürlich." Er hat ja Recht. „Ich fühle mich nur ein wenig unwohl. Aber ich verstehe dich. Bitte geh in die hinterste Ecke. Ich möchte nicht, dass du mich siehst." Er nickt mir zu und geht. Ich warte kurz. „Nox?" Ich lausche kurz. „Ja?" Okay, er ist weit weg. Jetzt fühle ich mich wohler. „War nur ein Test." Er sagt nichts. Ich hab überhaupt kein Handtuch und keine Duschgel dabei. „Nox?" „Ich sehe dich nicht. Versprochen." Er hört sich etwas genervt an. „Nein, das ist es nicht. Wir müssen zu mir gehen. Ich habe kein Duschzeug dabei." Ich höre Schritte. Plötzlich verstummen diese. „Hast du dein Zeug noch an?" Sehr anständig von ihm. „Ja." Er kommt um die Ecke. „Ich bringe dir gleich ein Handtuch von mir. Seife bring ich dir auch mit. Bleib bitte hier. Setz dich am besten." Ich nicke. Er joggt aus dem Raum. „Plötzlich öffnet sich die Tür zu den Duschen. Mona steht nur mit einem Handtuch bekleidet vor mir. Sie grinst mich an. „Wie war das Training?" Wieso will sie immer alles wissen? „Gut." Sie hebt die Augenbrauen. „Anscheinend geht er es ruhig an. Ungewohnt." Wie meint sie das denn jetzt? „Was meinst du mit ungewohnt?" Sie dreht sich zu mir und grinst mich hämisch an. „Er geht immer hart vor. Ich durfte einmal mit ihm trainieren. Mir war er jedoch nicht gewachsen." Ich höre Schritte im Raum. „Erzähl kein Müll. Ich hab abgebrochen, weil du nervst." Oha, da ist er auch schon wieder. Er gibt mir die Sachen. „Janie geh duschen. Wir haben noch was vor." Will er mit ihr alleine sein? Ich nehme die Sachen entgegen und gehe an Mona schnell vorbei. Ich gehe durch die Tür bleibe dahinter aber stehen. Ich will hören, über was sie sprechen. „Du scheinst dich gut mit ihr zu verstehen, oder tust du nur so, weil sie das Orakel ist?" Sie ist ziemlich gehässig. Ich höre wie Nox seufzt. „Wieso kannst du mich nicht in Ruhe lassen?" Es ist kurz ruhig. Ich höre Schritte. Sie verstummen wieder. „Ich weiß was du willst." Das ist aus meiner Vision. „Passe." Ich höre wie Mona scharf nach Luft schnappt. Hat er ihr wehgetan. „Kein Grund so grob zu werden. Wir sind doch gute Freunde." Sie ist so billig. „Nein, sind wir nicht. Und wenn du so taff bist wie du tust, solltest du dich nicht so leicht anbieten." Ich höre Schritte die sich weiter entfernen. „Das wird er noch bereuen." Sie ist ziemlich verärgert. Ich drehe mich leise um und gehe zur Dusche. Ich fühle mich gerade ziemlich gut. Ich bin glücklich darüber, dass er Mona hat abblitzen lassen. Ich ziehe mich erst mal aus. Das Wasser hat die perfekte Temperatur. Ich will mir nicht zu viel Zeit lassen. Ich seife mich sofort ein. Es duftet richtig gut. Es duftet zwar herb, hat aber dennoch eine frische, süße Note. Ich sauge diesen Duft regelrecht ein. Ach Mist. Mir fällt ein, dass ich meine Haare gar nicht föhnen kann. Naja, es ist Sommer. Ich lasse sie lufttrocknen. Ich mache mir einen einfachen einen Zopf. Ich will meine verschwitzten Klamotten nicht nochmal anziehen, deswegen nehme ich einfach einen sauberen Satz von meinen Trainingsklamotten. „Nox?" Ich lausche wieder. Wartet er nach der Begegnung mit Mona nun doch vor der Tür? „Bist du fertig?" Er ist noch da. „Ja, wir können gehen." Er kommt um die Ecke und muss grinsen als er mich sieht. „Ich habe keine frischen Sachen da." Ich schließe meinen Spint. „Warum hast du Mona abblitzen lassen?" Er schaut mich überrascht an. „Hast du uns belauscht?" Ich nicke. Ich bin wenigstens ehrlich. „Die geht mir auf die Nerven und ist nicht mein Typ." So einfach? „Wie sieht dein Typ aus?" Er zuckt mit den Schultern. „Hab ich bisher noch nicht kennengelernt." Ah, also hatte er bisher keine Freundin.

Die Vereinbarung

Wir warten vor der Halle auf Herrn Custos. Hinter uns öffnet sich die Tür. Es ist Ben. „Hallöchen, soweit ich sehe sind alle Knochen noch ganz." Er lächelt mich an. Ich dachte, er wäre eingeschnappt. Außerdem, was meint er mit `alle Knochen noch ganz´? „Ich dachte du wärst sauer auf mich." Er schüttelt den Kopf. „Nicht auf dich. Deine Mom. Sie hat mir nie etwas davon erzählt." Stimmt. Er kennt mich durch Mama besser als ich ihn. „Wieso sollte sie dir etwas davon erzählen?" Ben grinst ihn breit an. „Ich bin ihr Goldjunge." Nox verdreht die Augen. „Er ist Mamas Patenkind. Das hab ich auch erst gestern erfahren." Nox schnauft kurz auf. „Das weiß ich, aber das ist immer noch kein Grund ihm alles zu erzählen." Die beiden können sich echt nicht leiden. „Jaja, ist ja gut. Wir sehen uns heute Abend um acht. Vergiss unser Date nicht. Ich bestelle uns ein paar Burger." Urgh. Mir ist ehrlich gesagt doch etwas schlecht geworden während des Trainings. Jetzt geht es ja wieder. Ich glaube nicht, dass ich heute noch etwas essen werde. „Nein, danke. Durch das Training hab ich gar keinen Hunger. Aber das Angebot nehme ich gerne ein anderes Mal an. Lass uns einfach zum Quatschen treffen." Er zuckt mit den Schultern und signalisiert mir dadurch, dass das okay ist. „Ich muss jetzt los. Ich fahre zum Flughafen. In ein paar Stunden kommt deine Mom an. Ich will sichergehen, dass alles safe ist." Das ist nett von ihm. Ich nicke ihm zu und wir verabschieden uns. Als er außer Hörweite war wende ich mich an Nox. „Hast du einem schon die Knochen gebrochen?" „Nimm nicht alles so ernst. Die Leute hier übertreiben gerne. Ich trainiere eben nun hart. Die meisten verstehen das nicht." Er musste das ja von Kindheit an. Klar, dass er ein anderes Limit an Ausdauer hat als die meisten hier. „Du trainierst gefühlt den ganzen Tag. Aufgrund des Drucks schließt du keine Freundschaften und hattest auch bisher keine Freundin." Er lacht plötzlich. „Nein, eine Freundin hatte ich nicht. Dafür hab ich tatsächlich keine Zeit. Bedeutet aber nicht, dass ich den Druck auch nicht anders loswerden kann." Sein ernst? Was ein Schwein. Etwa auch mit Mona? Er widert mich an. So etwas zu sagen und dass mit einem widerlichen Grinsen im Gesicht. „Verachtest du mich etwa dafür?" Er hat es bemerkt. „Ich bin auch nur ein Mann." Aha, was für eine Entschuldigung. Also, wenn alle Männer so sind, werde ich einsam sterben. „Du brauchst dich gar nicht zu wundern, dass Mädels wie Mona sich an dich ranschmeißen. Wenn du mit jedem rumhurst, macht sich die ein oder andere natürlich Hoffnungen." Ekelhaft. Er nutzt die Frauen nur aus. Er ist ein netter Mensch. Aber auch er hat seine hässlichen Seiten. „Hey, hey, ich hure nicht rum. Ich schlafe auch nicht mit …" Ich winke ab und entferne mich langsam von ihm. „Du musst dich nicht rechtfertigen. Mach was dich glücklich macht." Ich will das echt nicht hören. Außerdem sehe ich Herr Custos schon auf uns zukommen. „Lauf nicht einfach weg." Nox holt mich schnell wieder ein.

„Hallo, ihr Lieben." Herr Custos begrüßt uns herzlich. „Aufgrund der heutigen Ereignisse stelle ich dir heute nur ein paar Leuten vor. Den Rundgang und die Hintergrundgeschichte der Organisation müssen wir auf nächste Woche verschieben. Du kannst dich natürlich hier frei bewegen und dir alles anschauen." Er muss wahrscheinlich mit einigen Leuten ein Meeting führen. Das ist alles echt verrückt. Wir begleiten Herr Custos. Ich will unbedingt mit Nox über Saschas Reaktion sprechen. Er meinte vorhin nur, dass wir das in meiner Wohnung besprechen. Ich bin dafür aber viel zu ungeduldig. „Wo gehen wir denn hin?" Ich sehe Herr Custos nur von hinten. Ich versuche schrittzuhalten, aber mir tun meine Beine jetzt schon weh. „In meinem Büro. Wir werden dort schon erwartet." Ich bin gespannt wen ich nun alles kennenlernen werde. „Wieso hab ich diese Woche nur Z-Vision-Training? Was ist mit den anderen Fähigkeiten?" Ich kann nicht anders. Ich muss fragen. „Wir konzentrieren uns auf die einzelnen Fähigkeiten wöchentlich. So verspricht man sich die Fähigkeiten besser und schneller zu beherrschen." Mama hat Recht. Hier ist es nicht wie in der Schule. „Nächste Woche finden die Abschlussprüfungen statt.

Mama meinte, dass mein Guardian mich begleiten wird. Ist das noch aktuell?" Er bleibt stehen und dreht sich um. „Ich verstehe, dass du viele Fragen hast, aber warte doch bis wir in meinem Büro sind." Das war wohl ein nein. Nox schubst meine Schulter mit seiner an. „Sei nicht so ungeduldig." Er flüsterte mir das zu. Er scheint großen Respekt vor Herr Custos zu haben. Ich verdrehe die Augen. Herr Custos hat ein zügiges Tempo drauf. Ich will mich einfach nur hinsetzen. Ehrlich gesagt, hab ich kein Bock mehr auch nur noch einen Schritt zu gehen. Wir sind nun am Haupteingang angekommen. Als wir durch die Tür gehen, bemerke ich wie Gittas Kopf über den Papierhaufen erscheint. Sie sagt jedoch nichts, als wir an ihr vorbeigehen. Hoffentlich fahren wir mit dem Aufzug. Ich kann nicht mehr. „Herr Custos, können wir die Treppen nehmen? Das geht auch schneller." Dein Ernst Nox? Ich gebe ihm einen Giftblick. Er grinst mich nur an. Er will mich einfach nur fertig machen. Was ein Sadist. Leider stimmt Herr Custos zu. Jede Stufe fällt mir schwer. Als würde ich einen Berg besteigen. Meine Beine werden immer schwerer. Endlich sind wir angekommen. Ich beginne wieder zu schwitzen. Ich kann nicht anders und muss einmal tief durchatmen. Herr Custos dreht sich um und schaut mich überrascht an. „Geht es dir gut?" Ich nicke. „Dein Kopf sieht wie eine Tomate aus. Ich gebe dir gleich ein Glas Wasser." Das ist sehr nett von ihm. Nox tritt hervor. „Ja, das wäre das Beste. Ich glaube wir haben es ein wenig übertrieben." Oh nein. Das lasse ich so nicht stehen. „Das Training war kein Problem. Es ist heute einfach nur heiß." Ich gebe ihm wieder einen vernichtenden Blick. Sein Grinsen wird jedoch nur breiter. „Naja, gehen wir rein. Nicht das du mir noch umkippst." Herr Custos hat Recht. Ich hab auch tierisch Durst.

Er öffnet die Tür zu seinem Büro. Darin befinden sich bereits ein paar Leute, die gleich zur Begrüßung bereitstanden. Greta kenne ich bereits. Ihr zukünftiger ist auch da. Für welchen Bereich er hier wohl zuständig ist? „Also, dann will ich dir die Kollegen mal vorstellen." Sie treten nun alle näher. „Greta Mayer kennst du bereits." Sie winkt mir freundlich zu. „Der Herr neben ihr ist Herr Joris Smit." Herr Smit gibt mir die Hand. „Es freut mich sehr Sie kennenzulernen Fräulein Lux." Ich kichere versehentlich schüchtern. Er schaut mich überrascht an. „Entschuldigung. Nur hat mich bisher niemand als Fräulein bezeichnet." Ich kann schlecht sagen, ich weiß was, was du nicht weißt. Ich hab bisher keinen Ring an Gretas

Hand sehen können. Er lächelt mich charmant an. „Meiner Meinung nach ist es eine charmante Bezeichnung für hübsche junge Damen." Er ist wahrhaftig ein kleiner Charmeur. „Ich trainiere die V-Visions." „Aha, also wird er mich auch noch trainieren. „Es freut mich auch Sie kennenlernen zu dürfen." Schon tritt der nächste vor. „Janie, dieser Herr ist der Ausbilder für die Seeker." Vor mir steht ein schlaksiger Herr mit schulterlangen braunen Haaren. Er gibt mir die Hand. Dabei bemerke ich, dass er ziemlich große Hände hat. Sein Gesicht ist auch ziemlich auffallend. Seine Wangenknochen ragen hervor und er hat ziemlich dicke Lippen. Seine Nase ist klein und spitz. Seine grünen Augen fühlen sich kalt an. Ob das an seiner dicken Hornbrille liegt? Normalerweise bekomme ich vorab eine ungefähre Ahnung über den Charakter eines Menschen, sobald ich in Ihre Augen schaue, aber ihn kann ich nicht einschätzen. „Mein Name ist Tim Vide." Seine Stimme ist überraschend tief. Ich hätte eher eine höhere Stimme erwartet. Er trägt ordentliche schwarze Schuhe und eine graue Stoffhose. Er trägt zwar ein weißes Hemd, aber die Ärmel sind hochgekrempelt und die ersten zwei Knöpfe sind aufgeknöpft. Sein Hemd ist jedoch ziemlich eng geschnitten. Er ist wirklich ziemlich dünn. Ich schüttle ihm die Hand. Sein Händedruck ist sehr schwach. Als würde er mir die Hand nur hinhalten. „Freut mich Ihre Bekanntschaft zu machen." Was soll ich sonst sagen? Dieser Mann und seine ganze Erscheinung sind ein wenig verwirrend. Ich meine das keinesfalls böse. Er nickt mir nur zu und geht zur Seite. Mit ihm werde ich wohl zukünftig nicht viel zu tun haben. Ich wende mich zur nächsten Person. Es ist eine wunderhübsche Frau. Sie hat eisblaue Augen, blonde Haare und eine Figur wie ein Model. Sie ist an den Augen sehr stark geschminkt, aber es hebt ihre eisblauen Augen hervor. Sie trägt Ihre Haare in einen ordentlichen Pferdeschwanz. Ihre Haare sind extrem lang. Sie trägt bestimmt Extension. Sie gibt mir einen selbstbewussten festen Händedruck. „Ich bin Aurora Kester. Ich trainiere die C-Visions. Ich arbeite auch in derselben Abteilung wie deine Mutter. Jedoch habe ich einen etwas anderen Aufgabenbereich." Sie lächelt dabei Herr Custos an. Oh Gott! Ich glaube ich habe die ältere Mona kennengelernt. Die Art wie sie spricht ist ziemlich arrogant. Gut das sie keine Gedanken lesen kann. Kann Sie meine Abneigung spüren? Ich sollte vorsichtig sein. „Es freut mich Sie kennenzulernen." Die Tür öffnet sich hinter uns. Sascha kommt durch die Tür.

„Ah, da sind Sie ja." Herr Custos gibt ihm die Hand und die andere platziert er auf Saschas Schulter um ihm im Raum willkommen zu heißen. Sascha weicht unseren Blicken aus. Er weiß etwas und ich werde sicher nicht locker lassen. „Wie ich gehört habe ist Tina bis heute Abend wieder da." Da weiß Herr Custos bereits mehr als ich. Ich bin nur froh, wenn sie wieder hier ist. „Dann wollen wir uns mal setzen. Gitta war so lieb und hat uns ein paar Stühle gebracht. „Wo ist sie eigentlich." Sie fehlt noch. Frau Kester lacht kurz auf. „Sie nimmt an diesen Treffen nicht teil." Das hörte sich ein wenig abfällig an. Ich schaue Herr Custos fragend an. „Sie erledigt alles Organisatorische. Gitta ist sozusagen meine Assistentin." Ja, und? „Deswegen darf sie nicht hier sein?" Er schenkt mir ein sanftes Lächeln. „Nein, hier geht es nur darum, dass du deine zukünftigen Trainer kurz kennenlernst. Ich habe heute erfahren, dass du nun schon öfters Kontakt zu dem Collector hattest. Da du alle Fähigkeiten besitzt, dachte ich wir setzen uns zusammen und besprechen das in aller Ruhe." In anderen Worten, sie befürchten, dass etwas Schreckliches passiert. Wir setzen uns alle. Ich setze mich auf einem Stuhl. Nox bleibt hinter mir stehen. Ich gebe ihm ein Zeichen das er sich setzen soll, aber er schüttelt seinen Kopf. Wenn er nicht will. Mir tun die Beine weh. Ich stehe wahrscheinlich nie wieder auf.

Wir sitzen nun alle, aber keiner sagt etwas. Stattdessen ruhen ihre Blicke alle auf mir. Soll ich etwas sagen? Egal, die Chance muss ich nutzen. „Herr Vide." Er schaut mich überrascht an. „Herr Custos erwähnte, dass ich all meine zukünftigen Trainer heute kennenlerne. Da Sie der Ausbilder der Seeker sind, interessiert es mich was genau ich bei Ihnen lernen werde." Er nickt. „Sie haben wahrscheinlich gedacht, dass Sie nur Ihre übernatürliche Fähigkeit trainieren werden?" Nun nicke ich ihm stumm zu. „Nein, Sie werden nach und nach alles hier kennenlernen. Natürlich sollen Sie sich hauptsächlich auf Ihre Fähigkeiten konzentrieren. Es ist aber wichtig die Funktion der kompletten Organisation zu kennen. Ganz besonders als Orakel." Das macht tatsächlich Sinn. Oh Mann, seine tiefe Stimme schafft mich. Es ist wirklich außergewöhnlich tief. „Ich bringe Ihnen die wichtigsten Lektionen der Seeker bei. Aber ich bin auch da um all Ihre Fragen zu den Seekers zu beantworten. Soweit ich weiß, haben Sie ein enges Verhältnis zu Ben. Natürlich kann er Ihnen auch einiges dazu sagen, aber ich glaube es ist dennoch wichtig auch mal in meine

Abteilung vorbeizuschauen." Er grinst mich nett an. Er ist sehr förmlich und Siezt mich sogar. „Das hört sich gut an. Fragen habe ich immer." Nox lacht kaum hörbar. Auch ich muss etwas grinsen, als ich das sagte. „Es stimmt, dass Ben ein enges Verhältnis zu meiner Mutter hat. Er ist ihr Patenkind. Ich jedoch habe ihn erst gestern kennengelernt. Ich habe zwar das Gefühl, dass ich Ben und Nox schon länger kennen würde, das liegt aber nur daran, dass sie es mir leicht machen." Naja das und durch meine Fähigkeiten wahrscheinlich auch. Ben ist ein absoluter Sturkopf und Nox ein kleiner Sadist. „Es freut mich zu hören, dass du dich gut einlebst." Herr Custos überreicht mir ein Glas Wasser. Ich nehme es dankend an und nehme ein paar große Schlucke. Nun zu Greta. „Greta, ich habe in meinem Terminkalender gesehen, dass ich die restliche Woche von dir trainiert werde. Herr Custos hat mir bereits erklärt, dass man sich wöchentlich auf eine bestimmte Fähigkeit konzentriert. Was ist, wenn ich aber eine Vision habe, die die Zukunft betrifft? Muss ich dann bis zu unserer nächsten Stunde warten?" Sie streicht ihr Kleid glatt und faltet die Hände zusammen. „Nein, das musst du nicht. Du kannst jederzeit mit mir über deine Visionen sprechen. Wir wollen ja, dass du deine Fähigkeiten zukünftig beherrschst." Das ist gut zu wissen. „Ich hätte einen Vorschlag bezüglich nächster Woche wenn es in Ordnung ist." Herr Custos nickt mir zu. „Ich habe mir meine Gedanken hierzu gemacht. Ich habe mein Training für die Z-Visions mitten in der Woche begonnen. Da ich nächste Woche meine Abschlussprüfungen habe, hätte ich vorgeschlagen, dass ich mein Training für die Z-Visions auch nach meine Prüfungen weiterhin durchführe. So komme ich praktisch auf eine volle Woche." Ich spüre wie die Stimmung plötzlich kippt. „Was das angeht, müssen wir nochmal miteinander sprechen. Wir warten am besten, bis deine Mutter wieder hier ist." Ich hatte es bereits geahnt. „Wenn Sie damit sagen wollen, dass ich an die Prüfungen nicht teilnehmen werde, muss ich Sie enttäuschen." Ich versuche ruhig zu bleiben. Er schüttelt seinen Kopf. „Ich habe lange dafür geackert. Ich werde die Prüfung nicht nachholen. Ich werde nächste Woche in meine Schule gehen. Nox wird mich begleiten. Gerne können Sie weitere Personen zu meinem Schutz einsetzen, aber ich werde die Prüfung nicht sausen lassen." Ich hoffe, ich habe meinen Standpunkt klar dargestellt. Herr Smit hebt seine Hand. „Ich will mich gewiss nicht einmischen. Bist du dir sicher, dass der Zeitpunkt dafür geeignet ist?" Ich verstehe ja, warum alle besorgt sind. „Ich weiß, dass es in ihrem

Alter manchmal unfair erscheinen mag, aber die Organisation versucht sie zu schützen. Besonders weil sie solch eine außergewöhnliche Verbindung zu dem Collector haben." Da hat er ins Schwarze getroffen. Ich muss an Mamas Worte denken, dass ich auch an die Menschen um mich herum denken soll. „Sie haben Recht Herr Smit. Ich will auch niemanden in Gefahr bringen. Es könnte tatsächlich passieren, dass der Collector die Situation ausnutzen wird. Gibt es denn keine andere Möglichkeit." Ich bin enttäuscht. Ich hab mich so gut darauf vorbereitet. Soll das alles umsonst gewesen sein? Ich wollte unbedingt Lina mal wiedersehen. Ich schaue auf in die Runde und bemerke, dass die Augen von Frau Kester rot aufleuchten. Das sieht aus als sei sie das pure Böse. „Was fühle ich?" Sie lacht mich mit hochgezogenen Augenbrauen an. „Ich kann nicht deine Gefühle lesen. Ich versuche deinen Charakter zu lesen." Hä, ich dachte C-Visions können die Gefühle der anderen lesen? „Ich bin verwirrt. Wieso mein Charakter? Ich dachte C-Visions spüren die Gefühle anderer." Sie steht auf und schenkt sich ein Glas Wasser ein. „Hast du schon gehört, dass wir C-Visions selten sind?" Ich nicke ihr aufmerksam zu. „Es gibt tatsächlich C-Visions die beides können. Diese sind aber noch seltener. Ich freue mich jedoch zu erfahren, wie du als Orakel die Fähigkeiten beherrschen wirst." Wow, ich hätte damit gerechnet, dass sie meine Gefühle lesen kann. „Was konnten Sie sehen." Sie schüttelt ihren Kopf. „Ich sehe nicht. Es ist als würde ich ein Buch lesen. Aber bei jedem C-Vision ist es tatsächlich anders. Du scheinst ziemlich wissbegierig zu sein. Das ist heutzutage selten. Außerdem, hörte ich, bist du loyal, einfühlsam, sturköpfig und ziemlich zielstrebig." Das hört sich doch gut an. „Ist doch gut, oder?" Sie grinst mich an. „Ja, schon. Es kommt natürlich immer auf die Situation an. Die meisten in deinem Alter sind eher eitel, zickig, eingebildet und vieles mehr. Aber da du ein Orakel bist, kann ich meine Fähigkeit nicht nutzen. Ich kann dich nicht lesen." Stimmt ja. Sie sagte ja, dass sie hörte, dass ich das alles sei. „Das gefällt mir. Unser Training könnte wirklich interessant werden." Ich fühle mich als sei ich ihr nächstes Projekt und nicht eine Schülerin. Ich hoffe, dass das gut ausgeht. Ich lächle ihr freundlich zu. Fehlt jetzt nur noch Herr Smit. Ich schaue zu ihm rüber. „Ich bin mit der Situation nicht zufrieden. Ich überlege mir eine weitere Möglichkeit an die Prüfungen teilnehmen zu können. Aber das mal beiseite. Wie kann ich mir das Training mit Ihnen vorstellen?" Er scheint glücklich über meine Frage zu sein. „Wir werden uns vorerst auf deine

Vergangenheit konzentrieren." Herr Custos räuspert sich. Wirklich? Sollte das unauffällig sein. Herr Smit ignorierte das. „Die Vergangenheit ist schwerer zu greifen, als die Zukunft. Naja, wenn man die Berichte über vergangene Orakel Glauben schenken mag." Ich höre einen Dialekt raus, kann es aber nicht zuordnen. Der Nachname könnte amerikanisch oder holländisch sein? „Ich habe bereits die Vergangenheit von mir und Nox gesehen. Ich kann noch nicht sagen, ob es schwieriger ist. Ich habe mich darauf nicht konzentriert. Aber beim nächsten Mal werde ich darauf achten."

Okay, wir haben Charakter, Zukunft, Vergangenheit, Guardians und Seeker. Was ist aber mit der Gegenwart und die Verbindung zum Collector? „An wem wende ich mich, wenn ich gegenwärtige Visionen habe?" Sie schauen mich nun alle fragend und verwirrt an. „Ich hab mich am Tag meines Erwachens selbst sehen können. Ich konnte sogar mit meinem Kind-Ich und meinem Alten-Ich sprechen. Naja sie haben eher zu mir gesprochen." Der Raum bleibt still. „Ein Orakel besitzt manchmal Fähigkeiten, die noch unbekannt sind. Das war bisher ein Mythos, aber du bist tatsächlich der lebende Beweis." Greta bricht das Schweigen. „Woher hast du von den Mythen gehört? Gibt es hierzu Berichte?" Diese würde ich mir tatsächlich gerne durchlesen. „Nein, dein Großvater hatte das mal erwähnt." Stimmt, sie kannte ihn. Aber woher hatte er davon gehört? Ich muss das mit Mama klären. „Mit wem spreche ich, wenn ich wieder ungewollt eine Verbindung zum Collector habe?" Wieder ist es unangenehm still im Raum. „Mit mir, ich werde unverzüglich Bericht an Herr Custos und Sascha erstatten." Nox hat sich hinter mir gemeldet. Also wende ich mich an Nox. So wie heute? Das hatte sich mehr wie Panik als Berichterstattung angefühlt. Naja, für ihn ist das alles ja auch neu. „Diese Verbindung die Sie haben, ist ziemlich gefährlich. Wir müssen überlegen, wie Sie diese Verbindung verhindern können." Herr Vide hat sich an mich und Herr Custos gewendet. Ich schaue in die Runde und sehe besorgte Gesichter. „Er scheint die Verbindung zu mir zu suchen. Aus irgendeinem Grund scheint ihm das wichtig zu sein. Er will mich als Verbündete. Er will mich nicht töten." Saschas Blick ist starr vor Schreck. Er weiß etwas und ich werde es nun langsam aus ihm heraus kitzeln. Ich richte mich bewusst zu ihm. „Dein Kommentar, also dass ich ihn nicht verstehen müsse. Das hörte sich so an, als ob du mehr darüber weißt." Er petzt die Augen zu und reibt sich die Augen. „Ich hab eine Theorie." Ich hatte gehofft in ein ertapptes Gesicht zu schauen, aber stattdessen will er mir von einer Theorie erzählen. Ich bin aber ganz Ohr. „Für dich ist diese Welt neu. Du hast in kurzer Zeit viele Informationen erhalten." Ich nicke. „Vor allem vom Collector." Ja, aber was will er damit sagen? „Ah, ich glaube ich weiß schon worauf Sie hinaus wollen." Herr Smit hat es anscheinend schon geschnallt. Ich schaue Sascha fragend an. Er nickt Herr Smit zu. „Es ist eigentlich ein ganz einfacher Gedanke. Ich glaube, seit Janie vom Collector erfahren hat, hat sich unbewusst eine Verbindung zu ihm aufgebaut. Ich weiß du willst mehr über ihn erfahren. Ich glaube aber, je mehr du dich mit ihm befasst, umso stärker wird die Verbindung." Das macht tatsächlich Sinn. Ich muss kurz darüber nachdenken. Die Verbindung zu ihm wird tatsächlich immer klarer. Hat es etwas damit zu tun, dass ich ihn verstehen will? Oder suche ich unbewusst die Verbindung zu ihm? Ich hebe meinen Blick und bemerke jetzt erst, dass die Augen der anderen wieder auf mir ruhen. „Janie, willst du etwas hierzu sagen?" Sascha will anscheinend unbedingt wissen was ich hierzu denke. „Naja, es macht natürlich Sinn. Ich will meine Fähigkeiten unbedingt so schnell wie möglich beherrschen können. In erster Linie, weil ich die Kontrolle über mich selbst wieder haben will und in zweiter Linie, um alle zu beschützen." Sascha nickt mir zu. „Das ist aber nicht alles." Ich schaue nun in gespannte Gesichter. Nur Nox scheint unberührt von der Sache zu sein. „Meiner Meinung nach ist es wichtig zu wissen, wieso der Collector das alles tut." Die gespannten Gesichter verwandeln sich in fragende Gesichter. „Das verstehe ich nicht. Warum um alles in der Welt sollte das wichtig sein?" Mona zwei meldet sich nun zu Wort. Sie als C-Vision sollte es doch am besten wissen, oder nicht? „Kein Mensch auf dieser Welt wird böse geboren. Ich habe schon erfahren, was dem Collector passiert ist." Ich mache eine kurze Pause in der Hoffnung irgendeine Reaktion in die Gesichter erhaschen zu können. „Aber es macht meiner Meinung nach nicht viel Sinn. Es muss noch mehr dahinter stecken." Ich fühle mich, als würde ich Poker spielen und hoffe erkennen zu können wer hier blufft. Aber die Mitspieler sind ziemlich gut. „Ich verstehe was Sie meinen. Das könnte tatsächlich weiterhelfen. Allerdings glaube ich auch, dass Herr Fortis mit seiner Theorie recht haben könnte." Herr Vide meldet sich nun zu Wort. „Wie ich heraushöre, befassen Sie sich mit der Entstehung des Collectors. Über das Wieso, Weshalb und Warum. Sie scheinen eine sehr kluge Person zu sein. Ihr Wissensdurst ist groß." Ich bin überrascht. Er lacht leise in sich. Das hört sich echt gruselig an. „Ich bin ein Seeker. Ich habe mir Informationen über Sie besorgt und Ihnen aufmerksam zugehört. Außerdem arbeite ich mit Ihrer Mutter zusammen. Sie ist eine stolze Mutter." Er grinst mich an. Irgendwie ist das peinlich. Irgendwie aber auch schön zu hören, dass Mama stolz auf mich ist.

„Was schlagen Sie vor dagegen zu tun?" Herr Vide richtet seine Frage an Sascha. Er hebt schützend die Hände. „Es war nur eine Theorie. Wie man dagegen angeht, kann ich nicht sagen." Das wird schwer. „Das ist doch so gut wie unmöglich. Wie soll das arme Kind sich auf ihre Fähigkeiten konzentrieren und dabei nicht an den Collector denken? Sogar wir denken ständig an ihn." Frau Kester hat Recht. Aber ich hasse es, dass sie mich als Kind bezeichnet. „Ich hätte eine Idee." Ich weiß nicht, ob es sicher ist, aber mehr als Nein kann diese Runde mir nicht sagen. Alle blicken mich wieder an. „Ich habe nächste Woche meine Abschlussprüfungen. Ich verstehe, dass es aktuell gefährlich ist. Aber vielleicht ist der Schlüssel hierfür meine Pflichten mit meinen Alltag zu fusionieren. Ich konzentriere mich vormittags auf meine Fähigkeiten und mittags kümmere ich mich um meinen Alltag. So komme ich vielleicht wieder auf andere Gedanken." Ich sehe wie Sascha schon leicht sein Kopf schüttelt. Nox hat nun einen nachdenklichen Blick und stellt sich an meiner Seite. „Es muss vorher natürlich genau geplant werden." Ich schließe die Augen. Es ist einfach alles sehr anstrengend. Plötzlich überwältigen mich die Gefühle der anderen. Ich kann nicht zuordnen, wem sie gehören und an wem sie gerichtet sind. Ich spüre Verzweiflung, Angst, Verständnis, Glück, Liebe, Ärger und… Verachtung. Warum Verachtung? Ich öffne die Augen.

„Wow." Was meint Nox nun mit wow? „Deine Augen waren eben schneeweiß. Du hast sie richtig weit aufgerissen." Ich senke meinen Blick. „Entschuldigung. Das sieht bestimmt gruselig aus." Er legt seine Hand auf meinem Arm. „Nein, es sieht ungewöhnlich aus. Aber sicher nicht gruselig." Ich schaue in seinen Augen. Er blickt jedoch schnell weg. Er ist manchmal echt komisch. Alle starren mich an. „Es war eine C-Vision Fähigkeit dieses Mal." „Dann ist das wohl mein Gebiet." Frau Kester lächelt mich an. „Erzähl schon." Ich muss wohl. „Ich habe all Ihre Gefühle gespürt. Ich kann sie nur nicht zuordnen." Aber warum Verachtung? Wessen Gefühl war das? „Und was bereitet dir nun Sorgen?" Das kann doch nicht wahr sein. „Haben Sie eben ihre C-Vision Fähigkeit verwendet?" Sie schüttelt lächelnd ihren Kopf. „Ich sagte doch bereits. Ich kann die Menschen nur wie ein Buch lesen. Ich lege den Charakter offen. Ich kann die Gefühle der anderen nicht spüren. Und ein Orakel kann ich nicht lesen." Stimmt. Ich hab mich selbst verraten. „Ich sehe es an deinem Blick. Irgendein Gefühl lässt dich nicht los." Oh Mann, Nox muss mir unbedingt beibringen, wie man ein cooles Pokerface in schweren Situationen bewahren kann. Er hat wieder seinen kühlen Gesichtsausdruck. „Ich konnte, wie gesagt, nicht zuordnen, wem diese Gefühle gehören. Ich habe überlegt, wie ich das zukünftig zuordnen kann." Ich will das nicht erwähnen. Ich will mich nicht in das Privatleben der anderen einmischen. Ich will mir aber darüber ehrlich gesagt auch nicht den Kopf zerbrechen.

Herr Custos steht auf. Alle blicken auf. „Ab heute untersage ich es über den Collector zu sprechen. Ich glaube Herr Fortis hat Recht. Wir müssen es versuchen." Er schaut mich nun mit einem ernsten Blick an. „Versuche dich nur auf deine Fähigkeiten zu konzentrieren. Ich verstehe, dass dir dein soziales Umfeld sehr wichtig ist. Ich verstehe auch, dass dir die Abschlussprüfung sehr am Herzen liegt. Aber bitte versuche die aktuelle Situation zu verstehen. Ich werde mit deiner Mutter darüber sprechen. Vielleicht finden wir eine passende Lösung." Auch ich verstehe die Situation. „Ich werde es versuchen. Jedoch unter einer Bedingung." Das ist meine Chance. Herr Custos nickt aufmerksam. „Ich will alles über den Collector erfahren." Ich blicke nun einmal in die Runde. „Ich bitte Sie alle einen Bericht zu erfassen, indem alles was Sie über ihn wissen erfasst wird. Und ich meine wirklich alles. Jedes noch so kleine Detail könnte von großer Bedeutung sein." Stille legt sich über den Raum. „Du gibst uns also eine kleine Hausaufgabe?" Oje, stellt sich Frau Kester nun quer? Sie lächelt. „Dann bin ich raus. Ich kenne selbst nur die Gerüchte. Ich selbst weiß nichts." Sie will sich nur davor drücken. „Frau Kester, ich glaube Ihnen. Aber selbst die Gerüchte sind wichtig. Vielleicht haben Sie etwas aufgeschnappt, dass so noch nicht bekannt war." Sie presst unzufrieden die Lippen zusammen. „Janie, meiner Meinung nach wird das nicht wirklich weiterhelfen. Da du aber darauf bestehst alles zu erfahren, werden wir dies für dich erledigen. Wir werden alle zusammen ein Bericht für dich erfassen. Ich werde Ihnen hierzu einen Termin schicken, damit wir uns diesbezüglich zusammensetzen können." Na toll. Bestimmt wird dann etwas verheimlicht. „Nein." Nun schauen mich alle wieder überrascht an. „Ich habe das Gefühl, dass mir irgendetwas verheimlicht wird. Ich möchte von jedem einzelnen einen Bericht. Von mir aus auch anonym." Herr Vide schaut grinsend zum Fenster hinaus. Frau Kester scheint nun schlecht gelaunt zu sein. Der Rest scheint ein wenig ratlos zu sein. Herr Custos kommt nun auf mich zu. Ich stehe unaufgefordert auf. „Wieso glaubst du das?" Er ist sehr ernst. Wie soll ich auf diese Frage antworten? „Glauben ist nicht Wissen. Aus diesem Grund hinterfrage ich alles. Ich sage nicht, dass es so ist. Ich habe einfach das Gefühl, dass noch mehr dahinter steckt. Ich bin der Meinung, dass man den Collector finden und aufhalten kann. Jedoch muss man erst wirklich verstehen, was ihn antreibt." Wieder diese Stille. Sein Blick ist nach wie vor sehr ernst. Ich sehe wie schwer er über etwas nachdenkt. „Wieso leiten Sie die Organisation?" Er zieht überrascht die Augenbrauen hoch. „Sie haben das bestimmt nicht aus der Laune heraus entschieden." Er beginnt laut zu lachen. Es ist ein herzhaftes Lachen. „Ich muss schon sagen. Frau Lux, deine Mutter, hat nicht übertrieben." Was meint er damit? Was bitte hat Mama über mich erzählt? Er sieht meinen verwirrten Blick. „Sie schwärmt immer davon, wie schlau du bist. Ich muss zugeben, für dein Alter bist du wirklich sehr fix." Okay, damit hab ich nicht gerechnet. „Wir werden deinen Wunsch befolgen. Sagen wir zwei Monate für sieben ausführliche Berichte. Nach diese zwei Monaten bekommst du alles persönlich von jedem ausgehändigt." Boah, zwei Monate? Das wird die Hölle. „Was halten Sie davon, dass ich nach einem Monat die ersten drei Berichte erhalte?" Naja, mehr wie nein kann er nicht sagen. Ein Versuch ist es wert. Er nickt lachend. „Abgemacht. Du wirst ein außergewöhnliches Orakel." Yes! Endlich geht es voran. Das ist auf jeden Fall eine große Motivation für mich. Ich kann nicht anders: Immer wenn mich ein Glücksgefühl übermannt, kann ich nicht aufhören wie ein Honigkuchenpferd zu grinsen. „Ich würde sagen, wir nehmen uns den Rest des Tages frei. Falls du noch einiges über die Organisation erfahren willst, kann Noah dich rumführen." Ehrlich gesagt hab ich kein Bock mehr. Ich freue mich eigentlich nur noch darauf Mama zu sehen und auf mein Bett. „Ich werde Gitta über unsere Vereinbarung in Kenntnis setzen. Auch sie muss sich daran halten." Ach schade. Bei ihr hätte ich es garantiert versucht. Egal. Deal ist Deal.

KAPITEL 11

Was bisher geschah

Nox und ich verlassen das Gebäude. „Wollen wir noch ein bisschen trainieren?" Ist das sein Ernst? „Alter, woher holst du die Energie? Sicher nicht." Er grinst mich breit an. „Ich will nur ins Wohnhaus und auf Mama warten. Er nickt und läuft mit mir in Richtung Wohnhaus. Er bleibt kurz stehen und greift nach meinem Arm. „Lass uns von der anderen Seite zum Wohnhaus laufen." Stimmt, wir sind bisher immer von der linken Seite aus gelaufen. „Klar, warum nicht." Will er mir etwas Bestimmtes zeigen? Es ist in kurzer Zeit echt viel passiert. Nun muss ich mir Mühe geben, den Collector aus meinem Gedanken fernzuhalten. Auf der rechten Seite ist zwar ein Weg, es scheint jedoch, dass ihn niemand nutzt. Hier wachsen viele wilde Pflanzen. Hier gibt es aber viele Bäume, die einem Schatten schenken. Das ist auch gut so. Heute ist es echt unerträglich heiß. „Janie, es wird schwer nicht an ihn zu denken. Ich werde versuchen dich abzulenken." Oh nein. Ein kleiner Sadist will versuchen mich abzulenken. „Wie denn? Hast du vor mich zu Tode zu trainieren?" Ich grinse zwar, aber in jedem Scherz steckt ein Fünkchen Wahrheit. Er lacht. „Nein, es wird dir gefallen. Ich hab da schon einiges geplant." Wann hat er das den geplant? Eben während des Treffens mit allen Trainern? „Ich bin gespannt, was du geplant hast." Er hat wieder dieses teuflische Grinsen. „Nox, hast du die Nummer von Ben?" Er verzieht plötzlich sein Gesicht. „Wieso willst du denn seine Nummer?" Wieso hinterfragt er das? Ich hasse es, wenn jemand mir eine Frage auf meine Frage stellt. Sag doch einfach ja oder nein. „Wir wollten ihn doch treffen und ihm alles erzählen. Ich will ihm Bescheid geben, dass wir schon früher im Wohnhaus sind."

Er verdreht die Augen. „Ich schreib ihm. Aber er muss nicht alles wissen." Nun grinse ich. „Naaaa? Eifersüchtig?" Jetzt bin ich dran. Er schaut mich an, als sei ich jetzt total bescheuert. „Sicher nicht. Aber vergiss nicht, dass er nicht dein Guardian ist. Deswegen musst du ihm kein Bericht erstatten." Das weiß ich selbst. „Och mein kleiner Noxi. Mach dir keine Sorgen. Du bist mein einziger Guardian. Versprochen." Ich kneife ihm in die Wangen. Er schubst meine Hand weg und reibt sich die Wange. „Du spinnst doch." Ohne ein weiteres Wort läuft er weiter. Ich kann nicht anders als laut zu lachen.

Ich hab ein wenig Probleme ihn wieder einzuholen. Mir tun die Beine echt schon weh. Das hatte ich nicht erwartet. „Nox, wollen wir über die Reaktion von Sascha sprechen oder lassen wir das jetzt, wegen der neuen Regel?" Er bleibt stehen und schaut mich emotionslos an. Er scheint zu überlegen. „Ich fände es besser wenn wir zwei weiterhin über alles reden. Ich werde den Collector bewusst nicht erwähnen, aber wenn dir was auf den Herzen liegt, kannst du es mir sagen." Das ist nett. Er betonte das nur wir zwei. Er mag es anscheinend wirklich nicht, dass ich Ben miteinbeziehen will. „Super. Ben werde ich diesbezüglich in Ruhe lassen. Hast du etwas dagegen, dass ich ihm vom heutigen Tag erzähle?" Er presst die Lippen zusammen. „Du machst dem armen Hund nur unnötige Hoffnungen." Hä? Wie meint er das denn? „Wir reden nur und knutschen nicht in irgendeine Ecke rum." Er atmet laut ein und wieder aus. „Ja, Ben ist ein offener und lustiger Typ. Ja, er ist das Patenkind deiner Mutter. Und ja, er empfindet vielleicht etwas für dich. Sonst hätte er dich nicht als seine Freundin betitelt." Warum ist er denn jetzt so genervt? „Hör mal Nox. Ich habe das schon klargestellt. Und nur weil ich mit jemanden rede, heißt es nicht, dass ich von demjenigen auch was will. Ich bin diesbezüglich ziemlich direkt. Wir sind nur Freunde. So wie du und ich." Er schaut mich eine Weile ausdruckslos an. Mich ärgert das. „Als mein Guardian besitzt du mich nicht. Ich werde weiterhin machen, was ich will und werde mich nicht bevormunden lassen. Wir werden als Team zusammenarbeiten und als Freunde werden wir uns immer in jeder Lage unterstützen. Okay?" Er nickt. „Außerdem Herr Nox…" Ich kann das nicht einfach auf mich sitzen lassen. „Macht man einen nur Hoffnungen indem man mit diejenigen rummacht und fallen lässt." Jetzt grinst er mich wieder so ekelhaft teuflisch an. Ich verdrehe die Augen und gehe weiter. Der Weg gabelte sich

jedoch plötzlich. „Wir müssen nach links. Rechts geht's in den Wald."
Wieso gibt es einen Weg in den Wald hinein? „Wir Guardians trainieren
auch manchmal im Wald. Das werde ich dir dann auch noch zeigen."
Wow, die Organisation überrascht mich immer mehr. „Dich scheint
meine kleine Liebeleien zu stören." Oh, wie eklig. Er nennt es Liebeleien.
„Oh, bitte nicht. Nenn es bitte nicht Liebeleien. Das hört sich noch perverser an. Nein, aber es scheint unfair für die Frauen zu sein." Er zuckt
mit den Schultern. „So wie du, bin auch ich direkt und sage was ich will.
Wenn die Frauen sich dadurch Hoffnungen machen, ist das nicht mein
Problem." Ja, okay. Aber dennoch stört es mich. Ich will einfach nicht daran denken. „Ich hoffe ich muss das nicht in irgendeiner Vision sehen."
Er lacht leise. Das Haus ist schon in Sichtweite. Der Weg scheint etwas
kürzer zu sein. „Hast du bisher noch keine Herzen gebrochen? Oder hat
dein Ex mit dir Schluss gemacht?" Oh, er denkt, dass ich schon mal mit
jemanden zusammen war. „Nein." Es ist eine kurze Antwort, aber ich
weiß auch nicht wirklich wie und was ich dazu sagen soll. „Nein zu Herzen oder Nein zum Ex?" Er ist echt neugierig. „Ich hatte bisher…" „JA-
NIE! NOX! WARTET AUF MICH!" Wir drehen uns um. Es ist Ben. Oha,
wir sind total vom Thema gekommen. Ich wollte Bens Nummer um ihm
zu schreiben. Naja, jetzt kann ich ihn selbst danach fragen. Ben holt uns
ein. Er ist total verschwitzt. „Du hast heute den ganzen Tag trainiert?"
Nox hat Recht. Er trägt immer noch seine Trainingssachen. „Ja, hauptsächlich. Ich wollte eigentlich Tina abholen, aber Vide meinte er und Sascha haben schon genügend Leute beauftragt." Stimmt, er hatte da was
erwähnt gehabt. Wir gehen nun gemeinsam in Richtung Wohnhaus. So
langsam Dämmert es und eine leichte Sommerbrise weht uns durch die
Haare. „Steht unser Date noch?" Nox schaut mich grinsend an. Er geht
mir schon wieder auf den Sack. „Sag nicht Date dazu. Und ja, es gibt viel
zu erzählen." Plötzlich bekomme ich die geballte Ladung an Schweißge-
ruch in der Nase. Der Wind hatte sich scheinbar gedreht. „Boah Ben, am
besten gehst du erst mal duschen. Du stinkst." Er lacht ganz laut. „Klar.
In fünfzehn Minuten bei dir im Zimmer?" Wieder grinst Nox mich an.
„Nein in fünfzehn Minuten im Esszimmer. Ich hab ein bisschen Hunger.
Nox und ich besorgen etwas zu essen bei der Mensa." Nox schüttelt sein
Kopf. „Die Mensa schließt am späten Nachmittag. Wir können uns aber
am Kühlschrank bedienen." Oh, das hat mir bisher keiner erzählt. „Okay,

du gehst duschen und wir kredenzen etwas Leckeres." Ben nickt grinsend und geht die Treppe hoch. „Ja, das war ziemlich direkt. Du hast ihm mit Sicherheit das Herz gebrochen." Boah, er nervt. „Halt die Klappe und hilf mir lieber." Ich schaue ihn nicht an, weil ich dieses dumme Grinsen nicht sehen will. Das fuchst mich nur.

Nox zeigt mir die Küche. Am Kühlschrank hängt eine Einkaufsliste. „Falls es dich nach etwas gelüstet, kannst du es hier notieren. Gitta geht einmal in der Woche einkaufen. Das ist meistens donnerstags oder manchmal auch freitags." Wow, sie macht echt viel. „Wie wird es ihr gedankt?" Er schaut mich überrascht an. „Ich kenne euch alle erst seit einem Tag. Gitta scheint hier das Herzstück der Organisation zu sein." Er schaut mich nun liebevoll an. „Du machst dir wirklich immer Gedanken um die Menschen um dich herum." Ja natürlich. Wer nicht? Oder ist das nicht so selbstverständlich? „Du hast Recht. Sie ist das Herzstück dieser Organisation. Sie bekommt von uns allen am Geburtstag ein großes Geschenk. Aber ansonsten passiert nichts." Das ist traurig. „Nur am Geburtstag? Das ändern wir ab sofort." Er schaut mich fragend an. Ich nehme den Stift vom Kühlschrank und schreibe die Zutaten auf. „Was hast du vor?" Wir laden Gitta zum Essen ein. Und wir werden Sie bekochen." Ich grinse ihn breit an. „Wir?" Ich nicke. Er schaut sich die Zutaten an. „Was soll das werden?" Wir werden gefüllte Hacksteak mit Reis und Tomatensoße kochen und dazu einen gemischten Salat. Glaub mir, das ist total lecker." Er nickt wieder. „Ich mach den Salat, kümmere du dich um das Fleisch und den Rest." Kann er etwa nicht kochen? „Nö, wir machen alles zusammen. Du wirst froh sein, dieses Gericht kochen zu können." Er verdreht die Augen. „Hallo, ihr zwei Hübschen. Habt ihr Hunger?" Hinter uns steht Gitta. Wenn man vom Teufel spricht. „Gut, dass du hier bist. Wir möchten dich morgen zum Essen einladen." Sie schaut uns überrascht an. „Das ist lieb, aber du darfst das Gelände nicht verlassen, Mausi." Ich kann nicht anders und muss leise lachen. „Ja, ich weiß, dass ich Hausarrest hab. Du wirst von uns bekocht. Und wenn alles geregelt ist und ich wieder raus darf. Gehen wir mal zusammen einkaufen. Sie gibt mir eine große Umarmung. „Du bist ein Goldstück. Die Einladung nehme ich gerne an. Aber nächste Woche würde es mir besser passen. Hast du alles aufgeschrieben, was du brauchst?" Ich nicke und gebe ihr den Zettel vom Kühlschrank.

„Super, falls dir noch etwas einfällt, kannst du es mir heute noch schicken. Ich gehe immer donnerstags einkaufen." Sie verabschiedet sich von uns und wünscht uns eine gute Nacht. „So auf was haben wir Hunger?" Ich schaue zu Nox. Er zuckt nur mit den Schultern. Tja, dann muss er das essen, was ich ihm herzaubere. Ich schaue in den Kühlschrank und stelle fest, dass es fast leer ist. Ein paar Eier, Marmelade und Salami. Wow, was für eine Auswahl. Ich schaue in den anderen Schränken nach. Ein bisschen Müsli und Brot hab ich noch gefunden. „Ich habe hier noch ein bisschen Gemüse im Frischefach im Kühlschrank gefunden." Oh, da hab ich gar nicht nachgeschaut. Paprika und noch etwas Lauch. „Gut, dann machen wir eine gemischte Pfanne." Er schaut mich fragend an. „Sieh zu und lerne." Ich koche gerne. Hier handelt es sich zwar um Reste, das ist aber besser als nichts. „Ich brauche deine Hilfe. Ich weiß nämlich nicht wo hier alles liegt. Ich brauche Paprikapulver, Salz, Pfeffer, Tabasco, Maggi, Milch und eine Pfanne." Er dreht sich um und bringt mir alles was ich brauch. In der Zeit habe ich die Salami gewürfelt und die Eier in eine Schüssel aufgeschlagen und mit einem Schuss Milch verrührt. Die ganzen Gewürze habe ich nach Gefühl in die Schüsselgegeben und auch ein bisschen Lauch dazu geschnitten. Bis auf Tabasco. Ich bin froh, dass es das hier gibt. Ich esse gerne mal scharf. Die gewürfelten Salamis hab ich in der Pfanne mit etwas Butter scharf angebraten und dann meine Rühreimasse dazugegeben. Nox hat währenddessen das Brot für uns drei getoastet. Ein schnelles und leckeres Gericht. Als ich mit der Pfanne ins Esszimmer gehen will bemerke ich, dass schon alles gedeckt ist. „Du warst total in deinem Element. Also dachte ich mir, dass ich wenigstens schon den Tisch decken kann." Ehrlich gesagt, hab ich gar nicht daran gedacht. „Danke, wir sind ein gutes Team." Die Tür geht auf und Ben kommt auch schon reingestolpert. „Das duftet lecker!" Ich bin stolz auf mein kleines Gericht! Das wird garantiert schmecken. „Ich habe uns auch noch ein paar Paprikastreifen geschnitten. Dann schmeckt es noch ein bisschen frischer." Ich gebe den Jungs das Zeichen, dass sie loslegen können. Ben ist natürlich der erste der zulangt. Das hätte ich auch nicht anders erwartet. Ich habe mir als Letztes von der Pfanne genommen. Eine ordentliche Portion und jetzt fehlt nur noch Tabasco. „Alter, du kannst viel essen und auch noch ordentlich scharfes vertragen. Respekt." Ich lächle Ben mit vollem Mund an. Im Augenwinkel sehe ich, wie auch Nox sich vom Tabasco bedient. „Ihr könnt euch auch gerne nachwürzen. Ich bin euch da nicht böse." Ich höre wie Ben sein Essen feste runterwürgt nur um mir etwas zu sagen. „Spinnst du? Das ist echt total lecker." Ich bin froh das zu hören.

Man bin ich satt. „Ich bin Papp satt. Aber ich kann etwas zu trinken vertragen. Ich hol uns was." Ben steht auf und geht in die Küche. Das hab ich total vergessen. Nox ist die ganze Zeit still gewesen. „Ist alles okay?" Er schaut mich an. Seine Augen sind rot. „Nichts ist okay." Was hat er denn jetzt schon wieder? „Du bist doch nicht mehr normal. Mir brennt der ganze Kopf. Dabei hab ich genauso viel drauf gemacht wie du." Ich kann nicht mehr! Ich fange an laut zu lachen. „Der ach so zähe Nox kann nichts Scharfes vertragen." Ich muss wieder laut lachen. Er schaut mich nur finster an. Jetzt wo ich genauer hinschaue sehe ich, dass er ein wenig schwitzt. Ben kommt rein und will natürlich wissen was los ist. „Nox brennt der ganze Schädel." Ben kommt mit seinem Gesicht ganz nah an Nox seinem Gesicht und beginnt laut zu lachen. Nox schubst ihn zur Seite und geht aus der Tür. „Hol dir Milch, das hilft." Rufe ich ihm hinterher. „Janie, hast du seine roten Augen gesehen? Ich kann nicht mehr!" Er heult fast vor Lachen. Nox kommt die Tür wieder rein. In der Hand hält er ein Glas Milch. „Halt du die Klappe. Ich hab es wenigstens probiert." Stimmt. Ben hat von der scharfen Soße nichts genommen. „Wenn ich scharf esse, weiß ich ganz genau, dass es zweimal brennen wird." Ich muss wieder laut lachen. „So lustig ist das jetzt auch nicht." Ben ist verwirrt. „Doch, weil ich nur zu gern wissen will, wie Nox beim zweiten Mal ausschaut." Auch Ben muss wieder lachen. Nox versucht es zwar zu verbergen, aber man kann ein Grinsen erkennen.

„Was ist eigentlich heute passiert? Ich hab nur Bruchstücke mitbekommen." Ben meint wohl den Vorfall heute Nachmittag in der Trainingshalle. „Ich hatte Kontakt zum Collector. Er scheint einen Komplizen zu haben. Sie sprachen davon mir jemand wichtiges zu nehmen." Ich senke den Kopf. Mama ist nicht mal einen Tag weg gewesen. Generell ging alles so schnell. „Das könnten viele sein. Aber klar, dass du zuerst an deine Mutter denkst." Ich schaue Ben fragend an. „Wie? Sind dir deine Freund denn nicht wichtig?" Ich nicke. Natürlich sind mir meine Freunde wichtig. Die wichtigsten Menschen waren bisher Mama, Lina und Luca. Aber ich denke nicht, dass der Collector meine Freunde angreifen würde. Dafür müsste er bereits viel über mich wissen. „Janie?" Ich schaue zu Nox rüber. „Was überlegst du?" Ich war gerade so in meine Gedanken versunken, dass ich gar nicht gemerkt habe, dass die Jungs auf eine Antwort von mir warten. „Ich glaube nicht, dass der Collector meine Freunde angreifen würde. Er müsste dafür persönliche Informationen von mir haben. Oder wir müssten uns schon einmal begegnet sein. Ich glaube ich hätte es auch bemerkt, wenn man mich beobachtet hätte." Ben schnauft einmal laut. Hab ich wieder was Falsches gesagt? „Glaub mir, wenn dich ein Watcher oder Seeker beschatten würde, würdest du das nicht merken." Ich kann mir nicht vorstellen, dass das einer nicht bemerkt. „Ich denke, da liegst du falsch. Ich habe sogar Nox erwischt, wie er uns gestern in der Mensa beobachtet hatte." Ben schaut Nox überrascht an. Aber so cool wie Nox sich immer geben muss, zuckt er nur mit der Schulter. „Lass uns wetten. Irgendwann in den nächsten drei Wochen, wirst du beschattet. Und wenn du das nicht merken solltest, musst du..." Er überlegt. „Denk daran, dass sie Pflichten hat und ich als ihr Guardian ihr überall folgen werde." Nox ist sichtlich genervt. Ben jedoch verzieht sein Gesicht. „Dann müssen wir das Date überspringen. Dann musst du mir einen Kuss geben." Nicht sein ernst. Nox lässt einen lauten genervten Seufzer. „Sicher nicht. Ich gebe dem Patenkind meiner Mutter doch kein Kuss. Als würde ich meinen Bruder küssen." Mit meinen Worten hab ich ihn offensichtlich verletzt. Es tut mir ja Leid, aber die Art von Interesse hab ich nun mal nicht. „Reg dich ab. Einen unschuldigen Kuss auf der Wange. Wie bei einem Bruder." Ja, darauf kann ich mich einlassen. Ich nicke. „Du wirst mich eh irgendwann küssen wollen. Du zierst dich nur wegen des Titels Patenkind. Wir sind nicht Blutsverwand." Ich verdreh die Augen. Nox hatte Recht. Er macht sich wirklich Hoffnungen. Aber noch direkter kann ich doch nicht sein. „Jaja. Aber wenn ich bemerke, dass ich beschattet werde, lässt du deine Späßchen und betitelst mich nicht mehr als deine Freundin." Er greift sich ans Herz. "Was habe ich dir getan, dass du mich so verletzen musst?" Ich zucke mit den Schultern. „Du bist einfach nicht ihr Typ." Nun verdreht Ben seine Augen.

„Wir sind vom Thema abgekommen. Erzähl weiter." Er hat Recht. Mit den beiden lasse ich mich leicht vom Thema ablenken. „Also wie gesagt, ich konnte den Collector belauschen. Er hatte mit irgendjemanden gesprochen. Der Collector will mich unbedingt auf seiner Seite. Er meinte, dass sie mich anlügt. Dass ich die Wahrheit bald sehen werde, dass wir zusammen irgendetwas in Ordnung bringen müssen. Keine Ahnung was er mit all dem meint. Es ist frustrierend. Ich darf mich aber auch nicht auf ihn einlassen. Vielleicht stellt er mir eine Falle. Dann aber hab ich das Gefühl, dass mir irgendetwas verheimlicht wird." Ärger steigt in mir auf. Jetzt wo ich wieder daran denken muss, muss ich feststellen, dass viele Fragen zwar beantwortet wurden, aber dadurch auch noch mehr Fragen entstanden. „Ich kann mich für dich umhören. Vielleicht finden wir etwas zusammen raus." Nox steht nun auf. „Nein. Wir haben einen Deal mit dem Direktor und allen Trainer." Sein Tonfall ist ziemlich streng. Ben schaut uns verwirrt an. "Streng genommen, dürften wir uns darüber überhaupt nicht unterhalten. Aber ich hatte dir versprochen, dir von meinem Tag zu erzählen." Mit seinem Blick drängt er mich weiterzuerzählen. „Ich hatte nun des Öfteren Kontakt zum Collector. Sascha hat die Theorie, dass es daran liegt, weil ich mich so arg mit ihm beschäftige. Wenn ich jedoch versuche ihn aus meine Gedanken zu verdrängen und über ihn nicht spreche, kann es sein, dass ich den Kontakt zu ihm so eindämmen kann." Er nickt nachdenklich. „Was für ein Deal habt ihr denn gemacht?" Klar, dass er neugierig ist. Ich wäre vor Neugier bereits geplatzt. „Naja, ich will ja alles über den Collector wissen, um ihn besser verstehen zu können. Man hat mir versprochen in einem Monat bereits die ersten drei Berichte über den Collector zu bekommen. Insgesamt sind es sieben. Die restlichen vier bekomme ich dann in zwei Monaten." Ben lehnt sich zurück. „Aber was ist, wenn jeder dasselbe über den Collector berichtet?" Ja, das hab ich mir ja auch schon gedacht. „Ein Versuch ist es wert. Der Collector hatte davon gesprochen, dass irgendeine Frau mich belügt. Mein erster Gedanke war Mama. Das würde aber kein Sinn machen." Ja, er hatte zwar gemeint, dass Mama mir nicht alles erzählt hat. Aber dank der Berichte werde ich es erfahren. Ich bin ja froh, dass Mama den Abend überhaupt so offen mit mir gesprochen hatte. Davor hatte ich noch nie etwas von meinem Vater erfahren. „Das heißt, wir müssen dich die nächsten zwei Monate auf andere Gedanken bringen." Ben hat ein breites Grinsen im Gesicht. „Vergiss es. Sie muss sich auf ihr Training konzentrieren. Außerdem hat sie noch Ihre Abschlussprüfungen. Als ihr Guardian…" Ben steht auf. „Boah, alter gehst du mir auf den Sack. Ja, wir haben alle verstanden, dass du Janies Guardian bist. Ich weiß, dass sie als Orakel ihre Pflichten hat. Das heißt aber noch lange nicht, dass sie nach ihrem Training und Büffelei nichts unternehmen darf. Als ihr Guardian musst du dir da auch noch was einfallen lassen." Nox schaut ihn nachdenklich an. Ben winkt ihn nur ab. „Lass die Spaßbremse labern. Ich werde mir was Tolles überlegen. Du darfst ja das Gelände nicht verlassen." Er gibt mir ein Zeichen, dass ich aufstehen soll. Ich tu ihm diesen Gefallen. Unerwartet gibt er mir eine Umarmung. „Da du mich ja als Bruder siehst, darf ich dich ja auch wie einer Umarmen und dir eine gute Nacht wünschen." Er ist unmöglich. Aber ich erwidere die Umarmung. „Guten Nacht du Verrückter." Was Besseres ist mir nicht eingefallen. Er grinst mich an und winkt Nox zu und verlässt das Zimmer.

„Sag mal war er auch so aufdringlich, als er dich abholen sollte?" Jetzt muss ich grinsen, wenn ich daran zurückdenken muss. „Und wie. Ich bin aus dem Bus gestiegen und wurde von hinten umarmt. Er hatte vor Lina behauptet mein Freund zu sein. Er lies mich nicht einmal zu Wort kommen. Ich muss aber zugeben, dass ihr beide es mir leicht macht." Nox zeigt ausnahmsweise mal eine Emotion und schaut mich fragend an. „Wie meinst du das?" Wie soll ich das erklären? „Ich bin mit euch sehr schnell warm geworden. Ich habe das Gefühl, dass ich euch schon lange kenne. Generell ging alles so schnell. Mein Leben wurde einmal komplett auf den Kopf gestellt." Er nickt und hört mir aufmerksam zu. „Ben ist total quirlig und offen. Du kannst auch offen sein, bist aber…" Oje, er wird bestimmt beleidigt sein. „Was?" Ach was soll´s. „Du bist ein kleiner Sadist." Er lacht laut. Aus irgendeinem Grund höre ich es gerne. Vielleicht weil es nicht oft vorkommt. „Du bist nicht anders." Oha, wie kann er so etwas behaupten? „Was war mit dem Mittagessen heute?" Echt? Das zählt er als sadistisches Verhalten? Ich schnaufe einmal laut auf. „Ich bin ein absoluter Engel." Ich lege mein Kinn unschuldig auf die Rückseite meiner Hand und blinzle mit den Wimpern. „Mit einem großen B davor." Nun muss ich auch laut lachen. Das kleine rumgezanke mit ihm macht ja doch irgendwie Spaß.

„Warum ist dir die Prüfung so wichtig?" Gute Frage. Die meisten würden sich am liebsten davor drücken. „Ich habe so viel Zeit verbracht, alles zu lernen. Ich bin perfekt vorbereitet und will nun einen Schlussstrich ziehen können. Mein eigentliches Hauptziel war ja auch die Abschlussfahrt." Er lehnt sich zurück und hört mir wieder aufmerksam zu. „Es war schon immer mein Traum nach Venedig zu fahren. Das kann ich dank meiner aktuellen Situation vergessen." Ich schaue auf meine Hände und verspüre Enttäuschung. Ich hätte nichts dagegen gehabt, wenn mir das alles vielleicht ein oder zwei Monate später passiert wäre. Aber ich kann es nun mal nicht ändern. „Du kannst immer noch hin." Ich schaue auf und höre ihm aufmerksam zu. „Du darfst nicht aufgeben. Setze es als Hauptziel. Erledige alles Nötige um dorthin zu gelangen." Leichter gesagt als getan. „Sag mir was du denkst. Sei nicht so ungewohnt leise." Pah, von wegen ungewohnt. Er kennt mich doch noch gar nicht richtig. „Auch ich hab mal ruhige Momente. Ich verstehe was du meinst, aber wer sagt, dass ich diesen Monat oder überhaupt dieses Jahr dorthin komme? Es ist einfach nur so unglaublich unfair. Ich kann gegen dieses Gefühl einfach nichts tun." Er nimmt meine Hand. „Als dein Guardian verspreche ich, dich dorthin zu begleiten. Sobald du nicht mehr in Gefahr bist." Ich soll ja nicht an den Collector denken, aber ich hatte bisher nicht das Gefühl, dass er mich umbringen will. Ich werde mir bald meine Gedanken darüber machen. „Sag mal, wie hatte es sich angefühlt, als deine Kräfte erwachten?" Ich zucke mit den Schultern. „Also, Mama meinte, dass ich im Kleinkindalter bereits eine Vision hatte. Danach jedoch nie mehr wieder. Man wusste also schon, dass ich ein Orakel bin. Mir hat man aber nichts gesagt." Er lehnt sich zurück und hört mir zu. „Ich hatte seit einiger Zeit stechende Kopfschmerzen und wurde teilweise auch nachts wach. Die Schmerzen wurden immer schlimmer. Mir wurde mal schwindelig und mir wurde auch mal schwarz vor Augen." Er nickt aufmerksam. „Meine erste Vision hatte ich im Schlaf. Es ging um Lina. Ich habe gesehen, wie sie ermordet wurde. Ich konnte ja nicht wissen, dass ich die Zukunft sehen kann. Aber als sich alles wiederholte, wusste ich, dass ich das verhindern muss. Daraufhin wurde Mama total komisch. Wir haben ein paar Tage kaum miteinander gesprochen. Jetzt weiß ich ja wieso. Als ich vollkommen erwachte, hab ich mich als Kind und auch als alte Frau gesehen." Als ich daran denken musste, wie leblos ich in Mamas Arme lag beginnt meine Kopfhaut an zu kribbeln. Ein unangenehmes Gefühl. „Was noch?" Ich schaue ihm in die Augen. „Ich hab mich in der Gegenwart gesehen. Leblos in Mamas Armen mit weißen, weitaufgerissenen Augen. Wie in einem Horrorfilm. Ich hab gedacht, ich sei tot." „Du hattest wahrscheinlich Angst vor all dem hier." Ich wusste ja nichts von all dem hier. „Nein." Er schaut mich verwirrt an. „Ich habe erst alles hier in der Organisation erfahren. Ich wusste rein gar nichts über die Organisation und alles Drumherum." Er presst die Lippen zusammen. „Das war kopflos und dumm." Wieso ist er denn jetzt sauer? „Du warst von Anfang an in Gefahr. Warum hat man dich nicht schon früher hergebracht? Ich hätte dich von Anfang an beschützen können!" Es ist doch nichts Schlimmes passiert. „Nox, warum quälst du dich?" Er runzelt die Stirn. „Es ist nichts passiert. All die Jahre durfte ich eine normale Kindheit genießen. Hättest du mir eine Kindheit hier in der Organisation gewünscht?" Oje, wieder mal waren meine Worte schneller als mein Hirn. Hoffentlich versteht er das nicht falsch. Er schüttelt sein Kopf. „Du weißt nur zu gut, wie schwierig das gewesen wäre. Vielleicht wäre mir auch so viel Aufmerksamkeit über den Kopf gestiegen. Wer weiß, wie das mein Charakter geformt hätte." Er nickt. „Du hast Recht. Aber woher wusste man, dass dir nichts passiert? Ein Z-Vision oder V-Vision kann das Orakel doch gar nicht sehen." Ich zucke mit den Schultern. Das stimmt. „Vielleicht hat man nach Mamas Zukunft geschaut. Keine Ahnung." Sei es drum. Der Tag war lang genug. Ich will nur noch in meinem Bett. „Ich glaube wir sollten uns den Terminplaner für die nächsten Tage anschauen." Nox nickt mir zu. Wir räumen alles auf bevor wir hoch in meinem Mini-Apartment gehen.

KAPITEL 12

Übung macht den Meister

Die letzten Tage waren sehr nervenaufreibend, jetzt beginnt jedoch ein neuer Tag und somit ein neuer Abschnitt in meinem Leben. Gestern Abend im Bett hab ich mir alles durch den Kopf gehen lassen. Ich kann entweder wie ein kleines Kind rebellieren oder ich konzentriere mich auf meine Ziele. Das Gespräch mit Nox hat mich darauf gebracht. Ich setze mir erst kleine Ziele, die zu meinem großen Wunsch führen. Venedig. Darauf bestehe ich. Ich werde dort hinkommen koste es was es wolle. Mama kam gestern Abend nicht mehr in meinem Mini-Apartment vorbei. Sie hat mir aber noch geschrieben, dass sie wieder da ist und es ihr gut geht. Nun konzentriere ich mich voll und ganz auf meine zweite Z-Stunde und mein Training mit Nox. Ich muss meine Ausdauer unbedingt verbessern. Ich bin schon drei Minuten vor meinem morgendlichen Alarm wachgeworden und betrachte die feinen Staubkörnchen, die im morgendlichen Sonnenstrahl herumtanzen. Ich hab mit Absicht, den Rollanden nicht komplett runtergemacht. Ich wollte schon vorher wach werden. Ich schalte meinen Wecker schon vorher aus und gehe zur Tür raus. Ich muss unbedingt duschen. Sonst fühle ich mich in meiner Z-Stunde nicht wohl. „Guten Morgen." Scheiße. Ich hab total vergessen, dass Nox zukünftig hier bei mir wohnen wird. Jetzt stehe ich nur mit einem XXL T-Shirt vor ihm. Wie eine bekloppte stehe ich wie angewurzelt da. „An deiner Stelle würde ich etwas anderes anziehen." Boah, muss er denn schon so früh am Morgen nerven? Dann wieder dieses teuflische Grinsen. „Du nervst." Mehr hab ich nicht zu sagen und verschwinde in meinem Zimmer. Gut. Dann dusche ich eben heute Abend. Eine Katzenwäsche muss genügen. Ich ziehe mich um.

Laut meiner App soll es heute unerträgliche zweiunddreißig Grad werden. Mal schauen was Mama denn so alles für mich eingepackt hat. Ich muss die Sachen heute mal in die Schränke umräumen. Ich gehe alles durch und entdecke ein kurzes Sommerkleid. Och, Mama! Sie weiß haargenau, dass ich Kleider nicht so gerne anziehe. Dann muss ich immer darauf achten, dass man untenrum nicht alles sieht. Dieses rumgezuppel nervt. Ich nehme es und halte es hoch. Jetzt erkenne ich erst, dass es ein Jumpsuit ist. Es sieht jedoch aus wie ein Sommerkleid. Hehehe, gut gespielt Mama. Ach was, ich probiere es einfach mal an. Ich stelle mich vor den schmalen Kleiderschrank. Die zweite Türhälfte hat einen Spiegel. Darin kann ich sehen, ob es überhaupt an mir gut aussieht. Tatsächlich, es sieht gut aus. Es ist luftig, grün und hat einen V-Ausschnitt. Aber keinen tiefen Ausschnitt. Der rechte Träger ist ein Spaghetti-Träger, und der linke Träger ist etwas breiter. An der Hüfte hat man ein schmales Netz-Muster und man sieht dezent etwas Haut. Der Rock geht bis zu den Knien und schwingt schön bei jeder Bewegung. Am meisten gefällt mir aber, dass ich keine Angst haben muss, dass mir jemand unter meinem Rock sieht. Dafür muss ich Mama noch danken. Meine Haare sehen mal wieder komplett zerzaust aus. Ich glaube heute trage ich meine Haare halboffen. Ich werde mein Deckhaar schön nach hinten flechten. Das sieht bestimmt super aus. Ich gehe erneut raus und husche ins Badezimmer noch bevor wieder eine dumme Bemerkung angerauscht kommt. Ich frisiere mir die Haare und beginne mit der Katzenwäsche. Nachdem ich mir die Zähne geputzt habe schaue ich mir selbst in die Augen. „Ich schaffe das. Ich muss keine Angst davor haben. Es ist wie Malen. Ich muss nur an etwas Schönes denken." Ich wiederhole absichtlich die Worte von Klein-Janie und Alt-Janie. Dabei bemerke ich, dass ich bisher noch nicht an etwas Schönes gedacht habe. Vielleicht sollte ich es bei der Z-Stunde mal ausprobieren. Sollte das ein versteckter Hinweis sein, um mir das Leben zu erleichtern? „Neuer Abschnitt im Leben, du packst das." Ich lege etwas Wimperntusche und Rouge auf. Mehr mach ich nicht. Ich werde sowieso wie ein Schwein schwitzen. Wem es nicht gefällt, soll woanders hinschauen.

Ich gehe aus dem Bad und rufe sofort nach Nox. „Nox, musst du auch noch ins Bad oder können wir gleich runtergehen?" Er dreht sich um und schaut mich nur an. "Warum hast du dich so schick gemacht?" Hä, das ist doch nicht schick. "Ich hab mich nicht schick gemacht. Ich bin ja nicht mal richtig geschminkt. Mama hat mir das geschenkt." Ich zupfe leicht am Rock Teil. „Wenn du meinst. Sieht gut aus." Er dreht sich und geht zur Tür. Soll einer mal die Männer verstehen. Ich verdrehe die Augen und folge ihm. Gerade als wie die Treppe runtergehen wollen, öffnet sich hinter mir eine Tür. Ein extrem schick gekleideter Mann steht hinter mir. „Guten Morgen junge Dame." Aus irgendeinem Grund werde ich nervös. „G-Guten Morgen." Er lächelt mich an. Er hat ein sehr breites Lächeln und seine Zähne sehen perfekt aus. Er ist stark gebaut. Das erkennt man, weil er ein sehr enges Hemd trägt. Schwarze Anzugshose und ein bordeauxrotes Hemd. Er scheint von der Sonne braungebrannt zu sein. Er hat einen leichten Drei-Tage-Bart und helle braune Augen. Seine schwarzen Haare sind an den Seiten kurz rasiert und oben etwas länger. Zwei drei Strähnen fallen ihm vorne etwas ins Gesicht. Er hat es sich ansonsten ordentlich nach hinten gestylt. Er scheint einen leichten Asiatischen Touch zu haben. „Mein Name ist Cloud Wong." Hah, ich hab's doch gewusst. „Freut mich. Mein Name ist Janie Lux." Ich höre wie Nox hinter mir die Treppe wieder hochkommt. „Ich dachte, so dürfen nur deine Freunde dich nennen." Woher will dieser fremde Mann das denn wissen? Wir sind uns doch noch nie begegnet. „Kennen Sie meine Mutter?" Er schüttelt seinen Kopf. „Ich treffe sie heute, habe vorher aber noch nie mit ihr persönlich gesprochen." Das ist unheimlich. Hinter mir räuspert sich Nox. „Cloud ist ein Watcher aus unserer Umgebung. Ab und an übernachtet er hier." Ich höre ein leises Giggeln von Cloud. "Ja, ich komme immer dann her, wenn ich fast wie der letzte Penner aussehe. Auch ein Mann muss sich in seiner Haut wohlfühlen." Er und wie der letzte Penner? „Sie sehen perfekt aus." Oh Gott, das hab ich nicht wirklich eben gesagt. „Äh, ich meinte Sie sehen nicht aus wie ein Penner." Ich fuchtle ganz wild mit meinen Händen. Was ist los mit mir? Cloud lacht laut auf. „Kein Grund nervös zu werden. Ich weiß, dass du ziemlich direkt bist. Das ist eine gute Eigenschaft. Ich begleite euch runter." Wow, er ist wirklich cool. Wir gehen gemeinsam die Treppe runter. „Sie treffen sich heute mit meiner Mutter?" Cloud ist nun hinter mir. „Ja, ich hab einiges zu Berichten. Ich treffe sie in ungefähr einer halben Stunde." Mama hat auch wieder volles Programm. Ich hoffe wir können uns heute zusammensetzen und etwas reden. „Können Sie ihr etwas ausrichten?" Hinter mir ist es still. Ich rede einfach weiter. „Können Sie ihr sagen, dass ich heute Abend gerne mit ihr reden möchte. Sie soll sich bitte bei mir melden." „Gerne, das ist kein Problem. Aber bitte hör auf mich zu Siezen. Ich weiß, dass du sehr höflich bist, aber da ich dich Janie nennen darf und du mir schon so schöne Komplimente gegeben hast, darfst du mich gerne duzen." Mein Gesicht beginnt zu brennen. Wir sind unten angekommen. „Danke, Cloud." Er giggelt wieder. Es ist ein angenehmes tiefes Giggeln. Wenn er lächelt hat er leichte Falten neben den Augen. Ich schätze ihn in Mamas Alter. „Ich hoffe wir sehen uns bald wieder. Viel Spaß bei deinem Training. Ach und lass dir von einem alten Mann eines Sagen." Alter Mann? Gut, an den Seiten hat er ein paar graue Haare aber sonst sieht er doch top aus. Meine Mama würde ich jetzt auch nicht als alt bezeichnen. Ich nicke. „Setz dich nicht unter Druck. Ich habe viele Neulinge gesehen, die genau dies getan haben und so nicht weitergekommen sind. Du bist ein Orakel, aber immer noch ein Mensch wie ich und der liebe Nox hier. Als versuche die Zeit hier zu genießen und vergiss alles was außerhalb der Organisation passiert." Ich schaue schnell auf. „Was ist passiert? Warum sagst du das so?" Er giggelt wieder. „Darum habe ich das gesagt. Ich weiß, dass du sehr Ehrgeizig bist und dich dadurch manchmal unter Druck setzt. Ich Vertraue dir und bin mir zu hundert Prozent sicher, dass du alles schaffst, was du dir in den Kopf setzt." Er verabschiedet sich von uns. „Was für eine Labertasche. Der sülzt manchmal ein Kram." Nox scheint ihn nicht wirklich leiden zu können.

Zusammen gehen wir ins Esszimmer und uns erwartet ein aufgetischtes Menü. Frische Brötchen, Müsli und Obst. Gitta weiß wirklich wie man einen verwöhnt. Wir setzen uns und warten noch auf Gitta und Ben. „Nox, können wir mehr an meine Ausdauer arbeiten?" Er schaut mich fragend an. „Ich war gestern Abend schon ziemlich fertig." Die Tür springt auf. „Das ist ja auch kein Wunder, Liebes. Dein Geist und dein Körper werden trainiert. Du darfst sie nicht zu hart rannehmen." Gitta kommt die Tür rein mit einem Tablet. Darauf ist eine Kanne Tee, eine Kanne Kaffee und eine Karaffe mit frischem Orangensaft. „Das tue ich nicht. Wenn, dann würde sie die nächsten Tage gar nicht mehr laufen können." Das glaube ich ihm. „Außerdem hat sie gestern laut getönt, dass sie hart im Nehmen ist." Gitta schaut mich tadelnd an. „Du darfst es nicht übertreiben. Und jetzt esst." Was für eine gute Seele sie ist. Ich kann ihr diesen Ton einfach nicht übel nehmen. Normalerweise hasse ich es, wenn andere meinen mir sagen zu müssen, was ich tun soll und was nicht. Bei ihr ist es irgendwie was anderes. Ich kann es nicht wirklich erklären. „Warten wir nicht auf die Nervensäge?" Huch, stimmt. Ben ist nicht da. „Euer Kumpel wird der Rest der Woche nicht hier sein. Die Seeker wurden zu einem Spezial-Training gerufen." Oha, alle scheinen nun an sich hart zu arbeiten. „Kommt er nächste Woche wieder?" Gitta zuckt mit den Schultern. „Ihr müsst ordentlich zuschlagen, ich dachte ja, dass Cloud mitisst, aber er hat ein Meeting." Ich nicke. „Ja, mit Mama." Sie grinst ganz breit. „Hast du unseren hübschen schon kennengelernt?" Ich kann nicht anders und muss grinsen. Nox schnauft nur verächtlich. „Kannst du ihn nicht leiden?" Gitta lacht. „Ein hübscher junger Mann und ein hübscher älterer Mann im Haus. Was haben wir doch für ein Glück." Sie zwinkert mir zu. "Ich hoffe wir kriegen, dass alles leer. Das Müsli kann ich wegpacken, aber der Rest..." Ich fange an zu lachen. "Das ist doch kein Problem. Wir schaffen das schon."

Nach diesem üppigen Frühstück würde ich mich am liebsten nochmal hinlegen. Ich platze fast. „Liebes, wo steckst du all das hin? Dein Appetit ist ja größer als das der Jungs." Nox grinst mich an. „Gute Gene würde ich behaupten." Gitta lacht. „Keine Angst. Heute Nachmittag trainieren wir das alles weg." Ich hab auch nichts anderes erwartet. „Aber erst nach dem Mittagessen." Nox lacht, aber Gitta übertönt ihn mit ihrem Lachen. Ich grinse breit und stehe auf. „Am liebsten würde ich mich hinlegen, aber wir werden schon bald von Frau Mayer erwartet." Nox nickt mir zu und symbolisiert mit einer Handbewegung, dass er voraus gehen will. Wir verabschieden uns von Gitta und machen uns auf den Weg. „Darf ich dir einen gutgemeinten Rat geben?" Ich bin gespannt was für ein Rat Nox mir geben will. Ich nicke ihm zu. „An deiner Stelle würde ich mittags nicht so viel essen. Du kannst abends und morgens gerne reinhauen, aber wenn du richtig trainieren willst wäre ich an deiner Stelle vorsichtig." Ja, er hat wohl Recht. Gestern meinte er ja auch, dass ich mich übergeben könnte. Er bleibt stehen. „Versteh mich wirklich nicht falsch. Ich persönlich finde es super, dass du so gut essen kannst. Das sollst du auch bitte nicht ändern. Nur für unser Training, solltest du kürzer treten. Ich will nicht, dass es dir schlecht wird." Ich zucke mit den Schultern. „Alles gut.

Ich hab das schon richtig verstanden. Ich gebe dir auch recht." Er schaut mich überrascht an. „Du, Nox? Isst du eigentlich nur gesundes?" Er schüttelt seinen Kopf und geht weiter. Da er nichts sagt, rede ich einfach weiter. „Ich hab da eine Idee. Einmal in der Woche gibst du mir einen Burger aus. Dafür koche ich abends etwas, dass du dir wünschst." Ich hole ihn ein und laufe neben ihm her. Ich sehe wie er grinst. „Jeden Abend?" Das hätte er wohl gerne. „Nein, auch einmal in der Woche." Er scheint zu überlegen. „Alles was ich mir wünsche und egal was?" Oje, ich hoffe es wird nichts kompliziertes. Ich nicke. „Abgemacht. Sag Bescheid, wann du einen Burger willst und ich sage dir dann auch Bescheid, was ich mir dann wünsche." Yes! Das sollte unser Teamwork und Zusammenleben in Zukunft bestimmt erleichtern. Ich bin froh, dass er meiner Idee zustimmt.

Der Weg vom Wohnhaus zu Frau Mayers Büro oder eher gesagt Trainingszimmer hat gut getan. So konnte ich das üppige Frühstück besser verdauen. Frau Mayer ist bereits da, als wir die Tür hereinkommen. „Guten Morgen ihr Lieben. Ich hoffe ihr habt gut geschlafen." Ich nicke ihr zu und schaue instinktiv nach links zu Nox und bemerke, dass er gar nicht neben mir steht. Er ist direkt ans andere Ende des Zimmers gegangen. „Noah, bitte setz dich heute zu uns. Du machst mich ehrlich gesagt ein wenig nervös, wenn du dort hinten herumtigerst." Ich kann sie verstehen. Sie kann sich wahrscheinlich nicht richtig konzentrieren. Er setzt sich auf die größere Couch. Frau Mayer setzt sich zu ihm. Mit einer Handbewegung signalisiert sie mir, dass ich mich auf den Sessel setzen soll. Irgendwie fühlt sich das wie ein Verhör an. Wieso sitzt sie nicht auf ihrem Sessel? „Du fragst dich wahrscheinlich warum du dich in meinem Sessel setzen sollst." Ich nicke. „Du sollst es dir bequem machen. Wir versuchen es heute in einer entspannten Sitzposition. Sollte das nicht funktionieren, versuchen wir es im Liegen. Und sollte das nicht funktionieren, habe ich viele kreative Ideen." Sie lächelt mich dabei breit an. Ich glaube ich will ihre kreativen Ideen erst gar nicht wissen. Ich nicke erneut. „So, gestern musstest du dir die Person vorstellen, um eine Vision zu bekommen. Hast du vielleicht eine Idee wie wir kontrollieren können, die Zukunft anstatt die Vergangenheit zu sehen?" Das ist eine gute Frage. „Naja, gestern hab ich mir Nox als Kind vorgestellt und etwas aus seiner Vergangenheit gesehen. Und hier hatte ich in die Flamme der Kerze geschaut und Sie im

Geiste vorgestellt. Dabei habe ich dann ihre Zukunft gesehen. Sie nickt. „Vielleicht, muss ich mir die Personen in der Gegenwart oder Zukunft vorstellen, um eine Zukunftsvision zu bekommen." Frau Mayer lehnt sich nach vorne. „Gut, das versuchen wir. Aber bitte nenne mich Greta und duze mich. In seltenen Fällen Siezen wir uns hier in der Organisation. Versuche uns wie eine Familie zu sehen." Ich erwidere ihr Grinsen und nicke. „Okay, wir testen die Theorie. Wessen Zukunft möchtest du sehen?" Oje, das ist eine gute Frage. Meine will ich nicht sehen. Nox fällt somit auch weg, da er mich überallhin begleitet. Mama, Ben, Lina oder irgendjemand aus der Organisation? „Ich glaub ich wähle lieber meine Mutter." Sie nickt. „Wir versuchen es heute ohne die Kerze. Lehne dich zurück und schließe die Augen. Wir überlassen dir die Arbeit. Denke immer daran, dass du die Situation lenkst. Du entscheidest wann du wieder zu uns zurückkehren willst." Ach, ich wusste gar nicht, dass man die Länge einer Vision steuern kann. „Wie das? Bisher konnte ich nicht länger in einer Vision bleiben, wenn ich es wollte." Sie schüttelt den Kopf. „In der Tat, kann man die Visionen an sich nicht verlängern. Aber du kannst eine Vision bewusst abbrechen. Das muss dir bewusst sein." Okay, das macht dann jetzt mehr Sinn. „Okay, dann versuch ich es mal." Ich lehne mich zurück und schließe die Augen. Ich versuche mir Mamas Gesicht vorzustellen. Ihre kurzen blondbraunen Haare. Die schönen hellblauen Augen. Ich stelle mir vor wie wir zusammen am Schießstand stehen und üben. Das würde sie wahrscheinlich nie mit mir machen. In diesem Augenblick spüre ich wie alles um mich herum schwindet.

Ich öffne die Augen. Ich befinde mich in Saschas Schießstand. Ich muss erstmal gucken wo ich Mama finde. Harry sitzt nicht in seinem Hüttchen. Aber ich höre Stimmen in Richtung des Waffenlagers. Und da ist sie mit Sascha. „… es nicht anders erwartet. Sie ist eine super junge Dame. Du hast eine echt gute Leistung als Mutter gemacht. Du kannst stolz auf dich sein." Sie nickt. Sie scheint überglücklich zu sein. Was ist wohl passiert? „Ich hatte all die Jahre Angst wie sie es aufnehmen wird. Hätte ich gewusst, wie sie darüber denkt, hätte ich es ihr viel früher gesagt." Also verheimlicht sie mir doch etwas. Aber anscheinend gehe ich damit cool um. Also kann es ja wohl nichts schlimmes sein. Sascha geht auf Mama zu und nimmt sie in seine Armen. Sie scheinen sich wirklich gut zu verstehen. „Das ist doch jetzt egal. Wir können nun offen damit umgehen."

Er küsst sie. Waaas? Also das hätte ich wirklich nicht erwartet. Meine Mama und Sascha sind ein heimliches Paar? Wieso hat Mama mir nie etwas davon erzählt? Ja, okay. Ich durfte vorher nichts von der Organisation erfahren, aber sie hätte doch mal erwähnen können, dass sie einen Freund hat. Ich weiß nicht ob ich mich ärgern oder freuen soll. Ich hatte mir ja schon öfters Gedanken gemacht, dass sie vielleicht einsam sein könnte. Da hab ich mir wohl umsonst Sorgen gemacht. Okay, ich versuche die Vision abzubrechen. Das wird mir hier zu intim. Ich schließe meine Augen und stelle mir vor wie ich im Sessel sitze. Ich versuche mich etwas stärker zu konzentrieren. Es fühlt sich an, als hätte man mich sanft abgelegt. Ich öffne wieder die Augen. Greta schaut mich zufrieden an. „Das hat doch gut funktioniert. War es denn auch eine Zukunftsvision?" „Oh ja, und es war eine gute dazu." Ich kann nicht aufhören zu grinsen. „Das ist doch super. Versuchen wir es nochmal. Aber dieses Mal versuchst du deine eigene Zukunft zu sehen." Nox räuspert sich. „Ich dachte man kann das Orakel nicht sehen?" Sie nickt. „Eigentlich. Es scheint jedoch, dass Janie sich selbst sehen kann. Sie konnte ihr Vergangenheits- und Zukunfts-Ich sehen." Stimmt. „Ich kann es gerne versuchen." Ich schließe die Augen. Ich versuche mein Ebenbild zu sehen. Was wäre gewesen wenn mein Vater noch leben würde? Was für eine Zukunft hätte ich gehabt. Ich spüre plötzliche Kälte. „Ich hätte mir ein anderes Leben für dich gewünscht. Es tut mir Leid, dass du all das Leid erfahren musst. Vergib mir meine kleine Prinzessin. Ich hoffe du wirst es irgendwann verstehen können." Es ist dunkel aber ich kann eine zusammengekauerte Gestallt in der Ecke erkennen. „Kannst du mich hören?" Kann ich mit ihm sprechen? Ist das mein Vater? Er scheint mich nicht hören zu können. „Er nicht, aber ich." Ich drehe mich rum und starre in Augen, die mir bekannt sind. Es sind dieselben Augen, die ich damals sah. Das eine Auge ist braun und das andere grün. „Ist das mein Vater?" Er schnauft laut auf. Ich kann sein Gesicht nicht sehen. Er zeigt mir nur seine Augen. „Dein Vater? Nein, sei froh. Genauso wie deine Mutter nie meine Mutter sein wird." Was? „Mit wem hat er gesprochen?" Ich höre Schritte. „Mit dir. Ich hab ihm gesagt, dass du ihn hören kannst. Der alte Mann macht es nicht mehr lange. Ich warte nur noch auf seine Erlösung. Und wenn er die erreicht hat, können wir zusammen sein." Jetzt hört er sich wieder total creepy an. „Collector hör mir zu." Er beginnt zu lachen. „Warum nennst du mich Collector?" Oha, werde ich seinen richtigen Namen erfahren? Ich weiß ich sollte die Verbindung trennen, aber meine Neugier siegt. „Wie soll ich dich nennen?" Seine Schritte verstummen. „Das wirst du noch früh genug erfahren. Was willst du?" Was soll ich von ihm wollen? „Das sollte ich dich fragen. Ich suche keinen Partner oder Verbündeten. Ich will einfach in Frieden leben. Keiner weiß wirklich wer du bist. Du könntest komplett von neuem beginnen. Ich versuche dich zu verstehen, aber dazu fehlen mir viel zu viele Details und Informationen. Ich blicke einfach nicht durch." Ich versuche es mit der offenen Taktik. Er ist still. Überlegt er oder ist er weg? „Du bist das Orakel. Du wirst nie in Frieden leben können. Genauso wie ich nie in Frieden leben kann und darf. Wir beide haben aus gutem Grund eine spezielle Verbindung. Der alte Mann hat Recht. Er wünscht sich wirklich ein besseres Leben für dich und das tue ich auch. Ich möchte mich mit dir Verbünden um all dem Wahnsinn ein Ende zu bereiten. Ich sage dir das, weil du auch ehrlich zu mir bist." Mit so einer Antwort hätte ich nicht gerechnet. „Wie willst du mir das Leben erleichtern? Indem du mir alles nimmst was ich Liebe oder mir sogar das Leben nehmen willst?" Ich darf nicht darauf reinfallen. Ich wurde bereits gewarnt. „Nein, das waren andere Zeiten. Mit dir ist es etwas anderes. Du hast die Wahrheit über uns und die Organisation noch nicht erfahren. Der Alte wird es nicht mehr erleben, aber ich werde auf dich warten. Aber lass mich nicht zu lange warten. Ich bin nicht der geduldige Typ." Das ist mir immer noch zu geheimnisvoll. „Ich habe einen Deal mit der Organisation. Ich werde mehr von dir erfahren, wenn ich mich voll und ganz auf das Training konzentriere." Ich höre erneut ein Lachen. „Na da bin ich mal gespannt. Es gibt nur eine Person, die dir die komplette Wahrheit sagen könnte." Er wird mir nicht verraten wer das ist. Das weiß ich jetzt schon. „Du bist schlau. Ich kenne dich gut genug. Trainiere und hol dir die Informationen. Ich gehe davon aus, dass du die Verbindung zu mir vermeiden sollst?" Als wäre er dabei gewesen. „Ja, das war die Bedingung. Ich werde hart trainieren, um jeden zu beschützen." Ich hören nun wieder Schritte. Seine Augen sehe ich nicht mehr. Plötzlich spüre ich neben meinem rechten Ohr einen leichten Windhauch. „Du kannst nicht alle beschützen. Wenn du dich gegen mich stellst, werde ich dir dies beweisen. So oder so werde ich deiner kleinen Organisation einen Strich in die Rechnung machen. Überleg dir deine Schritte ganz genau. Ich werde dich zukünftig nicht mehr kontaktieren. Melde dich wenn du soweit bist." Er flüstert mir das bedrohlich in meinem Ohr. „Das tue ich, wenn du mir versprichst mir die Zeit zu geben, die ich benötige." Durch die Töne seiner Schritte höre ich wie er sich von mir entfernt. „Deal. Geh und trainiere. Ich werde hier warten." Ich schließe meine Augen und versuche mich zu konzentrieren. Ich will hier nur noch raus. Ich spüre wie ich meine Hände in die Lehne des Sessels hinein kralle. Ich schwitze und atme angestrengt. Greta und Nox schauen mich besorgt an.

„Janie, ist alles in Ordnung?" Ich nicke. Irgendwie ja und irgendwie nein. Ich schaue Nox an. Ich hoffe er spürt, dass ich ihm alles später erzählen muss. „Was hast du gesehen?" Was soll ich ihr denn jetzt bloß erzählen. „Schwer zu erklären. Ich konnte so gut wie nichts erkennen." Das ist immerhin die Wahrheit. „War es denn deine Zukunft." Ich nicke, und auch das ist nicht gelogen. Schließlich geht es darum, wie ich mich in Zukunft entscheiden werde. „Jetzt schau doch nicht so böse. Für deine zweite Stunde war das doch hervorragend. Es ist noch kein Meister vom Himmel gefallen." Okay, ich muss mir um Greta keine Sorgen machen. Sie lässt Gott sei Dank locker. Nox jedoch schaut mich noch besorgt an. Ich nicke ihr zu. „Ich sag ja immer Übung macht den Meister. Du hast dich überanstrengt. Wir gehen jetzt ein paar Entspannungstechniken durch." Ja, das wäre vielleicht nicht schlecht. Ich brauch einen klaren Kopf um weitermachen zu können.

KAPITEL 13

Nox´ Spezial Training

Die progressive Muskelentspannung mit Greta hat echt gut getan. Das hatte ich nicht erwartet. Ich hatte es mal über das Internet versucht gehabt mit verschiedenen Videos. Irgendwie war das vorher nie etwas für mich. Greta hatte für eine entspannte Atmosphäre gesorgt und eine echt weiche, ruhige und angenehme Stimme gehabt. Das Training ist zu Ende. Wir verabschieden uns von Greta und sind auf den Weg zur Kantine. Ich spüre schon die Ungeduld die Nox ausstrahlt. Er hatte sofort bemerkt, dass ich etwas verheimliche. Oder ist es vielleicht meine eigene Ungeduld, die ich wahrnehme?

Kaum sind wir aus der Tür, zieht Nox mich in das nächste Zimmer. Es ist ein leeres, dunkles Büro. Nox schaltet das Licht an und schließt die Tür hinter sich. Hier ist es ziemlich staubig. Ich erkenne sofort, dass hier keiner arbeitet. Es ist recht klein. Mitten im Raum steht ein Schreibtisch. Dahinter stehen ein Aktenschrank und ein Highboard. Hier ist kein Fenster. Man kann nicht sagen, ob es hell oder dunkel draußen ist. Wer will bitte in solch einem Büro arbeiten? Wahrscheinlich keiner, deswegen steht es auch leer. Die Wände sind wie in den anderen Räumen recht hoch. Hier wurde schon länger nicht mehr gestrichen. Die Wände sind teilweise gelblich. Und an der Decke hängen etliche Spinnenweben. Ich hoffe es wird keine über mich krabbeln. Dann raste ich aus. Bäh! Ich hasse diese Viecher. Rechts vom Raum Steht ein Sofa und eine Stehlampe. Da das Zimmer zu klein ist, steht hier keine Wohnlandschaft. Das Sofa ist hier scheinbar das einzige, das nicht verstaubt. Ob Nox schon öfters hier drin war?

Er setzt sich auf das Sofa. Ich tu ihm gleich. „Hier können wir ungestört reden. Nur sei zur Sicherheit nicht zu laut. Ich weiß nicht, ob man uns durch die Wände hört, wenn wir zu laut sind." Okay, dann leg ich mal los. „Ich habe mit dem Collector gesprochen." Er nickt. Anscheinend hatte er sich das schon gedacht. „Ich habe die Verbindung mit Absicht nicht unterbrochen." Ich will nicht weiter auf irgendeine Reaktion warten. Ich will das jetzt einfach loswerden. „Ich habe wieder nur seine Augen gesehen. Da war aber noch ein alter Mann, der mir ein anderes Leben gewünscht hätte. Ich kenne ihn aber nicht. Ich hatte gefragt, ob er mein Vater ist, was aber Schwachsinn ist, weil Mama mir erst erzählt hatte, dass er tot ist. Der Mann konnte mich nicht hören, aber der Collector. Er meine auch, dass der Mann nicht mein Vater sei. Als ich ihn Collector nannte, lachte er. Anscheinend wusste er nicht, dass man ihn so nennt. Als ich fragte, wie ich ihn nennen soll, meinte er, dass ich das noch erfahren werde. Ich war offen zu ihm und hab ihm über meinem Deal mit der Organisation erzählt. Er meinte, dass nur eine Person mir die Wahrheit erzählen könnte. Natürlich weiß ich nicht, wer das ist. Er meinte er will mir das Leben erleichtern und wieder weiß ich nicht wie er das meint. Er sagt, mit mir wäre es etwas anderes als mit das vorherige Orakel. Keine Ahnung was er damit meint. Und nun hab ich ein Deal mit ihm." „Warte, atme kurz durch." Ich habe alles so schnell erzählt, dass ich es selbst gar nicht gemerkt hatte. Nun merke ich selbst, wie angespannt ich bin. Ich atme einmal tief durch. „Was für ein Deal hast du mit ihm? Und lass bitte nichts aus. Das ist sehr wichtig." Er ist ziemlich ernst. „Er wird mich nicht mehr kontaktieren, bis ich soweit bin. Er wartet darauf bis ich ihn kontaktiere. Ich soll mich für eine Seite entscheiden. Und sollte ich mich für die Organisation entscheiden, wird er mir beweisen wollen, dass ich nicht jeden beschützen kann. Er meinte, dass er so oder so die Organisation einen Strich durch die Rechnung machen wird." Eine kurze Stille erfüllt den Raum. Es ist unerträglich. Nox starrt auf den Boden. „Das Gute ist, dass du Zeit hast. Wir müssen uns also gut vorbereiten. Die schlechte Nachricht ist, dass wir mit Verlusten rechnen müssen. Denn Fakt ist, wir können tatsächlich nicht jeden beschützen. Wir können nur unser Bestes tun, um alles Schlimme zu verhindern." Er schaut mich an. Das ist grausam. Wie kann er sowas sagen? Das ist absolut herzlos. „Außer du entscheidest dich für den Collector." Wie bitte? „Das wird nicht passieren.

Das kann ich dir jetzt schon mit Sicherheit sagen. Wer das Leben anderer bedroht, ist kein guter Mensch." Er schaut wieder auf den Boden. Ich versuche die Tränen zurückzuhalten. Auch ich schaue nun auf den Boden. „Es wird keine Verluste geben. Dafür sorge ich. Nur über meine Leiche. Ich werde sie alle beschützen." Ich spüre einen Arm um meine Schulter. Ich lasse die Umarmung zu. „Dann werden wir zusammen unser Bestes geben. Angefangen mit unser Guardian-Training. Du wirst in Zukunft auf meinem Niveau kommen. Es wird hart. Stell dich darauf ein. Und abends werden wir all deine Fähigkeiten nochmal durchgehen." Ich bin froh, dass er mir so beiseite steht. Ich schaue hoch zu ihm. „Wir schaffen das. Jetzt versuch dich zusammenzureißen. Wenn du soweit bist gehen wir zur Kantine." Stimmt, die Kantine. „Mir ist das Essen vergangen. Am besten stellst du mir einen Ernährungsplan her. Damit ich dein Spezial-Training überlebe." Er lacht leise. Das hebt ein wenig die Stimmung.

Wir bleiben noch einen kleinen Augenblick, bis ich mich von seiner Umarmung löse. Ich stehe auf und streife mein Jumpsuit-Kleid glatt. „Ich glaube wir können. Wir haben einiges vor uns." Das ist nun mein Ziel. Nichts ist jetzt so wichtig, wie mein Training. Nox steht auf und nickt. Ich trete zur Seite, damit er zuerst durch die Tür gehen kann. Er gibt mir ein kurzes Zeichen, dass die Luft rein ist. „Lass uns zur Kantine gehen. Du musst etwas essen." Ich nicke. In Zukunft werde ich mehr auf meine Trainer hören. Dazu zählt auch Nox. Auf den Weg nach unten müssen wir an Gitta vorbei. „Hey Liebes, wie war dein Training?" Wenn sie wüsste. „Ich hab noch viel Arbeit vor mir." Ihr Blick wird ernst. „Übernimm dich nicht zu sehr. Das ist nicht gesund. Alles zu seiner Zeit." Boah, ich hasse so langsam diesen Spruch. Ich nicke ihr zu. Lächelnd winke ich ihr zum Abschied zu. Meine Laune ist immer noch im Keller. Hauptsache es merkt niemand. „Warst du schon öfters dort im Raum?" Vielleicht hilft Smalltalk. „Ab und an. Besonders wenn ich meine Ruhe haben will." Ich kann nicht anders als einmal laut zu schnaufen. Er schaut mich fragend an. „Ganz ehrlich, bei unserer ersten Begegnung warst du nicht gerade warmherzig. Ich kann mir daher nicht vorstellen, dass du öfters belästigt wirst." Er schüttelt leicht grinsend den Kopf. „Ich will mehr das Drumherum ausblenden. Ich lege mich auf die Couch und höre Musik. Es ist eine Pause, die ich mir manchmal gönne." Also braucht auch er manchmal eine Auszeit von allem. Ich fühle mich irgendwie unter Strom. Hunger hab ich überhaupt nicht. Ich bleibe stehen. Nox dreht sich automatisch um. „Können wir direkt mit dem Training anfangen?" Nox scheint kurz zu überlegen. „Okay, du hattest ja gut gefrühstückt. Zukünftig werden wir nach dem Training etwas essen." Das ist ja dann schon beinahe Abendessen. „Ist das nicht ziemlich spät?" Er schüttelt mit dem Kopf. „Wir teilen dein Training auf. Wir werden zwei Stunden trainieren. Du bekommst danach eine Pause um etwas zu essen. Danach wirst du von Sascha und mir trainiert. Und zwar wirst du dann zukünftig jeden Tag eine Stunde lernen mit Waffen umzugehen." Wow, ich werde lernen wie man mit einer Schusswaffe umzugehen hat. Ob Mama das erlaubt? Sie muss. „Heute werden wir an deine Ausdauer trainieren. Morgen Muskeltraining und am nächsten Tag wieder Ausdauer. Am Tag darauf Kampftraining und am Tag darauf dann wieder Ausdauer. Also deine Ausdauer wird jeden zweiten Tag trainiert." Das wird tatsächlich hart. Aber das muss es wohl sein. Ich will und muss mein Bestes geben. Ich muss die Drohung des Collectors ernst nehmen. Ich nicke ihm zu. Er scheint wieder kurz zu überlegen. „Du wirst trotzdem erstmal was essen." Wenn er darauf besteht.

Wir sind in der Kantine angekommen. Irgendwie vermisse ich Ben. Er hätte meine Laune mit seiner quirligen Art bestimmt wieder verbessert. Ach Mensch! Trübsal blasen und Selbstmitleid ist nichts für mich und es hilft ja doch nichts. Positives Denken ist nun angesagt. Ich schüttle meinen Kopf und beiße in meinem Apfel rein. „Warum schüttelst du deinen Kopf?" Ihm entgeht aber auch gar nichts. „Ich schüttle alle negative Gedanken von mir und gehe ab jetzt positiv an die Sache ran." Er grinst mich an. „Sicher, dass du keinen Burger willst? Hätte nicht erwartet, dass du freiwillig einen Apfel isst." Ich verdrehe die Augen. „Ja, ja. Ab jetzt ernähre ich mich gesund." Er lacht ein wenig in sich. „Du sollst aber nicht noch dünner, sondern stärker werden. Es ist schon ein guter Ansatz, aber ich mach dir heute Abend einen Ernährungsplan." Ich nehme das mal als Kompliment an und grinse. „Vermisst du dein altes Leben?" Ich bin erst seit kurzer Zeit hier, aber es fühlt sich schon wie eine Ewigkeit an. „Irgendwie schon. Es wäre ja alles kein Problem, wenn es den Collector nicht geben würde. Aber am meisten vermisse ich meinen Alltag mit Mama und meine Freundin Lina." Ich wüsste gern, ob es zwischen ihr und Luca gut läuft. „Hast du nochmal mit ihr telefoniert?" „Nein. Ich weiß ja nicht was ich ihr erzählen sollte. Sie darf ja von all dem hier nichts erfahren." Nox räuspert sich. „Ich gebe ja zu, dass meine soziale Fähigkeit zu wünschen lässt, aber du kannst jederzeit mit mir über alles reden. Lass uns Freunde sein." Er hält mir seine Hand hin. Ich kann nicht anders und fange an laut zu lachen. Mir kommen die Tränen. Seine Miene wird dunkel. „Es tut mir Leid. Ich wollte dich nicht auslachen." Er schnauft. „Und warum tust du es dann?" Oje, seine sozialen Fähigkeiten lassen echt zu wünschen. „Weil wir bereits Freunde sind. Von Tag eins an." Er schaut mich verwundert an. Ich atme tief ein. „Also, ich habe das Gefühl ich würde dich schon länger kennen. Wir necken uns und lachen zusammen. Und wir reden doch bereits über alles." Er presst die Lippen zusammen. „Ja, aber nur weil ich dein Guardian bin und zusammen sein müssen." Ich schüttle den Kopf. „Wir müssen gar nichts mein Lieber. Wir befinden uns hier in der Organisation. Ich glaube kaum, dass ich hier in Gefahr bin. Hattest du denn nicht, das Gefühl, dass der Umgang mit mir leicht fällt? Auch wenn wir uns ein wenig necken." Er grinst. „Siehst du. Keine Angst. Ich werde in Zukunft dein sozialer Kompass sein." Jetzt lacht er. „Ich werde darauf zurückgreifen." Ich stehe auf. „Komm Kumpel, wir haben viel Arbeit vor uns."

Wir sind nun endlich an der Trainingshalle angekommen. „Sag mal, hast du ein Schwimmanzug dabei?" Gute Frage. Ich muss heute Abend mal schauen. Ich zucke mit den Schultern. „Ich muss heute Abend meinen Koffer mal richtig auspacken. Ich denke aber eher nicht." Er geht durch die Tür. „Kein Problem. Ich sag Sascha Bescheid, dass er dir ein Schwimmanzug besorgen soll." Aus dem Augenwinkel sehe ich wie Mona schon herbeieilt. Die ist echt wie eine Klette. „Planen wir einen Schwimmausflug? Ich glaube kaum, dass du mit unserem Orakelchen einen Ausflug machen darfst. Ich könnte zur Unterstützung aber mitko…" „Was hast du eigentlich nicht verstanden? Halte dich fern von mir." Nox wurde laut. Ich kann Mona zwar nicht leiden, aber das fand ich sogar ziemlich krass. Ihr schießen Tränen in die Augen. Nox greift mein Arm und geht mit mir davon. Vor der Umkleide bleibt er stehen. „Ich komm wieder mit rein." Ich nicke nur und er verschwindet hinter der Tür. Ich folge ihm und laufe zu meinem Spint. Er steht wie das letzte Mal in der hinteren Ecke vom Raum. „Meinst du nicht, dass das vielleicht ein bisschen zu krass

war?" Er weiß genau was ich meine. „Nein. Anders versteht sie es nicht."
Mag sein, aber trotzdem. „Ich hoffe sie lässt das nicht an mir aus." Ich
habe kein Bock auf ein Teenie-Drama oder auf den nächsten Psycho. Der
Collector reicht mir. „Keine Angst. Ich bin ja immer bei dir." Gerade deswegen. Ich will nicht, dass sie einen falschen Eindruck bekommt. „Vielleicht sollte ich mich mal mit ihr Unterhalten." In der Ecke ist es still. Ich
ziehe mir gerade die Turnschuhe an. „Warum?" Das hat aber gedauert.
Ich komme um die Ecke. „Ich will nicht, dass sie mich aus Eifersucht
hasst. Sie scheint immer Aufmerksamkeit zu benötigen. Oder vielleicht
schätze ich sie falsch ein." Ah, sie geht mir unter die Haut, aber jeder verdient eine Chance. Ich will sie nicht gleich in eine Schublade stecken.
„Gut, dann nach dem Training." Ja, warum nicht. Ich zucke mit den
Schultern und gehe durch die Tür. „Hey! Hatten wir nicht gesagt, dass
ich immer zuerst durch die Tür gehe?" Hat er jetzt schlechte Laune? Ich
verdrehe die Augen. „Los wir gehen raus laufen." Soll das meine Ausdauer verbessern? Ich schaue ihn fragend an. „Glaub mir, das wird für
dich Anstrengend genug. Ich zeige dir dann die Stelle wo wir schwimmen
können." Da bin ich mal gespannt. Er beginnt leicht durch die Halle zu
joggen. Dieses Tempo kann ich mithalten. Auf Dauer wird es vielleicht
wirklich anstrengend. Als wir durch die Tür sind wird er etwas schneller.
Ich versuche kontrolliert zu atmen. Wir joggen an die Kantine und an die
Gärten vorbei. Er wird langsamer und gibt mir ein Zeichen, dass wir ne-
beneinander joggen sollten. Ich atme schon schwerer. Er jedoch nicht. Es
sieht so aus, als hätte er erst angefangen. „Versuche mitzuhalten. Wird
der Abstand zwischen uns zu groß, musst du mir Bescheid geben. Ruf
mich einfach. Wir werden dann etwas langsamer joggen. Wichtig ist, dass
wir den Lauf nicht unterbrechen." Ich nicke. Wie kann er beim Joggen so
entspannt mit mir reden? Ich würde zusammenbrechen. Wir laufen am
Hauptgebäude vorbei und laufen den Weg, den wir gestern Abend entlang gelaufen sind. Wir laufen anscheinend eine große Runde. Ich versuche mitzuhalten, aber Nox ist bereits direkt vor mir. Anstatt in die Richtung zu unserem Wohnhaus zu laufen, biegt er in den Wald ab. Von dort
kam gestern Ben aus seinem Training raus. Nox wird wieder langsamer.
„Hier werden wir öfters trainieren. Es gibt so was Ähnliches wie ein Klet-
terpark hier. Dort gehen wir aber nicht hin. Wir laufen meine Strecke. Von
der Strecke darf aber keiner Erfahren." Ich schaue ihn fragend an. Ich hab
nicht die Kraft um ihn zu Fragen. Joggen und dabei reden ist nicht meine

Stärke. „Wenn wir meine Strecke laufen, befinden wir uns nicht mehr auf dem Grundstück der Organisation." Sollte Sascha unser Training nicht bewachen? Ich versuche zu reden. „Wo…, Sascha…?" Ich gebe auf. Ich lass das reden und winke es ab. Nox lacht. „Nicht so einfach was? Ich hab Sascha geschrieben. Er vertraut mir." Sehr gut. Irgendwie freue ich mich darauf, das Gelände zu verlassen.

Wir sind eine Weile gelaufen. Es ist tatsächlich mega anstrengend. Man muss genau aufpassen wo man reintritt. Ich wäre einmal beinahe über eine dicke Wurzel eines Baumes gefallen. Die Luft hier tut aber wirklich gut. Da es hier schattig ist, ist es von der Temperatur her auch viel angenehmer. So langsam kann ich nicht mehr. „N… Nox…" Er ist mir schon etwas weiter voraus. Ich versuche ihn zu rufen. „Ey!" Jetzt hat er mich gehört. Er wird langsamer und ist dann wieder direkt neben mir. Ich gebe ihm einen flehenden Blick. Er lacht wieder. „Wir laufen etwas langsamer, halten aber noch nicht. Wir sind gleich da und machen dann eine Pause." Ich schaue ihn genervt an. Er setzt wieder nur dieses teuflische Grinsen auf und läuft weiter. Nach einer Weile wird er plötzlich schneller. „Los den Rest sprinten wir. Nur noch ein paar Meter." Der hat sie doch nicht alle. Ich gebe mir einen Ruck und mit letzter Kraft versuche ich mitzuhalten. Natürlich ist er schneller. Wir sind an einem kleinen See angekommen. Ich lasse mich auf den Boden fallen und schnappe nach Luft. Nox steht vor mir und betrachtet die Umgebung. Er sieht noch so fit aus. Und ich atme hier, als hätte ich einen Asthmaanfall. Er dreht sich und setzt sich zu mir. Er nimmt einen kräftigen Schluck aus seiner Wasserflasche. Wo hat er die denn hergezaubert? Oh, ich hätte jetzt auch gern etwas zu trinken. So langsam fange ich mich wieder. Bin aber immer noch schwer am Atmen. „Woher hast du denn jetzt die Wasserflasche her?" Er hält mir die Wasserflasche hin. Ich nehme es und nehme dankbar ein paar kräftige Schlucke. „Ich hab immer etwas zu trinken dabei. Wir müssen darauf achten, dass auch du immer etwas dabei hast." Ich lehne meinen Kopf auf meine Knie an. Was freue ich mich auf den Rückweg…. nicht. Kann er mich nicht zurücktragen? „In deinem Ausdauertraining joggen wir hierher und schwimmen. Nach dem Schwimmen walken wir zur Trainingshalle zurück." Ich gib ihn mein `Wie bitte´ Blick. Er lacht einfach nur. „Glaube mir, von Mal zu Mal wird es immer leichter. Ich konnte das auch nicht von Anhieb an." Er trainiert ja auch schon sein ganzes Leben. Das kann ich doch nie und nimmer in der kurzen Zeit. Ich werde nie so fit wie er. „Ich glaube nicht, dass ich in der kurzen Zeit so fit werde wie du." Er schaut mich nun streng an. „Das musst du auch nicht. Es reicht, dass du es versuchst. Je fitter du bist, desto besser. Aber du musst nicht mein Niveau erreichen. Dann wäre mein Job ja total überflüssig." Er zwinkert mir zu. Er hat Recht. Ich muss nur fitter als jetzt werden. „Müssen wir den ganzen Weg zurückjoggen?" Er überlegt. Das ist nicht war. Das kann er vergessen. „Vergiss es. Such dir ein Brett und bastle dir einen Seil. Du kannst mich den ganzen Weg ziehen. Ich jogge heute nirgendswo mehr hin." Ich verschränke die Arme. Er hebt die Augenbrauen. „Echt? Ich dachte du bist hart im Nehmen?" Da ist es wieder. Sein teuflisches Grinsen. „Du bist der Teufel." Er zuckt mit den Schultern. „Vielleicht. Aber ich will nicht so sein. Wir walken zurück. In deinem Tempo." Walken. Machen das nicht nur Senioren? Ich kann mir das nicht anstrengend vorstellen. „Das ist besser als joggen." Er lacht wieder. „Auch das kann anstrengend sein." Das werden wir ja sehen. „Ach und wenn du einmal anhältst, werden wir den Rest der Strecke rennen." Ich gebe ihm einen Giftblick. „Teufel." Er grinst einfach wieder.

Es ist schön und idyllisch hier. „Nox, bist du öfters hier?" Er schaut etwas verträumt in die Ferne und nickt. „Es ist schön hier. Bist du der Einzige, der hier ab und an trainiert?" Und wieder nickt er. Ich wüsste gern, was er denkt oder fühlt. „Erzähl mir mehr von dir?" Er schaut mich überrascht an. „Wir sind ein Team und Freunde. Ist doch klar, dass ich mehr von dir erfahren will." Er überlegt. „Aber was willst du wissen?" Gute Frage. „Über deine Vergangenheit und naja alles eben." Ich ziehe die Schulter hoch. Er legt sich auf den Boden. Da ich direkt neben ihm sitze, kann ich ihm direkt in sein Gesicht schauen. „Setz doch einfach deine Fähigkeit ein." Ich schüttle den Kopf. Das ist doch bescheuert. Ich schaue ihn trotzig an. „Okay, ich kam in jungen Jahren in die Organisation und wurde quasi von Sascha großgezogen. Er hat mich auch trainiert. Ich habe Tag ein und Tag aus train…" „Das weiß ich doch. Ich meine vor der Zeit bei der Organisation oder etwas außerhalb deines Trainings." Das scheint ihm nicht wirklich zu gefallen. „Ich bin ein Waisenkind. Ich hab im Heim gelebt. Ich hatte mir ein paar Mal Hoffnungen auf ein gutes Zuhause gemacht und wurde bitter enttäuscht. Über meine Eltern hab ich keine Erinnerung. Die will ich auch erst gar nicht. Wer gibt sein Kind freiwillig her?" Oje, das scheint ihn sehr mitzunehmen. Das höre ich an seine Stimme. Er schließt die Augen. „Ich beneide dich. Du kennst zwar nicht deinen Vater, aber hast dafür eine Mutter, die dich liebt. Ihre Entscheidung, dir ein normales Leben zu ermöglich war die richtige. Ich konnte es erst nicht verstehen, aber im Nachhinein dann schon." Er ist still. Er öffnet die Augen und schaut direkt in die meinen. „Ich werde dich beschützen. Koste was es wolle." Warum ist er so extrem? „Du bist was das angeht sehr besessen. Ich weiß das. Ich zähl ja auch auf dich. Aber ich will auch dich und die anderen beschützen. Das muss dir auch bewusst werden." Er schließt wieder die Augen. „Klar bin ich davon besessen. Das war bisher auch mein einziges Lebensziel." Ich verstehe, aber er muss ein bisschen lockerer werden. „Du hast den See hier und im Hauptgebäude ein kleines Büro nur für dich. Ziemlich abgelegen. Wieso?" Er grinst. „Um der Realität zu entfliehen. Ich wollte ab und an einfach mal meine Ruhe und niemanden um mich herum haben. Dabei hab ich manchmal von ein ruhiges und normales Leben geträumt." Ich nicke. Es muss echt schwer gewesen sein. Aber warum alleine? „Ich hab gehört, dass du ein Einzelgänger warst. Wird man als Einzelgänger nicht in Ruhe gelassen?" Er kichert leise. „Nicht wirklich. Man wird immer angesprochen. Besonders von nervigen Mädchen." Wie Mona. „Du warst aber anders." Er schaut mich wieder direkt an. „Ich hätte gleich merken sollen, dass du das Orakel bist." Ich grinse ihn breit an. „Tja, ich bin eben einzigartig." Er lacht. „Das stimmt." Ich überlege. „Gut. Also, jetzt fehlen noch die typischen Infos." Er runzelt fragend die Stirn. „Lieblingsfarbe, welche Künstler hörst du am liebsten, dein größter Wunsch, und so weiter." Er stützt sich auf seine Ellenbogen. „Nein." Jetzt sitz ich fragend vor ihm. „Du musst dir das erst verdienen. Wir walken jetzt zurück und wenn du es geschafft hast, verrate ich es dir." Ich verdrehe die Augen. „Und vergiss nicht. Wenn du einmal anhältst, rennen wir zurück." Ich winke genervt ab und gebe ihn ein Zeichen, dass es losgehen kann. Er beginnt mit mir zu spazieren. Dann wird er plötzlich schneller. Es ist ein Ding zwischen spazieren und Joggen. Und ja, es nervt jetzt schon.

Geschafft. Ich habe nicht einmal gehalten. Ich bin schon stolz auf meine Leistung heute. Wir gehen durch die Eingangstür der Trainingshalle und da stand auch schon Mona. Sie will gerade an uns vorbei. Schwer atmend will ich sie aufhalten. „Mona…! Ich muss mit dir reden." Sie dreht sich um und schaut Nox argwöhnisch an. „Worum geht es?" Ich zucke mit den Schultern. „Ich will dich kennenlernen." Sie zieht die Augenbrauen hoch. „Heute nicht. Morgen vielleicht." Sie scheint schlecht gelaunt zu sein. „Sie hat nicht immer Zeit, also halte dich an ihren Zeitplan." Wieso muss Nox jetzt dazwischen gehen? Ich gebe ihm einen vernichtenden Blick. „Ignorier ihn. Dir geht es nicht anders als uns. Wie sieht es am Abend aus?" Nox räuspert sich, aber ich ignoriere es. Mona grinst. „Okay, morgen Abend. Ich bringe Pizza für uns alle mit." Ich nicke lächelnd. Ich bin froh, dass sie zugesagt hat. Vielleicht, kann ich meine Abneigung ihr gegenüber ablegen. Vielleicht hab ich sie fälschlicherweise bereits in eine Schublade gesteckt. „Ihr esst Salami, Schinken?" Ich nicke. Sie schaut Nox erst gar nicht an. „Ich freue mich auf morgen. Ist achtzehn Uhr in Ordnung. Ich schaue auf die Uhr. Oha wir haben bereits vierzehn Uhr. „Yes. Das ist super." Sie lächelt mich an und winkt zum Abschied. „Echt jetzt? Ich hoffe sie denkt nicht, dass wir ein Date zu dritt haben." War sie so krass hinter ihm her? „Ist Mona so besessen von dir?" Er schnauft genervt. Wow, das war mal eine Antwort. Ich würde schon gern wissen, was zwischen den beiden läuft. „Du gehst jetzt erstmal duschen. Ich warte auf dich. Währenddessen telefoniere ich mit Sascha. Wir treffen uns gleich mit ihm. Ich nicke und gehe mit ihm zusammen durch die Tür. In der Halle ist nicht mehr viel los. In der Umkleide war ein wenig Betrieb. Nox ist also gezwungen vor der Tür zu warten. Ich fühle mich ein wenig beobachtet. „Bist du wirklich das neue Orakel?" Direkt zwei, drei Spinte weiter stehen zwei Frauen in Handtücher umwickelt. Die größere von Ihnen schaut mich fragend an. „Ja, mein Name ist Jane Lux." Sie mustern mich. „Wie fühlt es sich an?" Okay, sie stellen sich nicht vor. Sie scheinen nur tratschen zu wollen. Sowas mag ich gar nicht. „Ich fühle mich nicht anders. Eigentlich wie immer." Sie tauschen Blicke untereinander aus. „Wir sehen uns." Mit diesen Worten gehen sie unter der Dusche. Die anderen in der Umkleide scheinen mich gar nicht wirklich wahrzunehmen. Ich ziehe mich extra langsam aus weil ich den Mädels von eben aus dem Weg gehen will. „Hey." Ich bin vor Schreck zusammengezuckt. Ich drehe mich um und vor mir steht ein weiteres Guardian-Mädchen. Ich schätze sie um die zwanzig Jahre. Sie hat dunkle braune Augen und Hellbraune Haare. Ich schaue sie fragend an. „Lass dich von diese Zicken nicht verunsichern." War das so offensichtlich? Sie reicht mir ihre Hand. „Mein Name ist Becky. Wie heißt du? Ich schätze dein Name ist nicht Orakel."

Sie lächelt mich nett an. Ihre Haare sind nass. Sie war also schon duschen. Ich nehme ihre Hand und bemerke einen festen Händedruck von ihr. „Freut mich. Ich bin Janie. Ich hatte schon gedacht, dass die meisten Guardian-Mädels so drauf sind." Becky lacht. „Um Gottes Willen. Klar, hier bilden sich wie in der Schule auch kleine Grüppchen, aber die Meisten sind eher für sich und trainieren hart." Ich lächle sie an. „Ah, also bist du wie Nox eine Einzelgängerin." Sie lacht wieder. „Nee, nee. So krass dann auch wieder nicht. Ich bin schon gesellig, nur im Training liegt mein Fokus nur auf mich." Ich verstehe und nicke. „Du hast wahrscheinlich selbst einen vollen Kalender, aber wenn du mal Zeit hast, können wir doch mal zusammen essen gehen und ein bissel quatschen. Es würde mich freuen dich näher kennenzulernen." Wow, sie ist ziemlich nett. Das gefällt mir. „Sehr gerne." Mir fällt wieder ein, dass ich das Gelände nicht verlassen darf. „Aber wir müssten uns entweder zu Mittag in der Kantine oder Abends bei mir im Wohnhaus treffen. Ich darf das Grundstück nicht verlassen." Sie nickt ernst. „Das hab ich mir schon gedacht. Das ist ja auch nur zu deiner Sicherheit. Aber das ist kein Problem. Hier ist meine Nummer. Warte." Sie sucht ein Stift aus ihrer Sporttasche. Sie ist kleiner als ich, sieht aber extrem durchtrainiert aus. Mit ihr wöllte ich mich nicht anlegen. Sie streckt meinen Arm aus und beginnt ihre Nummer darauf zu schreiben. Das kam überraschend. Ich muss kichern, da es gekitzelt hatte. Sie schaut auf und muss selbst grinsen. „Mir gefällt dein Lachen." Sie ist echt nett. „Schreib mir und ich nehme mir dann die Zeit für dich." Ich nicke wieder. „Das mache ich. Ich freu mich schon drauf." Wir verabschieden uns und ich gehe duschen.

Die Dusche tat gut. Ich musste darauf achten, dass ich Beckys Nummer nicht abwasche. Wie versprochen, stand Nox vor die Tür. „Das hat aber lang gedauert." Ich zucke mit den Schultern. „Da waren ein paar neugierige Mädels. Ich wollte denen aus dem Weg gehen." Er nickt verständlich. Er zieht an meinem Arm. „Wessen Nummer ist das?" Er ist aber auch ziemlich neugierig. „Ich hab Becky kennengelernt. Wir wollen uns mal treffen und ein bisschen quatschen. Kennst du sie?" Er bekommt plötzlich wieder dieses breite sadistische Grinsen. „Oh ja. Ich glaube ich hab nun auch eine weitere Trainingspartnerin für dich. Natürlich nur wenn du dich mit ihr verstehst." Oha, will ich das? Wenn er so grinst muss sie was auf den Kasten haben. Ich weiß nicht, was ich von der Reaktion halten soll. „Ich habe mit Sascha telefoniert. Er kann im Moment nicht. Er hat gleich eine Besprechung mit deiner Mutter. Er wird sie darüber informieren, dass wir zukünftig mit dir das Schießen üben werden." Ja ist klar. Eine Besprechung mit meiner Mutter. Ich muss grinsen. „Anscheinend freut dich das." Ich schüttle den Kopf. „Ja schon, aber deswegen muss ich nicht grinsen." Er schaut mich fragend an. „Mama und Sascha sind ein Paar." Er schaut mich völlig schockiert an. „Nicht wirklich? Woher weißt du das? Das kann nicht sein." Warum bringt ihn das so aus der Fassung? „Ich hatte im Training mit Greta eine Vision von den beiden. Sie haben es sehr lange geheim gehalten." Er schüttelt ungläubig seinen Kopf. „Alles klar. Ich hatte ihn bisher wie eine Art Vaterfigur angesehen. Das geht dann wohl nicht mehr." Ich schaue in total verwirrt an. „Dann müsste ich dich wie eine Schwester behandeln. Das kannst du dir gleich abschminken." Echt jetzt? Das ist sein Problem? Ich schaue ihn genervt an. „Sonst hast du keine Probleme?" Er grinst. „Das hätte ich echt nicht erwartet. Wann willst du deiner Mutter sagen, dass du es weißt." Ich überlege. „Jetzt." Er schaut mich wie ein U-Boot beim Tanken an. Ich muss lachen. „Naja, wenn du jetzt nichts geplant hast würde ich mit dir zu Mama gehen." Er gibt mir einen angewiderten Blick. „Aber was ist, wenn wir sie beim rummachen erwischen?" Ich verdrehe die Augen. „Wir klopfen natürlich vorher an. Werd erwachsen." Er schaut mich durchdringend an. „Du kannst aber auch ein bisschen gehässig sein." Ich zucke mit den Schultern. „Ich habe nie behauptet, dass ich ein Engel sei." Er lacht.

Wir machen uns langsam und gemütlich auf den Weg zu Mamas Büro. „Macht es dir nichts aus, dass die beiden zusammen sind?" „Nö, ich freu mich für Mama. Sie hätte es mir gerne eher sagen können. Solange sie glücklich ist, bin ich es auch." Nox ist ruhig und überlegt anscheinend. „Das ist eine ziemlich vernünftige Sicht." Ja, wahrscheinlich. „Ich hatte mir oft darüber Gedanken gemacht. Die meiste Zeit dachte ich, dass Mama noch um meinen Vater trauert und dadurch einsam ist. Immer wenn ich nach meinem Vater gefragt hatte, hatte sie angefangen zu weinen." Er bleibt stehen. „Vielleicht hatte sie Schuldgefühle." Warum sollte sie Schuldgefühle haben. „Nein, ich denke nicht. Ich glaube, dass die Vergangenheit einfach zu schmerzvoll ist. Ich weiß ja endlich wieso." Er schaut mich fragend an und bleibt stehen. „Du hattest absolut nichts von ihm gewusst?" Ich schüttle den Kopf. „Mama hat mir von ihm am ersten

Abend hier in der Organisation erzählt. Natürlich hat sie dabei geweint, aber ich bin froh endlich mal ein paar Infos über ihn zu haben." Er mustert mich. „War er den auch ein Vision?" Ich schüttle den Kopf. „Nee, er war ein Guardian. Als meine Kräfte erwachten, hatte ich ihn in einer Vision gesehen. Aber es ging so schnell, dass ich mich nicht wirklich an sein Aussehen erinnern kann." Er überlegt. „Wie hieß er? Vielleicht kann ich noch ein paar Infos über ihn sammeln. Dann hast du vielleicht noch mehr von ihm." Das ist extrem lieb von ihm. Aber tatsächlich kenne ich gar nicht seinen Namen. „Das weiß ich nicht. Mama hatte ihn mir nicht genannt. Aber ich hatte auch nie danach gefragt." Ich muss sie vielleicht mal fragen. „Das würde ich an deiner Stelle jetzt aber nicht fragen. Das wäre wahrscheinlich ein bisschen unangenehm für sie und Sascha." Ja, er hat Recht. Ich muss lachen.

KAPITEL 14

Geheimnisse

Wir stehen vor Mamas Bürotür. Nox versucht an der Tür zu lauschen. „Ich höre nichts. Vielleicht sind sie gar nicht hier." Ich schieb ihn beiseite und klopfe kräftig an die Tür. Nichts. Ich versuche es wieder. „Wer ist da?" Es ist Mama. Ich gebe Nox einen `Geht doch´ Blick. „Ich bin's Mama. Wir müssen dringend reden. Es ist lebensverändernd." Nox grinst mich an. „Du Biest." Ich fange an zu lachen. Wir hören wie die Tür aufgeschlossen wird. Ich kann nicht aufhören zu grinsen. Mama öffnet uns die Tür und schaut mich besorgt an. Ich hab schnell einen ernsten Gesichtsausdruck aufgesetzt. Nox ebenso. „Ist etwas passiert? Hast du etwas gesehen?" Ich schüttle den Kopf. „Dürfen wir reinkommen?" Sie nickt und geht einen Schritt zur Seite, damit wir reinkommen können. Sascha sitzt auf einer kleinen Couch. Mama hat ein schönes Büro. So ähnlich wie das verlassene Büro. Es hat ungefähr die gleiche Größe. Aber es sieht hier viel gemütlicher und sauberer aus. Ich setze mich auf Mamas Bürostuhl und gebe ihr ein Zeichen, dass sie sich zu Sascha setzen soll. Nox steht neben mir. „Willst du dich setzen? Ich kann auch stehen." Nox schüttelt seinen Kopf. Ich schaue Mama und Sascha an. „Wieso war die Tür abgeschlossen?" Ich will die beiden ein wenig zappeln lassen. Mama scheint nervös zu werden. „Ähm, wir haben etwas Wichtiges zu besprechen." Ich nicke. "Verstehe. Ihr wollt dabei nicht gestört werden. Um was geht es?" Nox petzt mich leicht am Rücken. Ich lasse mir nichts anmerken. Sascha beugt sich nach vorne. „Es geht um eine neue Strategie." Ich kann nicht anders und fange an zu lachen. Auch Nox muss lachen. „Janie, was ist los? Was ist so lebensverändernd?" Mama ist immer noch besorgt, aber auch verwirrt. „Wie soll ich es dir erklären? In unserem Leben wird jemand dazu stoßen." Sie schaut mich wieder verwirrt an. „Ein gutaussehender Mann, Mama. Du kennst ihn schon sehr gut. Er wird zukünftig ein Teil unserer Familie sein." Sie schaut mich mit großen Augen an. Ihr Blick wandert zu Nox und wieder zu mir. „Bist du mit Noah…?" Sie zeigt auf mich und Nox. Nun höre ich wie Nox neben mir laut lacht. „Echt jetzt? Du stehst ziemlich auf den Schlauch. Nein, Mama. Ich spreche von dir und Sascha." Beide schauen mich geschockt an. Nox geht zu Sascha und haut ihn auf die Schulter. „Mach dein Mund zu, es zieht." Mama wird rot. „Woher weißt du, dass wir…?" Ich lächle sie an. „Ich bin ein Orakel. Ich weiß und sehe alles." Ich habe extra einen belustigenden mystischen Ton eingesetzt. „Janie, wir wollten es dir sagen, aber wussten nicht wann." Auch Sascha scheint ziemlich nervös zu sein. Ich winke ab. „Alles gut. Ich hab nur gesehen, wie ihr zwei geknutscht habt und mich gelobt habt, dass ich es so gut aufgenommen hab." Mama schaut mich ungläubig an. „Du hast nichts dagegen und auch keine Fragen?" Hehehe, Mama kennt mich zu gut. „Och, Fragen hab ich immer. Nein, ich habe nichts dagegen. Im Gegenteil. Ich freue mich sehr für euch." Ich gebe Sacha einen ernsten Blick. „Solange sie glücklich ist, bin ich es auch." Er grinst nun endlich entspannt. Ich schlage ein Bein über den anderen und beuge mich leicht nach vorne. „So, junger Mann. Erzählen Sie mir, welche Absichten Sie mit dieser Lady haben." Sascha und Nox fangen beide an zu lachen. „Janie, du gibst mir noch einen Herzinfarkt." Mama steht auf und umarmt mich. „Du hättest mal deinen Blick sehen sollen, als du dachtest ich sei mit Nox zusammen." Sie nickt grinsend. „Ja, das hätte mich wirklich ziemlich geschockt." Sie schaut Sascha an. „Wollen wir heute alle zusammen zu Abend essen? Dann könnt ihr mir erzählen, wie ihr zusammengekommen seid." Mama und Sascha tauschen Blicke aus. „Heute ist es schlecht. Konzentriere dich erst Mal auf dein Training. Ich habe schon von Greta gehört, dass du ein Naturtalent bist. Aber nimm es nicht auf die leichte Schulter." Sie schaut mich sehr ernst an. „Okay, wenn alles vorbei ist." Sascha steht auf und streckt sich. „Ach quatsch. So lange brauchst du auch nicht zu warten." Er legt einen Arm um Mama. Das gefällt mir. „Wir können es verschieben. Lass uns heute Abend zusammen essen." Mama gibt sich geschlagen und hebt die Hände als Zeichen. Ich drehe mich zu Nox und lächle ihn an, dabei habe ich einen leichten traurigen Gesichtsausdruck gesehen. „Janie, wir holen, dann etwas von unterwegs. Habt ihr einen speziellen Wunsch?" Ich drehe mich wieder zu Nox. „Auf was hast

du Hunger?" Er schaut mich überrascht an. „Soll ich wirklich dabei sein?"
Hä, warum denn nicht. „Natürlich." Er grinst. „Ich esse fast alles. Such
du dir etwas aus." Ich überlege. „Chinesisch?" Er nickt. Ich schaue Mama
und Sascha fragend an. Beide nicken zustimmend. „Gut dann machen wir
uns auf den Weg, geht ihr schon zum Wohnhaus und wartet auf uns."
Sascha ist wirklich sehr nett.

Wir verabschieden uns und machen uns auf den Weg zum Wohnhaus.
Wir laufen eine kleine Weile nebenher bis ich die Stille nicht mehr aushalten kann. „Nox, darf ich dich etwas fragen?" Summend bejahte er
meine Frage. „Warum warst du eben traurig?" Er bleibt stehen. „Mir war
klar, dass ihr eine nette kleine Familie abgibt." Aber warum war er traurig? Ich schaue ihn fragend an. „Naja, mir wurde klar, dass ich mir so
etwas erst aufbauen muss. Besonders wenn alles vorbei ist. Es war ein
schöner Moment muss ich zugeben." Hmmm, hinter seiner harten Fassade steckt doch manchmal mehr als man glaubt. „Spinner!" Er ist sichtlich verwirrt. „Du gehörst bereits zu meiner Familie. Ich bin immer für
dich da." Ich packe seinen Arm und laufe mit ihm weiter. „Selber Spin-
nerin." Er hörte sich eben wie ein trotziges Kleinkind an. Ich kann nicht
anders und muss wieder lachen. „Danke." Dafür muss er sich doch nicht
bedanken. Als Waisenkind muss es tatsächlich schwer sein so etwas mit-
ansehen zu müssen. „Ich hab das ernst gemeint, Nox. Ich kann mir ein
Leben ohne dich nicht mehr vorstellen. Du gehörst zur Familie. So emp-
finde ich für alle meine besten Freunde." Es ist mir wichtig, dass er das
weiß. Er ist ziemlich ruhig. „Deine Mom war ziemlich geschockt, als sie
dachte wir wären ein Paar." Ich muss wieder kichern. „War sie damals
bei deinem ersten Freund auch so geschockt?" Ich muss lachen. „Nein,
ich hatte bisher keinen Freund." Er bleibt abrupt stehen und schaut mich
ungläubig an. „Echt jetzt? Aber eine kleine Liebschaft oder so?" Ich
schüttle den Kopf. „Nicht mal ein Küsschen oder Händchenhalten?" Ich
schüttle wieder den Kopf. „Wow!" Er geht weiter. „Hey, warte. Warum
ist das so schwer zu glauben?" Ich sehe ihn nur noch von hinten. „Du bist
ein direkter Mensch. Du verhältst dich für dein Alter entsprechend schon
reifer. Deswegen bin ich davon ausgegangen, dass du schon eins, zwei
Beziehungen hinter dir hast." „Nö, ich hab mich dafür nie wirklich interessiert. Ich gehöre auch nicht zu den Mädchen die unbedingt einen
Freund haben wollen, nur weil die anderen einen haben." Er lacht. „Na,

dann bin ich mal auf die Zukunft gespannt." Er bleibt stehen und streckt mir seine Hand entgegen. „Lass uns Händchenhalten, dann hast du das wenigstens schon gemacht." Ich strecke ihm die Zunge raus und nehme seine Hand. Es ist echt komisch so zu laufen. Egal, vor wenigen Sekunden sind wir ja Arm in Arm gelaufen. Warum soll das dann etwas so besonderes sein?

Wir sind am Wohnhaus angekommen. Vor uns steht Cloud. „Na sowas? Ich wusste gar nicht, dass ihr ein Paar seid." Ich lasse die Hand von Nox los. „Nein, sind wir nicht." Nox grinst. „Und wenn?" Das sagte Nox mit einer komplett lockeren und ˋist mir egal´ Einstellung. Cloud schaut mich grinsend an. „Na, wenn das so ist." Er geht auf mich zu, nimmt meine Hand und küsst sie zärtlich. Ich spüre wie mein Kopf in Flammen aufgeht. Er schaut mir tief in die Augen. „Eine Lady von hoher Wichtigkeit, sollte man immer mit Respekt behandeln." Er zwinkert mir zu und richtet sich zu Nox. „Pass gut auf sie auf. Nicht, dass dir sie jemand unter deiner Nase wegschnappt." Er zwinkert ihn grinsend zu. Nox schnauft abfällig und schaut ihn düster an. „Ich wünsche einen schönen Abend. Hoffentlich werden wir uns bald wiedersehen." Ich nicke ihm zum Abschied zu. Ich weiß im Moment nicht was ich sagen soll. Nox zieht mich am Arm und eilt mit mir durch die Tür. Warum ist er denn jetzt so grob? Ich befreie mich von seinem Griff. „Das tut weh. Was hast du denn schon wieder?" Er sieht genervt aus. „Tschuldigung. Ich kann diesen Windhund einfach nicht leiden. Er schmeißt sich an jeder Frau ran. Anscheinend geht ihm einer ab, wenn die Frauen so auf ihn fliegen." Oha. Ich glaube er ist eifersüchtig. „Erstens: Ich fliege nicht auf ihn." ˋFliege´ betone ich extra und setze meine Finger als Gänsefüßchen ein. „Zweitens: Wie eklig ist das denn? Der könnte mein Vater sein." Nox zuckt mit den Schultern. „Kann ja sein, dass du auf ältere stehst." Ich hebe meine Dwayne Johnson Augenbraue. „Echt jetzt? Wieso ärgert dich das so? Die meisten Mädels stehen doch auch auf dich, oder nicht?" Er atmet tief ein und aus. „Ja, aber mir ist das egal. Cloud hingegen will angehimmelt werden. Und mit den Männern will er immer einen auf Bro machen. Ich kann den Typ einfach nicht ausstehen." So ähnlich geht es mir mit Mona. Aber ich versuche es nicht so offen zu zeigen. „Versprich mir einfach nicht auf sein Geschwätz zu hören. Ich traue diesem Vogel einfach nicht." Ich nicke ihm grinsend zu. „Wieso grinst du so blöd?" Ich fange an zu kichern. „Für einen Moment dachte ich, du wärst eifersüchtig." Wir halten vor dem Esszimmer. Er dreht sich um und schaut mich mit einem düsteren Blick an. „Wenn ich will, könnte ich dir jederzeit einen Kuss geben." Ich schaue ihn überrascht an. Und wieder brennt mein Kopf. So hatte ich das gar nicht gemeint. Ich meinte bezüglich auf Clouds Charakter. Wie kann er sowas sagen? Er grinst mich zufrieden an und geht durch die Tür. „Das ist ziemlich unverschämt von dir." Was Besseres fällt mir gerade nicht ein. Er setzt sich. „Aha, aber es ist nicht unverschämt, wenn einer einfach so deine Hand küsst?" Natürlich ist das unverschämt. „Doch, aber ich wusste ja gar nicht was er vorhatte und ich wusste auch nicht wie ich reagieren sollte." Er schüttelt seinen Kopf. „Da merkt man wie unerfahren du bist. Das nächste Mal haust du ihm eine rein." Jetzt könnte ich ausrasten. Wie kann er mich unerfahren nennen? Nur weil ich gewisse Erfahrungen noch nicht gemacht habe. „Ich kann doch nicht hellsehen." Ich setze mich beleidigt hin. Nox beginnt zu lachen. „Eigentlich schon." Ich schau ihn an und muss auch grinsen. Ich gebe zu, das war eben unüberlegt. Ich verdrehe die Augen.

Nox spielt nun mit seinem Handy oder textet mit irgendjemanden. Das kann ich nicht richtig erkennen. „Nox, darf ich dich etwas persönliches Fragen?" Er nickt leicht abwesend. „Warst du wirklich noch nie verliebt?" Er schaut fragend von seinem Handy auf. Ich zucke mit den Schultern. „Nicht wirklich." Nicht wirklich. Ist nicht wirklich eine Antwort? Er merkt, dass ich mit dieser Antwort unzufrieden bin. „Vielleicht vor einiger Zeit." Ich verschränke die Arme. „Wer war dein Crush? Und was heißt vor einiger Zeit?" Das könnte vor Jahren gewesen sein oder vor kurzem. Er grinst. „Sag ich dir nicht." Ich setze meine Schmolllippe ein. Er schüttelt lachend den Kopf. „Ich könnte einfach so meine Fähigkeit dafür einsetzen." Sage ich mit einer bedrohenden Stimme. Er schnauft lachend auf. „Bis du deine Fähigkeiten auf Kommando beherrschst, hast du es vergessen." Menno. Ich hätte das schon gern gewusst. „Bestimmt einer deiner Betthäschen." Er lacht wieder. „Eifersüchtig?" Ich gebe ihm einen schnippigen Blick. „Sicher nicht." Wie geht er eigentlich vor? „Noch eine Frage." Er verdreht grinsend die Augen. „Wie machst du es?" Er runzelt wieder die Stirn. „Sorry. Ich meine, wie bekommst du die Mädels dazu?" Er hat wieder dieses teuflische grinsen. „Was meinst du?" Boah, echt jetzt? „Dein ernst? Du weißt genau was ich meine." Sein Grinsen wird breiter. „Nö." Gut ich spiel sein Spielchen mit. „Wie bringst du sie dazu mit dir ins Bett zu gehen?" Er überlegt kurz. „Wieso willst du das wissen?" Ich will nicht, dass er es falsch versteht. Ich weiß aber auch nicht wie ich meine Frage stellen soll. „Naja, du bist recht verschlossen. Und du gehst ja nicht wirklich nett mit jedem um." Er zuckt nur mit den Schultern. „Die Mädels suchen meine Aufmerksamkeit. Irgendwie stehen die auf mich. Das macht es leicht." Aha. Die Antwort ekelt mich an. Er merkt es anscheinend, denn er setzt sich auf. „Ich mache niemanden Hoffnungen. Ich sage klipp und klar was Sache ist." Das ändert nichts. „Und das hat bei jeder geklappt?" Er nickt. Ich kann es mir nicht verkneifen. Mein Ekel spiegelt sich in meinem Gesicht. Er grinst wieder. „Was denkst du darüber?" Will er das wirklich wissen? „Ich kann mir nicht vorstellen, dass man so wenig Stolz und Respekt vor sich selbst hat." Er zieht die Augenbrauen hoch. „Wer? Ich oder die Mädels?" Igitt. „Natürlich die Mädels." Er zuckt wieder die Schulter. „Ich kann es mir einfach nicht vorstellen."

Ich stehe auf und breite meine Arme leicht zur Seite aus und spreche mit tiefer Stimme. „Hey, du! Hast du bock?" Plötzlich lacht Nox aus tiefster Seele. Ich kann nicht anders und fange auch an zu lachen. Ich höre es gern wenn er so lacht. Es steckt an. „Echt? So stellst du dir das vor? Komm her." Er signalisiert mir, dass ich mich wieder setzen soll. Er schaut mir tief in die Augen. „Janie, möchtest du mit mir heute Abend Essen gehen? Aber bitte…" Er nimmt meine Hand in seine Hände. „… ich suche nichts festes. Lass uns einfach einen schönen Abend verbringen und schauen wohin es führt. Wenn du interessiert bist, weißt du wo du mich findest." Also hat er sozusagen Dates. Ich grinse. „Na?" Oje, er denkt ich grinse weil sein Spruch gezogen hat. Wenn er sich da mal nicht irrt. „Warte, ich grinse weil du Dates hast und doch ein soziales Leben führst." Er ist verwirrt. „Nope. Ich gehe zwar mit den Mädels essen, aber die erzählen immer nur von sich. Manchmal kommt hier und da mal eine Frage, aber die weiche ich immer aus." Ich presse enttäuscht die Lippen zusammen. „Guck nicht so. Von Anfang an wussten sie worauf sie sich einlassen. Diese Mädels haben dasselbe Ziel wie ich. Gut, eine hatte anscheinend falsche Hoffnungen, aber dafür kann ich nichts." Ich weiß genau wen er meint. Mona. Ich nicke. Er hat ja eigentlich Recht. „Und das hat echt bei jeder gezogen?" Er nickt. „Wie viele waren es bis jetzt?" Alter, wenn er jetzt eine zweistellige Nummer rausrückt, lass ich ihn auf Geschlechts-krankheiten testen. „Drei. Und nur eine von den Dreien ist noch in der Organisation." Oh, das hätte ich jetzt nicht erwartet. Er merkt, dass ich sichtlich überrascht bin. „Hättest mit mehr gerechnet, was?" Er grinst während ich ihm zustimmend zunicke. „Hätte gedacht, dass du mehr One-Night-Stands hattest." Ich grinse aber hebe die Hand. „Nein, nein. Diese Frauen waren keine One-Night-Stände. Wir haben uns dann immer mal wieder verabredet. Und wenn eine die Organisation verließ, hab ich mir irgendwann eine andere ausgesucht." Jetzt bin ich wieder angeekelt. Widerlich. Kein Wunder hatte Mona sich Hoffnungen gemacht. Sie hatte wahrscheinlich gehofft, dass es wie in einer der Romantik-Filmen endet. Aber anscheinend muss er in einer der Dreien verliebt gewesen sein. „Wieso so nachdenklich?" Ich war komplett in Gedanken versunken. „In welcher warst du verliebt? Mona ja offensichtlich nicht." Er lacht leise. „In keiner der Dreien." Oh. „Mit Mona treffe ich mich schon seit ein paar Monaten nicht mehr. Sie begann zu klammern und zu nerven." Wer war sie dann? „Du musst es unbedingt wissen, was?" Ich nicke. Er weiß jetzt schon, dass ich ihn damit nerven werde. „Als ich sie das erste Mal sah, war ich wie gefesselt von ihr. Sie ist schlau, schlagkräftig, wunderschön und nicht wie die meisten Frauen. Ihr ist es egal was andere Denken. Sie ist die Erste, die erkannte was hinter meiner Fassade steckt." Wow, er scheint noch immer an ihr zu nagen. Sie hört sich wirklich super an. Ich glaube wir wären richtig gute Freundinnen geworden. „Was ist pas-siert?" Er zuckt mit den Schultern. „Das Schicksal." Das ist frustrierend. Ich bin aber froh, dass er so offen war. „Das ist enttäuschend. Habt ihr denn gar kein Kontakt?" Er grinst mich zärtlich an. „Doch, aber als Gua-rdian hab ich erstmal wichtigeres zu erledigen." Hatte er ihr eben ge-schrieben? Ich stehe wieder auf und stemme meine Hände in die Hüften. „Ich verspreche dir. Wenn das alles vorbei ist, werde ich dich unterstüt-zen und dir dabei helfen ihr Herz zu erobern." Ich zwinkere ihn dabei zu. Er lacht wieder. „Ich werde dich daran erinnern."

Aus irgendeinem Grund blitzen die Erinnerung von der Vision mit Nox und sein Schreien wieder auf. Ob ich wirklich sterben werde? Werde ich all das überleben? Ich setze mich wieder hin. „Was ist? Wieso die traurige Miene? Angst mich zu verlieren?" Er grinst mir zu. Aber ich kann es nicht erwidern. Vielleicht sollte ich es ihm sagen. Dann kann ich es vielleicht verhindern. „Nox, ich weiß nicht wie ich es dir sagen soll." Ich schaue ihn ernst an. Sein Blick versteinert sich plötzlich. Er hört mir aufmerksam zu. „Ich hatte eine Vision. Ich weiß aber nicht wann es passieren wird. Ich weiß nur, dass du es nicht leicht haben wirst." Er nickt und hört mir weiter zu. „Erinnerst du dich daran, wie ich schon erwähnt hatte, dass du dir bitte nie die Schuld geben sollst, egal was passiert." Er nickt langsam. „Ich glaube ich werde sterben und du wirst dir dafür die Schuld geben." Er stellt seine Ellenbogen auf den Tisch und lehnt sein Kinn auf die zusammengefalteten Hände. Er denkt nach. „Wie kommst du darauf, dass du sterben wirst?" Ich rücke mit dem Stuhl näher zum Tisch. „Du warst in der Trainingshalle. Es war Nacht. Du hast fürchterlich Geschrien und geweint. Du sagtest etwas wie `Ich hätte bei ihr sein soll´." Er nimmt sein Kopf von seinen Händen. „Das kann vieles bedeuten. Wir wissen nicht wann und wie. Und egal was passieren wird. Wir werden diese Vision im Hinterkopf behalten. Es war gut, dass du mir davon erzählt hast." Ich bin froh, dass er einen kühlen Kopf behält.

Die Tür geht auf und Mama kommt mit Sascha durch die Tür. „Essenslieferung!" ruft Sascha laut. „Über was wird gequatscht?" Nun meldet Mama sich auch. „Das wir eine gefühlte Ewigkeit auf euch und unser Essen warten müssen." Sie streckt mir die Zunge aus. Mama packt das Essen aus. Für jeden gibt es dasselbe. Gebratene Nudeln mit Hähnchenfleisch. Das esse ich am liebsten. Mama stellt mir noch eine Pekingsuppe hin. Sie zwinkert mir zu. Nox schaut mich fragend an. „Ich liebe gebratene Nudeln mit Hähnchenfleisch, aber auf meine Pekingsuppe verzichte ich nie." Ich grinse ihn an. Er steht auf und holt noch einen Löffel. Ich hab zwar schon einen Löffel aber der Gedanke zählt. Ich zeige ihm entschuldigend schon meinen Löffel, aber er ignoriert es. Er setzt sich und schiebt die Suppe zwischen uns und beginnt davon zu essen. Mama schaut ihn überrascht an. Als er aufblickt sieht er unsere Blicke. Er zuckt mit den Schultern. „Ich esse es auch sehr gerne." Und mit diesen Worten löffelt er frech weiter. „Hey! Lass mir auch noch was übrig. Ich beginne eifrig, auch zu löffeln. Sascha beginnt zu lachen. „Solange ihr euch versteht soll es mir recht sein." Mama beginnt jeden eine ordentliche Portion auf den Teller aufzutischen. „Sag mal Nox, kannst du mit Janie mithalten?" Wie ist die

Frage gemeint. Ich schaue Mama fragend an. Sie grinst breit. „Wie meinen Sie das?" Sie hebt die Hand. „Nein, du kannst mich duzen. Es tut mir leid, dass ich bisher so streng war. Ich stand unter Stress." Er nickt Mama dankend zu. „Was ich meinte? Naja, Janie hat immer einen guten Hunger." Nox lacht. Boah, Mama kann echt manchmal peinlich sein. „Das haben wir schon beim Frühstück festgestellt. Gitta hatte am ersten Morgen ihr Lieblingsfrühstück zubereitet. Dank Janie blieb nichts übrig." Echt jetzt? Es war ja so. Aber, echt jetzt? Ich verdrehe die Augen. „Da ich aber jetzt jeden Tag trainieren muss, mental wie körperlich, überesse ich mich nicht mehr." Sascha nickt mir stolz zu. „Sehr gut. Nicht, dass du dich noch übergibst. Man sollte immer auf seine Ernährung achten." Ich zucke mit den Schultern.

Das Essen war echt lecker. „Sag mal Sascha, hat Mama dir schon erzählt, wie neugierig ich bin?" Oh ja, ich habe Fragen. Ich grinse ihn an. Aber er grinst triumphierend zurück. „Ich würde sogar behaupten ich weiß so gut wie alles über dich." Oha, damit hätte ich nicht gerechnet. Aber das ist doch gut für mich. Ich muss mich also nicht zurückhalten. „Gut. Sascha was ist dein größtes Geheimnis?" Ich spüre plötzlich große Angst. Sascha grinst mich noch glücklich an. Er kann es nicht sein. Ich schaue zu Nox, aber er schaut uns recht emotionslos an. Also wie die meiste Zeit. Aber Mamas Blick sticht mir ins Auge. Warum hat sie Angst? „Das war mal ein Geheimnis." Ich schaue ihn neugierig an. Jetzt bin ich richtig neugierig. „Ich war schon in jungen Jahren in deine Mutter verliebt. Sie nahm mich zu der Zeit aber noch nicht wahr." Oh mein Gott wie süß. Ich lächle ihn liebevoll an. „Mama, kann ich kurz mit dir alleine reden?" Mamas Blick hat sich zwar entspannt, aber mich lässt sowas nicht in Ruhe. „Ist es sehr wichtig?" Ich nicke ihr sehr ernst zu. „Ach, Janie. Du kannst mich gerne vor Sascha fragen. Er weiß wirklich alles über uns. Ich habe keine Geheimnisse vor ihm. Und du wahrscheinlich auch nicht vor deinem Guardian, so wie ich dich kenne." Sie hat Recht. Aber ich weiß nicht ob sie darüber sprechen will. „Ich hab deine Emotion eben gespürt Mama. Willst du mir sagen, warum du so gefühlt hast?" Ich sage extra nicht, dass ich ihre Angst gespürt habe. Am Ende hat sie doch ein Geheimnis vor Sascha. „Es war Angst, oder?" Woher weiß Sascha das. Nox Blick wird nun ernst. „Ich weiß warum. Es geht um deinen Vater." Mama senkt ihren Blick. „Ich war sein bester Freund und er meiner. Naja, bis das Schicksal uns trennte." Mama steht auf. „Das reicht." Sie kommt zu mir und drückt mir einen Kuss auf den Kopf. „Mama ich mach das nicht mit Absicht. Ich kann es noch nicht kontrollieren." Sie hebt eine Hand. „Ist okay. Geh jetzt schlafen, es ist schon spät. Hab dich lieb." Sie steht vor der Tür und gibt Sascha das Zeichen zum Gehen. Nun steht er auch auf und verabschiedet sich von uns. Wie komisch war das denn jetzt? Er hat doch nichts Falsches gesagt.

„Sie verheimlicht etwas." Nox denkt dasselbe wie ich. „Ich verstehe warum sie nicht über ihren verstorbenen Ehemann sprechen will. Aber heißt es nicht Zeit heilt alle Wunden? Außerdem ist sie mit Sascha zusammen. Sollte sie da nicht einen Schlussstrich gezogen haben, um eine neue Beziehung eingehen zu können?" Ich nicke. Er hat in allen Punkten Recht. „Sascha hat nichts Falsches gesagt. Es ist schön immer was Neues über meinen Vater zu erfahren." Es muss ein großes Geheimnis sein. „Wir werden es herausfinden. Sobald du deine Kräfte beherrschst." Stimmt, ich kann sehen was in der Vergangenheit passiert ist. Ich stehe rasch auf und beginne schnell den Tisch zu räumen. „Warum hast du es so eilig?" Manchmal ist er anscheinend doch nicht so helle. „Ich will mit dir schnell hoch in mein Zimmer." Ich stürme raus zur Küche und stelle alles in die Spülmaschine. Nur noch die Gläser. Nox kommt mit den Gläsern in die Küche. „Also, das mein Anmachspruch jetzt noch Wirkung hat." Er grinst mich neckisch an. Ich gebe ihn nur mein `echt jetzt´ Blick und zieh ihm am Arm raus. Sobald wir oben angekommen sind setze ich mich auf die Couch und klopfe mit der flachen Hand auf den Platz neben mir. Er schaut mich nur kurz an. Keine Ahnung was er gerade denkt, das ist mir aber auch egal. Ich bin etwas aufgeregt. Wenn ich es jetzt richtig mache, kann ich mehr über meinen Vater erfahren. „Was jetzt?" Oje, er steht echt aufn Schlauch. „Ich versuche mehr über meinen Vater zu erfahren. Ich versuche mich zu konzentrieren." Er nickt mir ernst zu. Ich lehne mich zurück und schließe die Augen. Ich stelle mir Sascha in jungen Jahren vor. Ich hoffe es klappt. Ich fühle wieder wie alles unter mir schwindet. Yes! Ich freue mich. Ich hoffe es ist nur die richtige Vision-Fähigkeit. Ich öffne die Augen, aber es ist dunkel. Ich stehe draußen. „Tamir, denk an deine Familie!" Das war Sascha. Ich drehe mich um. Hinter mir, etwas weiter entfernt steht Sascha und spricht mit irgendjemanden. Ich renne hin, aber nähere mich nur langsam. Es ist echt anstrengend. Mit aller Kraft erreiche ich die letzten Meter. Es ist dunkel aber ich erkenne Sascha wieder. Die Frisur ist etwas anders aber im Gesicht hat sich nicht viel verändert. Ihm gegenüber steht ein stattlicher Mann. Groß und dunkle Haare. Warte, den hab ich schon mal gesehen. Das ist mein Vater. Ihn habe ich damals in meiner Einkaufszentrumsvision gesehen. Sein Name ist also Tamir. „Das geht dich nichts an." Sascha greift ihn an den Kragen. „Willst du mich verarschen? Ihr seid meine Familie. Natürlich geht mich das was an." Um was geht es? Es muss mich wohl schon geben. Sascha spricht von Familie. Tamir haut Saschas Hand weg und geht. „Wenn du jetzt gehst, gibt es kein Zurück mehr. Wir können das klären." Tamir dreht sich nicht mehr um. Ich hatte mir eher gehofft mehr über meinen Vater zu erfahren. Naja, so hab ich ein Gesicht und einen Namen. Ich schließe die Augen und spüre wieder die Couch unter mir. Ich öffne die Augen, aber Nox ist nicht neben mir. Ich bin auch nicht in meinem Zimmer. Ich stehe auf und will zur Tür gegenüber von mir. Irgendwie sieht alles verschwommen aus. Ich höre ein Wimmern. Ich folge diesem Geräusch. Ich öffne die Tür und vor mir steht eine jüngere Version von Mama. Ihr Gesicht ist total aufgequollen und unter Tränen. Es tut weh Mama so zu sehen. Sie packt die Koffer. Warum? Ist Tamir gestorben? Wo bin ich? Das war bestimmt nicht leicht. Ich will Mama so nicht sehen. Ich schließe wieder die Augen. Wurde er vom Collector ermordet? Kann Mama vielleicht deswegen nicht darüber reden? Ich schließe die Augen und spüre wie es plötzlich kälter wird. Ich schaue mich um. Wieder ist alles so verschwommen, dass ich nichts erkennen kann. „Ich würde ja sagen setz dich, aber wir beide wissen, dass du nicht wirklich hier bist." Der Collector schon wieder. Wieso zieht es mich immer wieder zu ihm? „Wie versprochen lasse ich dich in Ruhe." Ja, ich hab eben an ihn gedacht. „Ich bin nicht mit Absicht hier. Ich kann es noch nicht kontrollieren. Ich musste eben an dich denken." Ich höre ein tiefes leises Lachen. „Das ist aber nett." Wenn er wüsste. „Nein, nicht wirklich. Ich hatte nur überlegt, ob du Tamir ermordet hast." Es ist leise. Vor mir erscheint ein großer Umriss. Natürlich. Ich kann ihn wieder mal nicht erkennen. Aber aus irgendeinem Grund wird es mir wärmer. „Tamir?" Er ist anscheinend verwirrt. „Ja, meinen Vater." Und wieder ist er still. „Hast du schon so viele auf dem Gewissen, dass du dich nicht daran erinnern kannst?" Oje, ich sollte vorher nachdenken bevor ich etwas sage. „Nein und nein. Ich habe ihn nicht ermordet. Du kratzt zu sehr an der

Oberfläche. Ich werde dir gerne alles offenbaren. Aber das tue ich erst, wenn du die Wahrheit von allen anderen erfahren hast. Dann kannst du entscheiden welche Version die Wahrheit entspricht. Aber es freut mich, dass du seinen Namen nun kennst." Woher weiß er, dass ich den Namen vorher nicht kannte? „Ich weiß alles über dich. Das hab ich dir schon einmal gesagt. Jetzt geh und lass mich in Ruhe. Ich hab einiges zu erledigen. Und bitte versuche deine Kräfte besser zu beherrschen." Wieso ist er denn so schlecht gelaunt? „Was ist los?" Oh mein Gott, warum frag ich ihn das den jetzt? Der Umriss entfernt sich und es wird wieder kälter. „Warum willst du das wissen?" Das weiß ich selbst nicht. „Ein geliebter Mensch wird bald sterben. Ich bereite mich auf den Abschied vor. Das ist nicht leicht." Er ist auch nur ein Mensch. Nun verliert er wieder jemanden. „Das tut mir Leid." Ich weiß nicht, was ich sagen soll. „Das weiß ich zu schätzen. Jetzt geh." Der Umriss entfernt sich. Alles um mich herum versinkt und ich wache wieder auf meiner Couch auf. Okay, statt Antworten hab ich wieder so viele Fragen. Ich muss geduldiger sein. Ich werde mich an die Abmachung halten und dann will ich Antworten. „Ist alles okay?" Ich schaue auf zu Nox. Er sieht besorgt aus. Ich nicke. „Ich kenne seinen Namen und…" Er wird sauer sein, wenn er erfährt, dass ich wieder mit dem Collector gesprochen habe. „Und?" Er ist ungeduldig. „Ich hab den Collector gefragt, ob er ihn ermordet hatte." Sein Blick wird sehr ernst. „Und was hat er gesagt?" Ich zucke mit den Schultern. „Er hat ihn nicht ermordet. Er war aber auch nicht scharf drauf mit mir zu sprechen." Er zieht die Augenbrauen hoch. „Anscheinend liegt ein geliebter Mensch von ihm im Sterben." Er hat plötzlich einen wütenden Gesichtsausdruck. Ich hab's gewusst. „Tut er dir leid?" Irgendwie schon. Er steht auf. „Das kann nicht wahr sein. Hast du vergessen, dass er ein schrecklicher Mörder ist? Er hat die Mutter von Ben auf den Gewissen." Er wird lauter. Auch ich stehe auf. Was denkt er sich mit mir so zu reden? „Natürlich hab ich das nicht vergessen. Aber es steckt mehr dahinter. Ich kann nicht erklären wieso, aber ich spüre es einfach. Er ist nicht der wofür wir ihn halten." Es muss ein Grund haben, wieso wir so miteinander kommunizieren können. „Janie, es ist einfach zu Riskant. Denk an die Abmachung. Halte dich einfach zurück." Er hat gut reden. Wenn er in meiner Haut stecken würde, würde er die Dinge ganz anders sehen. Ich verschränke verärgert die Arme zusammen. Er steht auf und massiert sich mit beiden Fingern sein Nasenbein zwischen den Augen. Soll er doch denken was er will. Es ist mein Leben, das komplett auf den Kopf gestellt wurde. Ich muss zusehen wie ich damit zurechtkomme. Ich drehe mich um, um in mein Zimmer zu gehen. „Warte." Was will er jetzt? „Ich versteh dich ja. Aber du musst es langsam angehen. Auch ich will alles erfahren. Auch ich bin neugierig. Und wie du…" Er setzt sich wieder. „hab auch ich Angst." Ich schaue ihn nur fragend an. „Ich hab Angst zu Versagen. Ich hab Angst, dass alles außer Kontrolle gerät." Ich verdrehe die Augen. „Tu das nicht." Er schaut mich nicht mehr an. „Dreh den Spieß nicht um. Ja, du bist mein Guardian. Ja, du hattest es in Vergangenheit schwer. Aber mein Leben wurde von heut auf morgen komplett auf den Kopf gestellt. Kannst du dir überhaupt vorstellen, wie sich so etwas anfühlt? Mein ganzes Leben. Ich hatte Pläne." Tränen fließen ungewollt meine Wangen runter. Ich weiß ich lasse gerade die Drama-Queen aus mir raus. Aber ich kann es nicht mehr bremsen. „Ich darf das Grundstück nicht verlassen. Mein Abschluss werde ich nicht machen können. Ach und mein Traum von Venedig, darf ich aus der Ferne zuwinken. All die Vorbereitung und Bemühungen, waren umsonst. Thank´s." Er schaut mich emotionslos wieder an. Naja, Verständnis kann ich von ihm kaum verlangen. „Mein Leben lang wollte ich mehr über meinen Vater erfahren und erst jetzt in all dem Chaos erfahre ich Stück für Stück wer er war." Ich werde lauter. „Und trotzdem werden all meine Fragen nicht beantwortet. Es wird mir irgendwas verschwiegen. Sei es über meinem Vater, der Organisation oder dem Collector. Ich bin eine Gefangene in diesem Loch." Nox steht plötzlich auf. Oje, ich habe die Organisation als Loch bezeichnet. Das wollte ich nicht. Es ist sein zu Hause. Er kennt doch nichts anderes. Ich wollte ihn nicht verletzen. "Nox, es tut..." Bevor ich meinen Satz beenden kann, hält er mich fest. Ich versinke in seiner Umarmung. Es ist eine sehr feste Umarmung. „Danke." Ist er denn jetzt komplett durchgeknallt? „Wofür?" Meine Frage kam kaum hörbar aus seiner Umarmung heraus. „Ich dachte mir schon, dass du mit der ganzen Sache zu cool umgehst. Endlich hast du dich geöffnet." Seine Umarmung wird plötzlich noch fester. „Au, du tust mir weh." Er lässt von mir ab. „Ich bin hier. Egal was es ist, rede mit mir. Ich werde es auch tun. Versprochen. Nur bitte, keine eigenständige Aktionen mehr." Ich schüttle meinen Kopf. „Ich suche den Kontakt zum Collector ja nicht mit Absicht." Er nickt mir verständlich zu. „Bitte versuche es zu vermeiden. Du hast Recht. Ich weiß nicht wie es ist. Aber rede mit mir und ich versuche es zu verstehen." Er dreht sich um und geht in Richtung Badezimmer. „Tut mir Leid. Ich wollte die Organisation nicht als Loch bezeichnen. Das war nicht fair." Er grinst mich über seiner Schulter an und geht ins Badezimmer.

Ich gehe in mein Zimmer. Das war alles sehr anstrengend. Ein Auf und Ab. Wie auf einer Achterbahn. Ich hasse Drama. Aber anscheinend beherrscht das Drama jetzt mein Leben. Tamir… das ist ein schöner Name. Ich werde mit Sicherheit Sascha darauf ansprechen. Tamir war ja auch ein Guardian, ob er einen gefährlichen Auftrag hatte von dem Sascha schon wusste wie gefährlich es sein würde? Mir wird langsam schwindelig von all den offenen Fragen. Ich öffne meinen Laptop und logge mich in der Musik-App ein. Ich öffne meine Favoriten. „Born to the night"von Ava Max, soll mich in den Schlaf begleiten. Ihre Stimme beruhigt mich meistens. Doch heute schwirren trotzdem all die offenen Fragen in meinem Kopf und begleiten mich in meinem Schlaf.

KAPITEL 15

Süß zu Mittag und Sauer zum Abend

Die letzten Tage waren echt anstrengend. Es hat irgendwie gut getan mal alles rauszulassen. Aber irgendwie ist es mir auch peinlich. Was soll ich heute bloß anziehen? Ich will heute in der Halle trainieren. Ich muss das nur noch Nox verklickern. Ich entscheide mich für meine kurzen Jeans-Shorts und mein grünes Top. Ich putze mir die Zähne und wasche mir wie jeden Morgen das Gesicht. Wenn ich das nicht tue habe ich immer das Gefühl, dass mein Gesicht total ölig ist. Meine Haare versuche ich mit der Bürste zu bändigen und zwinge es in einem Dutt. Ich höre wie die Tür sich öffnet und sehe Nox in Unterwäsche oben ohne. Ich starre ihn an. Er starrt mich ebenfalls an. „Bist du fertig oder soll ich…", er zeigt mit dem Daumen zur Tür. Ich komme wieder zu mir. „Äh, nein alles gut. Ich wollte gerade rausgehen." Als ich rausgehe und die Tür hinter mir schließe, hätte ich schwören können, dass er leise gelacht hat. Oje, der bildet sich bestimmt wieder was darauf ein. Ich werde es ignorieren. Ich setze mich auf die Couch und versuche Lina zu erreichen. Ich habe das Gefühl, als hätte ich sie eine Ewigkeit nicht mehr gesehen. Ich vermisse sie. „Jaaaaniieeee!!!" Ich muss sofort lachen. „Wie geht es dir?" Ich höre wie Lina tief Luft holt. „Ich sitze im Bus und bin gleich in der Schule, aber es ist ja sooo viel passiert. Ich gebe dir ein schnelles Update." In sowas ist Lina echt gut. Sie kann sehr schnell sprechen. Wenn man nicht richtig zuhört, kommt man nicht mit. „Trip nach Venedig wurde genehmigt, die Abschlussfahrt findet in zwei Wochen statt, Elternabend war ein Drama, weil Connors Mama die Abschlussarbeiten verschieben wollte. Er hat angeblich ein wichtiges Trainingsspiel." Sie lacht laut auf. „Luca und ich sind ein offizielles Paar. Wir haben sogar mitten im Schulhof geknutscht."

Sie ist sowas von ein Teenie-Girl. „Es ist sowas von toll. Er verwöhnt mich richtig, aber ich will ihn auch was Gutes tun. Bitte hilf mir." Sie hört sich verzweifelt an. „Luca ist einfach gestrickt. Back ihn einfach einen Kuchen. Frag ihn unauffällig welchen Kuchen er am liebsten isst." Ich höre wie sie erleichtert aufatmet. „Ich vermisse dich. Wann bist du wieder zurück?" Das wüsste ich auch gerne. „Ich dich auch. Ich hoffe, dass ich nächste Woche wieder da bin. Ich will nicht umsonst für die Abschlussprüfungen gebüffelt haben." Ich höre wie sie aus dem Bus steigt. Ich hatte gehofft, dass sich meine Laune steigt, wenn ich mit ihr telefoniere, aber um ehrlich zu sein sinkt sie immer mehr. Ich vermisse mein altes Leben. Wieso muss ich das Orakel sein? Danke Universum für nichts. „Janie?" Ups, ich bin mit meinen Gedanken abgedriftet. „Ja, sorry." Ich höre die ganzen Schüler im Hintergrund. „Ich geh jetzt rein. Luca wartet schon auf mich. Schreib mir bitte. Ich will mehr über dein Familien-Abenteuer wissen." Das würde sie mir nicht glauben. „Mach ich. Ich erzähl dir alles, wenn wir uns wiedersehen." Wir verabschieden uns. Jetzt sitze ich hier auf der Couch und warte. Das alles bin nicht ich und so will ich auch nicht sein. Mein unabhängiges Leben fehlt mir. Ich lege mich auf die Couch und genau in diesem Moment geht die Badezimmertür auf. „Hey, Schlafmütze! Aufstehen wir haben heute viel vor." Ich vergrabe mich in meine Arme. „Hab kein Bock." Ich spüre wie die Couch unter meinen Füßen etwas nachgibt. Er hat sich hingesetzt. „Von mir aus. Aber dann erklärst du Gitta warum wir nicht gefrühstückt haben." Ich atme laut aus. Nee, ich hab kein Bock, angemeckert zu werden. Widerwillig stehe ich auf und schaue ihn grimmig an. „Egal was es ist. Im Training kannst du es ausschwitzen." Er fragt ja gar nicht was los ist. Wir gehen runter ins Esszimmer. Gitta begrüßt uns mit einem breiten Lächeln. Ich bemühe mich meine Laune nicht an andere auszulassen. Sie hat uns ein schönes Buffet gezaubert. Früchte, Müsli, Brötchen mit verschiedenen Sorten Marmelade und Wurst. Sie hat sogar eine kleine Schale mit Rühreiern für uns gemacht. Natürlich lass ich mir solch ein gutes Essen nicht entgehen. Und mit jedem Bissen steigt meine Laune. Gitta ist eine Lebensretterin.

„Gitta, hast du auch Fähigkeiten?" Sie schaut mich überrascht an. „Natürlich, Schatz." Wow, vielleicht ist sie ein C-Vision. Ich fühle mich nämlich viel besser. „Bist du ein C-Vision?" Sie lacht laut auf. „Nein, Liebes.

Meine Fähigkeiten sind Organisation, Kommunikation, Kochen und Backen. Und all das mache ich mit Leidenschaft." Oh, wie peinlich. Ich werde rot. „Wieso dachtest du ich sei ein C-Vision?" Ich zucke mit den Schultern. „Vor wenigen Minuten hatte ich schlechte Laune und jetzt habe ich wieder gute Laune." Sie lacht wieder. „Das, Mausi, ist die Macht eines guten Frühstücks." Jetzt muss ich auch grinsen. Sie ist die Beste. Ich helfe ihr mit dem Geschirr. Nox bleibt sitzen und spielt an seinem Handy rum. Was ist mit ihm heute los? Sonst rennt er mir hinterher. Schreibt er seiner geheimen Flamme? „Gitta, weißt du wann Ben wiederkommt?" Sie zuckt mit den Schultern. Ich wüsste gern was für ein Training er machen muss. Als ich die Küche verlasse, bemerke ich Nox. Er wartet im Flur auf mich. „Heute kannst du ordentlich zu Mittag essen." Ich schaue ihn verwirrt an. Er ist echt manchmal komisch. „Eine kleine Überraschung für dich. Dasselbe gilt auch für morgen." Ich schaue ihn skeptisch an. „Was hast du vor? Willst du das ich mir die Seele heute auskotze?" Er grinst teuflisch. „Nee, Training fällt heute und morgen aus." Gott sei Dank. Ich habe sowas von kein Bock auf Training heute. „Gehen wir zu Greta."

Es ist heute wieder unerträglich heiß. Aber so richtig schwül. Als könnte man die Luft schneiden. Es wird bestimmt mal kurz regnen. Die Wolken sehen auch sehr grau aus. Ich bin wirklich dankbar, dass wir heute nicht trainieren. „Janie?" Mist, ich bin schon wieder woanders mit meinen Gedanken. Ich schaue Greta an. Sie schaut mich besorgt an. „Ist alles in Ordnung?" Ich nicke. „Mir fällt es heute schwer mich zu konzentrieren. Ich weiß auch nicht warum." Sie lächelt mich leicht an. „Schade, heute wollte ich dir die Geschichte der Z-Visions erzählen." Mist, ich will das wirklich wissen. Ich setze mich aufrecht hin. „Ich weiß, dass du heiß darauf bist. Wir werden es aber auf Montag verschieben." Verdammt. Och, ich könnte mir selbst in den Arsch treten. „Sei nicht frustriert. Stattdessen machen wir noch ein paar Konzentrationsübungen. Vielleicht kannst du dich dann später besser konzentrieren." Sie hat Recht. Ich schließe die Augen und plötzlich blitzen Bilder vor mir. Ich blinzle ganz schnell. Was war das. Ich konnte nichts erkennen. Ich glaube ich habe Lina gesehen. Ich schließe wieder die Augen und sehe wie Ben Lina umarmt. Was soll das? Ich schaue Nox an. Er runzelt die Stirn. „Warum ist Ben bei Lina?" Er schaut mich verwirrt an. "Ich habe gesehen, wie er Lina umarmt." Mein Ton ist ungewollt streng. „War es nur ein Bild oder mehr?" „Nur ein

Bild." Ich lasse meinen Blick nicht von Nox ab. Aber er lässt sein Poker-
face nicht fallen. „Keine Ahnung." Nicht mit mir. Lina soll mit all dem
nichts zu tun haben. „Ruf ihn an." Greta steht auf. „Janie, die Seeker haben aktuell ein Spezialtraining." Ich hebe die Hand, um ihr zu signalisie-
ren, dass sie sich nicht einmischen soll. Dabei bleibt mein Blick weiterhin
auf Nox ruhen. Er zuckt mit den Schultern und ruft Ben an. Er gibt mir
sein Handy. Ich höre wie Ben schweratmend rangeht. „Ist alles Okay?"
Gar keine Begrüßung. Anscheinend hat er Angst um uns alle. „Ja, ich
wollte nur wissen wo du bist." Es ist kurz still auf der anderen Seite. „Vermisst du mich schon?" Seine Stimme hört sich hell und heiter an. „Hättest
du wohl gerne. Antworte mir." Er atmet tief ein und aus. „Wir sind in
einem Waldstück für unser Spezialtraining. Warum?" Okay, dann hat es
sich bei dem Bild um die Zukunft gehandelt. „Alles gut. Wollte nur mal
nach dir hören." Wir verabschieden uns und ich gebe Nox das Handy
wieder. „Nun gut. Ich glaube wir machen für heute Schluss. Janie?" Greta
schaut mich ernst an. „Egal was dich beschäftigt. Sieh zu, dass du es in
den Griff bekommst." Wow. Sie ist irgendwie mal so mal so. Streng bekommt bei ihr eine total neue Bedeutung. Ich nicke. „Du kannst gerne
jederzeit zu mir kommen, falls du jemanden zum Reden brauchst." Ich
nicke. Ach, das nervt. „Ich bin heute einfach nicht gut drauf. Ich weiß
auch nicht woran das liegt." Sie mustert mich. „Hattest du wieder Kontakt zu du weißt schon wen?" Meine Augenbrauen bewegen sich automatisch vor Überraschung hoch. „Nein. Und laut Abmachung sollen wir
nicht über ihn sprechen." Nox antwortet ihr noch bevor ich etwas sagen
konnte. „Ich habe nicht mit dir gesprochen, Noah." Sie schaut mich wieder streng an. Ich schüttle den Kopf. Ich weiß, wenn ich ihr jetzt antworte,
bemerkt sie, dass ich lüge. Ich bin darin echt schlecht. Meine Stimme wird
immer zittrig und ich brabble mehr Mist als logisches Zeug. Sie nickt nur
und notiert sich etwas. „Du bekommst eine Hausaufgabe. Über das Wochenende wiederholst du die Konzentrationsübungen. Schön meditieren.
Am besten nimmst du dir dafür zwei Stunden. Ich nicke nur wieder. Sie
steht auf und scheint ein wenig frustriert zu sein. Sie geht zur Tür und
öffnet es. „Schönes Wochenende." Hä, ich dachte wir üben nonstop?
„Wieso sehen wir uns am Wochenende nicht? Ich dachte es sei wichtig
meine Fähigkeiten auszubilden und zu verstärken?" Sie grinst mich an.
„Das war eine Anordnung. Alles Weitere wirst du von deiner Mutter o-
der Herr Custos erfahren." Echt jetzt? Das nervt. Ich hab echt kein Bock

auf weitere offene Fragen. Ich brauch echt mal eine Pause. „Warum machst du so ein langes Gesicht." Ich schüttle den Kopf. „Es ist nichts. Ich habe einfach schlechte Laune. Keine Ahnung warum." Sie schenkt mir ein lächeln. „Glaub mir, morgen sieht die Welt wieder ganz anders aus. Ach und nächste Woche bildet dich Joris aus. Das hätte ich beinahe vergessen." Wieder schaue ich sie fragend an. „Herr Smit, er bildet die V-Visions aus." Das weiß ich selbst. „Ja, ich weiß, aber wir sind hier doch auch nicht fertig." Sie nickt. „Du sollst auch nicht aufhören. Alles was wir bisher gelernt haben sollst du verinnerlichen und weiterhin üben. Wir sehen uns in ungefähr zwei Wochen wieder. Und dann gehen wir die Geschichte der Z-Visions durch." Ich seufze einmal tief und laut. Leider versehentlich etwas zu laut. „Was stört dich daran?" Am liebsten würde ich sagen alles. „Mir wäre es lieber, wenn wir den, ich sag mal Lehrplan, so wie in der Schule gestalten würden. Keine Ahnung. Zwei Stunden bei Ihnen, dann bei Joris, dann bei Frau Kester und den Rest des Tages trainieren." Sie schüttelt den Kopf. „Es steckt ein Plan dahinter. Ziel ist es, dass du dich in der Woche nur auf eine Fähigkeit konzentrierst. So versprechen wir uns einen größeren Erfolg. Abgesehen von heute, habe ich einen positiven Eindruck deiner Fähigkeiten. Du bist schon weiter als manch andere Anfänger. Ich weiß nicht, ob es daran liegt, dass du das Orakel bist ..." Sie überlegt kurz. „Vielleicht ist es auch die gute Gene. Wenn ich so an dein Opa denke." Sie schenkt mir ein breites Grinsen. Auch ich muss jetzt ein wenig lächeln und schaue automatisch das Foto an der Wand an. „Ich würde gerne mehr über ihn erfahren. Vielleicht wenn wir uns in zwei Wochen wiedersehen?" Sie nickt mir grinsend zu. Das freut mich. Wir verabschieden uns und ich drehe mich zu Nox und warte bis er voraus geht. Aber er ist wieder am Handy. Ich verdrehe die Augen und gehe. Das kann nur seine geheime Flamme sein. Ja, ich will dass er glücklich ist. Aber meinte er nicht, erst wenn alles vorbei ist? Mich stört das gewaltig.

Unten treffe ich Gitta. Ich höre wie sie kichert. Ich schleiche mich an und höre, dass sie gerade telefoniert. Ich laufe leise an ihr vorbei und winke ihr zu. „Oh, oh, hey, Warte!" Ich bleibe stehen. „Ich muss weitermachen. Wir sehen uns heute Abend, Bussi." Sie versucht leise zu sprechen, aber ich habe es trotzdem gehört. Ich kann nicht anders als zu grinsen. Sie schaut über ihre große Brille. „Wo ist Nox?" Als ich zur Treppe schaue, sehe ich ihn. Natürlich in sein Handy vertieft. Gitta folgt meinem Blick. „Aha. Okay. Also, ich soll dir was ausrichten." Ich atme wieder tief ein. Am liebsten hätte ich heute meine Ruhe. Gitta ignoriert es. Dafür bin ich ihr dankbar. „Nach dem Mittagessen sollst du dich hier mit deiner Mutter treffen." Ich nicke ihr zu. Sie schaut mich überrascht an. „Ui, willst du nicht wissen wieso? Ich dachte du wärst neugierig." Nox steht wieder an meiner Seite. Mein Guardian in Nöten, der heute anscheinend mehr abwesend als anwesend ist. „Sie hat heute schlechte Laune." Gitta grinst. „Ach, das vergeht wieder Liebes. Geht erstmal schön essen." Den ganzen Weg haben wir uns angeschwiegen. Ach, ich weiß nicht. Irgendwie ist das heute einfach nicht mein Tag. Hunger hab ich auch nicht wirklich. Ich setze mich an einem freien Tisch. Nox schaut mich fragend an. „Ich will nichts. Hab kein Hunger." Er zuckt mit den Schultern und geht zur Theke. Was ist heute bloß mit mir los? Wieso fühle ich mich heute so… down? Ich seufze genervt. Plötzlich knallt jemand sein Tablet direkt neben mir auf den Tisch. Ich habe mich tierisch erschreckt. „Hehehe… Schlechtes Gewissen?" Ich schau auf und sehe Becky neben mir stehen. Sie setzt sich lachend hin. „Wo ist Nox? Hätte nicht gedacht, dass er dich so alleine hier sitzen lässt." Tja, heute hat er wohl kein Bock. Ich zucke mit den Schultern. Sie mustert mich. „Habt ihr euch gestritten?" Ich schüttle den Kopf. „Ich weiß auch nicht. Heute bin ich irgendwie…" Ich weiß nicht wie ich es sagen soll. „Schlecht drauf? Ist etwas passiert? Oder hast du Besuch von der roten Betsy?" Ich zucke wieder mit den Schultern und schüttle den Kopf. Wer bitte sagt zur Periode `rote Betty´? „Nein. Ich fühle mich, als hätte ich etwas verloren. Es ist komisch." Becky denkt offensichtlich nach. Wenn sie das tut bilden sich zwischen Ihren Augen kleine Grübchen. „Vielleicht, sind das gar nicht deine Gefühle." Das kann sein. Aber wenn es nicht meine Gefühle sind, wessen dann? Ich nicke nachdenklich. Ich sehe wie Nox zu uns kommt. Sein Gesichtsausdruck nichtssagend. Bevor er sich richtig hinsetzen konnte, musste ich es wissen. „Geht es dir gut?" Nun schaut er mich fragend an. „Wie fühlst du dich? Verloren?" Auch Becky fragt ihn nun direkt. Sein Blick wandert von mir zu Becky und wieder zurück. „Nein, mir geht es gut. Was ist mit euch?" Nun spielt Becky mit Ihren schmalen Fingern an ihrem Kinn herum. „Wenn du es nicht bist, wer dann?" Ich presse nun die Lippen nachdenklich zusammen. Nur Nox war bisher mit mir die ganze Zeit zusammen. „Muss wohl doch an mir liegen." Nox verdreht die Augen.

„Wegen deiner Laune?" Ich nicke. „Wenn du deine Periode hast, kannst du mir das gerne sagen." „Sag mal spinnst du?" Das kam einfach so rausgeschossen. Als ob ich ihm das sagen würde. „Nox, das geht gar nicht. So gut kennt ihr euch auch wieder nicht." Ich nicke ihr dankend und zustimmend zu. Eigentlich ist das fies, da sie mich ja auch gefragt hatte. Aber unter uns Mädels ist das irgendwie was anderes. „Das ist es aber auch nicht." Er grinst einfach nur. „Hier, ich habe dir einen Burger bestellt." Ich schaue ihn genervt an. Aber um ehrlich zu sein. Jetzt wo es vor mir steht, bekomme ich doch Hunger. Ich ziehe es zu mir und zwinge mir ein leises „Danke". Er grinst mich an und beißt in seinem Burger. „Wow, du isst einen Burger?" Er hat den Mund voll aber antwortet trotzdem. „Und? Ich muss ja heute nicht trainieren." Becky lacht laut. Lasst es euch schmecken. Ich schaue auf ihr Tablett und sehe einen Salatteller. „Musst du gleich weitertrainieren?" Sie schüttelt den Kopf. „Ich habe heute einen Spezial-Auftrag." Irgendwie darf jeder etwas Spezielles machen. Naja, Ben und Becky zumindest. „Hey, jetzt hör doch mal auf zu schmollen. Ich hatte gehofft, dass wir eine schöne Zeit zusammen haben." Ich lächle sie leicht an.

Becky erzählte mir von Ihren Eltern, die hier als Visions arbeiten. Sie sieht sie allerdings kaum. Sie war ursprünglich ein Seeker, aber ein Z-Vision sah ihr Potential als Guardian. Seitdem wird sie als Guardian ausgebildet. Das ist schon sehr beeindruckend, da bisher noch nie ein Seeker zum Guardian befördert wurde. „Vermisst du es ein Seeker zu sein?" Sie zuckt mit den Schultern. „Ich trainiere zwar härter als vorher, aber bis jetzt hatte ich noch nie einen Auftrag. Der Auftrag heute ist mein Erster." Oh das ist doch super. Oder vielleicht auch nicht? „Ist es gefährlich?" Sie lächelt und zwinkert mir zu. „Machst du dir Sorgen um mich?" Nox schnauft und lächelt leicht. „Hättest du wohl gerne." Was soll das denn jetzt? Die ganze Zeit hatte er nichts gesagt und jetzt so ein Kommentar. Ich schnappe mir Beckys Hand. „Ja, ich kann dich nämlich gut leiden." Sie schaut mir tief in die Augen. Ihre braunen Augen funkeln richtig vor Freude und Sicherheit. „Vertrau mir. Mir wird nichts passieren." Ich glaube ihr und lächle sie an. „Das zähl ich als Versprechen und wenn du es brichst, werde ich dich als Orakel verfolgen." Sie lacht laut auf. „Hörst du Nox, sie ist schon hinter mir her." Sie streckt ihm spielerisch die Zunge aus und steht auf. „So, ich mach mich dann mal schon auf den Weg um die Vorbereitungen zu beenden. Wir sehen uns." Wir verabschieden uns. Nun herrscht Stille. Nox spielt immer noch mit seinem Handy. Das nervt. Ich stehe auf und räume mein Tablet weg und gehe. Soll er doch in seiner Welt heute leben. Ich gehe jetzt zu Mama. Vielleicht will sie mir heute etwas über ihre Arbeit zeigen. Erst nach ein paar Metern nachdem ich die Mensa verlassen habe, kommt Nox hinterher gejoggt. „Hey, habe ich dir irgendwas getan?" Ist das sein Ernst? „Würdest du nicht so viel an deinem Handy spielen, würdest du mehr mitbekommen. Außerdem mag ich es nicht, wenn man für mich spricht." Er schaut mich fragend an. „Woher willst du wissen, um wem ich mir Sorgen mache und um wem nicht?" Er lacht laut auf. „Das habe ich wegen Becky gesagt. Das war einfach ein Scherz." Sein Humor ist komisch. Ich fand es nicht lustig. „Komm schon! Gibt es denn nichts womit man dir die Laune heben könnte? Du ziehst ja einen echt runter." Ich weiß auch nicht. „Ich würde Lina gerne wiedersehen. Ich will mit ihr beim Thailänder das All-you-can-eat-Buffet plündern und dann ein Jason Statham Film sehen." Er zieht die Augenbrauen hoch. Ich zucke mit den Schultern. „Wir lieben seine Filme." Er grinst mich an. „Dann schauen wir uns heute Abend einen Film an." Das ist lieb gemeint. Ich gebe mir Mühe nicht mehr so unleidlich zu sein. „Danke."

Im Hauptgebäude steht Mama bei Gitta und unterhält sich lachend mit ihr. Sie scheint gute Laune zu haben. „Mama? Du wolltest dich mit uns treffen?" Ich schaue zur Seite und bemerke jetzt erst, dass Nox gar nicht mit reingekommen ist. Er verhält sich heute echt untypisch. Er war bisher sehr beschützend und folgte mir überall hin. Heute allerdings ist das überhaupt nicht so. „Schatz, ich habe eine kleine Überraschung für dich. Eher gesagt, hat Noah die für dich. Ich war zwar erst dagegen, aber er hat sich um alles Mögliche gekümmert. Ich will nur dass du weißt, dass ich mit allem einverstanden bin. Ach und die Prüfungen kannst du nächste Woche hier in der Organisation schreiben." Echt jetzt? Das ist der Hammer. Ich grinse von Ohr zu Ohr. „Ich habe seit ein paar Tagen nicht mehr gelernt, aber ich bin bereit. Geil, Mama! Danke." Ich gebe ihr eine dicke Umarmung. „Du liebe Güte. Ich hätte nie gedacht, dass eine Schülerin sich so über Abschlussprüfungen freuen könnte. Hasilein, du überraschst mich immer wieder." Gitta lacht laut. „Tja, meine Janie ist eben etwas Besonderes und ein fleißiges Bienchen." Sie drückt mir einen Kuss auf den Kopf und löst sich von der Umarmung. „Geh, Noah wartet draußen." Das war genau das, was ich heute gebraucht habe. Meine Laune hat sich mega gestiegen. „Danke, Mama. Ich hab dich lieb." Ich drücke Sie nochmal und winke Gitta zum Abschied zu und jogge zur Eingangstür. Ich ziehe die Tür mit viel Schwung auf und sehe auch schon Nox vor mir stehen. Er grinst mich zufrieden an. „Komm mit. Wir fahren mit Saschas Auto." Ich folge ihm. Etwas weiter weg befindet sich eine Tiefgarage. Die ist mir gar nicht aufgefallen. Wir bleiben vor einem weißen Auto stehen. „Bevor wir einsteigen muss ich dir Saschas Regel erklären." Ich schaue ihn verwirrt an. „Für das Auto?" Er nickt. „Sascha ist sehr pingelig, wenn es um seinen geliebten Grandlander geht." Die Marke habe ich noch nie gehört. Ich betrachte das Auto. Es ist ein Opel. Deren Werbung habe ich oft genug gesehen. „Das Modell heißt Grandlander?" Er grinst. „Nee, es ist ein Grandland aber Sascha nennt es Grandlander. Ist ja auch egal." Er geht zur Beifahrerseite und öffnet mir die Tür. „Bevor du einsteigst, schau nach ob deine Schuhe arg dreckig sind. Wenn ja, musst du die Schuhe vorher abklopfen. Im Auto wird nicht getrunken und auch nicht gegessen. Und bitte fass generell nichts an. Wenn wir irgendwas verstellen bekommt er die Krise." Oha, er ist ja echt pingelig. „Das ist wohl sein Baby?" Nox schüttelt sein Kopf. „Wenn es nur so wäre. Er ist ein sehr ordentlicher Typ. Was meinst du warum die Waffenkammer so ordentlich und sauber ist. Aber das hat seine Vorteile." Naja, jeder das seine. Ich zucke mit den Schultern und schaue ob meine Schuhe sauber sind. Gerade als ich einsteigen will hält Nox meinen Arm fest. „Warte, ich muss dir die Augen verbinden." Ich gebe ihm meinen `echt jetzt´ Blick. Er grinst mich allerdings nur an und holt ein schwarzes Tuch aus seiner Hosentasche. Erst jetzt fällt mir auf, dass er eine lockere kurze Jeans trägt und ein schwarzes T-Shirt. „Was ist?" Oh, ich habe ihn wohl zu lange angestarrt. „Hast du dich vorhin umgezogen, als ich mit Mama gesprochen habe oder hast du das schon den ganzen Tag an?" Er zieht die Augenbrauen hoch. „Schon den ganzen Tag. Du solltest mehr auf deine Umgebung achten. Ich glaube, das werden wir zukünftig ebenfalls trainieren." Ich verdrehe die Augen und in diesem Moment verbindet er mir die Augen. Ich setze mich vorsichtig ins Auto.

Nach einer Weile im Auto werde ich langsam Müde. Im Auto höre ich die Stimme von Nicole Scherzinger. Eine tolle Sängerin. Sie hat einen Song mit Todrick gemacht, der mir bis heute sehr gut gefällt. „Bist du noch wach?" Soll ich antworten oder einfach nur so tun? „Ja, ich weiß ja nicht, ob es sich lohnt die Augen zu schließen." Ich höre wie er leise lacht. „Du kannst wenn du willst ein bisschen schlafen. Wir stehen im Stau." Ist doch auch blöd, ihn dann alleine sitzen zu lassen. „Wir könnten uns doch auch Unterhalten." Ich überlege kurz über was wir uns unterhalten könnten. „Welche Musikrichtung hörst du am liebsten?" Er scheint kurz zu überlegen. „Kommt auf meine Stimmung an. An sich eigentlich alles was mir gefällt. Amerikanische Rap-Musik beispielsweise, Mash-ups oder wenn ich konzentriert trainiere ist es meistens Rock." Es ist kurz ruhig. „Was hörst du gerne?" Ich überlege kurz. "Aktuell höre ich Ava Max sehr gerne. Ich höre an sich eigentlich fast alles." Er nickt und ist wieder still. „Was würdest du tun, wenn das alles irgendwann vorbei ist?" Wie meint er das? „In der Organisation oder allgemein?" „Allgemein." So genau habe ich mir das noch gar nicht vorgestellt. Naja, das ging ja alles auch so schnell. „Keine Ahnung. Vielleicht mache ich meinen Abi und studiere dann." Ich höre ein Schnauben. Lacht er? „Glaubst du das geht? Du bist das Orakel. Du bist sozusagen der oberste Kopf der Organisation." Stimmt. Aber arbeite ich dann zukünftig als Orakel für die Organisation oder gehöre ich der Organisation? „Was ist, wenn ich das nicht will? Ich bin sechzehn. Ich weiß noch gar nicht genau was ich will." Er ist still. Ich habe das Gefühl, dass ich keine andere Wahl habe. „Ich glaube, man muss dir mehr über die Organisation und deine Vorgänger erzählen. Du wärst wahrscheinlich der erste Orakel, der nicht für die Organisation arbeiten würde." Wie sicher kann man sein, dass es nur einen Orakel auf der Welt gibt? „Gibt es wirklich nur einen Orakel auf der Welt?" „Ja, soweit ich weiß." Ich spüre plötzlich wie das Auto wieder schneller wird. „Kannst du etwas von deiner Playlist spielen?" ich höre wie er einen Knopf drückt. Ich höre einen Moment lang hin. Die Band hört sich wirklich gut an. Auch der Text gefällt mir. „Wer ist das und wie heißt der Track?" „Skillet. Awake and alive." Das muss ich mir merken. Irgendwie passt es zu mir.

Nach einer Weile spüre ich wie der Wagen anhält. Ich höre wie Nox aussteigt. Darf ich endlich wieder was sehen? Meine Tür öffnet sich. „Halte dich an mir fest." Er hilft mir auszusteigen. Wir steigen ein paar Treppen hinauf und durch eine Tür. Wir bleiben stehen und ich merke, dass Nox sich von meinem Griff löst. Jetzt fühle ich mich einsam. „Du kannst die

Augenbinde abnehmen." Gesagt, getan. Ich brauche etwas Zeit, um mich an das Licht zu gewöhnen. Vor mir stehen vier Gestalten in weiße Ganzkörperanzüge und Nox. Alle Grinsen mich an. Plötzlich entdecke ich Lina und Luca. Ich springe Lina um den Hals und mir schießen die Tränen in die Augen. Während der langen Umarmung kämpfe ich erfolgreich gegen die Tränen an. „Überraschung!" Luca breitet die Arme aus und umarmt mich ebenfalls. „Die ist euch gelungen." Ich schaue mir die anderen Gestalten an. Ben und Becky sind auch da. Ich grinse Becky an. „Das ist also dein Spezial-Auftrag." Sie grinst mich triumphierend an. „Wir müssen sooo viel besprechen." Lina ist ganz aufgeregt. „Bevor wir das aber machen, lassen wir erst mal so richtig die Sau raus." Bens Augen funkeln richtig bei diesem Satz. Luca hebt motivierend die Faust. Oha, was ist hier los. „Safety first." Nox hält mir mit diesen Worten etwas Weißes hin. „Zieh dir schnell dein Ganzkörper-Kondom an." Lina musste lachen, als Becky mir das sagte. „Für was sind die nötig?" Nox schnappt sich auch ein Ganzkörperkostüm und beginnt auch schon hineinzuschlüpfen. „Zu deinem Schutz. Wie Ben schon sagt, heute lassen wir die Sau raus." Ich schlüpfe in den Ganzkörperanzug rein und bin schon richtig aufgeregt. Als ich mich umdrehe steht Ben mit einem Schläger vor mir. Ich schaue ihn nur fragend an. „Ich habe sowas noch nie gemacht. Dürfen wir wirklich ALLES kaputt schlagen?" Hä? Wie bitte? Ich schaue nun rüber zu Nox. Er grinst mich breit an. „Zieht bitte alle eure Schutzhelme an. Wir dürfen nun eine Stunde in dieser Halle alles Mögliche zerschlagen. Habt kein schlechtes Gewissen. Dieses Unternehmen bietet sowas an. Die einzige Regel ist: Verletzt euch und die anderen nicht." Ich weiß gar nicht was ich sagen soll.

Wir betreten eine kleine Halle. Hier stehen alle möglichen Dinge rum. Dinge, die man aus dem Alltag kennt. Als hätte man den ganzen Sperrmüll gesammelt und hier ordentlich aufgebaut. Es sieht sogar sehr sauber aus. Ben und Luca stürmen auf die Einbauküche zu und beginnen alles kleinzuhauen. Lina schaut mich etwas schüchtern an und scheint zu warten bis ich ebenfalls damit beginne. So kenne ich sie gar nicht. Sonst ist sie sehr selbstsicher. „LOS GEEEEEHTS!" Beckyś Kampfschrei lässt mich zusammenzucken. Sie greift meinen Arm und rennt mir zu einem Fernseher. „Auf drei zeigst du uns deinen besten Schlag." Ich muss lachen. Auf

Drei haben wir tatsächlich den Fernseher klein gehauen. Als ich mich umdrehe sehe ich wie Lina ihren Kampf mit der Stehlampe eröffnet hat. Nox schlägt von einem alten Auto die Scheiben ein. Hier gibt es tatsächlich alles. Mit jedem Schlag fühle ich wie die heutige Frustration nachlässt.

Ich bin völlig außer Atem. Wir sitzen alle auf der demolierten Wohnlandschaft. Ein dröhnen ertönt aus den Lautsprecher. „Unsere Zeit ist um." Ich schaue rüber zu Nox. Er schaut zufrieden in die Runde. Natürlich ist er nicht aus der Puste. Alle stehen auf und gehen in Richtung Ausgang. Nox hält mir seine Hand hin. Ich nehme sie und ziehe mich hoch. „War das der Grund warum du heute ständig am Handy warst?" Er nickt mir grinsend zu. „Ich musste alles genauestens organisieren. Nachdem du dich mir gestern geöffnet hattest, dachte ich mir schon, dass du so etwas brauchst." Ich schaue mir die Halle nochmal an. Wir haben uns hier echt übel ausgetobt. „Danke." Ich nehme seinen Arm und wir laufen zusammen zum Ausgang. Ich schaue auf die Uhr. Wir haben 16 Uhr. „Was ist?" Lina schaut mich fragend an. „Wir sind heute um 18 Uhr verabredet." Mona. Nox nickt. „Wir schaffen das schon." Ich glaube ihm. Wir unterhalten uns alle noch aufgeregt über das, was eben geschah. Mit einem Aufzug fahren wir in das nächste Stockwerk. Hier befindet sich eine Bar. „Bevor wir wieder getrennte Wege gehen, dachte ich mir, wir könnten uns besser kennenlernen und ein bisschen miteinander quatschen." Nox lächelt mich liebevoll an. Genau das habe ich gebraucht. Ich bin ihm wirklich sehr dankbar. „Hey, wir sind auch da. Ohne uns hätte er das gar nicht organisieren können." Ben scheint etwas beleidigt zu sein. Ich gehe rüber zu ihm und gebe ihm und Becky eine Umarmung. „Ich danke euch." Lina schaut uns verwirrt an. „Hast du Hausarrest?" Ups, sie weiß ja gar nicht wirklich was los ist. Ich setze mich zu ihr. „Mama, wollte nicht, dass ich gehe. Aktuell ist tatsächlich viel los. Ich habe Mamas Freund kennengelernt." Hah, damit kann ich sie ablenken. Ihre Augen weiten sich. Hehehe, ich weiß genau wie ich ihre eindringlichen Fragen aus dem Weg gehen kann. Sie weiß nämlich genau ob ich sie anlüge oder nicht. „Waaaaas? Tienchen hat einen Freund?" Ben rutscht etwas weiter nach vorne. „Wer denn?" Er wusste es also auch noch nicht. „Sascha." Ich grinse ihn an. Er ist sichtlich schockiert. Nox muss lachen. "Der ist aber auch eine Maschine" Becky ist wirklich offen und spricht auch alles offen aus. „Jetzt bin ich neugierig. Wie sieht er aus? Hast du ein Bild? Was macht er so?"

Ich muss lachen. „Er ist Trainer dementsprechend auch durchtrainiert."
Ihr Blick wandert automatisch zu Nox und Ben. „Er ist aber sehr nett und
zuvorkommend. Ich muss ihn aber auch noch richtig kennenlernen." Das
stimmt. So gut kenne ich ihn noch nicht. „Solange Mama glücklich ist, bin
ich es auch." Lina drückt mich. „Ich freue mich so für sie." Wieder wandert ihr Blick zu den anderen. „Woher kennt ihr euch alle?" Ben holt Luft.
„Sascha hat mich aufgenommen. Er ist sowas wie eine Vaterfigur für
mich." Hehehe, Nox war wohl schneller. „Ich bin Tinaś Patenkind." Das
sagt Ben mit voller Stolz. „Und ich bin mit den zwei Holzköpfen befreundet." Becky sagt das und gibt beiden Jungs mit ihrer Hand einen leichten
Klaps am Hinterkopf. Ben schaut sie spielerisch tadelnd an. „Sag mal Janie, warum lernt ihr euch jetzt erst kennen?" Luca hat hier einen guten
Punkt getroffen. Jetzt muss ich gut aufpassen, sonst ist alles im Arsch.
„Sascha war früher der beste Freund von meinem Vater." Lina ver-
schluckt sich. Ich ignoriere es. „Mama hatte Angst wie ich reagieren
könnte. Sie scheint auch Schuldgefühle gehabt zu haben." Luca schaut zu
Ben rüber. „Aber warum hat Janie nichts von dir gewusst?" Nun übernimmt Ben. „Ich war in einer Art Privatschule. Tina hat mich finanziell
unterstützt. Sie hatte das meiner Mutter vor ihrem Tod versprochen."
Lina schnappt nach Luft. „Das ist ja echt kein Wunder, das Tienchen dir
nichts gesagt hat. Das ist ja alles traurig und belastend. Ben das tut mir so
leid." Sie schenkt ihm einen liebevollen Blick. Er lächelt sie dankend an.
„Wie alt warst du als deine Mutter starb?" Luca ist sehr direkt, stellt aber
die Frage mit einer mitfühlenden Stimme. „Ich war sozusagen noch ein
Baby. Ich habe Bilder von ihr und Geschichten die mir erzählt wurden.
Ja, es ist traurig. Aber…" Er schaut mich an. „Ich habe ja noch Tina und
Janie." Das hat er süß gesagt. „Ooooh. Mensch Ben du bist mir einer. Du
hättest dich aber nicht als Janie Freund ausgeben müssen. Und du…"
Nun dreht sie sich zu mir. „Warum hast du nichts gesagt?" Ist das ihr
ernst? Ich hole schon tief Luft. „Wie denn? Ben lässt einem kaum zu Wort
kommen." Becky lächelt mich an. Sie hat Recht. Lina lacht. „Stimmt.
Wenn ich jetzt daran denke. Das kam ja echt aus dem Nichts." Ich muss
lachen. „Hey Lina, wie lange kennt ihr euch eigentlich? Seid ihr zusammen aufgewachsen?" Lina lächelt Nox stolz an. „Seit dem Kindergarten
sind wir unzertrennlich. Naja, bis Ben kam war das so." spielerisch streckt
sie ihm die Zunge aus. Überraschend streckt er ihr auch die Zunge aus.
„Was ist mit dir?" Becky richtet ihre Frage an Luca. Er zuckt die Schulter.

„Ich glaube seit der Grundschule, oder?" Ich muss kurz überlegen. „Ja, in irgendeinem Pausenspiel haben wir uns kennengelernt." Stimmt. Irgendwann war Luca einfach ein Teil von meinem Leben. „Ich glaube auch. Irgendwann warst du einfach da." Luca beobachtet Nox. „Sag mal, wie alt seid ihr?" „Nox ist zwanzig, Ben neunzehn und ich bin ebenfalls neunzehn Jahre alt. Wie alt bist du?" Luca zieht die Augenbrauen hoch. „Wir alle sind sechzehn, siebzehn Jahre alt." Ist Luca jetzt verunsichert? Er ist Sechzehn, warum sagt er es nicht einfach?

Der Nachmittag war einfach super. Ich habe Lina nochmal eine dicke Umarmung gegeben. Wer weiß wann ich sie wiedersehe. Auch Becky und Ben habe ich dankend nochmal umarmt. Sie fahren Lina und Luca sicher nach Hause. Nox hält mir die Tür auf. Nickend danke ich ihm und grinse ihn dabei breit an. „Deine schlechte Laune ist verflogen?" Ich nicke wieder mit einem breiten Grinsen. Er schließt zufrieden die Tür. Bevor er einsteigt, klingelt mein Handy auf. Ich schaue nach wer mir schreibt. Es ist Lina. Nox steigt ein und beobachtet mich. Jetzt scheint er wieder in seinem Guardian-Modus zu sein. „Wer schreibt dir? Ist es deine Mutter?" Ich schüttle den Kopf. „Nein, Lina. Fahr ruhig. Ich check was sie will."

Jaaaanie, es war sooo ein toller Tag. Ich bin so froh, dass wir uns vor den Prüfungen nochmal sehen konnten. Ich verspreche dir viel zu lernen und nächste Woche geben wir unser Bestes. Alter, was sind das eigentlich für süße Jungs?

Oje, typisch Lina. Sie sollte aufpassen, dass Luca das nicht zu sehen bekommt. Ich weiß nicht wie er darauf reagieren würde. Es kommt noch eine Nachricht.

Hätte ich meinen lieben Luca nicht, hätte ich mir Ben unter den Nagel gerissen. Ich gehöre ja eh schon zur Familie. ;-p

Ich muss lachen. „Was ist?" Ups, ich habe meine Umgebung total vergessen. Nox will natürlich wissen was los ist. „Nichts, nur Lina. Sie findet Ben total süß." Er lacht. „Ben? Sie sollte aufpassen, das Luca das nicht spitz bekommt." Ich muss wieder lachen. „Das hatte ich mir auch gedacht." Er schaut mich kurz an. „Naja, wir Männer haben es nicht gerne, wenn unsere Frauen einen anderen anmachen." Mag sein. Ich zucke mit den Schultern. „Dein ernst?" Was hat er denn jetzt. „Wenn du einen Freund hättest. Dürfte er andere Frauen hinterherschauen?" Ich überlege kurz. „Ja. Solange er nichts mit ihr zu tun hat, darf er gerne kurz gucken." Er scheint zu überlegen. „Okay, aber Lina hat Ben richtig kennengelernt. Keine Ahnung ob sie mit ihm Nummern austauschen würde. Aber dann hätte sie mit ihm zu tun. Dürfte sie dann trotzdem so von ihm schwärmen?" Eigentlich hat er Recht. „Stimmt schon, aber Lina würde Luca nie wehtun." Er lacht kurz. Wieso ist er denn jetzt so? „Du kennst sie nicht so gut wie ich sie kenne." Er nickt. „Ich meine das jetzt nicht böse, aber dir fehlt echt die Erfahrung. Liebeleien und die richtige Liebe ist ein großer Unterschied. Ich glaube nicht, dass Lina und Luca DAS Liebespaar sind. Sobald man die richtige Liebe gefunden hat ist jeder andere egal." Mag ja sein, dass ich keine Erfahrung habe, aber Lina wäre nicht so Rücksichtslos. Oder? Ich schaue auf meine Hände. Die richtige Liebe. Wie das wohl bei Mama war oder ist? Kann man die Liebe ein zweites Mal finden? „Sorry, ich wollte dich nicht runterziehen. Sie kann natürlich machen was sie will. Ist ja ihre Entscheidung." Hat er diese Erfahrung schon gemacht? „Nox…" Irgendwie will ich es wissen aber irgendwie auch nicht. „Was ist? Habe ich dich beleidigt?" Ich schüttle den Kopf. „Hast du denn schon die Erfahrung gemacht?" Er nickt einfach nur. „Woher wusstest du es?" Er scheint nicht lange zu überlegen. „Ich würde alles für sie tun. Mein Leben würde ich für sie geben. Sie ist mein Leben." Wow, die Antwort ist echt… intensiv? Ich weiß gar nicht was ich sagen soll. Es macht mich ehrlich gesagt etwas traurig. „So still? Keine Fragen?" Ich schüttle den Kopf. „Ich hatte dir ja versprochen zu helfen. Aber du riskierst dein Leben eigentlich schon als Guardian und im Moment kannst du gar nicht bei ihr sein." Er lacht. „Mach du dir darüber keinen Kopf." Wir halten an einer Ampel. Er lässt das Fenster runter und winkt draußen jemanden zu. Ich schaue ihn fragend an. „Glaubst du wirklich wir sind alleine?" Hä? „Für den Ausflug hatte ich mehrere Seeker und Guardians engagiert." Echt jetzt? „Dein Ernst? Wieso?" Ich habe gar nicht gemerkt, dass wir beobachtet wurden. Nox lacht. „Ich wollte, dass du bessere Laune bekommst. Außerdem glaube ich, hättest du heute Abend nicht gelassen mit Mona essen können. Sie wird dir unter Garantie wieder auf die Nerven gehen." Ich verdrehe die Augen. Aber er hat Recht. „Wie ist sie so?" Er überlegt kurz. „Nervig. Aber sie ist sehr zielstrebig. Ihre Mutter ist aber auch sehr anspruchsvoll." Er kennt ihre Mutter? „Also, hattet ihr doch eine Beziehung?" Er schaut mich kurz verwirrt an. „Naja, du hast ihre Mutter kennengelernt." Er schüttelt den Kopf. „Ich kenne doch auch deine Mutter und wir haben auch keine Beziehung." Oh, stimmt. Wie dumm von mir. "Ihre Mutter ist ein C-Vision. Du hast sie auch schon kennengelernt. Aurora Kester." Ich muss kurz auflachen. Er schaut mich wieder verwirrt an. „Als ich sie kennenlernte war mein erster Gedanke, das ist Mona-Zwei." Auch er muss grinsen. „Was meinst du damit, dass sie anspruchsvoll sei?" Vielleicht ist Mona doch nicht so verkehrt. „Das wirst du sehen, sobald die zwei aufeinander treffen." Da bin ich ja mal gespannt. „Ich hab eigentlich kein Bock auf das Abendessen heute." Ich kann mir schon vorstellen warum. „So wie ich sie kenne, macht sie sich Hoffnungen. Oder zieht wieder irgendeine Show ab. Ich hoffe du weißt, dass sie immer im Mittelpunkt stehen muss. Sollte eine Andere im Mittelpunkt stehen, wird diese von ihr gnadenlos ausgestochen. Daher wirst du ihr ein Dorn im Auge sein." Ja, so habe ich sie auch schon eingeschätzt. „Ich will ihr trotzdem eine Chance geben. Ich muss sie schließlich erstmal richtig kennenlernen." Ich will fair sein. Ich möchte auch nicht in irgendwelchen Schublanden gesteckt werden. „Alles klar, dann frag sie mal nach Becky." Oha, ist zwischen den zweien etwas passiert? „Was? Gab es einen Bitch-Fight?" Ich lache. Aber er setzt wieder sein teuflisches Grinsen auf. Das kann nur krass gewesen sein.

Wir sind gut durch den Verkehr gekommen. Nox fährt in die Tiefgarage. Sascha erwartet uns dort bereits. Er öffnet mir die Tür. „Na ihr Randalierer, hattet ihr Spaß?" Ich nicke ihn breit grinsend an. „Danke für alles. Ich habe von Nox erfahren, dass zu unserem Schutz einige Seeker und Guardians eingesetzt wurden." Er nickt mir zu. „Ja, aber es war mehr zu deinem Schutz. Nox hatte schließlich gute Argumente gehabt, also mussten wir uns alle Mühe geben. Wobei Nox die meiste Arbeit mit der Organisation hatte." Nox stößt zu uns und boxt Sascha gegen seinem Arm. „Laber nicht so viel. Hier die Schlüssel." Er nimmt die Schlüssel und mustert sein Auto. „Solange ihr mein Baby gut behandelt habt, bin auch ich zufrieden." Wow, das Auto scheint ihm wirklich wichtig zu sein. „Hey, Sascha!" Instinktiv drehen wir uns alle um. Cloud kommt auf uns zugelaufen. „Sollte er nicht wieder unterwegs sein und die Umgebung im Auge behalten?" Nox sagte das zwar leise, aber Sascha verpasste ihm einen leichten Hieb mit seinem Ellenbogen. Nox kann ihn wirklich nicht leiden? „Was gibt's?" Cloud bleibt vor mir stehen und schenkt mir ein charmantes Lächeln. „Hallo, Janie. Ich hoffe dir geht es gut?" Ich nicke ihm zu und schenke ihn auch ein Lächeln. "Das freut mich. Wie ich höre, kümmert sich Nox gut um dich. Das du mir schön auf unseren Diamant aufpasst." Diamant? Wer nennt den jemanden einen Diamant? Er scheint meine Verwirrung bemerkt zu haben. „Sie ist nicht nur die wichtigste Person, sondern auch eine Schönheit." Ich beginne zu kichern und schaue weg. Wieder wird mein Gesicht ganz heiß. Wieso sagt er denn sowas? „Komm auf den Punkt." Nox ist sichtlich genervt. „Ich wollte eigentlich nur zu Sascha. Weißt du wo Valentina ist? Ich muss mit ihr etwas besprechen. Eine unvorhergesehene Erweckung ist geschehen." Sascha nickt ihm zu und dreht sich zu uns. „Wir gehen. Macht euch einen schönen Abend. Wir sehen uns morgen auf den Schießstand." Uuuuh! Morgen geht es schon los? Ich weiß nicht ob ich mich freuen soll oder eher nervös sein soll. Jedenfalls kann ich es irgendwie kaum erwarten. Wir verabschieden uns. Cloud zwinkert mir nochmal zu und geht mit Sascha davon. Nox schnaubt einmal laut auf. „Er geht dir echt unter die Haut, was?" Er rollt die Augen. „Es nervt nur wie du darauf anspringst. Wirst voll rot, nur weil er dich als Diamant bezeichnet hat." Jetzt roll ich die Augen. „Tja, das liegt wohl an meine Unerfahrenheit." Ich strecke ihm grinsend die Zunge raus und gehe voran. „Hey, warte!" Ich hätte gedacht, dass er jetzt eingeschnappt wäre, aber er lächelt mich zufrieden an. Ich bin tatsächlich happy im Moment. „Nervt es dich, dass Cloud ein charmanter Typ ist?" Er hebt die Augenbrauen. „Du meinst eher ein schlechter Schleimer?" Ich zucke mit den Schultern. „Er sieht nicht schlecht aus und hat gute Manieren. Ich kenne ihn zwar nicht, aber er ist bisher immer recht höflich und charmant gewesen." Er beginnt schneller zu laufen. „Der Sack könnte dein Vater sein." Ich seufze tief und laut. „Ich habe nicht gesagt, dass ich ihn will. Klar ist er alt. Aber trotzdem sieht er gut aus." Nox lacht. „Warum lachst du?" Er zuckt mit den Schultern. Von weiten sehe ich schon das Haus. „Na, bist du aufgeregt?" Er schaut mich fragend an. „Ein Essen mit deiner alten Flamme." Ich grinse ihn gemein an. „Nee, keine Flamme. Habe es dir doch schon erklärt. Ist mir an sich eigentlich egal. Aber sie nervt einfach und das nervt mich." Tja, wer sich solch ein Lebensstil ausgesucht hat, ist selber schuld. „Du denkst wahrscheinlich ich sei selbst schuld." Ich nicke lachend. „Ach, was! Ich doch nicht." Er grinst mich nun auch teuflisch an. Vor der Haustür scheint jemand zu warten. „Boah, wenn man vom Teufel spricht." Ich haue Nox lachend gegen seinem Arm. „Sei nicht gemein." Ich laufe schneller auf Mona zu. „Hallöchen Janielein." Sie steht bereits mit drei Pizzen vor der Tür. „Hi, musstest du lange warten?" Ich schaue automatisch auf die Uhr und sehe wir sind sogar zehn Minuten zu früh da. „Ach, waren nur ein paar Minuten." Sie lächelt Nox an, aber er verdreht nur die Augen. Ich führe sie in unser Esszimmer. Sie platziert die Pizzen und öffnet die Kartons. Auf einer Pizza ist Schinken und Ananas drauf. Ekelhaft. Nur Verrückte essen Ananas auf Ihrer Pizza. Ich schaue sie fragend an. „Die mittlere Pizza ist mir. Ich brauche immer wenigstens etwas Gesundes. Außerdem mach ich diesen fruchtigen Geschmack darauf." Okay, dann ist das ja mal geklärt. Ohne nachzudenken setze ich mich vor meiner Pizza hin. Die anderen zweien sind mit Salami uns Schinken belegt, daher ist es egal. Nox nimmt sich seine Pizza und setzt sich links von mir. Ich schaue ihn fragend an. „Och, Nox. Ich beiß dich nicht. Nur weil ich es einmal getan habe, heißt das nicht, dass ich das vor Janielein wiederhole." Igitt, ich kotz gleich. „Nein, sie gehört in die Mitte. Schließlich will sie dich kennenlernen. Und lass solche unangemessene Kommentare." Sie schaut ihn beleidigt an und wendet sich zu mir. „Also, du willst mich besser kennenlernen? Wie das? Hat Noxi etwas Interessantes erwähnt." Okay, ich hoffe dass ich das nicht bereuen werde. „Nein. Aber da ich nun zur Organisation dazugehöre und sich unsere Wege öfters kreuzen werden, möchte ich dich besser kennenlernen." Sie presst unzufrieden die Lippen zusammen. Habe ich was Falsches gesagt? Ich schaue zu Nox, aber er isst ganz unbeirrt seine Pizza. „Mmmmhh, ich liebe Ananas auf meine Pizza. Ich mag es saftig." Sie lächelt dabei Nox an. Der aber ignoriert sie und visiert sein nächstes Stück an. „Wie lange bist du schon bei den Guardians?" Sie verdreht die Augen. Okay, scheinbar ist sie nur wegen Nox hier. „Seit ich dreizehn bin. Meine Mom arbeitet hier. Du hast sie bestimmt schon kennengelernt. Nur durch sie bin ich hier gelandet." Jetzt schaut sie mir tief in die Augen. „Aber dennoch gehöre ich zu den Besten hier." Ich nicke. Sollte das ihren Stand klarmachen? Nox lacht. „Naja, nach Becky. Schließlich wurde sie befördert." Wieder presst sie unzufrieden ihre Lippen zusammen. „Kannst du sie nicht leiden?" Sie schüttelt den Kopf. „Ich werde nicht über diese Tussi reden. Kein Bock auf den Stress mit dem Manns-Weib." Nox lächelt mich teuflisch an. Soll ich weiterbohren? „Wieso? Habt ihr euch mal gestritten." Sie richtet ihre Haltung und schaut mich kauend an. Ist sie genervt? „Sagen wir es gab ein Missverständnis, dass sie wie ein Neandertaler gelöst hat." Okay, ich glaube ich werde Becky lieber danach fragen. Die Pizza schmeckt echt gut. „Danke für die Pizza. Die ist echt lecker." Sie hebt ihren Blick nicht. „Freut mich. Kannst es mir über PayPal überweisen." Oh, ich dachte sie hätte uns eingeladen. „Wie viel bekommst du, dann mach ich das gleich, nicht das ich es verg..." Nox berührt meinen Arm. „Ich mach das für uns. Wie viel?" Sie schaut ihn überrascht an. „Nein, war nur ein Witz. Ich lade euch natürlich ein. Als würde ich von dir Geld annehmen." Sie zwinkert Nox an. Er aber widmet sich wieder seiner Pizza. „Thank´s." Das war alles was er dazu zu sagen hat? Naja, immerhin bedankt er sich. Wie kann ich die Stimmung zwischen ihr und mir auflockern? Ich dachte sie sei gerne im Mittelpunkt. Jetzt stelle ich ihr schon Fragen und sie gibt mir nur diese kurzen Infos. „Deine Frisur gefällt mir." Sie zuckt mit den Schultern. „Als Guardian stören lange Haare." Aha, also hat sie die kurzen Haare aus praktischen Gründen. „Wieso hast du nur eine pinke Strähne?" Sie lächelt leicht. „Das war einfach mal meine eigene Entscheidung." Es hat also einen tiefgründigen Sinn. Ich schaue sie fragend an. Aber sie zuckt nur wieder mit der Schulter. Nach dem dritten Stück lehnt sie sich zurück. „Ich platze gleich." Ist das ihr ernst. Das ist nicht mal eine große Pizza. Die packe ich locker alleine. Sie schaut mich überrascht an. „Oh, du hast die Hälfte schon geschafft. Dann bist du sicher auch schon so satt." Ich lächle sie mit vollem Mund an. Nox lacht laut auf. „Du hast noch nicht gesehen, was sie so morgens in sich reinfuttert." Auch ich muss lachen. Sie mustert mich. Ich schlucke den großen Bissen runter. „Ich konnte schon immer viel vertragen. Am liebsten esse ich Fastfood. Daher ist die Pizza ideal heute." Ich schenke ihr ein breites Lächeln. Doch sie ist sichtlich empört. „Glaubst du das ist jetzt noch passend?" Ich schaue sie fragend an. „Naja, abgesehen davon, dass du davon irgendwann fett werden könntest und ein Mädchen bist. Du bist das Orakel. Somit nicht nur wichtig für die Organisation, sondern auch ein Vorbild für alle anderen." Echt? Ich soll ein Vorbild sein? Das will ich gar nicht. „Laber nicht so ein Scheiß. Noch nie hat irgendjemand gesagt, dass das Orakel ein Vorbild sein muss." Was ist jetzt. Irgendwie ist die Stimmung gekippt. „Mona, ich hatte nie Probleme mit meinem Gewicht und wenn es mal so kommen sollte, dass ich zunehme ist das auch mein Problem. Vielleicht gefällt es mir ja ein Pummel zu sein." Ich lache und auch Nox lächelt leicht. Mona allerdings ist sichtlich unzufrieden. „Das ist nicht richtig. Dir muss bewusst werden, dass du gewisse Verantwortungen hast. Es ist nicht fair, dass wir Guardians uns den Arsch abschuften und du dir überhaupt keine Gedanken machst." Ist das ihr ernst? Nox steht auf, um etwas zu sagen, aber ich bin schneller. „Ist das dein Ernst? Bis vor ein paar Tagen habe ich von all dem nichts gewusst. Mir ist durchaus bewusst was hier abgeht. Schließlich steht mein Leben auf dem Spiel. Ich habe es mir sicher nicht ausgesucht." Ungewollt werde ich lauter. „Ich bin diejenige die viel aufgeben musste. Ich bin diejenige, die sich Gedanken um alle um mich herum machen muss. Ich bin diejenige, die jeden beschützen muss. Also sag du mir nicht, wie meine Essgewohnheiten aussehen sollten." Sie schaut mich überrascht an. „Schon gut. Bist wohl ein wenig überfordert." Jetzt reicht es mir. „Weißt du was. Ich wollte dir eine Chance geben und dich kennenlernen. Aber du bist tatsächlich eine überhebliche und selbstverliebte Schnepfe. Oberflächig bist du ebenfalls." Nox setzt sich und schaut nur nach unten. Mona steht auf. „Das habe ich nicht nötig. Besonders nicht von einem Kind. Ich dachte wir machen uns einen gemütlichen Abend. Danach hätte ich gerne nochmal mit dir gesprochen. Aber das ist der Dank. Können wir kurz vor die Tür gehen?" Sie spricht mehr mit Nox als mit mir. „Ist das dein fucking Ernst?" Sie schaut mich fragend an. „Er will nichts von dir. Du bist nicht wirklich wegen ihm hier? Alter, wer von uns ist das Kind? Deutlicher hätte er es dir heute nicht sagen können. Geh bitte. Und das Geld für die Pizza bekommst du auch von mir." Sie ändert ihre Haltung. „Ich lasse mich sicher nicht von dir rauswerfen." Ich platze gleich vor Wut. Meine Kopfhaut kribbelt und plötzlich bin ich weg. Ich drehe mich. Ich bin in einem Industriegebiet. Es sieht sehr heruntergekommen. Vor mir sehe ich mich selbst. Mein Gesicht ist vor Schmerz verzerrt und alles um mich herum scheint zu schweben. Meine Augen haben auch diese gruselige Farbe. Was passiert mit mir? Plötzlich stößt mein zukünftiges Ich einen Schrei aus, das alles um mein zukünftiges Ich herum weggeschleudert wird. Auch ich werde aus der Vision geschleudert. Ich blinzle und sehe eine beängstigte Mona vor mir stehen. „Am besten du gehst." Nox greift ihren Arm und bringt sie vor die Tür. Ich höre sie nur leise etwas sagen, aber er haut die Tür vor ihrer Nase zu.

Nox eilt mit mir nach oben. Er schließt hinter sich die Tür. „Was ist passiert?" Er ist besorgt, aber ich weiß ja selbst nicht was passiert ist. „Ich… ich weiß nicht. Ich stand irgendwo und habe mich selbst gesehen." Er kommt auf mich zu und packt mich an den Armen. „Setz dich. Du zitterst." Was? Ich habe das gar nicht gemerkt. „Atme tief ein und trink etwas. Ich hol dir ein Glas Wasser. Er nimmt eine Flasche Wasser aus dem Wasserkasten, das in der Ecke des Raums steht. Er hält mir die Flasche hin. Ich nehme ein Schluck daraus. So langsam geht's wieder. „Was hast du gesehen? Nimm dir Zeit." Ich kann wirklich nicht erklären was passiert ist. „Ich glaub ich war in irgendeinem verlassenen Ort. Ich habe mein zukünftiges Ich gesehen. Ich hatte einen schmerzhaften Ausdruck und einen mega Schrei gelassen. Alles um mein Zukunfts-Ich wurde weggeschleudert." Mehr habe ich nicht gesehen. Er nickt mir zu. „Wo war ich? Warst du alleine?" Gute Frage. „Ich konnte mich nicht umsehen. Ich weiß es nicht. Ich weiß nicht mal was passiert ist oder warum ich dort war." Aber warum wurde alles weggeschleudert? Hat ein Orakel doch mehr Fähigkeiten? Dieser Schrei hat mir echt Angst gemacht. Irgendetwas Schlimmes wird passieren. „Ich melde es Sascha und Tina." Er zückt sein Handy. „Ich geh duschen und ins Bett." Ich bin total verwirrt. Er gibt mir ein Zeichen, dass ich stehenbleiben soll. „Ich habe noch eine Überraschung." Ich schaue ihn verwirrt an. Irgendwie kann ich meine Gedanken noch nicht richtig sortieren. „Ich habe mir gedacht wir schauen uns einen Action Film an. Ich schau auch gerne Action Filme." Ich weiß erst kurz nicht was ich sagen soll. „Du hattest doch erwähnt, dass du dir mit Lina gerne Filme anschaust." Ich muss plötzlich laut lachen. Nun schein er verwirrt zu sein. „Das ist süß und ich freue mich auch. Aber ich glaube nicht, dass du so von den Schauspieler schwärmen wirst, so wie Lina es tut." Er grinst. „Geh duschen. Wenn du fertig bist wartet auch Popcorn auf dich." Er ist wirklich aufmerksam und wollte mir heute einen tollen Tag schenken. Das hat er auch getan. „Danke. Ich beeil mich auch.

KAPITEL 16

Tamir

Der gestrige Tag war irgendwie verwirrend. Erst hatte ich diese extrem miese Laune. Dank Nox und den anderen hatte sich das am Nachmittag gelegt. Dann das Abendessen mit Mona. Alter, wenn ich allein nur an diese Schnepfe denke, könnte ich wieder platzen. Ich dachte wirklich vielleicht könnten wir uns doch anfreunden. Aber die hat ja wirklich nur sich und Nox im Kopf. Alle anderen existieren anscheinend in ihrer Welt nicht. Aber am meisten hatte mich die Vision über mich selbst verwirrt. Mein schmerzverzerrtes Gesicht. Was wohl passiert ist? Oder eher gesagt passieren wird. Darüber will ich gar nicht denken. Aber dieser Kraftstoß… es muss mehr dahinterstecken. Ich schaue auf die Uhr. Wir haben sieben Uhr vierundfünfzig. Heute wird mein Wecker nicht klingeln. Schließlich haben wir Wochenende. Ich öffne meinen Laptop und öffne meinen Terminkalender. Nox hat mir einen Termin zugeteilt. Um zehn Uhr treffen wir uns mit Herrn Vide im Archiv. Wieso? Der Kerl ist mir irgendwie unheimlich. Das ist zwar richtig fies von mir, aber ich bekomme bei ihm eine Gänsehaut. Ich schaue auf die Wettervorhersage. Heute soll es angeblich regnen und schwül werden. Um die 34 Grad. Oje, dann wird es heute richtig stickig draußen. Was ziehe ich an? Ein Spaghetti-Träger Top und luftige Shorts. Heute werde ich wahrscheinlich im Stehen schwitzen. Ich öffne leise meine Tür. Ich will Nox noch nicht wecken. Wir haben bis in die Nacht noch Fern geschaut. Nach dem Action-Film haben wir noch einen Zombie-Film geschaut. Ich konnte gestern Abend dann doch ein wenig entspannen. Ich schaue mich um, aber Nox ist gar nicht im Raum. Ich gehe zur Badezimmertür und klopfe kräftig.

Scheinbar ist er gar nicht in der Wohnung. Dann habe ich das Badezimmer heute für mich. Ich stelle mich vor dem Waschbecken und betrachte mich im Spiegel. Ob in einem Orakel mehr steckt als nur die bekannten Fähigkeiten? Ich wasche mir das Gesicht und betrachte mich nun näher im Spiegel. Dabei schaue ich mir tief in die Augen. Hellbraun mit ein paar grünen Punkten darin. Das sind die Augen eines Orakels. Doch wie wichtig ist ein Orakel wirklich? Kann ich etwas bewirken? Steckt in all dem vielleicht mehr? Es gibt noch so vieles, das ich lernen und wissen muss. „Was machen wir nur?" Leise stelle ich mir diese Frage. Ich weiß auch nicht warum ich das tue. Schließlich erwarte ich keine Antwort von meinem Spiegelbild. „Wir frühstücken erstmal." Ich zucke vor Schreck zusammen. Nox steht lachend vor der Tür. Warum habe ich die Tür nicht hinter mir geschlossen? Ich blöde Kuh. „Alter, erschreck mich doch nicht so. Wo warst du? Ich habe dich gar nicht gehört." Er grinst mich triumphierend an. „Ich habe Frühstück gemacht und besorgt. Komm mit runter." Aha, gemacht und besorgt. Da bin ich mal gespannt. Während wir die Treppen runterlaufen fällt mir ein, das Gitta übers Wochenende gar nicht da ist. Deswegen hat er uns wahrscheinlich Frühstück besorgt. Ich muss mich revanchieren. Hätte er ja eigentlich nicht machen müssen. „Was hältst du davon?" Oh, ich habe ihn gar nicht zugehört. Ich war so in meine Gedanken versunken. Er dreht sich nun um. Und schaut mich fragend an. „Sorry, ich habe dir gar nicht zugehört." Ich lächle ihn entschuldigend an. Er verdreht nur die Augen. „Ich habe dir gerade erklärt, warum wir uns heute mit Herrn Vide treffen." Ich runzle fragend die Stirn. „Wir werden heute mehr über die vergangenen Orakel und deren Geschichte erfahren." Geil. Ich grinse nun über beide Ohren. Er schaut mich zufrieden an und dreht sich um, um die Tür zum Esszimmer zu öffnen. Der Tisch ist reichlich gedeckt. Frische Mohnbrötchen, eine Schüssel Rühreier, ein Teller mit knusprigen Bacons darauf, ein kleiner Teller mit gewürfelten Wassermelonenstückchen und ein paar verschiedene Stückchen. „Oha, du verwöhnst mich richtig." Nun grinst er wie ein Honigkuchenpferd. „Wir brauchen heute Nahrung für unser Gehirn." Die Tür öffnet sich. Cloud begrüßt uns. „Good morning! Ich hoffe ihr habt gut geschlafen?" Er lächelt uns charmant an. Dann schaut er sich überrascht das Frühstücksbuffet an. „Ist unsere Gitta heute da?" Nox seufzt laut. „Guten Morgen Cloud. Nein, Nox hat das heute vorbereitet." Ich lege meine Hand auf Nox' Schulter und grinse ihn dabei an. „Das ist ganz

schön viel. Aber sehr nett von dir." Er lächelt nun Nox an. „Setz dich und
nimm dir was davon. Es ist genug da." Nox sagt das mit einem widerwil-
ligen Ton. Cloud hebt eine Bäckertüte und sein Laptop. „Ich hatte mir
eigentlich schon ein belegtes Brötchen besorgt und wollte meinen Bericht
zu Ende schreiben. Aber ich nehme dennoch dankend dein Angebot an
und nehme mir etwas vom Rührei." Er setzt sich zufrieden zu uns und
nimmt sich etwas von den Eiern. „Janie, sag mal wirst du schon miteinbezogen wenn es eine neue Erweckung gibt?" Gehört das zu meinen Auf-
gaben? Sollte ich so etwas erfahren? „Aus welchen Grund?" Er schluckt
schnell den großen Bissen runter und klopft sich leicht auf die Brust. „Das
Orakel wird in der Regel benachrichtigt. Wenn die neuen Visions zu uns
in die Organisation gebracht werden, wird es deine Aufgabe sein diese
willkommen zu heißen." Also, so wie Herr Custos es bei mir tat. Ich
schüttle den Kopf. „Ich habe gestern in der Tiefgarage mitbekommen,
dass es eine neue Erweckung gab…" Er unterbricht mich indem er seinen
Zeigefinger hebt um mich zu korrigieren. „Verzeih mir die Unterbre-
chung. Eine unerwartete Erweckung." Ich zucke mit den Schultern. „Ich
glaube ich werde noch nicht miteinbezogen, da ich ja selbst neu bin und
noch vieles lernen muss." Er nickt mir zu. „Ich dachte nur dich würde es
besonders interessieren, da es eine unerwartete Erweckung ist." Ist das
was Besonderes? „Warum? Sie war doch auch sozusagen eine unerwartete Erweckung. Nur weil es selten vorkommt ist es nichts Weltbewegen-
des." Das ist tatsächlich interessant. „Wieso ist es selten?" Cloud lacht zufrieden. "Dachte ich mir schon, dass du dich dafür interessierst." Er beugt
sich etwas zu mir vor. „Meistens handelt es sich um Personen, die ihrem
ursprünglichen Schicksal entfliehen konnten. Daher sind diese Erwe-
ckungen recht selten." Das macht jetzt irgendwie keinen Sinn mehr. Ich
schaue ihn verärgert an. Scheinbar verwirrt ihn das. „Wenn das Schicksal
von einem Sin beeinflusst wird, wird von unseren Visions überprüft, ob
das einen Verheerenden Einfluss in die Zukunft haben wird. Warum,
sieht man dann nicht, ob diese Personen eventuell selbst zu einem Vision
wird." Cloud zuckt mit den Schultern. „Du hast vollkommen Recht. Vielleicht solltest du das einen Vision fragen. Als Watcher beobachte ich nur.
Aber vielleicht ist es ja auch aus diesem Grund selten." Nox verdreht die
Augen. „Diese Frage hat vorerst keine Priorität. Es gibt viel zu viele Fragen, die an oberster Stelle sind." Er betrachtet Nox und lächelt in einer

unheimlichen Weise. „Wahrscheinlich handeln sich diese Fragen um unseren Collector? Wenn du willst, kann ich dir gerne etwas über ihn erzählen." Nox steht auf. „Es reicht. Sie hat eine Vereinbarung mit..." Nun steht auch Cloud auf. „Das weiß ich bereits. Dennoch..." jetzt dreht er sich zu mir. „solltest du wissen, dass ich immer ein offenes Ohr für dich habe und du mich alles Fragen darfst. Ich werde dir alle Antworten geben, die du suchst." Er ist als Watcher zwar von der Organisation gut informiert, aber da er eigentlich nur außerhalb der Organisation unterwegs ist, wird er dieselben Infos haben, die ich bereits habe oder bekommen werde." Ich nicke ihm zu. Er schnappt sich nun seinen Laptop. „So, dann gehe ich mal hoch und schreibe meinen Bericht zu Ende." Mit diesen Worten verabschiedet er sich von uns und geht. „Vertrau dem Depp nicht. Diese allwissende Mülltonne." Er scheint ihn wirklich zu hassen. „Er ist ein Watcher. Er weiß genauso viel wie wir." Mit diesen Worten versuche ich Nox zu beruhigen. Er nickt mir zustimmend zu.

Nachdem wir aufgeräumt hatten, haben wir uns gleich auf den Weg gemacht. „Wie ist Herr Vide denn so?" Wir laufen in Richtung Hauptgebäude. "Keine Ahnung. Ich kenne ihn nicht wirklich." Ich hätte gedacht, dass er hier jeden gut kennt. Ich weiß nicht wirklich was ich von Herrn Vide halten soll. Ich kann ihn noch nicht einschätzen. „Was ist?" Nox hält mir die Tür zum Hauptgebäude auf. „Ich weiß nicht wirklich, was mich jetzt erwartet." Er grinst mich mitfühlend an. „Das finden wir jetzt raus." Herr Vides Büro befindet sich im ersten Stock auf der rechten Seite des Gebäudes. Ich hatte ein Bürozimmer erwartet, aber hier sieht es ganz anders aus. An zwei Wänden stehen große, hohe Bücherregale. Die Kompletten Wände entlang. Mitten im Raum ist ein kleiner Tisch. Um den Tisch sind flache aber dennoch flauschige Sitzkissen verteilt. Ein Highboard steht an der freien Wand. Darauf steht eine komische schwarze Statue. Sie ist irgendwie in sich verschlungen. Keine Ahnung was es darstellen soll. Ich drehe mich zu Nox um. „Wo ist er? Ist es okay, dass wir einfach in seinem Büro reingehen?" Nox nickt mir zu und setzt sich auf eines der Sitzkissen. Ich hingegen erkunde Herr Vides Zimmer. Die freie Fläche der Wände sieht man kaum. Er hat überall abstrakte Gemälde hängen. Er scheint ein Kunst-Freund zu sein. Ich laufe zum Bücherregal. Es sind wirklich viele Bücher. Hat er jedes einzelne davon gelesen? Ich lese mir alle Titel durch. Dabei erkenne ich, dass ein Teil der Sammlung scheinbar selbstgeschriebene Berichte sind. Warte… hier ist ein Buch mit der Aufschrift Tamir. „Nox! Hier…" Die Tür öffnet sich. Herr Vide kommt durch die Tür. „Guten Morgen." Wir kommen ihm entgegen und begrüßen Ihn. „Nox, du wolltest, dass ich mich heute mit euch treffe um gesammelte Informationen zu teilen?" Nox nickt. „Nun denn, worum geht es denn?" Ob ich mich jemals, an diese ungewöhnlich tiefe Stimme gewöhnen werde? „Wir müssen mehr über die vergangenen Orakel erfahren und deren Fähigkeiten." Herr Vide hebt die Augenbrauen. „Wieso diese Dringlichkeit? Versteht mich nicht falsch, aber so oder so hättest du diese Information bald bekommen." Er schaut mich direkt an. „Ich hatte gestern eine ungewöhnliche Vision. Ich weiß nicht genau was passiert ist, aber ich habe mich selbst gesehen und wie ich eine Art Kraftstoß oder Welle aus mir ausbrach. Es hat alles um mich herum weggeschleudert. Es hat mich sogar aus meiner eigenen Vision geschleudert." Herr Vide reißt überrascht die Augen auf. „Das ist in der Tat sehr interessant." Er geht zu seinem Bücherregal. Ich muss ihn unbedingt nach diesem einem Buch mit dem Titel Tamir fragen. Er geht zu seinem Sideboard und nuschelt irgendetwas vor sich hin. Dann geht er wieder zu seinem Bücherregal. „Irgendwo hier…" Mehr verstehe ich nicht. „Hier ist es. Setzt euch." Wir setzen uns. Jetzt bin ich gespannt.

„Bei unserem Kennenlernen war ich schon sehr von dir fasziniert. Du bist sehr neugierig und auch wie du denke ich: Wissen ist Macht. Wir müssen erst alle Informationen haben, bevor wir strategisch vorgehen können. Dass versuche ich alle Seeker zu vermitteln. Natürlich gibt es die ein oder anderen, die etwas impulsiv sind." Er schmunzelt mich dabei leicht an. Er meint bestimmt Ben. Auch ich muss leicht schmunzeln. Er streichelt mit seiner flachen Hand ein weißes Buch. Es ist ein ziemlich dicker Wälzer. „Das ist unsere Bibel." Er lächelt wieder. „Hier stehen alle gesammelten Informationen aus aller Welt von jedem einzelnen Orakel. Einige sind vielleicht unvollständig und andere erzählen sich wie Legenden, doch du könntest der Beweis sein, dass es sich vielleicht gar nicht um Legenden handelt." Er scheint hoch erfreut zu sein. „Warte hier gibt es ein Bericht…" Er sucht im Buch nach etwas speziellen. Er zeigt mit dem Finger auf einer Passage. „Neunzehnhundertsiebzehn, gab es ein Orakel. Männlich. Hier wird berichtet, dass er eine Art Kraftwelle von sich geben konnte. Bis zu einem Umkreis von Hundertfünfzig Metern." Ob es dasselbe war? „Neunzehnhundertachtzehn starb er leider an der Spanischen Grippe. Er lebte in Südamerika." Mehr Informationen gibt es nicht? Ich rutsche näher an Herr Vide ran und beuge mich leicht nach vorn. Er hält mir das Buch hin. Tatsächlich. Es ist ein kleiner kurzer Abschnitt. „Gibt es zu jedem einzelnen Orakel eine Art Lebenslauf?" Er nickt. „Mit der Zeit wurden die Berichte detaillierter." Ich habe auch mit deiner Aufzeichnung begonnen. Er blättert weiter. Es ist nicht die letzte Seite. Dreiviertel vom Buch wurde bisher nur beschriftet. Ich beginne zu lesen.

Janie Lux, weiblich, Familienstand: ledig, geboren am siebenundzwanzigsten Juli Zweitausendacht, Tätigkeit: Orakel, wichtiger Hinweis: Fähigkeiten sind sehr früh im Kindesalter erschienen aber noch nicht vollends erweckt. Aufgrund der Situation wird sie seither rund um die Uhr überwacht. Wöchentlicher Watcher-Bericht erhalten wir von Cloud Wong. Mutter: Valentina Lux, geborene Quint, Familienstand: verwitwet, geboren am neunten Oktober neunzehnhundertfünfundachtzig, Tätigkeit: Abteilungschefin im Bereich Regierungskommunikation. Vater: Tamir Lux, Familienstadt: verstorben am …, geboren am Fünfzehnten Dezember Neunzehnhundertdreiundachtzig, Tätigkeit: Guardian, wichtiger Hinweis: Siehe Bericht. Zuständiger Guardian: Noah Nox, Familienstatus: ledig, geboren am zweiundzwanzigsten Juni Zweitausendfünf, wichtiger Hinweis: Waisenkind, ist im Kleinkindalter von der Organisation adoptiert und großgezogen worden. Weitere Verwandte, Großvater: Leon Quint, Familienstand: verstorben am siebzehnten Mai zweitausendsieben, wichtiger Hinweis: Erweckung der Z-Fähigkeiten im Alter von vier Jahren. Seither hatte er diese Fähigkeit gemeistert und verfeinert. Aufgrund seiner Moral und Ansichten war er in der Organisation hoch angesehen. Er Verstarb im Alter von sechsundfünfzig an einem Tumor in der Lunge.

Scheiße, das liest sich irgendwie total traurig. Aber warum steht bei meinem Vater kein Datum? Man weiß doch wann er verstarb. Oder nicht? Ich wusste gar nicht, dass Mamas Mädchenname Quint war. Und ich wusste auch gar nicht wie mein Opa hieß. Mit vier ist er der Organisation beigetreten. Das war für ihn bestimmt auch hart. Ich schaue automatisch zu Nox. Er erwidert meinen Blick. Wie immer mit seinem Poker-Face Ausdruck. „Wieso haben sie noch kein Datum bei meinem Vater eingetragen? Wissen Sie nicht wann er starb?" Er schüttelt den Kopf. „Das ist mir tatsächlich noch nicht bekannt. Ich werde diese Information jedoch noch erhalten." Aha, er hätte doch Mama bereits fragen können. „Hier steht als wichtiger Hinweis: siehe Bericht. Wo finde ich diesen Bericht?" Jetzt muss er mir eines seiner Bücher geben. Er zuckt mit den Schultern. Ist das sein Ernst? „Ich habe vorhin ein Buch mit dem Titel Tamir entdeckt. Dürfte ich mir das Buch genauer anschauen? Er nickt und mit einer Geste vermittelt er mir, dass ich es mir aus dem Bücherregal nehmen darf. Das hatte ich mir komplizierter vorgestellt. Hä, ich hatte es doch genau hier gesehen. Es ist plötzlich weg. Es sieht aber auch nicht aus, als würde ein Buch hier fehlen. Ich habe mir das doch nicht eingebildet. Ich stehe wie angewurzelt da. „Wo ist es?" Ich spüre, wie die Wut in mir steigt. Es reicht mir allmählich. Es kotzt mich an. Ich will doch nur Antworten. Er schaut mich fragend an. „Sie haben selbst gesagt, Wissen ist Macht. Das Buch stand genau hier. Nur Sie waren danach hier am Bücherregal. Wo ist es?" Er steht auf und schiebt mich zur Seite. „Es tut mir Leid. Auch ich bin der Meinung, dass es genau hier stand." Er will mich wirklich verarschen. „Entweder sagen Sie mir es oder ich werde es selbst herausfinden." Ich setze alles auf eine Karte. Ein leichtes Grinsen blitzt auf. Er wendet sich von mir ab und setzt sich wieder auf eines seiner Sitzkissen. „Bitte." Er fordert mich heraus. Wie er will. Ich fixiere meinen Blick auf ihn. Die Wut in mir kocht über. Meine Kopfhaut beginnt zu kribbeln und ich spüre wie meine Ohren heiß werden. Solch eine Wut hatte ich bisher nicht verspürt. Nox steht auf aber gebe ihn einen vernichtenden Blick. Ich will dass er sitzen bleibt. Er schaut mich erschrocken an. Er ist sichtlich entsetzt. Es ist mir egal. Es sind viel zu viele Fragen und es häuft sich einfach. Ich will Antworten und nicht weitere Fragen. Ich fixiere meinen Blick wieder auf Herrn Vide. Ich kann nicht mehr. Ich beginne ihn anzuschreien. „ICH WILL ANTWORTEN…" Ich habe das Gefühl, dass ich falle. Ich weiß nicht wo ich bin. Ich will nicht fallen. Es fühlt sich nicht gut an. Ich lande unsanft auf den Boden. „MELISSAAAAA!" Ich drehe mich. Ich bin im Büro von Herrn Custos. Vor mir steht ein aufgelöster Herr Vide. „Nein, das kann nicht sein. Sie ist nicht…" Melissa ist doch die Freundin von Mama gewesen. Die Mutter von Ben. Es nimmt ihn schwer mit. „Tim, es tut mir so leid." Es ist eine schreckliche Szene die ich mir anschauen muss. „Wieso? Wie ist es passiert? Wer ist schuld?" Herr Custos schaut nach unten. „Das Orakel ist überstürzt…" Herr Vide richtet sich auf. „Das Orakel ist schuld? Wie konnte er es zulassen? Ich hasse ihn… ich br... ich … ICH BRINGE IHN UM!" Er lässt Herr Custos nicht mal zu Wort kommen. „ER IST AUCH… tot." Herr Custos setzt sich und legt die Hände ins Gesicht. Sie sehen so jung aus. Herr Vide fällt auf die Knie. „Das ist alles eure Schuld. Ihr hättet es schon vorher unterbinden können." Er weint. Er weint bitterlich. Herr Custos gibt ihm Zeit. Nach einer Weile richtet Herr Vide sich auf. „Ich verlasse die Organisation." Nun steht auch Herr Custos auf. „Bitte überdenken Sie diese überstürzte Entscheidung. Wir beurlauben Sie, damit Sie Ihren Verlust verarbeiten können. Natürlich werden wir Sie dabei unterstützen. Tim bitte denken Sie auch an Ben. Sie sind nicht alleine." Herr Vide senkt seinen Blick. „Ich bin nicht für ihn verantwortlich. Die Organisation wird sich um ihn kümmern." Herr Vide wendet sich von ihm ab um zu gehen. „Bitte, Tim. Wir brauchen Sie mehr denn je. Das nächste Orakel braucht Sie." Herr Custos scheint verzweifelt zu sein. In Herr Vides Gesicht zeichnet sich reine Wut ab. „Das Orakel? Ich werde nie wieder einen Orakel vertrauen. Geschweige in irgendeine Weise unterstützen. Die Organisation und ich sind Geschichte." Oha! Was hat das alles zu bedeuten? Ist er Bens Vater? Die Tür springt plötzlich auf und Mama stürmt mit verheultem Gesicht rein. Sie will Herr Vide in die Arme schließen doch er schiebt sie beiseite und verlässt das Zimmer. Ohne Vorwarnung falle ich wieder und wache wieder in Herr Vides Büro auf. Ich stehe noch. Vor mir sitzen Herr Vide und Nox. „Willkommen zurück." Das ist alles was er zu sagen hat? Ich schaue ihn mit einem kalten Gesichtsausdruck an. „Ich bin nicht mein Vorgänger." Wieder steigt meine Wut. Ich sollte mitfühlend sein. Besonders nachdem was ich gesehen hatte. Aber die ganze Situation wird mir zu viel. „Ich werde nicht zulassen, dass irgendjemand sein Leben für mich riskieren muss. Ich werde nicht überstürzt handeln. Es wird nie wieder einen Opfer wie Melissa geben." Herr Vide steht auf. Vielleicht hätte ich das nicht direkt sagen sollen, aber irgendwie muss ich ihn aus der Reserve locken. Ich will dieses Buch. Er drückt mir das weiße Buch in die Hand. „Ich werde meine Pflichten erledigen. Aber Vertrauen muss man sich erst verdienen." Er scheint seine Trauer hinter sich zu haben. „Was ist mit Wissen ist Macht?" Er weiß genau was ich meine. „Tamir… dein Vater ist ein Kapitel für sich. Du musst vorher mit deiner Mutter darüber sprechen. Es steht mir nicht zu dir diese Information ohne ihr Wissen zu überreichen." Das ist mir alles zu fishy. Herr Vide öffnet nun seine Tür und vermittelt uns so, dass wir gehen sollten. Im Türrahmen spüre ich seine Hand auf meine Schulter. Ich drehe mich zu ihm um. Er flüstert mir zu. „Bitte erzähle Ben nichts davon." Ich nicke ihm zu. Ich muss unbedingt mit Mama sprechen. Was hat das alles zu bedeuten? Wie ist mein Vater gestorben? Wieso wird daraus so ein Geheimnis gemacht? War es der Collector?

Vor der Eingangstür des Hauptgebäudes bleibe ich stehen und schreibe Mama.

Hi Mama, ich muss dringend mit dir sprechen. Ich hatte eine Vision über Melissa. Ich muss dich etwas fragen. Auch zu Tamir habe ich ein paar Fragen.

Es dauert immer eine gefühlte Ewigkeit, bis Mama ihre Nachrichten liest und auch antwortet. Doch dieses Mal antwortet sie sofort.

Ich bin in einer Stunde bei dir.

Mehr hat sie nicht geschrieben. Ich schaue hoch zu Nox und bemerke, dass er nicht seinen Standardblick hat. Er schaut mich besorgt an. Meine Wut wandelt sich in Besorgnis. Diesen Blick habe ich bei ihm bisher noch nie gesehen. „Ist alles in Ordnung?" Er schüttelt den Kopf und geht durch die Tür. Was hat er? Er schweigt bis wir bei den Obstbäumen ankommen. Er setzt sich auf die Wiese. Ich tu ihm gleich. „Wie hast du das gemacht?" Er hat es doch schon mehrmals mitbekommen. „Ich hätte nicht gedacht, dass ich die Vergangenheit sehe. Ich wollte nicht so weit zurück. Ich wollte eigentlich nur sehen wo er das Buch ..." Er schüttelt seinen Kopf. „Das meine ich nicht." Ich runzle fragend die Stirn. „Es hatte sich angefühlt, als hättest du mich geschubst. Ich konnte nicht aufstehen." Ich reiße die Augen auf. War ich das? Es stimmt, ich wollte nicht, dass er aufsteht. Aber, kann das möglich sein? „Ich... ich weiß es nicht. Ich war einfach so wütend. Ich wollte nicht, dass du mich beruhigst. Ich dachte du hättest es verstanden. War das wirklich ich?" Er zuckt mit den Schultern. „Das fragst du mich? Ich dachte schon ich hätte einen Schlaganfall oder ähnliches. Wenn du das schon kannst, welche Fähigkeiten stecken, dann noch in dir?" Er hat Angst bekommen. Ich senke meinen Blick. Ich wollte ihm keine Angst einjagen. „Sorry. Ich will nicht, dass du Angst vor mir bekommst." Was soll ich tun? Muss ich auch auf meine Emotionen achten?

Hierfür gibt es bestimmt keinen Trainer. Ich umklammere das Buch. Ich muss es durchlesen um sicherzugehen, dass ich nichts übersehe. Ich muss lernen meine Fähigkeiten zu beherrschen. Auch die, die bisher unbekannt sind. Nox lockert meinen Griff vom Buch. „Ich habe doch keine Angst vor einem kleinen Orakel. Ja, die Situation war sehr überraschend." Er lächelt mich an. „Aber ich werde nie Angst vor dir bekommen." Ich strecke ihm die Zunge raus. „Das `dir´ hättest du nicht extra betonen müssen." Er hält mir grinsend sein Arm hin als Zeichen, dass ich mich einhaken soll. „Wohin?" Ich überlege. „Mama kommt in einer Stunde. Wir sollten zurück zum Wohnhaus." Er schaut hoch zum Himmel. Es ist heute keine einzige Wolke zu sehen. „Oder, wir bleiben noch eine Weile. Es ist heute eigentlich sehr gemütlich." Er hat Recht. Es sollte doch heute eigentlich regnen. Ja es ist schwül, aber es geht eigentlich. Ich nicke ihm zu. „Genügend Zeit hätten wir."

„Hier ist ja tote Hose." Er nickt. „An den Wochenenden ist es immer sehr ruhig." Er schaut nachdenklich ins Leere. „Was hast du eigentlich gesehen?" Ich überlege kurz wie ich das Zusammenfassen soll. „Herr Vide war in Herr Custos Büro. Er war total aufgelöst." Ich mache eine kurze Pause und senke den Blick. Genauso hatte Mama damals geweint, als ich sie das erste Mal nach meinem Vater gefragt hatte. Jetzt tut er mir eigentlich leid. „Wieso war er so aufgelöst." Oh, ich bin mit meinen Gedanken total abgedriftet. „Er erfuhr, dass Benś Mutter gestorben ist. Er meinte die Organisation hätte es verhindern können. Er sei mit der Organisation fertig und er könne nie wieder einen Orakel vertrauen und er wird einen Orakel auch nie wieder in irgendeiner Weise unterstützen." Nox ist kurz ruhig. „Da ist noch etwas." Er hebt seinen Blick. „Ich bin mir nicht sicher, aber kann es sein, dass er Benś Vater ist?" Nox schaut mich verwirrt an und schüttelt den Kopf. „Herr Custos meinte, er solle doch an Ben denken und die Organisation würde ihn unterstützen. Er meinte aber er sei für ihn nicht verantwortlich. Und vorhin an der Tür flüsterte er mir zu, dass ich Ben davon bitte nichts erzählen soll." Er schaut mich nachdenklich an. „Ich hatte Mama geschrieben. Sie weiß bestimmt mehr. Ich…" Meine Kopfhaut beginnt zu kribbeln. Das bedeutet nichts Gutes. Automatisch suche ich die Gegend ab. Ich habe irgendwie ein komisches Gefühl. Es fühlt sich so an, als sei jemand, der mir nahe steht hier und beobachtet mich. „Was ist?" Ich ignoriere ihn. Es fühlt sich so intensiv an. Das habe ich so vorher noch nie gefühlt. Ich stehe auf und suche die Gegend ab. Nox ist direkt hinter mir. „Was hast du?" Ich winke ihn ab. Ich versuche mich zu konzentrieren. Weiter hinten ist eine Sitzbank, dort liegt jemand. Ich zeige in dieser Richtung. Nox rennt voraus. Wer ist das? Ich laufe langsam hinter her. „Komm nicht näher!" Nox schaut mich mit einem entsetzten Blick an. Ich kann nicht anders. In schnellen Schritten komme ich näher. „Wer ist das? Schläft er?" Er hebt beide Hände als Zeichen, dass ich stehen bleiben soll. „Du musst das nicht sehen. Er ist tot." Abrupt bleibe ich stehen. Wieder kribbelt meine Kopfhaut. „Wer?" Mich übermannt die Angst. Ist es jemand den ich kenne? Lieber Gott, bitte nicht. Bitte. „Ich kenne ihn nicht." Er nimmt sein Handy und meldet es. Ich höre gar nicht genau hin. Ich nähere mich dem Mann und bücke mich ein wenig um sein Gesicht sehen zu können. Vor Entsetzen lasse ich mich fallen. „WAS IST?" Nox hat mich ständig im Blick. „Das…" Tränen fließen mir über das Gesicht. Ich hyperventiliere. Wie kann das sein? Nox kommt zu mir runter und greift meine Schulter. Ich kann mich nicht auf seinen Blick konzentrieren. Irgendwie fühlt sich das alles nicht echt an. „WER IST DAS?" Er schreit mich an und schüttelt mich leicht. „Das…, dass… Vater." Ich schaue ihm nun direkt in die Augen. Er ist verwirrt und verzweifelt. „Wessen Vater?" Ich will es nicht sagen. Es kann einfach nicht sein. „Mein…Vater." Seine Augen weiten sich. Aber dieses komische Gefühl wächst wieder in mir. Irgendjemand beobachtet uns. Ich spüre es. Ich stehe mit meinem verheulten Gesicht auf und laufe dem Gefühl hinterher. Ich höre Noxś Stimme, aber höre nicht was er sagt. Ich fühle mich irgendwie benommen. Mit jedem Schritt werde ich schneller bis ich schließlich renne. Am Eingangstor erkenne ich einen Mann. „HEEEY!" Ich renne wie der Teufel, aber er läuft entspannt weiter. Ich habe ihn fast erreicht. „BLEIB STEHEN." Jetzt habe ich ihn eingeholt. ungefähr zehn Meter von mir entfernt bleibt er wirklich stehen. Auch ich bleibe stehen. Ich atme schwer. Mein Herz klopft wie wild. „Warte…" Ich versuche zu sprechen. „Ich habe lange genug gewartet." Mit diesen Worten lässt er mich stehen. Er hat sich nicht mal umgedreht. Ich bleibe wie angewurzelt stehen. Diese Stimme. Ich kenne ihn. Ruhig aber kalt und man kann nicht sagen ob jung oder alt. Der Collector! Es dauert eine Weile bis ich wieder richtig zu mir komme. „WAS WILLST DU?" Ich will wieder in seine Richtung rennen, doch Nox hatte mich eingeholt und hält mich auf. Wieso?

Lass mich. Er hat ihn umgebracht. Ich beginne wieder zu weinen und fange an zu schreien.

Wir sitzen in Herr Custos Büro. Ich fühle mich irgendwie müde und benommen. Ist das alles wirklich echt? Kann es irgendwie sein, dass ich einen Unfall hatte und im Koma liege? Vielleicht ist das alles hier ein komatöser Traum. Das wird es sein. Das alles hier ist einfach zu kompliziert und unlogisch. Ich nicke leicht. Die Tür öffnet sich und Mama stürmt mit verheultem Gesicht auf mich zu. Sie umarmt mich. Ich spüre wie ihr Körper bebt. Sie weint. Sie weint bitterlich. Aber es berührt mich gerade nicht. Ich kann ihr mein Mitleid nicht geben. All die Jahre hat sie mich glauben lassen, dass mein Vater tot sei. Ich spüre wie wieder eine heiße Träne Ihren Weg von meiner Wange sucht. Ich löse mich von ihrer Umarmung. Sie schaut mich voller Panik an, als sie meinen kalten Blick registriert. Herr Custos kommt durch die Tür und setzt sich. Sascha steht hinter Nox. Hatte gar nicht mitgekommen, wann er reinkam. „Entschuldigt, dass es so lange gedauert hatte. Und ich möchte mein aufrichtiges Beileid aussprechen." Er schaut uns mitfühlend an. Ist das ein Witz? „Noah, Janie können Sie uns genau berichten, was passiert ist?" Nox schaut mich mitfühlend an, doch auch das berührt mich gerade nicht. Ich stehe auf. „Was für eine Frage. Der Collector war hier und hat mir meinen toten Vater gebracht." Mama reißt die Augen weit auf. „Alles gut, Mama. Er war doch schon immer tot, oder nicht?" Die Tränen fließen ihr die Wangen wieder runter. „Sollten wir uns nicht die Frage stellen, warum der Collector so einfach hier reinspazieren konnte? Ich dachte, das sei hier alles stark bewacht." Ich laufe zum Fenster und schaue nach draußen. „Das wird im Moment überprüft." Ich nicke abwesend. War er all die Jahre ein Gefangener? Wurde er gefoltert? „Wird man die Leiche untersuchen?" Ich drehe mich zu Herr Custos. Er schaut mich bedrückt an und nickt. „Ich möchte gerne wissen woran er gestorben ist und ob er leiden musste." Wieso hat man nicht nach ihm gesucht? Ich frag erst gar nicht. Mir wird eh nicht alles erzählt. Ich schaue wieder aus dem Fenster. Ein sommerlicher Platzregen herrscht draußen. Passend zur Stimmung. „Janie, falls du dich fragst…" Ich drehe mich wieder schnell zu Herr Custos und gebe ihm einen vernichtenden Blick. Er verstummt. „Seit ich hier bin, habe ich nichts als Fragen. Doch jedes Mal wenn ich eine Frage stelle vervielfachen sie sich nur. Ich habe vor ein paar Tagen Ihnen gesagt, dass

mir irgendwas verheimlicht wird. Jetzt weiß ich wenigstens was es war."
Mein Blick wandert zu Mama. „Er sagte mir schon, dass ich ihr nicht vertrauen kann und dass sie mich anlügt." Mein Blick bleibt an Mama kle-
ben. Geschockt starrt sie mich an. „Wer hat dir das gesagt." Ich löse meinen Blick und drehe mich wieder zum Fenster. „Janie, wer hat dir das
gesagt?" Herr Custos Stimme ist leise und voller Angst. „Der Collector."
Mama seufzt laut und beginnt wieder zu weinen. „Dieser Arsch." Warum
ist Sascha jetzt wütend. Er hatte doch recht. Mama hatte mich angelogen.
„Wie lange war er ein Gefangener?" Jetzt stelle ich doch eine Frage. Hinter mir ist es still. War ja klar. Die Tür öffnet sich wieder. Was jetzt? Genervt drehe ich mich wieder um. Es ist ermüdend. Ich kann und will im
Moment nicht mehr. Herr Vide kommt durch die Tür. Er knallt ein Buch
auf den Tisch. „Ich sagte, dass ich meine Pflichten erfülle. Sie ist anders.
Ich vertraue ihr noch nicht. Aber sie sollte es erfahren." Er dreht sich um
und geht wieder. Ich verdrehe die Augen. „Janie…" Mama kommt zu
Wort. Ich winke ab. „Ja, ja. Wir reden sobald alles sich beruhigt hat." Was
anderes wird sie mir nicht sagen. Das Buch auf den Tisch ist bestimmt
von Tamir… meinem Papa. „Janie.." Ich laufe nun zur Tür. „Ich gehe zum
Wohnhaus und ruh mich ein wenig aus." Vor der Tür bleibe ich stehen
und schaue zu Nox. Er will bestimmt zuerst durch die Tür. Mama starrt
nur das Buch an. „… er war der Collector." Was? Wie kann das sein? Ich
bin wie gelähmt. Sascha setzt sich zu Mama und nimmt sie in die Arme.
Er war kein Gefangener? Aber wie… warum? In meinem Kopf entsteht
ein Tornado voller Fragen und ich weiß nicht wo und wie ich beginnen
soll. Alles um mich herum fühlt sich taub an.

Es dauert eine Weile. Nox steht nun neben mir. „Er war mein Freund und
dein Vater." Sascha kommt zu Wort. Es fällt ihm nicht leicht. Seine
Stimme zittert, aber er gibt sein Bestes. Nach der Tragödie, konnte er nicht
davon ablassen, dass die Organisation es hätte ändern können. Er ist der
Meinung, dass jeder sein Schicksal ändern kann und auch wenn man
weiß, dass es kein gutes Ende nimmt, könne man dies doch dennoch ins
positive lenken." Er macht eine Pause um sich zu sammeln. „Ich… er…
er war wie ein Bruder für mich, aber es hat ihn verändert." Nun kommen
ihm auch die Tränen. Die Tragödie. „Ich hatte einen Zwilling." Ich habe
es mehr zu mir als zu den anderen gesagt. Mir wird gerade bewusst, dass
ich die ganze Zeit nach meiner eigenen Geschichte gejagt hatte. Heißt es

nicht, dass man sich unvollkommen fühlt, wenn man einen Zwilling verliert? Vielleicht trifft es nicht auf mich zu, weil ich noch zu jung war. „Wann ist mein Zwilling gestorben." Mama schaut mich mit ihrem verheulten Gesicht an. Auf ihrem Gesicht erscheinen rote Flecken. „Ihr wart erst ein paar Monate alt. Er hörte auf zu atmen. Einfach so. Wir hätten nichts tun können. Tamir... er... er versuchte ihn wiederzubeleben." Sie seufzt noch stärker, kämpft aber dagegen an. „Ich konnte nicht... mein Baby...! Ich... ich konnte ihn nicht...!" Sie winkt ab und dreht sich von mir weg. Jetzt tut sie mir wieder leid. Mir laufen wieder Tränen die Wange runter. Sascha hebt seinen Blick und spricht weiter. „Tamir hat Nico noch am selben Tag beerdigt. Deine Mutter konnte den Anblick nicht ertragen. Sie verfiel in eine Depression. Aber ihr war auch bewusst, dass du sie brauchst. Sie hat dich nicht angelogen, Janie. Das war alles zu deinem Schutz." Er hieß also Nico. Meine Kopfhaut kribbelt wieder. Mir wird gerade bewusst, dass mein Vater mich umbringen wollte. Ich schaue Mama voller Entsetzen an. „Wollte er mich umbringen? Obwohl wir schon meinen Zwilling... Nico verloren hatten?" Ich verstehe das nicht. Das macht keinen Sinn. „Mit der Zeit machte es den Anschein, dass er den Bezug zur Realität vollkommen verloren hatte. Er mordete und entnahm tatsächlich die Augen seiner Opfer. Aber den Sinn dahinter konnten wir nicht verstehen. Manchmal machte es den Anschein, dass er einfach aus Hass mordete." War es vielleicht die blinde Wut? Ich beginne auf und ab zu laufen. Wollte er in irgendeine Weise die Organisation zerstören? „Wäre verständlich." Ich bleibe stehen. „Was wäre verständlich?" Nox schaut mich verunsichert an. So langsam fange ich mich wieder. Ich beginne die Dinge etwas klarer zu sehen. Ich muss mich fangen. „Wie genau wollte er die Organisation schaden?" Sascha schüttelt den Kopf. „Wir hatten es zuerst nicht gemerkt, dass in ihm eine Veränderung stattfand. Vielleicht wollten wir es aber auch nicht wahrhaben. Erst ein paar Jahre später wurde er erwischt, wie er einen Mitarbeiter der Organisation ermordete." Er schaut wieder weg. „Ich hatte eine Vision von dir und Tamir." Ich behalte Sascha genau im Blick. Wehe er lügt mich an. „Worum ging es? Du wolltest ihn scheinbar von etwas abhalten." Er reißt die Augen auf. Damit hätte er nicht gerechnet. Er schaut Mama besorgt an. „Ich... ich wollte ihn davon abhalten zu gehen. Ich habe alles getan, ich hätte sogar den Mord für ihn vertuscht. Aber er hat sich bereits entschieden." Seine Augen füllen sich mit Tränen und er schaut wieder weg.

„Was soll das heißen. Sascha sagen Sie mir nicht, Sie hätten den Collector unterstützt." Herr Custos ist sichtlich überrascht. Ich glaube er hat das falsch verstanden. „Natürlich nicht. Ich war derjenige, der ihn schließlich gemeldet hatte." Er hebt mit seiner Hand Mamas Kopf hoch, damit sie ihm in die Augen schaut. „Bitte glaube mir, ich habe alles versucht." Sie umarmt ihn. „Wo wurde mein Bruder beerdigt." Ich möchte sein Grab besuchen. Es ist mir wichtig. Jetzt da ich die Wahrheit kenne. „Das wissen wir nicht. Er meinte es sei besser, da Valentina bereits eine Depression hatte." Ich nehme das Buch vom Tisch. „Ich nehme dieses Buch mit. Vielleicht steht es hier geschrieben." Ich schaue Mama an. Ich würde sie gerne umarmen. Aber ich kann noch nicht. Es muss noch so vieles geklärt werden.

„Wer war der Mann, der Tamir herbrachte." Ach du Scheiße. Stimmt! Mein Herzschlag wird etwas schneller. Ich dachte, das sei der Collector. Alle schauen mich verwirrt an. „Mit ihm hatte ich die ganze Zeit über Kontakt." Nox räuspert sich. „Kann es sein, dass einer seiner Anhänger nun die Sache übernimmt. Wenn ja, müssen wir vorsichtig sein. Er meinte er sei es Leid zu warten. Wer weiß was er damit genau meinte." Wäre es mein Vater gewesen, mit dem ich Kontakt hatte, hätte es nun tatsächlich einen Sinn ergeben. War ja aber klar, dass jetzt noch mehr Fragen aufkommen. Hatte er für einen Nachfolger gesorgt? Wie geht es nun weiter? Die Stimmen der anderen höre ich nur noch im Hintergrund. Mir wird das alles einfach zu viel. Ich starre das Buch von Herrn Vide. Ich drehe mich um, um den Raum zu verlassen. Ich will niemanden hören oder sehen. Mir egal, ob mich jemand ruft oder noch was von mir will. Ich ignoriere alle und gehe.

KAPITEL 17

Videntis

Ich bin in meinem Zimmer. Nox ist mir zwar gefolgt und schwafelte et-was von Sicherheit und Training. Ich habe ihm nicht wirklich zugehört. Meine Ziele haben sich geändert. Informationen sammeln. Herr Vide hat Recht. Wissen ist Macht. Ich habe die Tür zugeschlossen. Auf meinem Bett liegt mein Laptop. Bevor ich mir das Buch vornehme schaue ich auf meinem Handy. Keine Nachrichten von Lina. Das ist eigentlich total un-typisch. Wie gerne würde ich mit ihr über all das spreche. Ich weiß, dass ich hier auch mit anderen sprechen kann, aber mit Lina ist es etwas an-ders. Ich vermisse sie. Ich öffne meinen Laptop. Ich starre mein Login ge-schockt an. n1C0! Mein Bruder… Nico. Meine Augen füllen sich mit Trä-nen. Ich versuche meine Gedanken wieder auf das wesentliche zu lenken und schüttle den Kopf. Ich werde vieles mit Mama noch klären müssen. Wie gewohnt wollte ich eigentlich meine Playlist öffnen. Aber ehrlich ge-sagt, ist mir nicht danach Musik zu hören. Ich lege den Laptop beiseite und nehme stattdessen das Buch. Ich hoffe, dass ich hier ein paar Ant-worten finden werde.

Tamir Lux. Ehemann von Valentina Lux, Mädchenname Quint. Vater von Jane Lux. Geboren am Fünfzenten Dezember Neunzehnhundertdreiundachtzig. Tä-tigkeit: Guardian. Status: Abtrünniger der Organisation aufgrund tragischer Ereignisse. Zuständiger Watcher/Seeker: Tim Vide.

Tamir Lux war meines Erachtens immer ein überaus loyaler und symphytischer Typ. Er war die Art Mensch, in dessen Nähe man sich sofort wohlfühlte. Kon-flikte löste er strategisch und besonnen. Am fünften Mai Zweitausendfünf nahm er Valentina Quint zur Frau. Am Siebenundzwanzigsten Juli Zweitausendacht kamen seine Kinder Nico und Jane Lux zur Welt. Kurz vor der Geburt erhielten die Eltern den Hinweis, dass einer ihrer Kinder kurz nach der Geburt sterben wird. Wir stießen auf Unverständnis der Eltern. Valentina erkannte mit der Zeit, dass sie sich damit abfinden muss und bat die Organisation um Unterstützung. Laut ihrer Selbsteinschätzung würde sie in eine Depression verfallen. Dies traf auch zu. Jedoch machte sie sich mehr um Ihren Mann und ihr anderes Kind Sorgen. Sie bemerkte zwischen dem achten und neunten Monat ihrer Schwangerschaft, dass Tamir ihr ausweichte. Er zog sich mehr zurück. Daraufhin begann ich mit den Beobachtungen. Sascha Fortis wurde hierzu befragt. Er jedoch bemerkte keinen Unterschied. Er ging seiner Frau jedoch tatsächlich aus dem Weg und zog sich in die Trainingshalle zurück. Dies ging ich genauer nach. Nach mehreren Stunden des Trainings verlies Tamir für genau drei Stunden das Gelände. Ein Antrag für weitere Beobachtungen wurde vom Direktor, Herrn Custos, genehmigt. In den weiteren Beobachtungen stellte sich heraus, dass Tamir sich mit Aurora Kester getroffen hatte. Sie unterhielten sich hauptsächlich. Keinerlei alarmierenden Ereignisse. Aurora Kester ist ein C-Vision und für die Organisation tätig. Aus Sorge ich könnte etwas übersehen, fuhr ich meine Beobachtungen fort. Es gab keinerlei Hinweise, dass die Treffen aus romantischen Gründen stattfanden. Ich beobachtete wie Tamir für Aurora einige Dokumente unterschrieb. Aurora wurde aufgrund dessen zu einem Gespräch eingeladen. Sie informierte mich, dass sie zusammen mit Tamir eine Babyparty plane. Da Valentina erst vor kurzem Ihren Vater und ihre beste Freundin verloren hatte. Die Babyparty fand statt. Da Aurora mir eine Einladung übergab, nahm ich an, dass Tamir ebenfalls da sein würde. Die Feier fand ohne ihn statt, mit der Begründung, dass diese Feier allein für die werdende Mutter sei. Zu meinem Glück habe ich den Watcher Paul Schulz gebeten Tamir im Auge zu behalten. Ich erwarte seinen Bericht am nächsten Abend.

Also war er schon vor meiner… unserer Geburt verdächtig. Mama hat in dieser kurzen Zeit so viel verloren. Verständlich, dass sie in einer Depression fiel. Aber warum hat sie mir nichts davon erzählt? Sie hätte es mir spätestens hier doch erklären können. Ich verstehe ihre Sicht, aber sie muss sich doch auch vorstellen können wie es mir bei all dem geht. An meiner Tür klopft es. „Janie, brauchst du etwas?" Es ist Nox. Er macht sich bestimmt sorgen. Er wird in all dem Scheiß mit reingezogen. „Nein, danke. Ich… brauche nur Zeit für mich." Ich höre wie er sich von der Tür entfernt. Wie es wohl weitergeht?

Aurora war während der Feier überaus präsent. Da ihre Tochter, Mona, jedoch dabei war, war sie ab und an abgelenkt. Sie informierte die werdende Mutter über alle zukünftigen Strapazen. Valentina freute sich über die Überraschung, aber man merkte, dass sie es nicht genießen konnte. Ich nahm sie gegen Ende beiseite um zu erfahren wo Tamir sich befinden könnte. Sie konnte mir hierzu allerdings keine Antwort geben. Auch Sascha, der ebenfalls auf der Feier war, konnte mir diese Frage nicht beantworten. Aurora ging bevor ich sie fragen konnte. Lage hat sich tatsächlich nach der Feier normalisiert. Setze die Beobachtung zur Sicherheit ein paar Tage fort.

Wieso hat Herr Vide meinen Vater nicht direkt angesprochen? Ich überfliege ein paar Seiten. Es stehen nur noch banale Dinge drin.

Am Tag der Geburt der Zwillinge...

Na da bin ich mal gespannt.

... suchte Tamir mich auf. Wir unterhielten uns mehrere Stunden. Es ging um Melissas Tod und um den baldigen Tod eines seiner Kinder. Das Gespräch nahm mit seinem Lauf eine Wende. Tamir ist mit hundertprozentiger Sicherheit der Organisation nicht mehr loyal. Er argumentierte, wieso die Organisation nicht solch eine Macht besitzen dürfte. Ich sträubte mich zuerst seine Denkweise verstehen zu wollen, doch ich musste letztendlich zugeben, dass er im Recht war. Er gab mir ein Buch aller Berichte aus der ganzen Welt. Darin ging es um vergangene Orakel. Hierbei stieß ich auf einen Bericht um den Orakel Elano Silva. Er starb an die spanische Grippe in Neunzehnhundertachtzehn. Er verfügte über unvorstellbare Macht. Nutzte diese jedoch sehr Weise. Es ist ein Buch, das unsere sogenannte Bibel ergänzt. Ob ich diese Informationen dahin hinzufügen soll? Nicht nur das. Tamir erfuhr, dass sich die Gesetze der Orakel nach Elanos Tod rapide geändert hatte. Die Organisation übernahm die Verantwortung aller Visions und Orakel. Jeder der sich gegen ihre Regel widersetzte wurde als Sin bezeichnet. Jedoch wurden die Augen damals zu forschungsgründen entfernt. Auch das hat sich mit der Zeit geändert. Man stellte fest, dass die Macht des Sehens mit der Entnahme der Augen verloren ging. Daher übernahm die Organisation diese schrecklichen Maßnahmen. Eine ehemalige Mitarbeiterin empfand Mitleid mit den Sins und setzte sich dafür ein, dass diese wieder zurück ins Leben finden konnten, indem man Ihnen die Blindenschrift beibrachte und sie betreute.

Die Sins, die nicht damit zurechtkamen starben. Ich gehe davon aus, dass der Lebenswille nicht mehr vorhanden war. Heutzutage wir Ihnen die Sehkraft durch einen kleinen Eingriff genommen. Tamir verriet mir seinen Plan. Er will sein Kind vor der Organisation schützen und benötigt hierbei meine Hilfe. Ich bin hin und her gerissen. Aber wenn ich so an meine Melissa zurückdenke. Wir hätten sie retten können. Ich werde nie wieder einen Orakel vertrauen können. Mein Groll gegen die Organisation hat auch nie nachgelassen. Jetzt nachdem ich mit Tamir gesprochen habe, muss ich zugeben, dass genau dieser Groll in mir wieder wächst. Mein Entschluss steht fest. Ich werde nicht zulassen, dass ein unschuldiges kleines Baby sein Leben verlieren muss. Nicht wenn ich es verhindern kann.

Ich kann ihn verstehen. Keiner will das. Seine Melissa. Also war er mit ihr wohl zusammen. Ist er Bens Vater? Dann hätte er doch seinen Nachnamen. Ob ich Ben darauf ansprechen darf? Oder ist das vielleicht auch ein Thema, über das er nicht gerne spricht? Ich blättere kurz im Buch der Orakel, um kurz zu überprüfen, ob Herr Vide die Informationen ergänzt hatte. Es ist eine beinahe leere Seite.

Bericht/Legende aus Südamerika aufgeschnappt. Hier soll es ein Orakel gegeben haben, der über unvorstellbare Kräfte besaß. Er konnte eine Art Kraftwelle im Umkreis von Hundertfünfzig Metern ausstoßen. Laut Dorfbewohner, war er sehr mit der Natur verbunden. Er verstarb an die spanische Grippe in Neunzehnhundertachtzehn.

Es scheint so als hätte er die fehelenden Details nicht hinzugefügt. Ich muss ihn danach fragen. Ich wende mich wieder meinem Vater zu. Ich überfliege wieder ein paar Seiten. Hier wird erklärt, wie sie nach weiteren Anhängern suchten, die ihn und Tamir unterstützten.

Wir müssen uns absichern. Es war meine Idee. Wir dürfen jedoch nicht unüberlegt irgendjemand in unser Vorhaben einweihen. Ich übernehme die Beobachtung und stelle eine Liste auf über möglichen Vertrauten und Tamir übernimmt den Rest. Wir sind sogar noch einen Schritt weiter mit unserer Planung gegangen. Wir werden die Organisation stürzen. Sobald uns die Mehrheit folgt, werden wir die Organisation übernehmen und dafür sorgen, dass niemand mehr sein Leben umsonst hergeben muss. Tamir informierte mich, dass er auch schon einen Un-

terschlupf für uns gefunden hat. Durch seine Schutzmaßnahmen kann kein Vision uns sehen kommen. Ob es gegen die Macht eines Orakels standhält ist uns jedoch ungewiss. Wir müssen uns daher bedeckt halten. Noch gibt es kein neues Orakel. Zu unserem Glück.

Sie haben alles gut durchdacht. Auf der nächsten Seite ist eine Zeichnung. Es ist ein seltsam runder Kreis mit verschiedenen Symbolen. Ich mache mit meinem Smartphone ein Bild davon und suche im Internet, was es bedeuten könnte. Hier finde ich etwas Ähnliches. Es wird als `Rad des Schicksals` bezeichnet. Es symbolisiert das Eingebunden sein in das Wirken des Lebens, ins Schicksalsrad und zeigt uns das keine Situation ewig herrscht. Das soll gegen die Visionen der Visions helfen? Ich kann mir das nicht vorstellen. Vor allem weil ich hier sehe, dass viele sich das als Tattoo haben stechen lassen. Ich schaue mir die Zeichnung genauer und erkenne, dass vorher etwas anderes gezeichnet wurde. Mit Radiergummi hatte man versucht es zu beseitigen. Eine Art Hand mit einem Auge in der Mitte? Es sieht ein bisschen Orientalisch aus. Darunter wurden die Buchstaben `U.V.Tat.` ebenfalls wegradiert. Was das wohl bedeutet? Ob das erste Symbol fehlschlug? Das hätte er doch bestimmt hier drin notiert. Mal schauen.

Heute ist der Tag an dem Nico starb. Tamir gab sein bestes und brachte ihn danach vorerst in unser Unterschlupf. Er zitterte wie Espenlaub. Ich will mir nicht vorstellen, wie er sich dabei fühlen musste. Er ist davon überzeugt, dass Valentina und Sascha sein Vorhaben nicht verstehen würden. Wir müssen im Hintergrund weiterhin agieren. Es geht bereits das Gerücht über einen sogenannten Collector um. Tamir musste jeden Zeugen beseitigen, der uns verraten könnte. Es war gut, dass wir niemanden aus unserem Umkreis rekrutiert haben. Somit fällt es ihm leichter. Wir haben darüber gesprochen. Er scheint mittlerweile Gefühlskalt zu sein. Wenn ich ihn jedoch mit seiner Familie beobachte, scheint er einen Schalter umzulegen. Er macht das gut. Es sind nun schon sieben Visions und Inners gestorben.

Was zur Hölle sind denn jetzt Inners?

Vielleicht sollten wir mehr Inners als Visions rekrutieren. Diese können wir besser ausbilden. Ich hasse diese Visions. Sie sind sowas von überheblich.

Anscheinend haben diese sogenannten Inners keine Kräfte. Ich blättere ein paar Seiten weiter.

Tamir kam aufgelöst zu mir. Ausgerechnet an seinem Geburtstag musste er erfahren, dass seine Tochter das Orakel ist. Welche Ironie. Aber vielleicht können wir das zu unserem Vorteil nutzen. Wir müssen weiterhin vorsichtig sein. Aber er scheint nun etwas hin und hergerissen zu sein. Wir dürfen nicht auffliegen.

Warum konnte er nicht von seinem Vorhaben ablassen? War ich ihm nicht genug?

Wir beginnen schon mit der Ausbildung des Videntis. Er reagierte mit der Erwachung des Orakels.

Was ist ein Videntis?

Unsere Visions übernehmen vorerst die Hauptausbildung. Tamir und ich bilden ihn in allen weiteren Dingen aus. Er wird unsere ultimative Waffe sein. Er ist unsere Hoffnung. Tamir will Janie dazuholen. Wir brauchen ihre Fähigkeiten. Wenn die alten Aufzeichnungen über die vergangenen Orakel echt sind, kann sie alles Verändern. Mithilfe von Videntis kann sie niemand mehr aufhalten. Dafür muss sie aber auf unserer Seite sein. Tamir ist nun regelrecht davon besessen, dass wir Videntis trainieren. Meiner Meinung nach übertreibt er es manchmal ein wenig. Auch wenn er unsere Waffe oder die Waffe des Orakels ist, ist er dennoch ein Mensch. Auch wenn wir mittlerweile einige Opfer hinterlassen haben, müssen wir nicht zu Monster werden. Wir tun das alles zu einem guten Zweck. Ich habe Tamir diesbezüglich angesprochen, stieß aber auf taube Ohren und auf eine feste Faust. Zu meinem Glück hat das keinen Bluterguss hinterlassen.

Scheinbar ist einer der Rekruten ein fähiger Vision. Sein Name ist Videntis. Komischer Name. Den habe ich ja noch nie gehört. Aber wie soll er mir denn bitte als Waffe dienen? Scheinbar war mein Vater ein sehr verbitterter Mann. Ich hoffe es wird nicht schlimmer.

Ich muss die Reißleine ziehen. Sobald irgendjemand Tamir hinterfragt, wird dieser auf ziemlich schrecklicher Weise bestraft. Ich bin mit ein paar Schlägen noch gut davon gekommen. Nun sind aber schon zwei Inners und ein Vision gestorben. Er scheint es sogar zu genießen. Es macht mir Angst ihn so zu sehen. Den Spitznamen Collector trägt er mittlerweile mit voller Stolz. Widerlich, wie er die Augen entfernt. Wir haben ein paar falsche Gerüchte verstreut, warum der Collector dies tut. Dabei macht er es nur um ein Zeichen zu setzen. Ich bin nur froh, dass er die Augen nicht wie ein Psycho irgendwo aufbewahrt. Ich unterhalte mich mittlerweile immer öfters mit Videntis. Ich erzähle ihn alles über Jane. So kann er sich schon ein Bild von ihr machen. Man kann sich sehr gut mit ihm unterhalten. Ich habe ihn auch einiges über Ben erzählt und über meine Melissa. Er stellte mir die Frage, warum Ben nicht hier ist. Ich sagte ihm, er würde uns nicht verstehen. Ich muss zugeben, ich will nicht, dass Ben all das über mich weiß. Wenn er wüsste, dass seine Mutter einen Mann wie mich lieben konnte. Was ist aus mir geworden?

Er tut mir irgendwie Leid. Es hört sich so an als hätten sie ihr Ziel aus den Augen verloren. Er scheint es wirklich zu bereuen. Der Videntis interessiert mich im Moment mehr. Ich blättere weiter aber scheinbar wurden ein paar Seiten rausgerissen.

Tamir wurde entdeckt…

Die restliche Seite wurde ebenfalls rausgerissen. Ich blättere die restlichen Seiten durch. Auf der letzten Seite steht etwas geschrieben.

Ich hoffe du kannst uns verstehen. Vertrauen muss man sich erst verdienen. Ich hoffe ich konnte dein Vertrauen gewinnen. Ich werde Videntis weiterhin unterstützen und begleiten. Es gibt Dinge, die ich mit Sicherheit bereue. Ich bereue jedoch nicht die Entscheidung mich gegen die Organisation zu wenden. Ich hoffe du entscheidest dich für unseren Weg. Videntis ist für dich bereit.

Meine Kopfhaut kribbelt. Ich springe aus dem Bett und reiße meine Tür auf. Nox schaut erschrocken auf. „Vide ist der Verräter!" Ich renne aus der Tür und will zur Treppe. Nox holt mich aber ein und hält meinen Arm fest. „Wo willst du hin?" Ich gehe in Vides Büro. „Er ist bestimmt schon weg. Ich muss in Vides Büro." Wir rennen gemeinsam die Treppe runter. Zusammen rennen wir zum Hauptgebäude. Ich bin komplett außer Puste, aber ich kann jetzt nicht langsamer werden. Im Büro angekommen, informiert Nox Sascha über die aktuelle Situation. Ich reiße alle unnötigen Bücher aus dem Regal raus. Wo ist es? Irgendwo muss es dieses Buch mit den fehlenden Infos über uns Orakel geben. „Du wirst es nicht finden." Diese Stimme. Er ist es. Ich drehe mich schnell rum, aber dort steht nur Nox. „WO IST ES?" Er kann mich hören. Nox starrt mich besorgt an. „Nicht in Tims Büro." Er lacht leise. „Verarsch mich nicht. Bist du Videntis?" Er schweigt. Nox kommt näher aber ich hebe meinen Zeigefinger als Zeichen, dass er warten soll. Er ist sichtlich verwirrt. „Du weißt es nun endlich. Wie entscheidest du dich?" Will er mich verarschen? „Ich entscheide mich für niemanden. Das ist doch kein Spiel." Hinter Nox erscheint ein großer Schatten. „NOX!" Ich strecke meine Hand nach ihm. Aus dem Nichts wird er zur Wand geschleudert. Ich höre, wie Videntis lacht. „Und da heißt es du bräuchtest mich. Ich glaube dir ist gar nicht bewusst, welche Macht du wirklich besitzt." Ich renne zu Nox. Er blutet am Kopf. Was habe ich getan? Sascha kommt durch die Tür. Begleitet von ein paar weiteren Männern. Sie sind bewaffnet. Sie ziehen mich von Nox weg. Ich lasse es zu. Mir wird das echt zu viel. Mir laufen die Tränen. Sie tragen Nox raus. Sascha kommt zu mir. „Kannst du laufen?" Ich nicke. Er geht mit mir raus. Ein mir unbekannter Mann begleitet uns. Wir gehen, nein joggen schon fast zur Tiefgarage. Vor einem Transporter bleiben wir stehen. „Wohin gehen wir? Was ist mit Nox?" Er nimmt mich in den Arm. „Wir bringen dich in Sicherheit." Ohne nachzudenken erwidere ich die Umarmung. Ich beginne zu weinen. „Bitte steig ein. Ich hole deine Mutter und schau nochmal nach Nox. Wir kommen nach. Es wird nicht lange dauern." Ich nicke geistesabwesend. Er packt meine Arme. „War das Tim?" Ich schüttle den Kopf. „Ich war das. Ich wollte ihn vor.." Soll ich ihm davon erzählen? Wem genau kann ich wirklich vertrauen? „Wolltest du ihn vor Tim retten?" Ich schüttle wieder den Kopf. Er kommt etwas runter auf meine Höhe, um mir in die Augen zu schauen. „Du wolltest ihn vor was?" Ich schaue ihn direkt in die Augen. „Vide ist der Verräter, aber Videntis ist der, vor dem wir uns fürchten müssen." Er runzelt die Stirn. „Wer ist das?" Er scheint von ihm nichts zu wissen. Ich zucke mit den Schultern. „Mit ihm hatte ich die ganze Zeit kontakt. Nicht mit dem Col… nicht mit Tamir." Ich kann ihn jetzt nicht als mein Vater bezeichnen. Nicht nachdem, was ich gelesen hatte. Ich steige in den Transporter. Sascha dreht sich von mir weg und will mit dem bewaffneten Mann wieder gehen. „Warte!" Sie müssen es wissen. Er dreht sich nochmal um und greift nach der Schiebetür. „Hol die zwei Bücher, die auf meinem Bett liegen. Wir müssen einiges besprechen." Er nickt mir ernst zu und schließt die Tür.

Der Transporter setzt sich in Bewegung. Den Fahrer kenne ich nicht. Er scheint sich aber auf die Straße zu konzentrieren. Vide hat Recht. Vertrauen muss man sich erst verdienen. Solange ich nicht weiß wen genau ich vertrauen kann, werde ich nur meinen Weg gehen. Ich stehe nicht auf die Seite der Organisation und sicher nicht auf die Seite von Videntis. Tamir hatte den Verstand verloren. Ich habe den Ansatz des Plans schon verstanden. Aber ich werde niemanden folgen, der unschuldige Menschen das Leben nimmt. War er derjenige, der zu Videntis damals meinte, er solle mir jemand wichtiges nehmen? Wut breitet sich in mir aus. Dieser Mann war nicht mein Vater. Solch einen Mann würde ich nie als Vater akzeptieren. Ein Vater würde doch niemals seine eigene Familie schaden. Er hätte mich schützen müssen. Er hätte bei uns bleiben müssen. Stattdessen verfolgte er ein falsches Ziel. Ich bin auch nicht dafür, dass ein Baby sterben muss. Nur weil ein Vision vielleicht gesehen hat, dass es sonst übel ausgehen könnte. Ich hätte aber niemals meine eigene Familie im Stich gelassen. Er wollte mich zwar nicht ermorden… Da fällt mir ein… die ausgerissenen Seiten. Irgendwas muss in der Zeit noch passiert sein. Warum sonst hätten Vide diese Seiten mitgenommen. Was sollte ich nicht erfahren? Es muss was Schlimmes gewesen sein. Meine Kopfhaut beginnt zu kribbeln. Hatte er doch versucht mich zu ermorden? Oder wollte er Mama etwas antun? Vide hoffte doch, dass ich mich für Videntis entscheide. Ich lehne mich zurück. Ich bin müde und total ausgelaugt. Die Fahrt wird bestimmt noch eine kleine Weile dauern. Ich kann meine Augen kaum aufhalten. Was passiert als nächstes? Was ist mit meiner Vorsehung? Hieß es nicht, dass der Collector nicht ruhen wird und nur ich die wahre Wahrheit sehen kann? Der Collector ist tot und die Wahrheit hat sich mir noch nicht offenbart. Ich kann meine Augen nicht mehr öffnen. Ich… ich…

KAPITEL 18

Ich sehe dich

Meine arme Janie. Jetzt bringe ich dir schon deinen geliebten Papa wieder und bekomme nicht mal ein Dankeschön von dir. Du hast ja keine Ahnung was für ein Mann er wirklich war. Sei froh, dass du nicht mit ihm aufwachsen musstest. Dieser sadistische Wichser. All die Jahre habe ich daran festgehalten, dass du meine Sonne bist. Die Sonne, die mich aus der Dunkelheit ziehen kann. All die Jahre habe ich dich beobachtet. Wenn es mir schlecht ging, musste ich nur die Augen schließen und an dich denken. Ich habe jeden wichtigen Moment in deinem Leben miterleben dürfen. Ich durfte sehen, wie glücklich du warst. Ich war nicht neidisch. Nein. Ich habe mich für dich gefreut. Dank dir konnte ich dieser Hölle ab und an entfliehen. Natürlich konntest du nichts von mir wissen. Aber spätestens jetzt solltest du doch verstehen worum es geht. Ja, Tamir war ein Sadist. Ja, Tamir war vielleicht ein bisschen verrückt. Aber er hatte mit allem Recht. Was wir mit unserem Schicksal machen, liegt in unserer Hand. Keiner sollte für das Schicksal eines anderen entscheiden dürfen.

Es war schwer Tamir in die Organisation zu schleusen. Durch seine Krankheit hatte er körperlich zwar stark abgebaut, aber dieser Idiot war dennoch sehr schwer. Es war sein Wunsch. Wollte er zurück zu dir? Hatte er vielleicht Angst, dass ich ihn nicht ordentlich begraben würde? Er hätte es verdient einfach in eine Biotonne gesteckt zu werden. So oder so werden die Maden an ihn nagen. Ich atme die stickige Luft tief in meine Lungen ein. Ich fühle mich befreit. Tamir, dein Tod war das schlimmste, aber zugleich das Beste, was mir passieren konnte. Ich danke dir für alles. Ich werde sie mir holen. Egal ob sie sich für mich oder für die Organisation entscheiden sollte. Sie gehört mir. Keiner kennt sie so gut, wie ich es tue. Irgendwann wird sie es verstehen. Bevor es jedoch so weit ist, muss ich hier einiges umkrempeln.

Ich schließe die Augen. Wo bist du meine Sonne? Ich sehe sie vor mir. Soll ich mich ihr zeigen? Ach, es reicht, dass sie mich heute von hinten sehen durfte. Ich musste all die Jahre auf sie warten. Jetzt darf sie ein wenig zappeln. Ach, sie ist in Tims Büro. Ich war dort auch schon einige Male. Es ist gut, dass er Zugang zu den Überwachungen hat. Es war schön mal rauszukommen. Es war zwar immer nur nachts, aber immerhin durfte ich ab und an mit ihm mit. Naja, was heißt ab und an. Es war eher selten. Sie scheint etwas zu suchen. Sie reißt die Bücher aus seinem Regal. Sollte ich sie ein wenig ärgern? Ich kann nicht anders und muss bei diesem Gedanken schmunzeln. „Du wirst es nicht finden." Sie schreckt zusammen und dreht sich schnell um. Ihr Schoßhund ist ebenfalls da. „WO IST ES?" Uh, sie scheint wütend zu sein. Oha, hat ihr Schoßhund Angst? Ach, was solls. Ich habe gute Laune. Ich weiß zwar nicht wonach sie genau sucht, aber ich will sie noch ein bisschen reizen. „Nicht in Tims Büro." Ich muss mich zurückhalten. Aber ich kann mein Lachen nicht ganz unterdrücken. „Verarsch mich nicht. Bist du Videntis?" Sie kennt mich? Ihr Schoßhund setzt sich in Bewegung, aber sie hebt ihren Zeigefinger als Zeichen, dass er warten soll. Dieser Idiot kann nicht verstehen was hier gerade passiert. Er verdient es nicht an deiner Seite zu sein. „Du weißt es nun endlich. Wie entscheidest du dich?" Jetzt ist es soweit. Hat sich das Warten doch gelohnt? Bist du heute schon mein? „Ich entscheide mich für niemanden. Das ist doch kein Spiel." Diese Wichserin! Wie kann sie es wagen? Ich lasse ihr meinen Schatten sehen. Ich werde dir schon zeigen zu wem du gehörst. Ich hole mir deinen Schoßhund zuerst. „NOX!" Sie streckt ihre Hand nach ihm. Aus dem Nichts wird er zur Wand geschleudert. Also damit hätte ich nicht gerechnet. Ich kann nicht anders und muss lachen. Jetzt muss ich mir die Hände nicht schmutzig machen. „Und da heißt es du bräuchtest mich. Ich glaube dir ist gar nicht bewusst, welche Macht du wirklich besitzt." Er blutet am Kopf. Sie rennt in seiner Richtung. Was für ein Schauspiel.

Eine Hand berührt meine Schulter. „Beobachtest du sie wieder?" Echt jetzt? Muss er mich gerade jetzt stören? „Du grinst ja wie ein Honigkuchenpferd." Ich verdrehe die Augen. „Bist du gerade gekommen?" Tim nickt. „Ich kann nicht mehr zurück. Wir müssen jetzt abwarten, wie sie sich entscheiden wird. Morgen müssen wir eine neue Strategie entwickeln." Ich schüttle den Kopf. „Ich werde sie mir holen. Ob sie es will oder nicht. Doch zuerst müssen wir hier einiges ändern." Er schaut mich verwirrt an. „Tamir ist tot. Glaubst du jetzt du hättest hier das Sagen?" Ich kann nicht anders; ich muss lachen. Es ist so befreiend. Er schaut mich aber nur verwirrt an. „Was willst du...?" Oje, er will es wohl nicht kapieren. „Ich bin Videntis. Die Waffe. Die rechte Hand des Orakels. Ihr seid nur unsere..." Hmmm, was ist die passende Bezeichnung? „unwichtige Mitspieler, kleine Angestellte oder noch passender, unsere Werkzeuge." Er schüttelt ungläubig den Kopf. „Du hast es doch schon selbst gesagt. Du kannst nicht mehr zurück. Entweder du folgst mir oder du versauerst im Käfig." Er senkt seinen Blick. „Natürlich folge ich dir. Wir reden morgen." Er dreht sich um und geht.

Ich glaube der Käfig wird den Verrätern gerecht. Wenn ich es als Strafe erdulden musste, können die anderen das auch. Absolute Isolierung. Kein Geräusch und absolute Dunkelheit. Man hört das eigene Blut in den Ohren rauschen. Es macht einen Verrückt. So verrückt, dass ich manchmal dachte es sei noch jemand dort. Wie ich es gehasst habe. Wie ich ihn gehasst habe. Jetzt bringt mich aber nichts mehr aus der Fassung. Vielleicht sollte ich dir im Nachhinein doch dankbar sein? All das harte Training und die Bestrafungen. Nichts wird mich aufhalten. Jeder Verräter wird in diesem Käfig verrecken. Jetzt werden wir meinen Weg gehen. Jetzt ist meine Zeit. Ich schaue hoch in den Himmel. Ich atme noch einmal tief ein und schließe die Augen. Bevor ich wieder reingehe um meinen Plan zu entwickeln, will ich nochmal nach meiner Sonne sehen. Es ist dunkel. Sie scheint zu schlafen. Ich wüsste gerne was sie gerade träumt. Schade, dass ich diese Fähigkeit nicht besitze. Du wirst mir nie entkommen können. Ich sehe dich.